U0947434

重庆作家作品年度选

文学评论卷

重庆市作家协会 编

西南師範大學出版社
国家一级出版社 全国百佳图书出版单位

图书在版编目(CIP)数据

重庆作家作品年度选. 文学评论卷 / 重庆市作家协会编; 王本朝主编. -- 重庆 : 西南师范大学出版社, 2019.1

ISBN 978-7-5621-9690-7

Ⅰ. ①重… Ⅱ. ①重… ②王… Ⅲ. ①中国文学－当代文学－作品综合集－重庆②中国文学－当代文学－文学评论－文集 Ⅳ. ① I218.719 ② I206.7-53

中国版本图书馆 CIP 数据核字 (2019) 第 026283 号

重庆作家作品年度选 · 文学评论卷
CHONGQING ZUOJIA ZUOPIN NIANDU XUAN · WENXUE PINGLUN JUAN

重庆市作家协会　编
王本朝　主编

责任编辑: 李晓瑞
责任校对: 程　晋
装帧设计: 闰江文化
排　　版: 重庆大雅数码印刷有限公司 · 杜霖森
出版发行: 西南师范大学出版社
　　网址: http://www.xscbs.com
　　地址: 重庆市北碚区天生路2号
　　邮编: 400715　市场营销部电话: 023-68868624
经　　销: 全国新华书店
印　　刷: 重庆共创印务有限公司
幅面尺寸: 170mm × 240mm
印　　张: 20.75
字　　数: 359千字
版　　次: 2019年9月　第1版
印　　次: 2019年9月　第1次印刷
书　　号: ISBN 978-7-5621-9690-7

定　　价: 72.00元

编委会

总序

Foreword

为深入贯彻落实党的十九大精神和习近平总书记关于文艺工作的重要论述，进一步激发全市广大作家的创作热情与活力，推动重庆文学事业繁荣发展，重庆市作家协会组织编辑了《重庆作家作品年度选》丛书。

该丛书共计六卷，即《重庆作家作品年度选·小说卷》《重庆作家作品年度选·诗歌卷》《重庆作家作品年度选·散文卷》《重庆作家作品年度选·报告文学卷》《重庆作家作品年度选·儿童文学卷》《重庆作家作品年度选·文学评论卷》，汇集和展示了重庆作家近年来在全国各类报刊发表和出版的优秀作品。这既是一次检阅，更是集中的推介，希望通过这一载体和平台，让广大读者全面领略重庆文学近年来的成就和风采。

《重庆作家作品年度选》的选编工作由重庆市作家协会各相关文学创作委员会组织实施，市内外知名评论家也分别予以了点评，在此一并致谢。

重庆市作家协会

2019年3月

序言

Preface

《重庆作家作品年度选·文学评论卷》印象

周晓风

西南大学王本朝教授受重庆市作家协会委托，同他的博士研究生一道，在近80万字的材料中披沙拣金，遴选出30多万字的《重庆作家作品年度选·文学评论卷》。该书的出版无论对重庆文学和重庆文学评论的发展，还是更为宽泛的重庆文化建设，都是一件值得祝贺的事情。

一个城市的文学，固然有其自身的特点和发展轨迹，但又无不从根本上受制于社会共同体对于文学的基本认识，尤其是取决于对文学的意义以及文学高峰名作形成的合理认知。文学究竟有什么作用，这其实是一个并没有解决好的问题。在现实主义文学时代，文学被当作解决现实问题的工具。这固然有其历史的合理性，同时也存在历史的局限性。在当今时代，文学艺术不仅要坚持以人民为中心的正确导向，而且从根本上讲属于培根铸魂的工作。这其实是把文艺的功能真正提高到一种无用之用的高度。只有从这样的高度，才能形成对于文学艺术高峰名作的正确认识。一段时间以来，一些文化人喜欢讲“打造”这个词，仿佛文学艺术高峰名作可以用“打造”器物的方式随意制造出来。这实际上忽视了文学艺术作品的文化精神内涵及其培根铸魂的根本功能，忽视了文学艺术高峰名作得以形成和产生的内在规律。文学艺术高峰名作的产生其实是作家艺术家蓬勃的创造力在适宜的文化土壤上生长出来的奇葩，需要有一个长期的积累和艰苦的独创性创造过程，既不可能一蹴而就，更不可能随心所欲“打造”而成。因此，我们需要做的更重要的是文化的耐心积累和悉心培育。只有遵循艺术规律，长期积累，聚沙成塔，文学艺术的高峰名作才会通过艰苦的创造过程形成和产生，文学艺术之梦才会像戴望舒所说的那样翩然而至，开出娇妍的花来。王本朝教授编选《重庆作家作品年度选·文学评论卷》，正是这样一项聚沙成塔的积累工作。这正是重庆文学当前特别需要的一项工作。

此外值得一提的是，《重庆作家作品年度选·文学评论卷》不仅反映出重庆市作家协会对重庆文学土壤的悉心培育，而且也从一个方面展示了重庆文学评论的实绩和新气象。这里所说的重庆文学评论的实绩除了该书所收的评论文章显示了重庆文学评论的活跃状态外，更有两个方面的新气象值得注意。其一是重庆文学评论经过多年的徘徊和积累，开始由过去零星的业余的读后感似的文学评论发展为专业的团队的建设性的文学评论态势，并对重庆本土文学现象表现出前所未有的关注热情，且在文学评论的各个领域都有所斩获。本书上、中、下三编所收录的评论文章，既展示了重庆文学创作的多样性发展，也反映出重庆文学评论的多方面收获，较之此前有了长足的进展。更值得欣慰的是，这部选集中推出一批文学评论新人，他们既有近年来在国内文学评论界崭露头角的重庆市高校文学评论和文学研究生力军，也包括实力不菲的社会文学评论新鲜力量，显示了重庆文学和文学理论批评的勃勃生机，重庆文学的高峰名作应该指日可期。我本人对此感到十分欣慰。

《重庆作家作品年度选·文学评论卷》出版在即，本朝兄嘱我说几句，我就写了以上这些印象，以就正于本书编者及读者诸君。

目录

Contents

SHANG BIAN

上编

欲望年代的文学救赎

——评张者的长篇小说新作《桃夭》

■ 周晓风

张者的长篇小说新作《桃夭》近期由人民文学出版社出版，这既给他的所谓校园三部曲画上了一个圆满的句号，也给2015年的中国文学留下一抹别样的桃色。《桃夭》一如他此前的《桃花》《桃李》一样，写得很好看，读来很畅快，却在流畅的阅读中显得格外沉重。小说中一群20世纪80年代的法律系大学生在30年后重回母校参加同学会，似乎是要追寻当年的纯真梦幻，唤回青春的激情，却早已人心不古，自甘堕落，同学会最终成了一场不折不扣的金钱开道、情欲横流的大杂烩。小说中照旧有一位风流倜傥的法学教授、博士生导师，这一次他的名字叫梁石秋。梁石秋不仅堕落到包养学生甚至嫖娼的地步，而且被公安局抓获，碰巧又被自己的学生碰见，他无地自容，最后离家出走，祈望去一个风景如画的乡村，租一个院子，带上一位姑娘，找一个健硕的农妇做保姆，过田园牧歌的生活。但大学校园和导师在这部作品中已经不占主要地位，小说把更多的篇幅和要素都分派给了如今已经人到中年的邓冰、喻言、赖武、张健等几个弟子。小说耐人寻味的地方在于，这些20世纪80年代的大学生本是为寻找旧梦而来参加同学会的，然而不仅过去已经回不去了,而且他们自己也沉沦在眼下的世俗欲望之中不能自拔,在金钱和情欲的挥霍中一阵晕眩。

《桃夭》究竟是一部什么样的作品？小说在以艺术的方式表现生活时有什么特点？我们应该如何看待和评价《桃夭》？我想提出几个问题略做讨论。

一、欲望书写

长篇小说是一种偏重于艺术地描写生活情境和人物命运的文学样式。优秀的长篇小说更是因其包含了丰富的生活细节和有价值的人性内涵而成为所谓的史诗性作品。如何准确把握作家笔下的所谓丰富的生活细节和有价值的人性内涵,却成为对作家和读者的挑战。张者的《桃夭》是一部写什么的小说？张者在回答腾讯文化记者采访时说,《桃李》《桃花》《桃夭》是三部曲,某些方面应该有连续性,又说《桃夭》是中年人的绝唱。人民文学出版社在此书的封皮上醒目标注的是:讲述知识分子的挣扎与突围。而不同的读者和评论家对这部引起广泛反响的长篇小说的说法就更多了,诸如当代知识分子的写实画像,校园爱情和灰色中年的荒诞碰撞,乃至寻找一代人的精神谱系这样恢宏的主题等不一而足。

而在我看来,《桃夭》所写的其实就两个字:欲望。也可以在某种意义上把《桃夭》看作一部书写欲望的小说。欲望从宽泛的意义上讲,本是人类社会中的一种普遍现象,文学作品的欲望书写本身无可厚非,积极意义上的欲望书写更是文学提升生命价值的重要途径。但本文所说的欲望书写特指在社会主义市场经济和消费主义背景下人的欲望借着自由经济的力量极度膨胀,引起社会意识的动荡,在文学作品中得到艺术表现和审美评价。这就使文学作品中的欲望书写带有了新的含义。首先,人的欲望本身具有多方面的含义和不同的价值取向,有的欲望不仅本身具有充分合理性,甚至还具有冲击传统伦理道德的积极意义,可以称之为健康欲望,例如遭遇重大灾难或疾病的人对于生命的渴望,某些特殊人群的性与爱的需求,乃至人们对于个人财富的普遍追求等;也有的欲望不仅有违公众的道德认知,并且明显对社会和他人造成深刻伤害,是一种恶的欲望。其次,文学作品对于欲望的书写应如何准确把握人的欲望并给予艺术地表现和审美地评价。一般说来,文学作品对于这类欲望的准确深刻的表现既是文学自身的开拓,也有助于促进社会感知的健康发展。中国当代作家新时期以来的文学创作书写欲望的题材和主题作品已经相当普遍,包括对于恶劣欲望的正面描写和对于健康欲望受到压抑的审美展示,其中对于腐败秽行、情欲横流之类负面意义的恶劣欲望公然赞美的并不多见。但包括作者、读者和评论家在内的文学界对于哪些属于健康欲望,哪些属于恶劣欲望,以及文学作品究竟应该怎样正确描写和表现欲望常常发生分歧,这就需要对文学创作中的欲望书写给予具体的分析。

回到《桃夭》中来。张者称《桃夭》是中年人的绝唱,认为人到中年,爱情已经转让为欲望,信仰更是虚无缥缈,只有现实的残酷、人生的无奈。从这个角度来说,《桃夭》对于现实欲望的描写的确堪称中年人的绝唱。《桃夭》的欲望书写的特点在于对所谓中年人欲望的深刻表现,是欲望年代社会心理的集中反映。这种深刻表现主要体现为对所谓中年人世俗欲望的艺术表现既普遍又复杂。小说中有一处主人公邓冰与新认识的"80后"女生胡丽的情境对话,颇为典型地表达出作者对小说主人公欲望精神状态的把握:

邓冰劝胡丽去赶场子,这样可以多挣点儿。胡丽瞪了邓冰一眼,有了讽刺的意思。胡丽说师兄仿佛很崇高,很伟大呀,处处为别人着想。邓冰不好意思了,说别逼我,否则我伟大起来,一发不可收拾。胡丽开心地笑了,说好久没听到有人吹捧自己也这么清新脱俗了,这可都是80后的语言方式呀。

邓冰有些不服气,说80后算什么?80后是我们制造出来的。谁没年轻过,可80后还没老过呢。我们60后是最纯洁的一代。胡丽指着邓冰说,你居然敢说自己纯洁,瞧你那眼神里透着什么?邓冰问胡丽是什么,胡丽哈哈笑了,说是浑浊的欲望。邓冰揉了下眼睛,说你连这些都看得出来?那你还是去赶场子吧,省得我在你面前把持不住欲望。胡丽不干了,说邓冰不愿意和自己在一起,还说邓冰是想回去找那个坐台的师妹。邓冰见胡丽这样说,就拉胡丽入怀,说既然这样那你别去了。胡丽没有拒绝,接下来两个人就那样贴得很近地往前走,从身后看就像名副其实的情侣。①

但《桃夭》中的欲望书写还有两个特点:一是欲望书写的普遍性,二是欲

---

① 张者:《桃夭》,人民文学出版社2015年版,第159页。

望书写的复杂性。所谓欲望书写的普遍性，是说小说中的男男女女各色人等几乎全部被欲望所左右，无人可以自证清白。这欲望包括金钱的欲望、情色的欲望，乃至生活中种种私欲的满足和利益的交换。这欲望千奇百怪，却万变不离其宗，无一不是在世俗生活的道德伦理底线上上下徘徊。在法庭上，三位师兄弟构成法官、原告律师、被告律师的特殊关系，官司的成败则取决于三位师兄弟之间的交易。在公安局，公权在寻找寻租的机会，包括让在“扫黄”中被抓的大学教授为公安局副局长的人情交易饭局买单；在大学校园里，“师妹舞厅”的女大学生乐于为客人陪舞乃至陪睡，而且居然宣称：身边淫荡的人太多，我们既然无法守护肉体的清白，就呵护好心灵吧；如果心灵也崩溃了，就做一个光明正大的妓女。这些无人可以自证清白的欲望充分显示了欲望书写的普遍性以致小说的主人公邓冰要自证有罪被当作了精神病人，必须得有法庭（哪怕是模拟法庭）宣判他有罪才得以释怀。所谓欲望书写的复杂性则是指欲望的表现既明显与社会公众道德产生巨大疏离，但又写出所产生根源的必然性，并因此而对诸如法律活动中的人情关系、同学交往中的性爱放纵等表现出试图加以批判最终只好照单接收的审美评价。

《桃夭》中对所谓知识分子的欲望书写也值得一提。按照作者的说法，知识分子欲望的可怕之处在于，知识分子在追逐女人、在捞钱的过程中，并不是一时的冲动，而是想好了再干，也就是说，知识分子身上的欲望是在所谓理性的引导之下进行的。说得更彻底一点儿，在小说中，知识分子把社会托付给他们用来维系社会良知的知识用作了满足自身私欲的说辞。这就使得他们的堕落同样显得坦然而且特别虚伪。这才是最可怕的地方，也是《桃夭》中的欲望书写让人感到特别深刻和沉痛的原因所在。当然，对于作者和一些媒体把《桃夭》说成是写知识分子的挣扎和突围的说法，我认为并不准确。《桃夭》中虽然写到大学校园，也塑造了一批大学生和大学教授形象，但并不是上过大学或有知识的人就是所谓的知识分子。小说中正面描写的80年代大学生现在都已人到中年，混迹于社会各行各业中。如果把这些都说成是知识分子的堕落与挣扎，不仅不符合作品的实际，也不能反映出小说中欲望书写的普遍性和复杂性。上述情况表明，《桃夭》中的欲望书写既疯狂又沉重。它并不是一种浅尝辄止的勾勒，更不是所谓自然主义的欲望宣泄，甚至也不同于新写实主义那种对于欲望现象的冷漠展示，说一句大话就是，《桃夭》中的欲望书写实际上包含了复杂的意识形态立场，完全可以看作作者在欲望年代所做出的某种文学救赎的努力和挣扎。

二、寓言叙事

《桃夭》的确以淋漓酣畅的笔法书写了欲望年代里的普遍堕落和人们对此的习以为常，甚至一边痛恨这种空虚和堕落，一边又自己唯恐不及地投入到更大的空虚和堕落中去。但如果认为《桃夭》只是一部类似19世纪现实主义小说那样的欲望浮世绘，把小说只看作作家对生存现实的尖锐揭露，那就未免太草率而未能注意到小说的寓言叙事特点了。

所谓寓言叙事其实古已有之。寓言的本意即为寄寓之言，即通过一段故事寄寓某种道理，这也就是古代的寓言叙事。中国先秦诸子散文中的《庖丁解牛》《刻舟求剑》《守株待兔》以及西方《伊索寓言》中《农夫与蛇》《狐狸与葡萄》等故事，都是古代寓言叙事的典型代表。由于古代寓言叙事中的故事需要服从于说理，限制了故事叙事本身的丰富多彩性，因此，近代小说兴起之后，故事叙事本身得到发扬光大，超越了古代寓言叙事的限制，并在此基础上产生了19世纪现实主义小说，出现了巴尔扎克、托尔斯泰等小说叙事的大师巨匠，近代小说叙事艺术得到了极大发展。到了20世纪，人们进一步认识到小说叙事并不是对客观生活的简单描写和再现，现实主义小说中的描写和叙事也不是通向现实世界的透明窗口，而仅仅是一种虚构，包含了作家主观的发现和创造。小说叙事艺术是可以富有寓言含义的，但这种寓言和含义并不是像古代寓言叙事那样通过诉诸理智的说理方式得以实现，而是既要坚持小说艺术的审美感知方式，又要蕴含丰富的理性内涵，这些丰富的理性内涵有的具有可以明确归纳的主题寓意，有的则表现为主题意向的某种不确定性，却仍然包含了丰富的意味，从而使现代小说再次表现出对现实主义小说的超越。小说中的隐喻和象征重新受到重视，致使寓言叙事再度成为现代小说中的重要叙事艺术特点。有学者甚至断言，“从世界范围来看，20世纪的小说叙事基本上是精神化和寓言化的叙事”。[①]中国当代小说的寓意叙事则是新时期以后才逐渐发展起来的。王蒙的《春之声》、莫言的《透明的红萝卜》、张炜的《古船》、陈忠实的《白鹿原》、贾平凹的《废都》,以及姜戎的《狼图腾》、苏童的《黄雀记》等,都在真实地再现所谓典型环境中的典型人物的同时,包含了丰富的隐喻内涵,成为具有寓言叙事特征的作品。张者《桃夭》中的寓言叙事就不是偶然的了。

值得注意的是,《桃夭》虽然力图把自己表现成一部近距离描写真实案例的写实作品,但“桃夭”本身就是一个巨大的总体隐喻,那就是书前扉页中所引《诗经》中的诗句:桃之夭夭,灼灼其华;之子于归,宜其室家。已有评论家借此指出《桃夭》与美女和性的隐喻关系,但是现代寓言叙事的特点就在于,作者并不是因为某个抽象的主题去编写一个故事,而是要使故事和人物本身具有自己的生命和活力。现代小说的寓言叙事的隐喻实际上是故事和人物溢出的那些有意味的东西。这在《桃夭》中表现得相当普遍。例如小说设计了一个同学会的叙事框架,试图让书中的主人公借此机会回到大学校园去寻找失落的青春,寻找30年前的纯真感情。作者以一种煞有介事的写实姿态,把这一群试图回到过去寻觅纯真的中年大叔写得有滋有味,让读者也随之进入大学校园去体味这狂欢和颓废。但实际上同学会既使得欲望年代的欲望之流连成一片,也让作品有效地把这批60后大学生阻隔在80后的世界之外,使他们无法进入。这既深刻表现出两个时代不同人群同样深陷欲望之中的普遍事实,同时又预示着两个时代的巨大落差。《桃夭》中写到的一位神一样的人物白涟漪,我认为也是一个富有隐喻内涵的形象,也是小说寓言叙事的产物。作为邓冰同学的白涟漪早已因为家庭变故产生的精神重压或者因为殉情而自杀身亡,30年后突然冒出的另一个白涟漪却像是当年的亡灵对邓冰纠缠不休,以致邓冰很长一段时间搞不清楚这个白涟漪究竟是人还是鬼。这种不可思议的穿越故事同样蕴含了丰富的寓意。邓冰几乎是小说里在堕落的旋涡中唯一具有自省意识的人物,这让别人以为他的精神出了问题,白涟漪的出现仿佛活灵活现地印证了问题的真实性。小说最后写为了解决邓冰的所谓精神问题,一帮好心的同学设计了一出虚拟法庭审判邓冰自证自己有

① 张清华:《镜与灯:寓言与写真——当代小说的叙事美学研究之一》,《烟台大学学报》2005年第2期。

罪的闹剧，进一步证实了在普遍堕落中没有人可以自证清白。除非你自己疯了，否则你只能同流合污。这故事既包含了深刻的寓意，同时也是一个巨大的讽刺。

三、戏谑与反讽

《桃夭》在写作上还有一个非常值得注意的特点，那就是语言风格上的戏谑和反讽。戏谑即所谓戏言，带有玩笑和调侃的意思。反讽则是话语的含义与它的字面意思相互矛盾，从而造成一种特殊的讽刺效果。这种特殊的话语方式比由作者出面直接否定和讽刺描写对象具有更富审美意味的艺术效果，常常在讽刺性作品里得到广泛使用。20世纪80年代后期王朔的《顽主》曾使用戏谑和反讽的手法塑造出一批社会的边缘人形象，被主流文学批评为“痞子文学”。但戏谑和反讽的艺术方法仍然具有特别的艺术效果。

《桃夭》中所讲的故事抽象地讲，大多是一些不大不小却让人沉重、令人不堪却又十分荒诞的灰色现象，就像小说中喻言和吴亦静的不伦爱恋故事，邓冰要自证犯了交通肇事罪而被当作精神病人被警察用电棍从派出所赶出来的故事。实际上你在精神上无法容忍那些普遍堕落在你眼皮底下大行其道，但你对改变现状又无能为力，而且你根本无法采用正常的方式去对付那些难以想象的荒诞和怪异。小说中写了一段公安局刘副局长为感谢歌舞团王团长解决他的关系户工作问题请王团长吃饭的场景。刘副局长在电话里对在酒楼等候的派出所所长江永川说：我还在开会可能来不了，胡丽同学的事你要多关照，她是我导师的干女儿，也就是我亲师妹。江永川说：那当然，那当然。刘副局长说：你也知道，现在要求我们“照镜子、正衣冠、洗洗澡、治治病”，要一鼓作气，确保取得群众满意的实效。我正在“洗澡”呢。江所长说：没关系，你继续洗，继续洗，那是大事。胡丽听到刘副局长正在洗澡，不干了，一把把电话抢过来，说：刘局你在和谁洗澡呀？我这么大的事你都不来。刘副局长说：我讲的“洗澡”不是你想的“洗澡”，现在形势逼人，不能大吃大喝，严格控制三公消费。胡丽说：咱这不是三公消费，咱这是私人请客。刘副局长说：对，是私人请客，你就陪江所长好好吃吧，到时候会有人去买单的。[①]

这段对话可以说充分体现了小说对于官场欲望书写的深刻性和讽刺性，比起王朔小说中的"顽主"们有过之而无不及。《桃夭》在小说结尾展示80后女生吴亦静与年龄相差近30岁的60后喻言之间不伦之恋的大结局亦使人产生荒诞和幻灭之感。吴亦静此前与喻言在同学会后"流氓"活动中修成正果，到了谈婚论嫁的时候，吴亦静把喻言带回云南老家见自己的母亲，哪知道吴亦静的母亲正是喻言30年前的同学和情人蓝翎。喻言此前因为出版了与蓝翎的《两地书》而与妻子离婚。现在两人相遇，喻言和蓝翎百感交集，异口同声地问：怎么会是你？这故事放在20世纪80年代是一出类似于陈国凯的《我该怎么办》那样感天动地的悲剧，但在吴亦静眼里却别有一番境界。小说最后写道：

这时，喻言的手机突然响了。喻言一看是吴亦静，就溜到一边接电话。吴亦静说原来你出版《两地书》就是和我妈往来的情书呀，我看完了，真让人感动。我已经和老妈说好了，既然你们的感情这么深厚，你就干脆娶我妈吧，到时候我们还是一家人。什么……喻言一阵晕眩。[②]

显然，这已经是另外一代人的感受和判断了，你除了自我调侃或反讽一番还能够做什么呢？用张者的话说，大家嘻嘻哈哈好像心情都不错，可是当自己一转过脸去，心中就有一种痛，这种痛是什么呢？说不清楚也道不明白，你也无法向任何一个人去说。这时候采用戏谑和反讽的方式或许是一种合适的选择。这正是所谓的举重若轻，以戏谑写正剧，用轻松写沉重，以自嘲写无奈。现实主义的正剧的写法当然有自己的意义和力量，但戏谑和反讽的写法也不失为一种有价值的选择。

——原载于《重庆评论》2017年第2期

作者简介

周晓风：重庆师范大学文学院教授。

① 张者：《桃夭》，人民文学出版社2015年版，第259页。

② 张者：《桃夭》，人民文学出版社2015年版，第373页。

王雨《碑》里的铿锵三人行

■ 老谭

“碑，竖石也。”王雨引用许慎《说文解字》中对于“碑”字的字义解释，作为他宁氏家族系列长篇小说，或称移民三部曲的第三部《碑》的题记，似乎是信手拈来，为其新著题名作注。其实不尽然，稍微比较一下同系列的前两部，《填四川》和《开埠》都以重大历史事件的动宾词组概念做题名，而这一部却以重要文物标志的单一名词概念做题名，加了题记，就不难发现还有寓意藏焉。

《碑》里写的“碑”，特指重庆主城核心地带已竖立了半个多世纪的那座碑，从原初的精神堡垒，到抗战胜利纪功碑，再到现在的人民解放纪念碑。在20世纪40年代初至50年代初的历史风云急剧变动中，那座碑已曾经历三部曲，王雨通过他小说里的人物的行和感，既重述又见证了那一个三部曲。对那座碑的前世今生，做了别的文学作品所未肯或未敢的描写。充盈其间的，无疑是他这一个重庆作家，对精神堡垒，对抗战胜利纪功碑，对人民解放纪念碑，直切而又挚真的敬畏之情。“碑”字固有的，既传承不衰又历久弥新的纪念性意义，就这样地昭显在了字里行间。

然而，对整部小说来说，如此昭显并非第一性意向。第一性意向终究在于那座碑的象征性意义。小说从1941年写到1951年，时间跨度不过10年，在历史长河中不过弹指一挥间。但这十年，重庆城和重庆人始终屹立在中华民族命运走向的漩流中心，穿越了全民抗日、国共和谈和国共内战的风雨雷电。勇敢坚毅、百折不挠、团结奉献、拼搏进取的重庆性格或者重庆精神，不仅在这历史穿越的进程中一以贯之地表现出来，而且与时俱进，得到了令世人瞩目的考验、锤炼和强化、升华。从精神堡垒，到抗战胜利纪功碑，再到人民解放纪念碑，碑的物质实体所呈现的一贯挺拔、愈益高大的形象和气概，正是重庆性格或者重庆精神的壮美象征。以“碑”为题名，进而更以那座碑的更替三部曲作为历史的大背景，借以讲述一个宣示重庆性格或者重庆精神的重庆故事，才是王雨念兹在兹的寓意所在。

重庆故事必须由特定的重庆人来演绎。王雨在《碑》里，以《填四川》的宁徙、《开埠》的宁承忠的后辈男儿宁孝原为主人公，以宁孝原与赵雯、倪红两个重庆女子的情爱纠葛为情节主线，再由他与他的毛庚朋友黎江、袁哲弘、柳成、涂哑巴之间的一些纠葛生发出四条情节支线，进而广及重庆本土以及外地的社会上下各色人等，编织出了一个既有历史温度，又有时尚元素，传奇色彩毫不亚于前两部的重庆故事。尽管一条主线与四条支线之间，人物关系和情节展示的交集融合完善度并不完全一样，但他借“碑”想表达什么，第一章便通过宁孝原同倪红一起床上言“伤”，说出“这颗子弹倒长了精神”，“活像都邮街那碑”，明白无误地传递了出来。

《碑》里的这一个宁孝原，从体魄形象到气质脾性，与他的曾祖父宁承忠简直出自同一个模具，既一身正气、豪气，又兼具邪气、痞气，连对他先后倾情爱上的两个女子，也是情爱喷涌中不乏性欲冲动，虽有特色，并不新鲜。有创新，或者更准确地说王雨自己突破了自己的是，他将宁孝原塑造成抗日英雄，然后在人民解放事业中又成了特殊功臣，英雄和功臣都属于非常态。不寻常之处就在于这个人物不仅气质脾性、行为做派一如上述，而且还是一个“无党无派”的“富家子弟”，一个那十年中国政治文化两系主流之间的动态另类。他如何英雄了得，他怎样建立殊功，都不必条分缕析复述了。在当时的中国，在当时的重庆，与宁孝原一模一样的人未必找得出来，但有某些类似的人生际遇和价值选择的过来者也不乏其人。既往的一些文艺作品已然对某些类似的人有所观照，但在重庆作家的长篇小说里，像王雨这样不仅将宁孝原认定为主人公，认定为英雄，认定为功臣，而且还将这样的一个人描述为如“碑”所寓的重庆性格或者重庆精神的承载者和发扬者，的确是自出机杼，别开生面。整部小说最大的看点，就在宁孝原身上。

以宁孝原为纽结，《碑》构建了他与赵雯、倪红间的情爱三角关系。赵雯与倪红缺少相互交集，倪红的形象较之赵雯的形象或多或少显得有些重庆辣妹的符号化，毋宁是一个遗憾。但是，赵雯这个人的形象，的确也相当出彩。与倪红相对照，她端庄、秀美、沉稳、聪慧，她在两个都深爱她，虽为毛庚朋友却为能得到她而不惜在江边决斗的男人之间始终保持着真诚和理性，这打破了重庆女性无不泼辣、张扬的阐述惯式，此外，更重要的，她还是特定历史社会环境里的共产党员，她比宁孝原有更明确的政治信仰，并且担负着因时而变的政治性使命，因而她在情感波涛中保持理性高于激情。但作为有七情六欲的女人，特别是重庆女子，她又敢于不避激情，多重性格的描述亦自顺理成章。尤其出奇的是，临近重庆解放，眼看宁赵结合将水到渠成之时，她受党的派遣去往台湾，在特殊的谍战中，为解放事业浴血奋战。如此出人意料的结局，为整部小说平添一股壮烈气息，赵雯无愧为女中豪杰、巾帼英雄。

宁孝原与赵雯之间，插入了第三者袁哲弘，构成了另一组情爱三角关系。袁哲弘是宁孝原一直“要好的毛庚朋友”，但甫一见到赵雯便为之“心动”，对竞争对手明侃“争女人不打让手”，终至发生江边决斗，决斗过了仍是朋友。这固然奇，但在时尚小说里司空见惯，并不刺激读者神往。真正刺激读者神往的是，他更是一个国民党员，一个军统要员，他也有他的政治信仰和政治操守。一方面，他两次深入敌后执行秘密任务，还刺杀了日特第一女间谍南造云子，确有“过人的胆气”，于民族大义上堪称英雄。另一方面，对军统组织通缉、追杀的他的另一位毛庚朋友涂哑巴的姐姐共产党员涂嘉英，他一直曲意保护，后来奉命在渣滓洞亲手枪杀涂嘉英，他又选择“一枪毙命”，以让“涂姐”“少些痛苦”，朋友交谊和政治原则两条底线他都守住了。临去台湾前，他还请宁孝原和赵雯“一聚”，在涂哑巴冷酒馆喝了一回酒。毫无疑义，这样一个人物形象难得见到，也与“碑”的寓意并不相悖离。

在《碑》里，王雨还勾画了另外的三组人物关系，并借以多场域地扩张情节，延伸主题，但都不及这组人物关系写得具有创新性。从塑造人物形象是小说第一要务的角度看，宁孝原、赵雯、袁哲弘合在一起真的堪称铿锵三人行，不仅能支持主题取向，而且摇曳着别样风采。较之《填四川》和《开埠》，在这方面的自我超越相当明显，整部小说的可读性多在其中。能如此，王雨足以自慰了。

——原载于《重庆晚报》2017年9月14日

作者简介

老谭（蓝锡麟）：重庆市文联原党组书记。

创伤记忆与反思 《重庆之眼》：幸存者的

■ 王本朝

我一直想为范稳的小说写一篇文章。他是我大学时代的师兄，说说自己的感受理所应当。何况他的小说已有独特的艺术追求和审美特点，特别是他的近作《重庆之眼》有着勃勃生长和砥砺探索的艺术力量，让我有了表达的强烈欲望。范稳的小说注重实地考察和翻阅资料，善于发现被掩藏或边缘历史的意义，表现大地的神奇和信仰及其如何支配和影响人们的生活。向外，有其题材选择的宏大和奇异；向内，则立足人的精神探索和人性坚守。所以，他的小说常与“神奇土地”、“神圣信仰”、生命的“虔诚与坚韧”等相关。他历时10年，经过实地调查和民间走访，以及阅读大量史料文献完成的“藏地三部曲”——《水乳大地》《悲悯大地》和《大地雅歌》就有这样的特点。《水乳大地》选择滇藏交界边地独特的社会和自然环境，描绘多民族杂居地区的宗教信仰与世俗世界从冲撞走向融合的过程，展示了一幅民族历史变迁的斑斓画卷。《悲悯大地》则通过澜沧江两岸两个家族的年轻人追寻“藏三宝”的种种经历，表现对人与自然、人性与神性关系的思考。《大地雅歌》则讲述了一个世纪的爱情故事，故事背景也不局限于滇藏地区，而是从大陆到台湾，沿澜沧江到了缅甸，表现“信仰”对爱情的拯救力量。“藏地三部曲”让范稳声名鹊起，有了小说写作的基本路数。他在写《吾血吾土》（2014年出版）时依然遍查史籍，寻访多位抗战老兵。该书主要讲述西南联大学生赵广陵及其数名同学在国家危亡之际弃笔从戎，积极投入抗战，但又随历史变迁而沉潜起伏、命运多舛的故事。《吾血吾土》在后记《拒绝遗忘》中介绍小说的写作背景，“采访了二十个老兵，收集整理了五十多个老兵的人生档案”[①]，到抗战老兵在几十年的政治运动中“注定是悲情的失败者”，面临衰老、贫困、孤独、病痛乃至死亡，他“为国人的健忘、轻浮、娇奢感到不解和心痛”[②]，是出于文化的坚守，书写凋零的抗战老兵，表达“国不敢忘，不能忘”的呼吁。《重庆之眼》也涉及这样的立意，关于民族和个人的遗忘与记忆命题。小说想为历史作证，立足现实，回望历史，再现抗战时期“重庆大轰炸”那段悲壮而惨烈的历史，打通历史与现实的阻隔，让历史说话，让现实警醒，让记忆成为证词，落地生根。文学的价值和意义纷繁多样，它用语言的方式记忆历史，呈现历史和人性的丰富和复杂。

是历史兴趣和道义责任，让范稳走进了重庆。范稳曾在重庆读大学，对重庆这片土地有着深厚的感情。2015年开始，他为创作《重庆之眼》专程从云南到重庆居住，搜集资料，体验生活，采访“重庆大轰炸”见证人和受害者，感受这座城市的市井百态和文化底蕴。他说，《重庆之眼》是一部向重庆致敬的小说，因为它勇敢倔强，拥有一段不屈的光辉历史，它还是一首向不平凡岁月中弥久愈坚的爱情致敬的颂歌。[③]的确，《重庆之眼》之所以具有思想和艺术感染力，与它的英雄气概、儿女情深，与它的民族情怀都有关系。在我看来，它最有意味的是对重庆大轰炸幸存者的创伤记忆与反思，是对个人遭遇特别是爱情、命运与民族战争交织而纠缠的生动书写。前者继承了抗战题材《吾血吾土》的写作思路，后者又延续了《大地雅歌》的小说立意。至于所表达的“信念”之价值和意义则沿袭了范稳小说的整体路径，并将个人宗教上升为一个民族的文化信仰。

《重庆之眼》沿着两条并行线索展开。一是叙述幸存者对重庆大轰炸灾

① 范稳：《吾血吾土》，北京十月文艺出版社2014年版，第461页。

② 范稳：《致敬重庆》，《重庆之眼》，重庆出版社2017年版，第528页。

③ 范稳：《致敬重庆》，《重庆之眼》，重庆出版社2017年版，第528页。

难的历史回望与现实索赔，包括1939年“五三”“五四”大轰炸，1940年端午节龙舟赛时突如其来的大轰炸，1941年4月10日国泰大剧院大轰炸和1941年6月5日十八梯大隧道惨案以及对日索赔原告团百折不挠的尝试与努力，历史与现实相通，表现无所畏惧、抗争到底的民族精神，以及还原历史真相、维护民族尊严、坚守社会正义的坚强意志，进而思考历史被遗忘、正义被封藏的人性和民族性痼疾及悲哀。二是叙述历史幸存者，主要是三位主人公——刘云翔、邓子儒、蔺佩瑶的爱情纠葛和人生际遇。小说将两条线索有机地结合在一起，表达历史的创伤记忆和现实反思，呈现民族灾难和个人命运、情感纠葛和人性张力的融合，完成对重庆大轰炸的深度描绘和独特再现，超越了文学史上该题材领域的其他文学创作，成为书写抗战历史特别是重庆大轰炸不可多得的长篇佳作。

关于重庆大轰炸，已有历史、新闻、经济、社会、法律、电影、美术和雕塑等领域的研究和创作，文学也参与其中，如老舍的散文《八方风雨》记录了大轰炸下的艰难时世，任均的《警报》、方敬的《轰炸后》以及易君左的诗集《轰炸集》等，均记录或抒发了对大轰炸的感受和心志，书写灾难，铭记创伤，表达民族记忆。总体上，还缺乏具有震撼力和艺术高度的作品，特别是鸿篇巨制的创作和打造。《重庆之眼》的出现不能不说是一件令人欣喜的事情，并且超越了一般抗战题材的书写模式，而将其推入有“思想”的写作。《重庆之眼》的“思想”在于，它书写苦难，但不限于苦难；它写了创伤，又不止于创伤；它写了爱情，又不囿于爱情。小说写了民族战争的惨状，特别是无差别轰炸对一座城市的蹂躏与践踏，留给幸存者的则是永久的惨痛记忆，弥漫着大轰炸年代经久不息的狼烟和难以飘尽的尘埃。如1939年“五三”“五四”大轰炸，“熟悉的街道在燃烧，房屋都成了断壁残垣，烧焦的尸体横陈在大街上，电线杆上、树枝上、残墙上挂着残肢断臂和肠子、心脏。这哪里还是那个错落有致的山城啊?简直就是人间地狱”。1940年端午节龙舟赛，当天春风和煦，“天空舒展开了它温暖的怀抱，仿佛一个父亲宽阔的胸膛任你撒欢；长江里的鱼儿扑啦啦地跃出了水面，不知是想跟龙舟赛一赛，还是在给桨手们助威鼓劲，连江岸上斗大的鹅卵石都在跟着龙舟欢快地奔跑。”但日军飞机来轰炸了，“如雨的炸弹倾盆而下，那是它自盘古开天辟地以来，从未见到过的灾难，即便在它暴怒撒野时，也没有如此残忍迅猛地吞噬过大地上的生灵”，“欢乐的世界瞬间破碎成死亡的深渊”。又如1941年6月5日发生的十八梯大隧道惨案，“太阳都是黑的”，隧道里数千人被封死在闷热的防空洞里窒息而亡，“隧道像一座坟墓，男女老幼，东一堆、西一团，裸尸相枕，伤心惨目”。“人和人一个缠到一个、一层压着一层”，活的、死的像麻花绞在一起。张振贵的母亲死了，他把儿子、老婆背回家，最后他们也死了。晚上，一个人在家里“坐在空荡荡的屋子里，眼前飘着的都是大隧道里的那些阴魂。他们的身子陷在人堆里，阴魂却飘出来了，在重庆的大街小巷到处找回家的路。有些阴魂飘回家，却发现一个活着的人都没有了，他们就成了孤魂野鬼。我害怕了，不知道自己是死了，还是活着的；不晓得是在自家的堂屋里坐着，还是在阴间哪道鬼门关里关起的。我看到阎王派来的那些小鬼，穿门入户，拖起那些成了孤魂野鬼的街坊邻居就往地狱里跑。他们喊爹喊妈地不想去啊！我怕这些小鬼也来拖走我的婆娘娃儿，就找了根火铲守在他们身边，我一边哭一边和小鬼们打架，一直打到天亮了，小鬼们才跑了。我以为我打赢了，可是我婆娘娃儿唧个还是没活下来呢？”这是一段精彩的心理描写，通过心理幻觉、民间信仰，独到地表现了幸存者的恐惧和绝望。

面对大轰炸，人们并没有哀号和绝望，而是昂首反抗，或是安定坦然。警报躲久了，听到警报响照样在茶馆里把泡好的那壶茶喝完，女人在防空洞里还会想起灶上熬的稀饭。敌机飞过来了也不无幽默，“那些盯飞机的龟儿子都打瞌睡去了嗦”。1940年端午节龙舟赛，在敌机轰炸下，人们并不害怕，而是迎风挺立，勇往直前。“天空中传来机关枪‘哒哒哒’的爆响，好似一连串的高升爆竹。子弹打在水里，长江淌血，一排排眼泪喷泉般弹跳而出；子弹打在龙舟上，木屑横飞，龙在呻吟；子弹打在赵五哥的头上，脑浆四射，天灵盖如帽子一样飞落。但那面‘过江龙’的锦旗并没有飘落，它还插立在龙头，迎风招展。赵五哥倒下了，它不倒，龙舟就继续向前，尽管能划桨的人已经不多了。”“水花飞舞，弹片横飞；天上地上，生死竞技”，岸上观赛者也不愿离去，而是呐喊助威，“岂曰无衣？与子同袍”。作为抗战大后方的重庆，虽经历多次大轰炸，但“人们该过日子照样要过，该做生意的也照样做”，“贫穷，但硬气；脆弱，却坚韧；破败，也有序”。小说写道：“在哀伤与废墟之间，人们慢慢接受了轰炸就是这个国家抗战的一部分的现实。敌机刚刚飞走不到半个小时，消防队和防护团的人们还在救火、救伤员、拉尸体，有伤亡的家庭还在哭泣，但幸存的店铺就已摆出热气腾腾的稀饭、小面、抄手。从防空洞里出来的人们，该做啥子还做啥子。街灯炸坏了，临街的住户就将一盏盏煤气灯摆在门口，为行人照路。山城本来就是一座生活气息浓郁、生命力旺盛的城市，在不能立足的地方都能盖房子，日本人的大轰炸显然也阻挡不了人们结婚过日子。”邓子儒、蔺佩瑶就在1939年“五三”“五四”大轰炸中举行婚礼。重庆人清楚地知道“人家在天上，你在地上，你能有什么办法？”小说中写了一个“用手挪着前行的老人，虽然没有了双腿，但他仍要去一个没有轰炸的地方，哪怕是靠乞讨也要活下去”。南京虽然沦陷了，但“我们还有重庆，重庆不沉到长江里去，抗战就有希望”。重庆是一座战斗的城市，是一座英雄的城市，“哀伤的眼泪让长江水涨，仇恨的怒火令江水开锅”，长江为之轰鸣，两岸青山为之击节。最让人击掌叫绝的是小说对重庆与戏剧血肉关系的书写，写到文化抗战，“士气”不倒，民心从之。“侵略者尽可以野蛮残忍，但我们不能不演话剧”，虽然有大轰炸，但人们照旧坦然地走进剧场，因为“有太多的苦难需要呐喊，需要宣泄”。抗战话剧成为那个年代“贫乏苦难生活的兴奋剂”，成为“紧张、恐惧轰炸下的镇静剂”。“生活纵然非常不易，能否活着也是个问题。但没有关系，我们先看话剧。”重庆人天性乐观，国泰大剧院刚刚被炸，第二天就在剧院旁边搭建了一个露天的简易舞台，免费演出。有一个女孩的父亲刚去世，女儿在尸体旁边“描眉涂粉”，还想看话剧。大隧道惨案里出现了《五月的鲜花》的歌声，声声哀而不伤，空灵而悠远，凄美而悲壮。歌声成了人最后的尊严，“歌声消失了，生命也就熄灭了”。

当然，小说对抗战及其生活在赞赏之余也不无批判和忧虑。当日机在天上横冲直撞时，有一个少年嘶喊着“我日你小日本的仙人板板”，“捡起一块鹅卵石往天上投去。那鹅卵石飞得又高又快，仿佛脱离了地心引力，一直追着刚才那架杀了赵五哥的飞机”。虽不失勇气却无能为力，如同西西弗斯推石头上山。“生活在雾都里的人们才发现，浓雾，是他们抵御天空中强盗的一个有力武器。”敌机来炸，只能靠挂在山顶上的简易红灯笼提示大家，“灯笼高挂，炸弹来炸”。防空洞也分不同类型，政府的、自建的和公共的，“在死亡面前，人也是分了三六九等的，即便是战争时期”。私人建的防空洞“宽敞舒适，空气清新”，还养着金鱼，“公共防空洞里连喘口气都难”。富家太太们照样歌舞升平，跳舞、打麻将，纸醉金迷，通宵达旦。小说中还写到令人悲哀的细节。抗战胜利了，刘云翔非常兴奋，但他因破烂的衣衫以及竹棍被人们当作要饭的乞丐，他“走到一个安静小巷的拐角处”，双手掩面，“放声痛哭了一场”。当人们在享受胜利的喜悦时，也开始遗忘胜利的创造者。

小说最为冷静的叙事是对重庆大轰炸幸存者作为原告团在日本的索赔及其对国家、民族和人性的理性反思，它立足苦难又超越苦难，有了创伤记忆，保存历史真相、维护社会正义，它立足民族国家又超越民族国家，而有世界眼光和人性的悲悯。邓子儒、蔺佩瑶、李莉莎、唐老三和张振贵等有一千个理由要求日本道歉和赔偿，因为他们是重庆大轰炸的受害者和幸存者，后来又成了生活的落伍者、被淘汰者。

邓子儒在大轰炸中失去了两个伯父、一个叔叔、三个婶婶、五个侄儿、四个堂兄弟、两个姐姐。李莉莎在1941年4月10日的国泰大剧院大轰炸中，不但失去了双亲，还被剥夺了睡眠的权利，从9岁多开始失眠，直到80多岁才知晓原因。唐老三在大轰炸时被炸掉一只手，从此孤独一生。特别是当今的社会现实，“日本在刻意忘记这段有罪的历史，而中国人在现代化的进程中，许多人似乎也来不及回望和钩沉了”，战争遗址成了商业活动场所，过去的“金竹宫”成了娱乐城，开起卡拉OK厅、迪吧、酒吧、商店、冷饮店和服装铺，“尽情挥霍他们的夜生活”。“战争的遗址已经看不见了”，防空洞被改造成了仓库、小商店和住房，因为“重庆的房子紧张”就被放过去了，并且心安理得。小说写原告团得到了日方友好人士菊香贞子、斋藤次郎和梅泽一郎的无私帮助，他们也看到了中国人的“散漫、扯皮、推诿、窝里斗以及低效率”，“遭轰炸的时候，大家还可以有难共担，同仇敌忾，要去分钱了，就有人在桌子下你踹我一脚，我绊你一腿。哪怕这笔钱还是纸上画的一块饼呢”。小说写原告团不团结，搞窝里斗，成员黄思齐搬弄是非，沽名钓誉，利用原告团谋私利，像农贸市场的小贩吆喝"贩卖"苦难。就连邓子儒和蔺佩瑶也顾忌自己的隐私和家丑，不愿出场为大隧道惨案作证。幸存者唐老三"粗鄙、鲁莽、简单，没文化却有勇气"，在日本的法庭上"说话日妈打娘、老子连天"。他住在菊香贞子家里，得到对方的精心照顾，却不尊重对方，甚至发生了摸"乳房"和"大腿"的性骚扰行为。他为自己辩解："他们搞了那么多中国女人，我摸一下也是抗日嘛。"他生活在社会的底层，孤独一生，当被批评责怪时，"他哭得伤伤心心，无助而凄切，仅有的一只手既要揩眼泪又要揩鼻涕，还要去拿床头柜上的茶缸，在他喝水时，眼泪、鼻涕毫无遮拦地滴落在茶缸里。两个年轻人望着老人另外那只空空的袖管，顿时就无话可说了"。原告团的张振贵依然还居住在十八梯，屋子狭小、凌乱、昏暗，"客人几乎找不到落脚的地方"。他开始不愿意接受采访，因为他在历次运动中被整怕了，担心被领导知道了会带来"麻烦"。

小说还写到日本老兵川崎正雄参加了对重庆的大轰炸，但他并不为自己的行为忏悔，而把责任推给了国家，说："请不要审判我，我这风烛残年的老人，经不起灵魂的拷问；也不要让我再去回忆真相，我所做过的事，让我的国家去下定论吧。"虽然如此，在临终时他也留下遗言，捐助索赔团两千万日元，希望他的儿子去祭奠大轰炸受难者，献花上香代他赎罪。日方律师斋藤次郎、梅泽一郎虽为中国受难者辩护，但法庭外的喇叭口号声里却在骂他们是"国贼"和"非国民"。最有意思的是，小说结尾写邓子儒、唐老三已经死了，他们以遗像的方式参加了第32次开庭，结束了九年零八个月的诉讼，近十年的诉讼，却换来42秒的判决词，那就是对重庆大轰炸的事实"予以认定"，但"驳回上诉"。已近失明的蔺佩瑶发出了最后的控诉："只要我们还活着，我们就是历史的证言；我们死去，证言留下。"诉讼也成了一场悲壮而惨烈的现实战争，"暧昧的日本"成为世界的认知形象。

小说最为动人的叙述是邓子儒、蔺佩瑶和刘云翔之间的爱情故事。民族战争是爱情的背景，蔺佩瑶出身官员家庭，爱上了中学同学刘海，但遭到父亲的反对，被许配给来自商人家族的邓子儒。被蔺父驱逐而狼狈逃离的刘海易名刘云翔，后成了空军飞行员。蔺佩瑶有爱国热情，也有"小布尔乔亚情调”。刘云翔被派到重庆上空作战，他为国家、民族，也为自己的恋人“撑起一片安全的天空”，他一战成名，因击落一架敌机而受伤，成为人们心目中的大英雄，被邀请到邓家做客，邓子儒崇拜刘云翔，想为他写一部《龙城飞将》的话剧。情人再次相见，却发现“初恋恋人回来了，你却结婚了”，情意绵绵，情理纠缠，剪不断，理还乱。从此，他们开始或明或暗地交往，伤感而不舍，发乎情止乎礼义，小说都有细致入微的描写。随着刘云翔、蔺佩瑶感情的升温，刘云翔对国民党军营的腐败、上司的平庸以及消极抗战而愤懑，加上地下党员的工作，他们准备私奔到延安，蔺佩瑶为了爱，刘云翔则为了抗战。但去之前，他们到万国饭店偷情销魂，而被邓子儒追杀，逃到大隧道避难，经历了爱与死的最后一吻。邓子儒为了向蔺佩瑶证明自己的爱最终将刘云翔从死人堆里背了出来。抗战胜利了，刘云翔驾驶一架C—47飞机到了解放区，解放后他被认作起义人员，在一个乡镇中学教英语和物理，蔺佩瑶也成了一名中学英语教师，邓子儒则在文化局谋得职位，他们之间几十年不来往。到了20世纪80年代，邓子儒病了，阿尔茨海默病，蔺佩瑶也犯眼疾，91岁的刘云翔住进了邓家照顾他们。古老的三角关系分分合合、聚聚散散，爱成了死结，“谁也无法逃身”。刘云翔将其称之为人生的“黑暗隧道”，“有的人走了一辈子，也穿不透这隧道里的黑暗”。蔺佩瑶则把一个女人被两个男人爱当作“人生的不幸”，爱和恨相连。当邓子儒去世后，刘云翔和蔺佩瑶住在了一起，成了“老来伴”，清明节他们还去为邓子儒上坟，爱情有了大团圆。整个故事曲折婉转，个人命运交织国家不幸，随社会而沉浮。当然，小说的具体描写也不无瑕疵，如写他们爱到深处，在电闪雷鸣之夜，蔺佩瑶和刘云翔被欲火燃烧，但刘云翔最终放弃，原因竟是母亲留给他的“女人的身子都是被这个世界上的臭男人玷污了的，身子坏了，女人也就坏了”的教诲。小说还写蔺佩瑶对丈夫发表了一通戏如人生的议论，什么“人生如戏，人不是在演别人，是演自己；戏如人生，戏在演别人，说的还是自己”。蔺佩瑶哪有这么冷静和理性！

说到小说中的议论，不得不说它是范稳小说的叙述特点。在叙述中不时穿插议论，起到控制和减缓叙述节奏的作用，也有揭示寓意、推进故事的目的。有的议论性语句和段落如用得恰到好处会有事半功倍之效，有的不该议论而发议论，则会干扰叙述，显得多余，甚至是降低了小说的艺术性，使小说平面化了。如小说第27页，写一群学生在呐喊，接着发表评论："那是一个呐喊的时代。因为所受的屈辱太深太多，不喊不足以宣泄忧国之愤，不喊不足以唤醒众多麻木的灵魂。"又写"当那个男生喊出第一声'同胞们'时，蔺佩瑶的身心就像被点击了一般，血都冲到脑门上了"。如果省去议论性评价，叙事会更为简练直接。小说第35页，有"爱情改变世界，爱情也塑造一个新人"；第70页有"生活中总有许多相互掣肘的事情，你在一个方面任性，就会在另一个方面付出代价"；第149页写蔺佩瑶参加诗人节晚会，因年轻不知道"缘这个东西，是在时光流逝中，生命里越来越坚韧的那根筋"；第248页写邓子儒将刘云翔留在家里休养，便于剧本写作，说"有些信任是一把双刃剑，伤了自己，也让受信任之人鲜血淋漓"。议论多了，故事的寓意就变得显豁了，明白了，反而不利于小说的深度开掘。不仅是叙述中的议论，就是描写和抒情也应有所节制，如小说多次书写重庆长江和嘉陵江，有的成了意象，有了意境；有的近似散文，纯粹在抒情，如"一座城市如果有一条大江环抱滋养，就像有一支永恒的歌在日夜萦绕吟唱，山城得天独厚之处在于它倚枕的不是一条江，而是两条。它汇集的就是天地之灵气，江河之雄浑，人文之丰沛。一叶扁舟也会在这大江大河中吟唱出绝美隽永的歌谣"，如"嘉陵江、长江在窃窃私语"，写蔺佩瑶和刘海的爱情"就是长江和嘉陵江在朝天门外拥抱在一起"。写大轰炸也多次出现"太阳跌落人间""瞬间打落了一千个太阳""火辣的太阳摔碎在了人间"等语句。虽让重庆读者读起来比较亲切，但也少了些简捷和丰富。

说到小说的亲切，还有小说里大量的方言和歇后语。如"龟儿子""臊皮""不开腔""理麻""打横爬""搞醒豁""不认黄""铲铲""烟锅巴""宝器""哈脑壳""操得撇""虚火""天棒""搞得赢""煞郭""皮了""紧到""婆烦""砍脑壳的""老果果""干精火旺""日怪得很""脑壳起包""二不挂五""千翻儿""背时""毛焦火辣""扭到费""洗白"等等。还有歇后语和俗语，"裹脚布做衣领——臭了一转"，"猪尿泡打人"，"蚊子叮秤砣"，"猫抓糍粑——脱不了爪爪"，"狗钻砂锅——自己笼起"，"麻雀儿捡糠壳——空欢喜一场"，"重庆妹子的嘴，嘉陵江的洪水"，等等。这些方言俗语有利于表现小说人物个性，还原真实场景，体现语言的生动活泼，甚至叙述的简洁干脆，如“狗日的太阳，毒辣！”就有四川方言的麻辣特点。当然，方言俗语也给非方言区的读者带来一定的阅读障碍，好在四川话属于北方方言，普及较为广泛。小说中也存在为方言而方言的情形，如出自蔺佩瑶之口：“你看看这几个宝器啷个欺负我一个小姑娘！重庆地皮上是哪个说话算数哦，还有王法没得？这个丘八屁侉卵侉地想占我的欺头，锤子大爷才虚他龟儿子！哪个砍脑壳的敢拦本小姐的车，老子要让他霉成冬瓜灰！”在这段短短的文字里，出现了“宝器”“地皮”“丘八”“屁侉卵侉”“欺头”“锤子”“虚”“砍脑壳的”和“霉成冬瓜灰”等9个方言词，它们可能会对一般读者产生阅读障碍，也有些不太符合蔺佩瑶的姑娘身份，如“屁侉卵侉”“锤子”，带有明显的脏话特点，一般多出自市民底层。再“野”的姑娘也会有顾忌，何况在大庭广众之下，更何况蔺佩瑶还有一定的文化素养。

范稳是一位有文学抱负的小说家。他坚持自我，不断超越，始终抱有虔诚的文学信仰和执着的艺术追求，同时也有自己的独立思考。他对自己的创作有过这样的描述：放下身段，以“谦卑的朝圣者”走进历史、民族和现实，而被这片土地所召唤，为其历史文化而着迷，由此反思社会现实，烛照文化的价值和信仰的意义。小说写作不是技术，也不纯粹是艺术，而是被“召唤”的行动。[①]毋庸置疑，范稳的小说创作首先被感动的是他自己，写作成了他的精神朝圣之旅和情感供奉之具，成了历史的“发现和诠释”，现实的批判和反思，以及价值的坚守和维护。所以说，作为小说家的范稳，更是一位精神探险者，是一位历史倾听者，是一位文化信仰的讴歌者。范稳显得有些另类，特别是他的理想主义气质、他的浪漫主义特点。《大地雅歌》就是浪漫主义的，《重庆之眼》对爱情和战争的书写也不无浪漫主义笔法。有研究者曾认为范稳的小说创作受到了魔幻现实主义的影响，这也许是不误人的判断，但我认为魔幻不过是范稳小说的皮毛，他骨子里还是带有浪漫气质的现实主义者。在某种意义上，他的小说与张承志、北村等的小说有亲缘关系，属于一种小说类型。范稳小说中没有机智与幽默，而多历史的沉重和现实的残酷，有人的存在与命运的无助和拯救。范稳关注小说写什么以及为什么而写，于是，他的小说就

① 范稳：《从慢开始，越来越慢》，《大地雅歌》，北京十月文艺出版社2010年版，第430页。

有了重量。他写小说如同掷铅球,不在于抛物线是否优美而在于距离的远近,在于铅球打击地面的力量。同是书写历史,相比于20世纪80年代、90年代的先锋小说,它们呈现的是历史的荒诞和偶然,而范稳则还原了历史的真实和力量。当然,这种真实和力量主要来自作者的伦理站位和现实判断,来自作者对地域、民族和国家的认同,对语言、宗教和文化的寻找。尽管历史的真实和意义可能被现实所遗忘或掩藏,但范稳始终相信历史的真实和意义可以被重建,小说是其重要方式。

范稳在《重庆之眼》中写道:“人要有多么深重的苦难、多么顽强的毅力,才能将随着生命一起衰竭的记忆再度激活?”可以说,范稳“激活”了重庆大轰炸的历史记忆,使历史有了文学的思想和审美意义。重庆大轰炸不仅是历史的事实,而且有了小说文体的审美创造。

——原载于《小说评论》2017年第5期

作者简介

王本朝:西南大学文学院教授。

重读《三寸金莲》与重返80年代

■ 李永东

“80年代话语”具有“大一统”的效力，它不仅作为事后建构的知识谱系参与文学的阐释，而且20世纪80年代，它尚处于建构中，就对文学的占位、倾向和风格等问题进行了干预。20世纪冯骥才《三寸金莲》的评论状况，可以算是“80年代话语”宰制创作的典型个案。评论界所操持的那一套评论话语，冯骥才认为并不适合《三寸金莲》，他甚至觉得评论家的解读都是“胡扯”，为此与整个评论界杠上了。关于《三寸金莲》的争议，也影响了冯骥才的创作生涯，他原本计划写作“由六部至八部中篇构成的一组文化反思小说，总名叫作《怪世奇谈》”，包括已发表的《神鞭》《三寸金莲》和当时止着手写的《阴阳八卦》，并预告下一部“该写中西文化碰撞问题了”①。显然，此写作计划半途搁浅了。有种说法是：“《三寸金莲》惹起对他文化价值判断缺席、趣味有余而批判不足的非议。这在一定程度上也促使他后来终止了小说创作，进而专注于对民俗的保护，成为民俗文化身体力行的捍卫者。”②此后冯骥才倒没有完全终

① 冯骥才：《我为什么写〈三寸金莲〉》，《文艺报》1987年9月19日。

② 丁帆：《中国新文学史》（下册），高等教育出版社2013年版，第192页。

止小说创作，但也只是偶尔为之了。

“80年代话语”到底如何对《三寸金莲》进行“强制阐释”？我们该如何穿透小说文化隐喻的迷雾？这篇小说的解读经验将为“重返80年代”提供哪些启示？这是本文试图回答的一些问题。

一、评论家的热议与冯骥才的不满

《三寸金莲》是冯骥才“怪世奇谈”系列中篇小说中的一篇，发表于《收获》1986年第3期。发表后，《中篇小说选刊》《小说月报》《新华文摘》《传奇文学选刊》《通俗文学选刊》纷纷转载，《当代作家评论》《作品与争鸣》《文学自由谈》等刊物也展开了讨论，“即刻之间，或褒或贬，蜂拥而至”①，时形成了众人争说《三寸金莲》的热闹景象。

照说，这番热闹应该是作家所乐见的。没料到，冯骥才大为不满。评论界充满分歧的看法，不论褒扬还是贬斥，他一概不买账。在《我为什么写〈三寸金莲〉》②一文中，他坦言所创作的这篇小说，有意“撂在不同人不同认识层次不同审美标准的交叉点上”，以此“发起挑战”，并期待有力的回应。然而，他收到的只有失望。那些把《三寸金莲》“当作一般历史小说，当作中国妇女苦难史来读”的批评文字，他并不认可。他总觉得评论家对这玩意儿“无处下嘴”，等了半年，“高明或至少不糊涂的对手”，“不幸不巧不走运不知为什么没遇上”。可见，冯骥才对《三寸金莲》自视甚高，为了驳斥各种“误读”，不惜一棍子打倒所有评论家。十年之后，冯骥才对这篇小说的存在价值再次予以自我确认：“在我所创作的众多的小说中，我认为《三寸金莲》是一部能够留下来的作品”，“去接受人们和历史的验证”。③后来，他又借《三寸金莲》图文本出版的机会，表达了对评论界的不满和对作品的自信：“自然，《三寸金莲》所写的绝不止于三寸金莲了。可惜知我者寥寥，此书出版后，被评论家列为‘历史小说’，或列为‘传奇小说’，或列为‘津味小说’，其实全是胡扯。由此可见评

① 冯骥才：《带血的句号——图文本〈三寸金莲〉序言》，《三寸金莲》，作家出版社2004年版，第5页。

② 冯骥才：《我为什么写〈三寸金莲〉》，《文艺报》1987年9月19日。

③ 冯骥才：《追求永恒——我与〈三寸金莲〉》，《女子文学》1995年第4期。

论界诠释作品能力之有限”，但他“深信随着社会进步，将来必定会有更多的知我者”。[①]这话说得有点儿重了，不过其对小说的自信却一如既往。

面对《三寸金莲》这部“奇书”，整个评论界难道真的看走眼了，看低了，看浅了，看偏了？

我们不妨回顾小说发表后的评论情况。关于《三寸金莲》的评论，集中于1986年以及其后两年。为了梳理的方便，我们把《三寸金莲》的内容分为“凤头”（书前闲话）、“猪肚”（第1—12回）和“豹尾”（第13—16回）三个部分。之所以切成三块，是因为相关评论倾向于这样割开来谈。先说“凤头”。洋洋洒洒的“书前闲话”，绝大多数评论者并不赞赏，且多有批评。温和一点儿的批评，觉得“闲话”啰唆多余，绕这么大个圈子不过为了引出戈老婆子。[②]尖锐一点儿的批评，则把它看作遮羞布，断言“冯骥才意识到他这种三流相声演员的叙述笔调可能引起人们的‘误解’，特意在书前加了一个相当不短的‘闲话’，但这就如同《金瓶梅》前的序为作者并非淫秽的辩护一样，多多少少欲盖弥彰”。[③]

再看“猪肚”（第1—12回）的评论。绝大部分评论家重点关注或只关注这一部分，他们主要阐发了小脚书写的文化蕴含，认为三寸金莲承载、隐喻了民族的变态心理、人性的压抑扭曲和文化迫力下的妇女命运，是封建男权文化、统治阶级意志和民族文化心理的象征物。[④]这是80年代评论界正面评价《三寸金莲》时，认为作品在思想上所抵达的高度和深度。争议最大的也是这一部分。金克木断言这篇小说是“论文”，作者不过就小脚这一历史现象做了“探索本原的工作”，其中没有影射，“用不着费事去‘索隐’”[⑤]。林为进对《三寸金莲》“大失所望”，认为小说对三寸金莲的书写，“只是一种落后事物的展览，缺乏思想的透视”，甚至认为作者“或多或少流露出对‘三寸金莲’的欣

① 冯骥才：《带血的句号——图文本〈三寸金莲〉序言》，《三寸金莲》，作家出版社2004年版，第6页。

② 邹平：《且说〈三寸金莲〉——阅读反应批评》，《当代作家评论》1986年第6期。

③ 单正平：《风俗小说：审美的反思——〈烟壶〉〈美食家〉〈三寸金莲〉简论》，《文学自由谈》1990年第1期。

④ 吴方：《腐朽与神奇间的反思——读〈怪世奇谈〉》，《当代作家评论》1986年第6期；夏康达：《当前文坛上的一部奇书——读〈三寸金莲〉》，《当代作家评论》1986年第6期；邹平：《且说〈三寸金莲〉——阅读反应批评》，《当代作家评论》1986年第6期；王绯：《缠足文化的迫力——说说〈三寸金莲〉》，《当代作家评论》1986年第6期；一评：《读〈三寸金莲〉随感》，《小说评论》1986年第5期；张奥列：《从历史的角度透视观念变革——〈三寸金莲〉辨析》，《小说评论》1988年第2期。

⑤ 金克木：《从〈三寸金莲〉谈“挖根”小说》，《读书》1987年第12期。

赏”。[1]卢安、子敬也认为对小脚学问、审美的过度堆砌渲染，只能成为丑的展览。[2]这种质疑俨然已成为一种定论。诸多当代文学史教材一方面把《三寸金莲》当作重点作品来介绍，肯定其价值，另一方面几乎都认为它存在明显的缺憾。教材对缺憾的指陈基本一致。小脚描写过于铺张，丑态被欣赏，叙事立场暧昧，这是相关教材指陈《三寸金莲》的缺憾时所给出的判词。[3]

最后看“豹尾”（第13—16回）的评论。与“凤头”一样，“豹尾”也不是评论家关注的重点，即使简单论及，也多不看好。夏康达认为，小说的结尾显得仓促。吴方认为，戈香莲、牛俊英母女的冲突带有戏剧性的巧合与未完成的意味。王绯指出，以母女俩的交战来表现缠足与天足的斗争，缺少对历史文化的深刻概括，没有把缠足文化衰亡过程中迫力与反迫力的冲突纳入一个较高的社会层次，没有达到应有的思想境界。“豹尾”的价值，唯有个别评论家予以重视，邹平认为在这一部分，戈香莲由受迫者转为了压迫者，人物性格呈现出复杂性。

另外，部分评论家对《三寸金莲》持整体否定的态度，金克木、陈墨、林为进是其中的代表。例如：陈墨直言该小说是一个失败的文本，作者试图囊括众多主题，实则写得混乱、拖沓、老套、漏洞百出，“看到的只是一堆裹脚布式的乱七八糟的失败了的文本”。[4]

《三寸金莲》确实是80年代文学的一个特异存在。既已入史，算是经受了时间的考验，进入经典行列，但作者仍感叹“知我者寥寥”，并说大部分评论“其实全是胡扯”。当然不能说评论界“胡扯”，因为评论并非仅仅为了追索创作意图和作品原意，解构主义甚至认为“阅读总是一种误读”[5]。只是“误读”也有“正误”和“反误”之分。[6]冯骥才所说的“胡扯”，大概把“正误”和“反误”

① 林为进：《市井风俗小说向何处去？——从〈三寸金莲〉说起》，《文艺争鸣》1987年第1期。

② 卢安、子敬：《〈三寸金莲〉并不美》，《解放日报》1986年7月10日。

③ 洪子诚：《中国当代文学史》，北京大学出版社1999年版，第328页；董健、丁帆、王彬彬主编：《中国当代文学史新稿》，人民文学出版社2005年版，第433页；孟繁华、程光炜：《中国当代文学发展史》（修订本），北京大学出版社2011年版，第295页；王庆生、王又平主编：《中国当代文学史》，高等教育出版社2016年版，第145页；丁帆：《中国新文学史》（下册），高等教育出版社2013年版，第191页。

④ 陈墨：《失败的文本——评小说〈三寸金莲〉》，《文学自由谈》1988年第2期。

⑤ [美]布鲁姆：《误读图示》，朱立元、陈克明译，天津人民出版社2005年版，第1页。

⑥ 童庆炳：《文学理论教程》，高等教育出版社2008年版，第336页。

都囊括在内了。不论如何，作者把话说到了这个份儿上，评论界多少应该对80年代的解读方式有所反思。

二、“闲话”不闲

《三寸金莲》是一部用心经营的小说，建构起了细致绵密、层次丰富的隐喻结构，可以当作文化寓言来读。

《三寸金莲》整体上是民族历史和文化的隐喻，值得指出的是，民族历史文化隐喻的建构，依托于近代天津的城市空间。评论界在阐释《三寸金莲》时，注意到“小脚里头，藏着一部中国历史”所包含的时间意识，却忽略了历史时间必须由特定的空间来承载，忽略了故事的城市背景——天津。“两个天津”（天津卫和租界）[①]是近代中外关系的缩影，它的城市格局具有移植西方文明、构设文化冲突、调整文明观念和创造文本风格的功能。就此而言，小说的意义生成显然获得了天津文化空间的支持。小脚现象内含传统文化的“自我束缚力”和“魅力”，它的兴盛和强化，可以归于民族的内部历史，但是，它的危机和衰弱，则来自近代西方文明的冲击。所以，作者选择中西文明并置、区隔，又交汇、冲突的天津，作为小脚故事（民族历史文化寓言）的生发空间。

小说以“书前闲话”开头，“闲话”实则不闲。相反，对于小说的立意、构思来说，“闲话”恰恰是要紧话。

“闲话”的内容包含两个时空层次：整体、绵延的中国历史时空和地方，即刻的天津现实时空。“闲话”由此分为前后两部分。劈头一句“小脚里头，藏着一部中国历史”，是“闲话”前一部分的引领语，给小说扣上了一顶宏大的、久远的、民族的帽子，使整篇小说笼罩在民族历史文化叙事的预设中，包括丑与美共生、缠与放交替的文化特性，都打上了“中国历史”叙事的大印鉴。

“今儿，天津卫犯邪。”这是“闲话”后一部分的引领语，把叙事的文化时空拉近、聚焦，由千年、整体的中国时空转向此刻、地方的天津时空。“犯邪”是地方时空叙述的核心词，围绕之，作者不惮其烦地连续叙述了八件邪乎事。不

① 参见李永东：《“两个天津”与天津想象的叙事选择》，《文学评论》2016年第4期；李永东：《双城模式的旧天津想象》，《天津社会科学》2014年第6期。

过，这并非浪费笔墨绕圈子，并非只是为了引出戈老婆子以及戈香莲缠足事件。第一件邪乎事，天津卫的城墙塌掉一角，可以理解为封闭、凝滞的传统文化空间被撕开一个小口子。第二件邪乎事，李大善人施粥救济残疾人，突然涌现的残疾人让街道变得寂静可怖，让人们感到极大不安。残疾人与小脚都属于身体的伤残，残疾人涌现的场景与小说中的活受、潘妈形象相呼应：神秘、怪异、卑贱，极少露面，却有着过人之处，暗中操控一切。随后的三件邪乎事，包括盐运司袁老爷家的大奶奶求仙治长虫，饭庄顾客吃螃蟹吃出大珍珠，三岔河口被浪打走的小孩在娘娘宫前被老船夫捞回了一条小命，则不露痕迹地带出了天津卫的城市性质、文化景观和市民性格，即天津卫乃漕运中心、水陆码头，市民爱看热闹，迷信鬼神。接着说到了最邪的两个事件：街头混混闹事，兵备道正不压邪；西洋镜有伤风化，反洋引出租界禁例。这两件邪乎事，前一件交代了天津卫由混混和行伍所形成的逞凶斗狠的地方性格，后一件则展示了天津卫与租界的文化分野和权力对峙。

因租界现象而引发的邪乎事，无疑为小说所讲述的小脚缠放故事提供了必要的铺垫。山雨欲来风满楼，小说先放了一点儿风。此时，由外国租界所携带的现代文明（西洋文明）只是零星地、直观地进入毗邻的天津卫，"西风"在天津卫还不盛，本土文明与租界文明还处于并置、区隔的状态。然而，从租界悄然飘来的一丝"妖风邪气"，已足以令天津卫的文人感到震惊。需要指出的是，天津卫浪荡子弟所迷恋的洋片匣子里的露脖子、膀子、腿儿的洋娘们儿，被文人当作洪水猛兽，而小说后面出现的牛俊英形象，恰恰与洋片匣子里的洋娘们儿类同，二者的关联性显然包含了作者对历史趋向的一种理解。

前面七件邪乎事，究其根源或预兆，则关乎第八件邪乎事：鼓楼的大钟这天多敲了一下。鼓楼是天津卫三宗宝之一，鼓楼大钟早晚敲响，以司晨昏，启闭城门。大钟多敲了一下，喻示天津卫既有的时间节奏被扰乱。此时间既可看作自然时间，也可看作文化时间。至此，第一件邪乎事与第八件邪乎事首尾呼应，一个从空间角度，一个从时间角度，暗示天津卫习以为常的时空初现不祥之兆，进而为小脚引发的一系列邪乎事准备了由头，做好了铺垫。

“在文学中，城市与其说是一个地点，不如说是一种隐喻。”[①]八件邪乎事散落在天津的城墙、三岔口、县衙门、租界、娘娘宫、鼓楼、地藏庵、中营（军营）等自然、人文和权力空间，组合起来就是整体的、概貌的近代天津城市语境，其中正在酝酿中外的文化冲突和权力较量。城墙塌一角、西市拉洋片、租界立规矩、大钟乱节奏等事件的组合，表现出租界文明（西方文明）带给天津卫惘惘的威胁，透露出文化时空的悄然变更。

光写“犯邪”，“闲话”后一部分已够高明，更高明的是作者笔锋一转，又把邪乎劲儿捋平了，并反转了。邪乎事经戈老婆子一解释，全变成了吉祥事。“通晓世事”的戈老婆子挡邪乎事邪乎话的能耐，往深里说，就触到了整部小说的一些核心观念。一则形象地演绎了传统文化的正反两面性及其转化机制，正邪、美丑、真假、缠放的关系皆可如是观。二则戈老婆子化一切无常于无事的方式，与晚清应对西方殖民扩张时以中释西的“附会”逻辑[②]相沟通，这种观念逻辑在戈香莲的“保莲”策略中得到了进一步的呈现。三则戈老婆子是中国历史隐喻链的一部分，从戈老婆子以中国话语化解邪乎事邪乎话，到戈香莲“万象更新”的鞋样改良，再到放足的月桂和天足的牛俊英，小说借三代女人身体和观念的改变，完成了近代中国社会文化变革的隐喻叙事。

总而言之，“闲话”不闲，更非为了遮短，它实则是整篇小说表意结构的重要部分，提供了中国小脚与民族文化“缠与放”变革历程的端绪、动力和方向。

三、历史定格：小脚排成的人肉筵宴

把历史定格，化为固定的影像，便于触摸历史的幽暗细节，捕捉其典型特征，从而赋予历史以浮雕般的鲜明感。《三寸金莲》前12回的故事时间是清末，这是中国历史的一小段，也是专制王权时代的尾声。但一旦把文化时间加以定格和本质化，它就能沟通千年历史。所以，前12回给我们的总体感觉是：故事在一个静止的时代展开——这是一个延续传统观念的时代，是文化生活在

① [英]马尔科姆·布雷德伯里：《现代主义的城市》，[英]马·布雷德伯里、詹·麦克法兰编：《现代主义》，胡家峦等译，上海外语教育出版社1992年版，第77页。

② [日]佐藤慎一：《近代中国的知识分子与文明》，刘岳兵译，江苏人民出版社2006年版，第10页。

固定轨道上运行的时代。静止的时代适宜展开传统文化的横切面，对它稳定的文化内核进行扫描，以此完成金莲文化与中国历史本质的对接。

历史定格的叙事方式，要求我们以整体主义的眼光看待小脚故事。“小脚里头，藏着一部中国历史”，这意味着小说将采取整体性、结构性、寓言式的编码方式，在小脚与中国文化之间构设隐喻关系。但是，谈论《三寸金莲》，光盯着缠脚、赛脚、论脚、玩脚，光盯着“莲癖”的丑态呈现，由此低估小说的价值或指责作者的趣味，多少有断章取义之嫌。

《三寸金莲》前12回围绕小脚展开，其中有几回对小脚学问多有铺叙，受到评论界的非议。诚然，小说从“莲癖”的视角对小脚知识和魅力极尽铺陈渲染之能事，使读者的注意力过久停留在小脚小鞋的审美鉴赏上。这就需要承担一定的风险：情节中闪现的其他关键性细节，容易被读者略过，如：大少爷气疯，香莲自杀的缘由，吕显卿等人做局等，从而质疑作者的叙述态度，轻言作品没有深意。不过，事物往往有两面性，缺陷有时也是“造成某种风格的必备条件”①。抖搂学问，把小脚小鞋的残忍和魅力写足、写绝，甚至过度铺叙，也是形成《三寸金莲》独特风格的重要因素。从叙事功能来看，小说对裹脚痛苦与小脚魅力的渲染，是为了从正反两个方向，加大透视国民生命怪圈和民族病态心理的力度，也为表现文化变迁的阵痛曲折积蓄势能。

冯骥才自己解释说：三寸金莲“它的繁缛拖沓压抑绞结华美神秘，它神圣的自戕，它木乃伊式的永恒，它含泪含血含脓的微笑，它如山压顶的悲剧感，正是我对传统文化和中国社会的全部感觉”。②那么，小脚如何成为文化隐喻的本体？如何通向对传统文化和中国社会的理解？这得从家族入手。传统中国是家国同构的社会，皇权社会的观念和秩序扎根于家族的文化土壤。

佟家这个小脚世家，是专制王国的一个缩影。佟家的男人都疯狂地迷恋小脚。佟忍安尤其痴迷金莲文化（可宽泛地理解为繁文缛礼、等级森严、拘囿身心的传统文化），并以金莲文化牢牢控制家族男女的精神追求和命运沉浮，建构起以金莲文化为圣典的黑暗王国。佟家上上下下都逃不脱金莲文化的超强控制，并卷入金莲文化的角逐中。戈香莲与白金宝角逐的结果，得胜邀

---

① 冯骥才：《我心中的文学》，《关于艺术家》，江苏文艺出版社1995年版，第18页。

② 冯骥才：《我为什么写〈三寸金莲〉》，《文艺报》1987年9月19日。

宠，失利受辱。她们的丈夫或因之倍感荣光、春风得意，或倍感沮丧、遭人嘲弄。为了获胜，她们甘愿忍受筋骨创痛；为了打击对方，甚至不惜借助外援。佟家男女为小脚斗得死去活来，而不论谁获胜，最终都成了佟忍安的玩物。这就是鲁迅所说的："所谓中国的文明者，其实不过是安排给阔人享用的人肉的筵宴。所谓中国者，其实不过是安排这人肉的筵宴的厨房。"[①]佟家就是这样的"厨房"，佟老爷佟掌柜佟忍安就是这"人肉筵宴"的享受者。这就可以解释佟忍安明知时代已在变动中，小脚"有今天没明天"，但临死前仍要佟家子孙为小脚时代陪葬。

"人肉筵宴"的安排，依靠崇祖意识和长者本位来维持，也就是说，金莲文化（传统文化）是死人、老人控制活人、新人的文化。这种文化结构滋生了家族子孙的奴性意识。戈香莲和白金宝得胜邀宠、失利受辱，其实不过是争着做金莲文化的祭品，是奴性在作祟。奴隶也有贵贱高低，也有"想做奴隶而不得"和"暂时做稳了奴隶"[②]的区分。戈香莲因小脚入嫁佟家，获得了供"阔人"玩弄的资格，让街坊邻居羡慕不已。进而，她要在佟家立足，只有按照"名士"（"莲癖"）的病态审美趣味不断捯饬小脚小鞋，才有幸成为佟忍安享用的"牺牲"。

以多义词"牺牲"来指称压抑生命、扭曲人性的传统，太合适不过了。生命枯萎、死灭在守节、尽孝、裹脚等传统礼仪和观念上，才有资格成为祭品，从而获得嘉许，深沾隆恩，望重一方，甚至载入史册。这是儒家思想中至高的"名分"。而"名士"（"莲癖"）掌握着定名的整套话语，经过他们赏鉴的小脚，决定了戈香莲、白金宝等佟家男女的命运和地位。也正因为此，佟家女人争做"牺牲"。"牺牲"富有仪式感、神圣感，正如传统往往被道德化、审美化、仪式化、神秘化，从而产生不可抵抗的美学和精神力量。压抑天性的传统，让人初感束缚之苦，渐而适应，进至自觉，"从心所欲不逾矩"，最终成为内心的绝对律令，把献祭看作理所当然，并施于后辈，以致子子孙孙都被绑在传统的枷锁上，随着文化的惯性生生死死。这就是小脚所隐喻的传统的"自我束缚力"，也是"人肉筵宴"能够一直排下去的原因。

① 鲁迅：《灯下漫笔》，《鲁迅全集》第1卷，人民文学出版社2005年版，第228页。
② 鲁迅：《灯下漫笔》，《鲁迅全集》第1卷，人民文学出版社2005年版，第225页。

畸形绚烂的小脚世家，逃不脱腐朽虚空的命运。小脚为佟家赢得了声望，佟忍安的小脚学问赫然列入“津门四绝”。然而，佟家的基业、佟忍安的王国，也毁在金莲文化上。佟家的妯娌因金莲文化而钩心斗角、心生罅隙、心怀仇恨。佟家的大少爷因之送了命，二少爷因之放浪败家。佟忍安的那一帮“莲癖”同好——“名士”牛五爷、乔六爷、华七爷、吕显卿、藤三爷、陆四爷，乐于围观赛脚盛会，乐于鉴赏佟家小脚，并暗中掺和、操纵佟家的赛脚事项，扰乱佟家的秩序，挑拨离间，乘机拉佟家二少爷下水，以偷天换日的方式把佟家的古画珍品席卷一空。所以，华七爷华琳在炫耀金莲见识时，用一个“空”字来概括“绝顶金莲”。一个“空”字，把金莲学问第一人佟忍安也闷住了、压住了，让他接不上口，无话可说。金莲文化带给佟家的，最终是一场空，死的死，逃的逃，剩下的，或垂死挣扎，或顺应文明潮流。围绕金莲文化而展开的人事关系和佟家命运，可以看作传统文化的弊端、危机、败坏与没落故事的一种讲述方式。

小脚固然可以通向对中国历史、民族心理、国民性格的理解，但如果有周边文化作为补充，小说的隐喻叙事会更丰满。以整体主义的眼光来解读《三寸金莲》，除了应关注小脚所承载的美与丑的依存关系、缠与放的文化轨迹、献祭与筵宴的内在逻辑，还应注意穿插在小脚故事中的真假、虚实、智愚等悖论性文化命题。“在真假这俩字上，老实人盯着两头，精明人在中间折腾。”古玩铺掌柜佟忍安能识真古董，也擅长造假，把假的当真的卖。牛凤章以造假画为业，有以假乱真的本事，但假画制多了，竟然不能识真。能识真假的佟忍安，最终被牛凤章与活受联手以“转山头”和“揭二层”的造假方式坑了，这种造假方式造出来的古画，有真有假，半真半假，真假的界限变得模糊不清。画家华琳的名气很大，大得足以压倒天津城，但没有人见过他的画，他是一个没有画的画家，他自我赞叹的“好画”竟然是一张白纸。这实际上嘲弄了重名轻实、几近虚妄的观念。活受表面半残半痴，却是佟家古画流失事件的主谋，显得比谁都高明，愚与智，难辨也。美丑、吉凶、真假、虚实、智愚以二律背反的状态存在于传统中，你中有我，我中有你，难以截然分开，甚至可以相互转化。这正是传统的魅惑所在，也是传统变革的难度所在，并决定了文化变迁

“缠放缠放缠放缠”的轨迹。

四、放足时代:新旧互嵌与中西拼凑的文化演进

冯骥才不仅擅长定格历史,也擅长把文化时间的变动刻进人物命运、民族性格和文化反思的深处,擅长利用时间标记来完成故事情节的起承转合,《神鞭》《三寸金莲》皆如此。历史有常有变,传统有兴有衰。“这儿早是民国了。”一句话把《三寸金莲》的叙事时间转到民国,拉开了放足、复缠、天足的正面交锋和新旧中西文明的短兵相接,展开了“缠放缠放缠放缠”的文化书写。小说前12回所写的历史之常与后4回的时代之变相配合,一静一动,完成了民族文化寓言的完整建构。

按照传统惯性运行的历史时期,有着稳定的文化观念,这种观念覆盖了个人、家族和社会的各个层面。而在文化激变的时代,在现代文明 / 租界文明 / 西方文明扩张的时代,个人、家族、社会的一致性开始瓦解,个人与家族、家族与社会、历史与现实的关系面临重建。正是在关系的重建中,金莲文化 / 传统文化的惰性和应变机制被激发了出来。时至民国,佟家大院只剩下了女人,昔日的“受迫者”戈香莲已成为佟家的家长,小脚在佟家已不具有邀宠献祭的特殊价值,但家长身份和传统惯性使然,戈香莲仍执意固守。她的固守,可以从三个层面来解释,即个人、家族和社会。就个人层面而言,戈香莲的痛苦与荣光,全系一双小脚,她在佟家的地位和她的存在感,有赖小脚来维持,因此她认为家里的放足言行都是冲着她来的;就家族内部而言,金莲文化是家族统治的法典,戈香莲只有依靠它的残余威力来维系家族,她认为佟家人掺和到放足浪潮中,是坏了“佟家的规矩”,“成心毁咱佟家”;就家族的社会占位而言,佟家小脚号称津门一绝,小脚乃佟家地位名望的象征符号,小脚一旦被时代遗弃,那么,“家里家外全玩完”。在三个层面,小脚传统的惰性与文明新潮难以相容。

戈香莲应对现代文明 / 租界文明 / 西方文明的心理和行为,经历了内部整顿、外部隔离、局部改良和正面冲突等阶段。任何新兴观念和异质文明的冲击,总是先从内部瓦解人们对传统的信心。佟家青年女性接触放足书刊和

"洋佛经",遭到戈香莲的严禁。戈香莲划出家内家外的界限,以"佟家的规矩"扼杀放足观念,以逐出家门来震慑金莲文化的叛逆者。但镇得住家内,镇不住家外,外面的放足之声愈闹愈凶,戈香莲只好采取"关门主义"。"声音"是关不住的,况且缠足和放足现象,已被"文明人"上升到了民族国家存亡的高度。于是改良,不是改良脚(放足),而是改良鞋,尖头改圆头,中体西用,以应对文明新潮。外新内旧的"万象更新"和重回传统的"复缠",也曾夺回风头,但终究抵挡不住文明新潮对青年的诱惑,文明新潮原本以青年为本位、以个体为本位。二小姐月桂以"短发时髦女子"的形象回到佟家,满嘴新名词,毫不掩饰对天足会、租界、洋人的推崇迷恋,这让"保莲女士"戈香莲感到传统话语不足以应对新时代,但她并不甘心个人、家族就此彻底败落,于是有了复缠会与天足会那场声势浩大的斗脚。这是一场错位的角逐,是小鞋与天足的审美较量,是束缚与放纵的身体对照。这也是一场胜败早已注定的角逐,复缠会以惨败收场,小脚时代画上了句号。围绕小脚、放脚、改鞋、复缠、天足而展开的一系列情节,显然是近代中国文化变革的缩影,映现出民族传统遭遇文明新潮后,所引发的社会分化和时代变迁。

站在戈香莲对面的是天足会会长牛俊英。牛俊英是现代文明 / 租界文明 / 西方文明培养的新人,住在租界的大洋房里,身体修辞类似"洋娘们",洋溢着自然的活力又透出放浪的邪乎劲儿,一种非本土的文化特质。如果说佟家的命运与近代中国的情形相沟通,那么,牛俊英在国族叙事中的角色功能就类乎近代留洋学生或新式知识分子。戈香莲看到了三寸金莲是女人命运的陷阱,被宠被弃全由不得自己(第6回),而且传统正在式微,小脚时代将过去(第12回),故放女儿佟莲心(牛俊英)一条生路,留给了她一双天足。但戈香莲没有料到,放生了孩子,却造就了"亲内的敌人"[①],其反过来嘲弄、攻击她的小脚。小说把新旧文明冲突的高潮安排在母女之间展开,不是巧合或取巧,反而是对历史的深刻领悟与贴切隐喻。西化的牛俊英不是本地产物,她仿佛外地入侵的物种,由上海的洋场文化所造就,寓居天津租界,与洋人共享文化空间。在"缠放缠放缠放缠"的文化时代,牛俊英既是先锋又是异端。她

① 南迪:《亲内的敌人(导论)——殖民主义下自我的迷失与重拾》,《解殖与民族主义》,许宝强、罗永生选编,中央编译出版社2004年版,第60页。

原以为"革命党"牛凤章是她父亲，其实为小脚而死的佟绍荣和"保莲女士"戈香莲才是她的亲生父母。她成了文化的弑父者。她的血缘身份与文化身份相背离，生命仿佛无来处，也无归途，因而她是孤独的。在吊唁生母时，牛俊英形单影只，茕茕孑立，难以表明自己的真实身份，佟家人对她也充满警觉和敌意，她与家族相互遗弃、放逐，二者之间已筑成了一堵难以逾越的高墙。

在传统与西化的冲突中，戈香莲和牛俊英各执一端。实际上，新与旧、中与西遭遇后所形成的文化更新，并不那么决绝。文明讲习所对缠足、天足的宣讲，密不透风，毫无破绽；乔六爷执笔的提倡复缠的文章，照样有理有据，令人信服。在文化转型时期，难免新中有旧，旧中有新。改良的小鞋取了一个连"时髦人""文明人"也乐于说的新名词"万象更新"。小脚女人穿上西洋高跟皮鞋，也能赢得"摩登女子"的美名。缠足失去自然美，是人性扭曲和心理病态的表现，那么"时髦女子烫发束胸穿高跟皮鞋"，何尝不是呢？陆达夫由"莲癖"摇身变为文明讲习所所长，但写新样的文章还得从小鞋的陈腐气味中吸取灵感。新旧纠缠的时代，就产生了"缠"不应当、"放"亦不自在的文化苦痛，就涌现了月桂这样的缠了又放、放了又缠的文化中间物。遗憾的是，习惯于新旧中西二分的评论者，因此而指责冯骥才态度立场模糊。

传统与现代的优劣，并不那么绝对。中与西的拼凑，也未必是文化的正途。戈香莲去世，小脚时代画上了句号，然而，并没有进入牛俊英的天足时代，而是进入了月桂的半新半旧、半中半西的文化混杂时代。戈香莲的丧事是这一文化的隐喻。主持戈香莲丧事的是放过脚的女学生月桂，她照天津卫那时的规矩，"不仅请了和尚、尼姑、道士、喇嘛四棚经，还请了法租界马家口洋乐队和教堂救世军乐队，一边袈裟僧袍，一边制服大檐帽，领口缝着'救世军'黄铜牌；一边笙管笛箫，一边铜鼓铜号，谁也不管谁，各吹各的，声音却混在一块儿"。这不是牛俊英所熟悉的世界，她"听了整整一下午经乐洋乐，耳朵不赛自己的，甚至不知道自己是谁，姓牛还是姓佟。"这是中国文化的迷途。中西文化景观简单盲目地混合、叠加，显然为牛俊英所不习惯、不认可。中国文化该往何处去？小说并没有给出明确的答案，结尾穿开裆裤小孩的形象，模糊地暗示了未来新人的形象：无所束缚，随性自然，同时对西方文明的在地化方式有所反思。

笔者对《三寸金莲》的解读，侧重揭示作品如何编织文化寓言，试图弄清作者把小脚故事“往邪处写”，到底带来了怎样的思想“包容性象征性”。由此得出的结论是:《三寸金莲》是一篇难得的佳作，风格奇，构思巧，寓意深。

五、重返80年代与重返地方

不论如何，《三寸金莲》已成为我们谈论80年代文学时，难以回避的一个怪异存在。它被认为是一个有着明显缺陷的文本，多数论者对它的评价并不高，然而，各大文学选刊纷纷转载，各路评论家争相批评，各种文学史教材几乎都愿意提到它。这到底是评论界的尴尬，还是冯骥才的尴尬，或是时代的尴尬?

《三寸金莲》的解读史，从一个侧面反映了“重返80年代”的必要性。《三寸金莲》被低估、被误解，很大程度上由于冯骥才所选择的创作路子，偏离了80年代文坛的观念共识和审美期待。在创作《三寸金莲》时，冯骥才“极自觉清醒地想创造一个新的样式。既写实荒诞浪漫寓言通俗黑色幽默，又非写实非荒诞非浪漫非寓言非通俗非黑色幽默。来个四不像模样。接受传统又抗拒传统，拿来欧美又蔑视欧美”[①]。这对80年代的批评话语来说，确实是一个“挑战”。80年代的创作和批评界有着“对单一化文学观念和立场的坚持”[②]，0年代中期居于主导地位的是纯文学、向内转、现代派、全球化的观念。而冯骥才的“四不像”文学样式，显然不符合这种观念共识和审美期待。正如《晚霞消失的时候》“这样的作品用80年代的知识解释不了，讲不到80年代的文学史框架里面去”[③]，三寸金莲》也是如此。文学史对《三寸金莲》的归类五花八门，寻根小说、市井小说、津味小说、都市小说、历史小说、民俗小说，不一而足。这说明《三寸金莲》难以妥帖地纳入80年代话语的各种格子中。因此，重返80年代，不仅需要重返80年代的时代语境，还需要避免从时代语境出发剪裁一

① 冯骥才:《我为什么写〈三寸金莲〉》，《文艺报》1987年9月19日。
② 程光炜:《经典的颠覆与再建——重返八十年代文学史之二》，《当代作家评论》2005年第3期。
③ 李杨:《重返八十年代:为何重返以及如何重返》，《当代作家评论》2007年第1期。

切作品。“一部作品的产生带有它专有特有的审美尺度”[①]，读作品，揭示作品如何嵌入时代之内又如何突破时代陈规，是重返的基础。

“重返80年代”重视对整体性社会语境和文学氛围的把握，也就是说，重在回到那个时代——全国性的社会空间和文学时间，而不大关注北京、上海、乡土之外的地方性传统和性格对文学创作的规约。实际上，地方性是形成一些作品风格的关键性元素，因此，重返地方文化和地方历史就显得尤为重要。冯骥才在《神鞭》“附记”中提到，他计划写作的“怪世奇谈”系列有别于他以前的作品，将“另辟一条新路走一走。即写写地道的天津味儿。笔下纸上都是清末民初，此地一些闲杂人和稀奇事”[②]。《三寸金莲》是计划中的一部，它的特色和价值，依托于特定的文化空间和叙事风格。从文化空间来看，小脚故事放在天津的城市背景下讲比较合适。放在近代北京，故事就不能照原样讲，情节设计、场景描绘都要改，许多意味就出不来。放在上海也不大合适，近代上海“洋气”太盛，租界文明观念的扩张较为顺畅。而在号称“小上海”的天津，天津卫与租界并置毗邻，在文化上却泾渭自分，相互渗透较为缓慢，天津卫的文化固守风气较浓，例如：1926年天津卫仍然禁止女人剪发，十多个剪发女子被游街。[③]天津卫与租界的空间阻隔和文明差异，造成了天津特有的城市格局和文化特性，决定了小脚缠放故事的展开方式。

叙事风格的形成，原因很多，可能是作家个性所致，也可能源于对时代潮流的追逐，还可能源于地方文化的影响。《三寸金莲》亦雅亦俗，它的俗不是张爱玲、王朔表现的顺世或玩世的世俗，也不等同于张恨水、金庸的通俗，而是天津市井的俗与奇的结合，且以俗写雅，以市井眼光叙述“名士”“摩登女郎”等知识群体的行状，以戏谑的笔调构设严肃的文化反思主题。这自然与韩少功的《爸爸爸》、王安忆的《小鲍庄》、阿城的《棋王》、邓友梅的《那五》等一本正经的文化寻根、文化反思有所不同。这种风格是冯骥才的，也是天津的。津门叙事具有“归哏”的幽默色彩[④]，题材选择、人物组合、空间安排、观念表达等

① 冯骥才：《我为什么写〈三寸金莲〉》，《文艺报》1987年9月19日。

② 冯骥才：《神鞭》，《小说家》1984年第3期。

③ 心珠：《天津禁止女子剪发潮》，《新上海》1926年第3期。

④ 陈艳：《〈北洋画报〉时期的刘云若研究》，《中国现代文学研究丛刊》2011年第4期。

方面都打上了地方的标记，从刘云若的《春风回梦记》到曹禺的《日出》，再到冯骥才、林希、龙一的创作，它们在诸多方面有着相通之处，这种相通是“人与城间特有的精神联系”[①]的体现，是城市与文学相互照亮的结果。就我个人的研究心得而言，我认为“津味”是由旧天津想象所荡漾出来的一种兴味，当代的天津故事往往缺乏这种味道，因此，不回到旧天津的历史空间和地方文化，对新时期的旧天津书写的解读，就难免隔靴搔痒。冯骥才自己说：“我写《神鞭》《三寸金莲》这类小说，不单写神写奇，还成心往邪处写。把人把事都往邪处写。这因为我写的是天津。天津这地界邪乎，天津人好咋呼，愈是邪事愈起哄愈起劲愈提神。天津人有股子嘎劲硬劲戏谑劲，是种乡土的‘黑色幽默’。不邪这些劲儿出不来。一邪事情就变形了，它的包容性和象征性就大了，内涵的层次就好很多。”[②]因此，我们需要立足天津的地方性来理解冯骥才的邪乎写法。本土欧美、传统现代、写实隐喻、戏谑严肃、市井精英、大俗大雅，冯骥才给“一锅炖”了，小说外俗俗得有趣，内雅雅得深透，借由小脚故事把文化反思推到了自我束缚力、人肉筵宴、美丑共生、新旧互嵌、正反转化等层面。这种“前无古人”的津味风格，[③]只有重返地方，重返历史，重返冯骥才的艺术追求，才能悟到。

——原载于《中国现代文学研究丛刊》2017年第12期

作者简介

李永东：西南大学文学院教授。

① 赵园：《北京：城与人》，北京大学出版社2002年版，第14页。

② 冯骥才：《我与阿城说小说》，《关于艺术家》，江苏文艺出版社1995年版，第127-128页。

③ 冯骥才：《发扬津味小说》，《天津文学》1988年第4期。

出轨的诗意：微信时代的流行时尚

——以《我想和你虚度时光》为阐释中心

■ 梁笑梅

一、二维码时代的“诗与远方”

2016年3月，由高晓松作词作曲、许巍演唱的新歌《生活不止眼前的苟且》浸泡着浓浓的鸡汤霸占了微信朋友圈，“生活不止眼前的苟且，还有诗和远方的田野”，这几乎成了高晓松最有名的金句，其实这句话出自他的母亲，高晓松在为母亲写的书序里面讲了这么一段：在妈妈从小告诉我们的许多话里，迄今最真切的一句就是：这世界不只眼前的苟且，还有诗与远方——其实诗就是你心灵的最远处。随之“诗与远方”成为一种流行时尚，于是又有人问，“不读诗的人又如何知道远方长什么样？”那么我们还读诗吗？怎么读？某诗人坦陈“近两年几乎没有读过纸质诗歌读本”，但微信、微博等自媒体空间的诗歌传播给出了一些出人意料的答案，三年前微信诗歌圈就开始火爆，“百年之后 / 就把二维码安放在我墓碑的正中 / 扫墓人一眼就能扫出阴阳两维的苦 / 扫完码后，不忍离去的那位 / 估计是我的亲人，也可能 / 是我的仇人。”麦笛的这首诗《我的二维码》曾走红微信朋友圈，而在其流传的背后是众多诗歌公众号的出现和推介，目前的微信平台除了各种写作和与文化相关的公众号不可避免地“顺便”推介诗歌以外，数百个专门的诗歌公众号也每天裂变一样地诞生，不少传统的官方诗歌期刊和民间的诗歌群体也都纷纷转战微信平台，在手机的方寸屏幕之间，不断刷屏的诗歌似乎正在以不可思议的速度进入“微民写作时代”和“二维码时代”。

随着“为你读诗”“读首诗再睡觉”“诗歌是一束光”和“第一朗读者”等一批诗歌微信公众号的走红，人们最直接的感受就是，诗歌好像正从诗人圈子的创作和阅读走进大众的生活，“诗人的诗”借助不断攀升的粉丝数和订阅数，似乎正变为“大众的诗”。微信诗歌平台中最有代表性的是“为你读诗”，它从2013年6月开始在微信平台上推出，其胜出法则是“跨界对话”，每天邀请一位嘉宾来朗诵诗歌，它通过公众微信号和其他合作媒体播出了上千期节目，累积传播4亿多次，几乎每篇的阅读量都在10万以上。另一著名的微信诗歌平台“读首诗再睡觉”的广告词是“欢迎和我们一起读诗，不一起睡觉。”“订阅我不一定能除皱，但一定可以防衰老。”微民可以阅读一首中文诗或英文法文西班牙文等翻译诗歌的双语版，如果有兴趣，还可以收听这首诗的语音朗读。“读首诗再睡觉”宣称要建立一种新的生活方式，因为“其实诗歌距离你很近，只有一个枕头的距离。”“读首诗再睡觉”从2013年3月开始微信推送诗歌，每天晚上10点后你可以想象很多微友正在和你一起读诗，这样的感觉如此奇妙，很多微友渐渐爱上了这种“读首诗再睡觉”的生活方式。

事实上，诗歌类微信平台还影响了诗歌的出版方式。比如从2015年1月开始，《山东诗人》杂志和“长河文丛”编辑部联合组织发起微信诗征稿活动，共收到3523首微信诗歌投稿，最后选取了327名微信诗人的作品集结成《中国首部微信诗选》出版。而诸如“为你读诗”“读首诗再睡觉”等“粉丝”量较大的微信诗歌平台更是出版社看好的出版资源，2015年3月，从公众号上选出的60首诗集结成《为你读诗》一书出版，并有打造成系列之势。

比诗集的出版更引人注目的是微信对平民草根诗人的推送，去权威化、民主化的微信平台同时也是非常有力的诗歌事件助推器。2015年1月16日，一首《穿过大半个中国去睡你》开始在微信朋友圈疯转，并迅速引发后续反响，余秀华，这位寂寂无名的农民诗人一夜之间成了口耳相闻的诗歌明星。记者闻风而动，关于她的新闻报道充斥各个媒体平台，各类节目也邀约不断，连格上理财网、21世纪英语等与诗歌几无关系的网站也加入进来，各家出版社则为她的诗歌出版权相互明争暗抢，各方众多的评论也随之而来，沈睿称她是“中国的艾米莉·狄金森”，臧棣则认为她写得比北岛还好。余秀华很快当选湖北省钟祥市作协副主席，这个事件堪称2015年的一大诗歌传奇，在此之前，余秀华早就把诗歌发表在《诗刊》上，却寂寂无闻。除了余秀华之外，郭金牛、老井等诗人也都在微信平台上崛起。余秀华并未就此退场，时而在微信圈掀起风浪，她高调反对“颓荡诗”，不过她在诗歌里一会儿和一位男诗人“误入彼此的禁区”，一会儿又因某男诗人“我的肥屁股之下，江水汹涌”，后来读了某著名男诗人的诗即刻“产生了和他交合的冲动”，这位曾经诗意满满的女诗人似乎在有意识地制造一种持久的关注。

微信诗歌写作也变得空前繁荣，自媒体这种掌上创作、阅读及互动方式，使写诗突然成为一种时尚，写出来的东西可以迅速得到广泛传播。“糊几个限制词 / 就把一个热切的名字挂在墙上 / 让它在冰冷中痛彻心扉 / 在岁月的雨刮器里洗。”这是长沙女大学生张佳羽的诗，她借助微信平台几乎每天推出一首，现在她的诗歌获得纸质媒体的青睐，常有作品在报刊上发表。写诗似乎也成了人们在微信上发展的一个爱好，重庆的一位律师崔俊蓉因为女儿上高中后住校，不能天天见面，便坚持每天写一首“微信诗”，并把诗晒在自己的朋友圈里，作为陪伴女儿的一种特殊方式，“鸟未醒鸡已鸣，推开窗，能闻到青草、银桂的清香。回归轨道，又开始，循环往复惯性的前行；但心中，盛开着诗意的远方。早安！”这样的写诗习惯坚持了两年多，而她的这些诗最终也以《沙漏的时光》为书名出版。写作者、评论者和传播者的表达欲望前所未有地被激发出来，“自由写作”“民主写作”和“非专业化写作”正在成为新一轮的诗歌创作标签。热闹不止于虚拟空间，打开中国“诗歌地图”：一场场诗歌音乐会刚刚落幕，一首首主题原创诗作正从全国甚至世界各个角落发出，无数的诗人行走在山山水水之间，将胸间流淌的诗意倾注于指尖下长长短短的句子，由各类微信诗歌平台召集的诗歌线下活动也在全国各地风生水起，诗集

（包括各种民间出版物）、诗选、诗歌类报刊的出版，诗歌朗诵会、大型诗歌节、小团体沙龙、跨界诗歌的公益活动以及采风、研讨、颁奖等形形色色的活动举办频繁。

科技的进步和快节奏的都市生活方式共同推动着“读屏时代”的到来，微信作为诗歌阅读写作的大众传播媒介的影响力非同寻常，而且诗歌文体也很契合微信碎片化、即时性和移动式的阅读情境和传播特质，开始成为微信运营平台上盈利方阵里的“内容王牌”。诗歌这种抒情短章能够在最短的时间内给低头族、刷屏族们以最直接、最强烈的感受和共鸣，甚至可以在某种程度上说，属于诗歌的阅读时代正在来临，因为诗歌有着无限凝练的文字和无限敞开的诗意，我们庸常单调的生活也需要诗意的滋润和调节。微信平台首先带来的是形象阅读的革命，自由灵活的设计编排元素也使得诗歌阅读突破了纸质书本单一文字阅读的形式，重新把诗歌带入赏心悦目的朗诵、歌唱乃至表演中，诗歌变得读之可亲、听之悦耳、观之可乐，多元的交响呈现无疑增加了人们的阅读热情，也丰富了读者对一首诗的体验和理解。微信诗歌平台给诗歌创作带来新的变化和机遇，从而也催生了新的诗歌认同和评价标准。尽管微信诗歌平台对图片、声音、视频等元素的运用丰富了诗歌阅读体验，这些极富传播策略的做法拓宽了大众的诗歌参与，但不可否认的是，大多数诗歌公众号遵循的是新闻逻辑和市场逻辑，而非诗歌的品质逻辑，微信的点击量、点赞数和转发率的计算无疑是被优先考量的，这也注定了这些平台在微信诗歌写作、诗歌甄选以及诗歌评价的各个环节中，最为看重的是诗歌的阅读传播效果。微信诗歌话语的自身法则使得“粉丝”数和眼球经济，在微信诗歌中发挥了强大的功能，使得诗歌生态的功利化和消费性特征更为突出，而“标题党”“以丑为美”“新闻效应”“搜怪猎奇”“人身攻击”“暴露隐私”的不良态势也不可控制地泛滥，即时性的互动交流也使得诗歌的评价标准混乱，写作者和受众的审美判断力与鉴别力都受到媒体趣味和法则的影响。在这一情境下，诗人难道只能要么迎合某些大众较为低级的趣味，写一些追求快感和噱头的诗歌，要么像北岛那样大加批评，认为新媒体所带来的新洗脑方式，让汉语在解放的狂欢中耗尽能量而走向衰竭？《诗刊》杂志副主编李少君认为，“微信诗歌热”中“草根”诗人的崛起让人眼睛一亮，这说明当代诗歌深入人心，成为许多普通人抒发情志的方式。另外，由于教育普及、女性独立意识和自由度提高，女诗人越来越多，女性诗歌写作空前活跃。他也深感微信诗歌热闹中潜伏危机，长久以来诗歌写作和大众阅读之间的隔膜只能说是被缓和了，而不能说是被解决了，微信诗歌平台快速的、规模化的冒起，事实上还可能进一步撕裂关于诗歌的共识。李少君呼吁微信诗歌作为一种新现象需要时间的检验，需要进一步观察、辨析和评估，而且就已经产生的问题和效应来看，也需要及时予以疏导和矫正。[①]

如何对好诗进行甄别并推送到尽可能广阔的阅读空间，如何对自媒体时代的诗歌做出及时有效的总结和研究，成为当下诗歌生态中不可回避的重要课题与难题。微信诗歌从题材到形式，都充满了当下性与即时感，就连它成为话题的方式，都彰显着中国大众文化市场正在发生转移。诗歌微信群不需标注各自在现实生活中的角色，这在很大程度上消解了诗人的社会身份，让大家只以诗人或诗歌爱好者的本色来交流。主持微信公众号“一首好诗”的晓雨告诉记者：“中国不缺诗歌，缺的是读诗的环境。相比其他文体，诗歌更彻底地转向了网络生存。从最初的论坛、博客，到如今的微博、微信，在短时间内让诗歌传播变得更加快捷、便利，而且广泛。”[②]在微信时代，科技的发展不断调整和改变人与世界、人与他人、人与自身的关系，传统的思想观念模式和心灵情感版图被打碎，人们的诗歌审美倾向和欣赏方式也已发生相应的变化，我们的诗人该如何在碎片化的生活中发现和提取诗意，自觉抵制“娱乐至死”带来的“人的矮化”呢？评论家霍俊明认为：“‘诗人的诗’和‘大众的诗’这种划分虽不甚准确，但的确从一个侧面揭示了汉语新诗自发轫以来诸多未解的难题。今天，随着微信等移动终端的诗歌平台与大众之间越来越迅速、及时、开放、自由的‘信息数据共享’与‘交互性对话’，重提‘诗人的诗’与‘大众的诗’的关系问题，一定程度上也能帮助我们理性认识和反思当下的诗歌生态。一个明显的现象是，现在订阅量比较大的诗歌微信公众号，其制作者并非都是专业的诗人和诗歌从业者（比如诗歌报刊编辑、出版人、诗歌评论家、

① 范亚湘：《圈中皆诗友，微信救诗歌？》，《长沙晚报》2016年3月11日。

② 苏莉鹏：《微信时代，诗歌被人们摇醒？》，《城市快报》2016年3月21日。

大学的文学教授），而更多是由普通人来参与完成的，他们在以最大的自由度理解和接受诗歌。这种自由度不仅体现为筛选范围的扩大（古今中外应有尽有），还尤其体现为对诗歌美学理解的多元。可以说，因为挣脱了美学上、思想上和文学史意义上的条条框框，普通人忠实于自己的阅读感受，用订阅和转发来'投票'，选出了那些最能接通他们情感的诗作。比如，现代诗因为受到经验、智性、深度和戏剧化叙事的影响，已经更多体现出适合'思考'的特征，诉诸公众直接感官的抒情诗、朗诵诗正在大面积萎缩。这其实也是诗歌大众传播的障碍之一。而现在，自媒体传播却使得以往精英的、学院的、知识化的'诗人之诗'只是作为微信平台诗歌传播的一个部分，类似于朗诵诗、爱情诗的浪漫主义色彩鲜明、抒情性强的诗歌则在更大程度上被大众广泛地转发与阅读，比如泰戈尔、聂鲁达、仓央嘉措、徐志摩、余光中、席慕蓉、舒婷、海子等人的诗作。尤其是那些抒写亲情、友情、爱情的诗歌，显然更容易迅速传播开来。"[①]比如微信朋友圈里的一则分享："去什么地方呢？这么晚了/美丽的火车，孤独的火车？/凄苦是你汽笛的声音/令人记起了许多事情/为什么我不该挥舞手巾呢？/乘客多少都跟我有亲。/去吧，但愿你一路平安/桥都坚固，隧道都光明。"这首由土耳其诗人塔朗吉创作、中国台湾诗人余光中翻译的诗歌《火车》，有个夜晚，通过微信平台被人们不断分享，很快阅读量就超过10万，因为这首诗让人们很容易从中捕捉到自己所钟情所需要的诗意瞬间。

"诗人的诗"能否成为"大众的诗"主要取决于两个因素：出轨的诗意和有效的传播。余秀华《穿过大半个中国去睡你》的病毒式疯传就是一个典型的例子。自媒体语境下的读诗体验，重新打开了我们接触诗歌的各种感官，丰满了我们对诗歌的体认和想象，这种随性自由的传播形式，带来的效果却类似于精准的"私人订制"，直抵人的心灵细微处。好的诗歌以其趋美向善的优雅，拓展心的容量，提升精神的境界，在更高的精神层次上安放我们的灵魂。"发轫于民间的诗意，正以两个姿态向前奔跑：向上，仰望星空；向下，匍匐大地。遥望星空强调对现实的超越，强调在更深广、更终极意义上对生活的认知；俯视大地强调对现实的关怀，对世俗人生的贴近。"[②]

---

① 霍俊明：《诗歌的阅读时代正在降临》，《太原日报》2014年12月1日。

② 李月红：《诗与远方，再一次流行》，《浙江日报》2016年3月21日。

《我想和你虚度时光》也曾是在微信平台享有超高点击率和转发率的一首诗，作者是重庆诗人李元胜。他2014年8月以诗集《无限事》获得第六届鲁迅文学奖诗歌奖，但《我想和你虚度时光》不是出自《无限事》，也不是出自他之前的任何一部获奖诗集，但正是这首诗才让鲁迅文学奖得主李元胜有了相当的辨识度，在大众尤其是年轻大众中成了超高人气诗人。在此试图以《我想和你虚度时光》为例，探析微信平台上什么样的诗既能获取高点击量、点赞数和转发率，又能抚慰人心、通达人性和引领时尚。

二、传播合力推送下的另类情怀

新诗的传播长期以书籍、报刊出版物为主，这种对于以语言文字为表现载体的诗歌的传播是平面静默的，摆脱较为单一的传播方式，综合多元的传播是对新诗传播方式突围的有力尝试。《我想和你虚度时光》的有效传播是一个典型的范例，其丰富立体的传播载体为受众带来多重的诗歌审美体验，“物质载体”结合“语境载体”的传播范式突破了语言文字表现载体的局限和隔阂。在立体传播的文化语境中，我们必须面对和接受并且研究的诗歌，越来越多的是“传播的诗”，在“传播的诗”中，传播手段并不只具有承载功能，它可以成为给诗带来新的表现成分的部分。“传播的诗”常常是立体的、动态的诗，构成诗歌的主要元素是语言、音乐和影像，在媒介文化语境中，诗歌需要在与媒介融合的视听交集的互相选择中寻求整合后的新生。

（一）如何流行？

1. 诗与歌的和鸣。李元胜1981年开始写诗，成为重庆大学新时期第一位校园诗人，毕业后一直活跃在中国诗坛。重大校园内至今还流传着“文艺工科男，清华有李健，重大有李元胜”的说法。李元胜作为颇具影响力的“界限”诗歌网站的前任站长，他是受益于现代传媒的诗人。2014年，微信公众号“读首诗再睡觉”推送了《我想和你虚度时光》，一下打破了该公众号此前单首作品当晚点击量最高4万的记录，获得14万的点击率，而“为你读诗”公众号推送时，该诗由央视主持人任鲁豫朗诵，点击率超过600万，这个记录至今无人打破，大家纷纷转载，让人恍惚间穿越回了海子、顾城那个文艺而纯真的读诗年代，这首诗在微信和微博中被转累计已超过千万次，还出现了好几个英译版本。

独立音乐人“民谣女神”程璧通过微信读到这首诗，因太喜爱而推荐给歌手莫西子诗，邀请他担任制作人，莫西子诗这位来自四川大凉山的彝族青年，因一曲改编自诗人俞心樵的《要死就一定要死在你手里》参加《中国好歌曲》而声名大噪，他们合作把《我想和你虚度时光》改编成浅唱低吟的民谣歌曲。个人诗意是民谣这种音乐形式最擅长又最能体现人文精神的一个部分，城市民谣在民间元素、个人诗意和底层代言三个方面完成了原始积累，获得了明确的特点和坚韧的生长基础。程璧被称为“离诗歌最近的声音”，她的民谣是克制的、耐心的、放松的、自由的，同时又是饱满的，用迷人的单纯包含了复杂的意味，这正契合了李元胜的诗。《我想和你虚度时光》专辑里面有三首创作于北京，诗人北岛、李元胜、张定浩的诗作在第一时间给了女歌手旋律的灵感，音乐是带着人们走近诗歌的一个入口。关于这首歌，虾米音乐网做了一份专访稿，有一个问题：如果可以，你最想怎样虚度时光？这首民谣在安静的叙述中抒情，音乐信息丰富但无刻意的高潮，朴素的外表下隐藏着深刻。2016年10月“凤凰·鼓浪屿诗歌节”即以一场“诗与歌的和鸣”跨界音乐会落幕，朗诵之外，“歌者”则以音乐演绎诗人作品，诗与歌和鸣，交相辉映，可见诗歌的“语境载体”使歌在空间上有更广泛的传播，受众对歌的接受与反馈则能使歌词在时间上更长久地流传。

2.诗集选评。李元胜迄今出版了19部个人诗集，其诗歌入选多种诗歌选集，他的诗集获奖，这也协助其诗歌价值的认定。在某种程度上诗集为经典的确立提供了文本考据、历史留存，“新诗集”具有较高的媒介威望，一般来说，被印刷媒介公开发表的诗歌要比没有发表的诗歌更能获得人的信任，具有收藏价值，而权威期刊社或出版社推出的诗集也有着更大的影响力，作为“物质载体”的新诗集将散见于报刊上的大量作品保留下来，成为后人了解新诗历史的最可靠途径，诗人的才华、能力、社会身份和社会价值，是通过诗歌传播活动得到确认和佐证的。诗集暗中协助新诗价值的认定和经典的塑造，向受众提供高质量诗歌产品的诗人、编辑、媒介机构，会赢得受众的尊崇。《我想和你虚度时光》首发于2013年9月《诗刊》上半月刊，现已被收入重庆大学出版社2015年9月出版的李元胜最新诗集《我想和你虚度时光》，该诗虽然不是出自李元胜以前的获奖诗集，但他的诗集多次获奖，尤其是他鲁迅文学奖诗歌奖获得者的身份，为这首诗的接受和传播提供了某种权威品格的保证。在2016年中国文献出版社出版的周鹏程主编的《中国当代诗人代表作名录》一书中，这首诗被编者选定为李元胜的代表作。

3.文化沙龙。青年知识分子正在成为一个城市的主要活跃群体，他们的阅读是有质量的，在重庆，民间发动的有相当水准的读书会风起云涌。李元胜还在重庆创建了本土文化界最活跃的文化沙龙——“少数花园”。这个重庆诗人地标性集聚地新鲜的、持续不断的文学文化活动吸引了众多文化界人士，《我想和你虚度时光》这首诗在沙龙上多次被朗诵。2014年8月19日晚，即李元胜的《无限事》获得鲁迅文学奖一周后，在南坪“少数花园”举行了“《无限事》李元胜诗歌朗诵会”，诗会开场就由主持人朗诵了《我想和你虚度时光》。李元胜的众多亲朋好友纷纷前来祝贺，部分亲友上台朗诵了他的经典诗歌，也有一些“少数花园”的“粉丝”们前来捧场，在同一个旋律的背景音乐下，欣赏着《无限事》中的美好诗篇，感受着诗歌带来的那种温暖触动。2015年10月13日晚，李元胜最新诗集《我想和你虚度时光》新书朗诵会又在南坪“少数花园”举行，李元胜和他的诗友、读者纷纷走上舞台朗诵诗歌。新书收录了他从1990年以来创作的90首诗，与《无限事》无一重复。诗集《我想和你虚度时光》更轻巧、更感性，更像是抒情小品，和《无限事》相比，普通读者对新书的接受度会更高。“文化活动场所中的呈现是如何影响内容本身的呢？或许最明显的影响就是反馈效果促成的对一个话题或问题的进一步发挥。”[①]

戴安娜·克兰在《文化产生：媒体与都市艺术》中说道：“如果一个文本的话语符合人们在特定的时间阐释他们社会体验的方式，这个文本就会流行起来。”[②]这首诗不仅流行，而且还得到了受众的反馈，归根结底都是其作品符合人们在特定时间下的生命体验方式，受众在“读”诗时，往往召唤出过往的情

① [英]丹尼斯·麦奎尔：《麦奎尔大众传播理论》，崔保国、李琨译，清华大学出版社2006年版，第34页。
② [美]戴安娜·克兰：《文化生产：媒体与都市艺术》，赵国新译，译林出版社2001年版，第98页。

感经验，因而也乐于对诗的信息进行反馈。受众读诗时会根据自己的认识再造诗的意义，“一些最具有感染力的文化符号，由于在不同种类的媒体上多次曝光，就失去了它们的原初意义，获得了新的内涵”，[①]虽然这首诗在不断传播的过程中可能失去了它本来的意义，因为受众的接受不是被动的，受众是意义的构建者，但是，受众对诗反馈的这个过程可以使诗有更有效的传播，同时也是诗歌流传成功的一种体现。

（二）为何时尚？

《我想和你虚度时光》这首诗流行性的生成除却传播方式合力的推动，其独特的精神气质即出轨的诗意才是其流行的最大内驱力。诗评家吕进评论说，李元胜的诗贴近日常生活，其题材通常不大，但善于从平常生活中抓出诗意，他的诗歌有这个时代所期待的东西，在成熟的心智前提下，借助生活的丰富素材，传达出城市的基因；他还指出李元胜诗作的第二大特点是写出了人的内心世界，借助现实中的事物传达内心的情感，令诗的质地显得更纯粹，令人回味。[②]

我想和你虚度时光，比如低头看鱼
比如把茶杯留在桌子上，离开
浪费它们好看的阴影
我还想连落日一起浪费，比如散步
一直消磨到星光满天
我还要浪费风起的时候
坐在走廊发呆，直到你眼中乌云
全部被吹到窗外
我已经虚度了世界，它经过我
疲倦，又像从未被爱过
但是明天我还要这样，虚度

① [英]丹尼斯·麦奎尔：《麦奎尔大众传播理论》，崔保国、李琨译，清华大学出版社2006年版，第41页。
②《傅天琳、娜夜、李元胜 三位鲁奖获主的重庆奇缘（2）》，《重庆日报》2015年8月13日。

满目的花草，生活应该像它们一样美好
一样无意义，像被虚度的电影
那些绝望的爱和赴死
为我们带来短暂的沉默
我想和你互相浪费
一起虚度短的沉默，长的无意义
一起消磨精致而苍老的宇宙
比如靠在栏杆上，低头看水的镜子
直到所有被虚度的事物
在我们身后，长出薄薄的翅膀

诗歌精准却又浪漫地表现了当代知识分子的生活态度，贵气、小众的精神内核，通过朴素、优雅的语言娓娓道来，直至营造出一个平和、大众的梦境。"李元胜的诗歌就是一个诗意的方程式。他的诗歌就像是他和自然、生活的偶遇之作，漫不经心却又充满着浪漫哲思的气息。"[①]著名诗人、鲁迅文学奖诗歌奖获得者傅天琳2013年在重庆的一个诗会上听到这首诗时，顿时被一种惊艳之感击中心房，感叹他居然有勇气去感受从落日晚霞到星辰满天的美妙。李元胜的诗有专属于他自己的模样，特别的表达方式也是傅天琳看好李元胜获奖的最大理由:李元胜的诗歌中有一种精微的态度，这样的态度让他的诗歌精致、富于哲理，并且聪明。

对于诗人，情怀甚至比得奖还要重要。《我想和你虚度时光》以个体的生命体验完成和传达了群体的时代经验和心声，它作为一种精神性的信念被接受、传播，所包孕的精神力量照亮了众多晃荡余生的人们。李元胜的诗没有宏大叙事，也甚少跌宕起伏和波澜壮阔，在生命的"大与小""重与轻""快与慢"中，他择小而安、择轻而处、择慢而乐，坦然地面对世界，看轻利禄枷锁，"虚度""消磨"和"浪费"不仅需要有放下的勇气，还需要有另类的退隐情怀。《我想和你虚度时光》所传达的出轨诗意绝非凭空而来，它与诗人的人生经验

①《无限事》主编、重庆大学出版社副总编辑陈晓阳的话，参见《傅天琳、娜夜、李元胜 三位鲁奖获主的重庆奇缘(2)》，《重庆日报》2015年8月13日。

相关，也与诗人阅读经验潜移默化的影响分不开。这些经验和知识内化为诗人的精神潜流，最终以这样的诗篇呈现出来，诗人调动了个体独特的生命经验和情感体验，达到和完成他有关“虚度时光”的想象以及执守的坚定信念。这首诗触及了社会和网友的“痛点”，如今都在宣讲努力拼命，追求数量和速度，但奋斗之外的时光同样有价值。柏拉图曾说过，如果你有两块面包，请拿一块去换取水仙花。“虚度时光”作为一种生活态度，唤起了很多人的共鸣。这首诗也让人不由想起梁遇春。他的作品在20世纪30年代代表一种退隐文化的取向，代表作是散文《春朝一刻值千金》，写白天睡觉的慵懒情绪，梁遇春在谈到兰姆的时候也曾说过类似的观点：“兰姆最赞美懒惰，他曾说人类的本来状况是游手好闲，亚当堕落后才有所谓的工作。”《我想和你虚度时光》传唱出这种久违的人生情绪，在自媒体时代很容易成为另类的时尚。飞快的节奏渐渐模糊了季节的变迁，冲淡了生命的颜色，诗人对与生俱来的生存困境深切自觉，“一起虚度短的沉默，长的无意义 / 一起消磨精致而苍老的宇宙”，诗中所蕴含的时间意识表现出人在时间中没落的必然命运。也许是这个原因，真实与虚假的界限渐渐变得模糊，人也不知不觉地沉醉在幻觉中，“直到所有被虚度的事物 / 在我们身后，长出薄薄的翅膀”，成为真正的“传奇”。缓慢表现出一种生活的能力和智慧，要“浪费”，还要“消磨”，最美好的时光都是用来“虚度”的，如果这些浪费、消磨与虚度都和美好有关，我们就不会自责。这首诗投射出的影子与受众的情感体验相一致，使得受众可以在心中建构起一个摹本，摹写出自己的种种情感体验。

《我想和你虚度时光》的退隐情怀首先表现为对当下与自我的专注。专注力是一种与岁月对抗的力量，因为对时光的专注之力，我们才可能“低头看鱼”，“低头看水的镜子”，才可能发现茶杯留在桌子上“好看的阴影”与“你眼中乌云”。诗歌的叙述采用的是内视角，以自言自语的独白，叙述情感事件和心灵事件，由于主体性的存在，主体性语势语调强烈的直接性，受众很容易感同身受。大多数人会当情诗来阅读这首诗，诗中的那个“你”就自然被受众替代为具象化的爱人，但人的灵魂是不完整的，终其一生，或许我们都在寻找真实而美好的另一个自我，那么“我想和你虚度时光”未尝不可理解为诗人的独语，诗人的灵魂发出的智性声音，"你"就是"另一个自我"——最好的你。在落日或星光下散步，在品茗中静思，在走廊里发呆，向往花草的短暂与美好，而把那些绝望的爱与赴死，把短的沉默和长的无意义留给电影和宇宙。这样的"你"是内心最真实的自己，能找到那个"你"，时光的虚度也就有了意义。诗人也把诗写给自己，与美好的一切虚度，在专注力的驱动之下，"我"才可能最大限度地缓慢走近想和谐共处的"你"，或走进另一个"我"，如果这样，哪怕是虚度时光也静谧而满足得让人叹息。诗人对生命、对人生的看法，在反映一时一地个人的思绪的同时，也与大众产生超越一时一地的共鸣。

退隐情怀还表现为一种颓废的唯美情调。退隐是与进取相对应的，在美感中解剖忧伤，在美感中展现苍凉。如果从文艺思潮的角度来说，唯美与颓废确是相互联系的，"在文学观以至于人生观方面，它们是相当一致并且相互渗透的。以唯美主义和颓废主义而论，只有'颓废的唯美主义'（decadent aestheticism)才是真正的唯美主义，而真正的颓废主义也必然会趋于唯美化(aestheticization of decadence)"[①]。学者李欧梵在《漫谈中国现代文学中的"颓废"》一文中曾为"颓废"正名，李欧梵认为:"它是与现代文学和历史中的关键问题——所谓现代性(modernity)及因之而产生的现代文学和艺术——密不可分。"[②]"颓废"一词带有现代人的情感体验，卡林内斯库在《现代性的五副面孔——现代主义、先锋派、颓废、媚俗艺术、后现代主义》中阐述颓废与进步之间的关系时谈到"进步与颓废的概念是如此紧密地互相包含以至于如果我们想做出概括，就会得到一个悖论式的结论:进步即颓废，反之，颓废即进步"[③]。本雅明笔下的波德莱尔漫游于19世纪的巴黎，一种都市漫游者特有的优雅式孤独令人心生向往。李元胜诗中对人生孤独的描述融入了自己对生命的体验，孤独是他对都市人情感描写的一部分，人陷于孤独中，感到"我已经虚度了世界，它经过我 / 疲倦，又像从未被爱过 "，只想借助"和你虚度时光"来得到消解。

---

① 解志熙:《美的偏至:中国现代唯美—颓废主义文学思潮研究》，上海文艺出版社1997年版，第5页。

② 李欧梵:《漫谈中国现代文学中的"颓废"》，《二十世纪中国文学史论》（上），王晓明主编，东方出版中心2003年版，第353页。

③ [美]马泰·卡林内斯库:《现代性的五副面孔——现代主义、先锋派、颓废、媚俗艺术、后现代主义》，顾爱彬、李瑞华译.商务印书馆2004年版，第156页。

意义的缺失则是诗人退隐情怀的又一个层面。艾略特在谈及《荒原》的时候曾说道:“我们有过经历,却错失了意义。”艾略特的《荒原》写出了现代文明的精神枯竭、意义的缺失,现代文明给人带来了巨大的物质享受,但是也给现代人带来了巨大的精神痛苦。我们有过经历但意义早已缺失,这痛苦也展现在诗人的笔下:“但是明天我还要这样,虚度/满目的花草,生活应该像它们一样美好/一样无意义,像被虚度的电影”,这份意义的缺失似乎也表现在情爱之中,“我想和你互相浪费/一起虚度短的沉默,长的无意义”。意义缺失所暗含的忧伤和无奈却因这份颓废色彩中所蕴含的人文情怀吸引了受众。

退隐情怀不仅是诗人在构建作品时所表现出的情绪,也是隐藏在人内心深处的无意识,诗为大众所喜爱正是因为它触及了大众心底最隐秘的情结,退隐色彩并不代表这首诗是消极的,诗人只是用他自己特有的笔调表达人生的种种。“虚度”无疑是个亲切而浪漫的拥抱,借给奔忙于城市间的大众以暂时的安慰和坦荡的享受。当然,值得警惕的是,“虚度时光”的退隐情怀同“诗与远方”的远方情怀有相似的魅惑性,很可能造成某种在现实生活中的迷失,可谓是“温柔的陷阱”,对“退隐情怀”的冷静反思和理性批评则显得尤为必要。

结语

其实,写诗和读诗都是考验耐性的事,即便是在喧嚣匆忙的时代,诗歌也从来不应该是快速消费品。二维码时代有艺术追求的诗人们依然是一群语言的理想主义者,依然保持从容的格调和写作的尊严,做一位既不迎合也不抗拒,专心致力于诗艺创造的诗人,当然我们需要通过自媒体的平台走近诗歌,用诗意滋养更多人的身心,诗人们如能在大众层面获得一些理解与回应,也许其精神世界会得到更多的情感支撑。“在一切都可轻易被围观的时代,虽然诗人获得了一些关注,但他们同时也面临更深层的压力:在新旧媒体的交替和新旧观念的不断碰撞下,在历史与当下、古典与现代的交织影响下,如何调整自己和世界的距离，用作品说话，写出一种精神和情怀来？”[①]诗歌的亲和力与它在一定程度上的独立性和纯粹性并不矛盾，它在受欢迎甚至在“流行”的过程中，可以保持来自日常却又高雅的出轨的诗意，让“诗人的诗”和“大众的诗”相互补充，彼此打开，奉献对世界万物愉悦的领悟。

——原载于《文化与传媒·当代文坛》2017年第2期

作者简介

梁笑梅：西南大学中国新诗研究所教授。

① 刘波：《“有感而发”的抒情本质不变》，《人民日报》2014年10月25日。

基于非文学视角的《平凡的世界》分析

■ 郭德君

2015年，电视剧《平凡的世界》的播出使小说《平凡的世界》再次受到人们的关注，一些人似乎重新认识到了这部20多年前获得茅盾文学奖的作品的价值。《平凡的世界》在20多年里仍然能产生持续的影响，不能不说是一个奇迹。

相比较而言，这种影响其实更多来自民间。就笔者了解的情况，在不同时间段或地域，在刻意或不经意的交流之间，当谈起《平凡的世界》时，周围确有一些很普通的人充满深情地讲述它是如何深刻地影响了他们的价值观，并如何让他们保持生活热情坚强活下去。一些调查也发现，在普通读者中，《平凡的世界》依然是比较受欢迎的作品之一。浙江省温州市图书馆基于2015年读者借阅量的统计数据显示:《平凡的世界》成为最受欢迎的作品，排名第一。[①]另据2015年各大高校图书馆公布的信息，《平凡的世界》在清华大学、复旦大学、浙江大学、武汉大学等高校备受读者喜爱，在浙江大学位居年度借阅量首位，而且比后三位借阅量的总和还要多；在华南理工大学同样位居借阅

① 文中一些涉及《平凡的世界》非具体性叙述部分或穿插于不同章节的内容均来自《平凡的世界》，具体参见路遥:《平凡的世界》，人民文学出版社2004年版。

榜首位，而且多次蝉联月度、年度以及总累积冠军。2015年该书不仅在浙江大学图书馆第四次荣登年度借阅排行榜冠军宝座，而且随机在复旦大学图书馆网上系统检索后发现，所有馆藏的《平凡的世界》被借阅一空，当代大学生对其的喜好程度可见一斑。陕西《华商报》在不同年龄段读者群中所做的调查显示:尽管每个人对这部小说理解不尽一致，但小说还是给大多数读者带来了较大影响。不仅如此，在网络时代，《平凡的世界》依然拥有众多读者，2015年多家知名网络阅读媒体基于网络投票发布的阅读量排行榜显示，《平凡的世界》排名也比较靠前。

以上罗列的数据或调查结果尽管着眼点不尽相同，但能在一定程度上反映出《平凡的世界》在普通读者群中受欢迎的程度。当然，这些数据或调查结果更多反映了2015年的情况，因此必须考虑该年度电视剧播出所带来的影响，而且对这种影响很难做一个比较恰当的估量。对这部长篇巨著而言，长时间段的调查分析显得更为重要。从一些调查研究的情况来看，至少在普通读者群中，《平凡的世界》一直得到较多人的喜爱，所以小说并不是一下就热起来的，其实是一种自然情况的正常延续。尽管如此，《平凡的世界》也并非受到众口一词的好评，从这部作品问世到现在，对其评价的冷热交替似乎从来就没有停止过。邵燕君通过不同时间跨度较有影响的调查数据以及在北京大学所做的一些调查，详细说明了《平凡的世界》在普通读者中广受欢迎的程度。他同时指出，《平凡的世界》在一些主导了文化话语批评权的严肃的文学评论家那里备受冷落。李水平针对这种强烈反差进行了思考，胡文生、石兴泽对《平凡的世界》在文学界、文学评论界与普通读者群中出现的两极对立进行了剖析。如果用复杂深奥的文学批评理论来分析，这部作品的确没有前卫的写作技巧，而是用最朴实的笔调告诉读者发生在一群普通人身上最平凡的一些故事，也许在此点上才拉近了这部作品与普通读者的心理距离。诚然，文学批评领域自有许多理论体系和分析视角，而这些体系和视角不可能与普通读者的心理体验完全一致，由此出现了鲜明的反差。这种现象一些专业人士已进行了较为深入的分析，笔者意欲从非文学视角对这部小说的内涵和社会影响进行简单分析，以期为这部著作为何在广大普通读者群中长期受欢迎提供另一个角度的解读。

一、小说叙述背景城乡二元结构的对立是一个长期存在的问题

小说《平凡的世界》通过异常细腻的笔调详细描述了农村地区的贫苦生活，虽然小说将故事发生的地域主要限制在陕北地区，事实上这并不妨碍将其看成是整个中国农村地区的缩影。因为尽管存在地域、文化、经济等方面的差异，但在千百年的发展过程中，中国农村地区的生活以及农民的生存状态也存在着许多深刻的共通性。随着社会的发展和进步，农村地区的社会生活在不断发生变化，这种变化有些是可直观体会到的，有些则是在长期潜移默化过程中逐渐发生的。在此过程中，原来生活在农村地区的居民要面对从来没有遇到过的新问题，其中一些问题在很大程度上促进了他们行为方式和思想观念的变化。《平凡的世界》中相当一部分故事就是在改革开放初期有了自发的人口流动后展开的，否则孙少平就不可能走出双水村，王满银更到不了大上海。就近半个多世纪的情况来看，虽然在原有计划经济体制下，在特定历史时期有一些规模较大的人口流动，如知识青年上山下乡等，但这些城乡之间的人口流动并非一种自发的人口流动，且非持续性的社会现象，而是印上了鲜明的时代烙印。和世界范围内许多国家的大规模人口流动趋势相比，20世纪特定历史背景下我国的城市人口大量流向农村是一种逆向的人口流动，因为常态化的人口流动趋势基本上是农村人口流向城市，这里有深刻的经济学内涵，二元经济理论就是其中重要的一种思想。

二元经济理论是刘易斯首先提出来的，之后他写了多篇与二元经济相关的论文，从而构成了一个完整的关于二元经济研究的系列。刘易斯提出了二元经济的一个整体性分析框架，由此引发了一系列相关研究，之后进行研究的还有拉尼斯和费景汉、乔根森、托达罗、迈因特等学者。这些学者对二元经济理论不断修正和发展，使其在发展经济学中成为非常重要的一支理论。从实际情况来看，城乡差别只有在二元经济结构实质性消除的状态下才有可能真正消失，但是对许多发展中国家来讲，这需要一个过程。二元经济理论的提出不仅在理论层面有重大的意义，而且在社会不断发展过程中，对其中一些深层次问题的揭示在平衡城乡发展方面也有重要指导作用。虽然经济学的初衷或归宿是让人能过上更好的生活，让社会实现更好的发展，但在这种

巨大的社会结构分化以及二者相互对立并逐步走向融合的过程中，对处于其中的人有什么深刻影响呢？毕竟每个生命个体都是复杂的，都有独特的生命体验，显然这个重任只能由文学、哲学等其他学科来承担。

《平凡的世界》成为一部巨著，是因为路遥从文学家的视角及时抓住了非常敏锐的时代话题，将新的时代背景及二元经济框架中有追求的农村人如何克服重重生活难关的奋斗历程鲜活地呈现于读者眼前。在当前城乡人口流动已常态化的局面下，回溯《平凡的世界》中主要人物的奋斗历程，孙少平走得其实并不远，他仅仅从双水村走到大牙湾煤矿；哥哥孙少安只能说是走出了家门，告别了传统的以农耕为主的生存方式，其实仍生活在农村；妹妹孙兰香虽然走入了大城市，但即使在当下，通过考大学走入城市的人在农村尤其在西部一些偏僻的农村地区依然不是很多，因此这种迈向城市的方式不具有普遍代表性。即使如此，孙少平等付出的艰辛亦非常人所能想象，作者不厌其烦地通过对这些平凡人物的琐碎生活进行描述，其实想告诉读者：一个生于落后地区有抱负的农村人，一个生下来没有任何选择、不能依靠父母和他人，每走一小步都要通过自己努力和劳动的人，要想拥有更好的生活方式，或在走向城市过程中是多么艰辛！这样的劳动者确是普普通通的劳动者，但又是多么令人尊敬的劳动者！《平凡的世界》正是要通过生动的故事告诉读者，城乡二元结构背后复杂的经济学理论在其中可以用最直白的语言诠释：不能浑浑噩噩地重复着祖辈的生活模式，要过一种比现在更好的生活（走向城市是一种趋势）。对许多农村人而言，这个很遥远的梦想必须要通过毕生辛勤劳动来实现，由此产生的强大力量正是在生活战场上战胜自我的力量源泉，正是这种信念不知激励了多少有梦想的普通人。因此，从小的范围来讲，只要城乡二元结构存在，路遥的《平凡的世界》就不会过时；从大的范围来讲，只要生活中有苦难，只要你怀揣梦想，奋斗过程中就不可避免要出现相似的故事，而《平凡的世界》必然就有它存在的意义。

二、《平凡的世界》对人的生存状态给予了深刻揭示

人都是有思想的，在很大程度上，人的差别并不完全来自生理，个人所具有的思想才证明了生命个体存在的意义。从这个角度而言，我们没有理由要求对特定事物的认识和评价要出现一个完全一致的结果，同样的道理也适用于对《平凡的世界》的评价。笔者十多年前曾和几位中文专业的研究生交流过，他们对《平凡的世界》的评价并不很高，非常有意思的一个现象是他们喜欢把《平凡的世界》与另一部陕西籍作家陈忠实的《白鹿原》进行比较，一些同学觉得《白鹿原》更厚重，更大气磅礴。笔者一度也有相似的看法。《白鹿原》正如许多评论者认为的那样，是一部史诗性作品，从根本上来说，它仍然属于现实主义风格的作品，不过魔幻主义等手法的应用又使它具有原先现实主义题材作品所不具有的一些比较前卫的写作手法。当笔者有了一些生活经历，尤其是经历了种种人生挫折以后，对《平凡的世界》有了新的认识。《平凡的世界》也许属于励志型小说，在异常朴实的文风背后蕴含着深刻的人生哲理，是完全可以从哲学角度来阅读和体验的一部作品。其实，从终极视域整体上对人生意义进行思考不独是哲学家的使命，当许多人从根本上探析个体生命意义和价值时，其中就包含了哲学层面的含义。对生存过程中种种问题进行思考时，生命经历苦难是一个不可回避的话题，这种苦难固然包含了物质的困顿、情感的挫折、精神的迷茫和彷徨等各种因素，但对苦难的不同认识和理解很大程度上决定了人的生活态度，而这在相当程度上决定了未来人生的整体走向。对于这一系列问题，《平凡的世界》通过细致入微的叙述让我们看到了诸多物质生活极端贫乏所导致的异常艰难的生存状态，但就是在这种状态下，其中的很多人仍执着地生活着，从未轻言放弃。而且物质生活的贫困并没有让有理想的人放弃更高的精神追求，许多读者不能忘记的一个场景是孙少平在一个建筑工地揽工时，田晓霞和孙少安去看他，他们看到了一个触目惊心的场景：少平趴在破烂的被褥里，脊背上伤痕累累，却借着豆大的灯光在认真看书。这和当下物质生活愈来愈丰富却给一些人带来更多空虚感的反差形成了鲜明对比。相信许多读者看到这里刹那间觉得自己经历的一些小苦难算不了什么，更为自己虚度时光而内疚。在勇敢、坦然地迎接苦难的过

程中，充分彰显了人的存在感和精神力量的强大，这是《平凡的世界》至今为许多普通读者所喜爱的重要原因。换言之，《平凡的世界》其实是为生活中那些普普通通的人写的，如此一来，阅读对象当然不再局限于一个狭小的文学圈子，从而使真正热爱生活的人能与这本书进行真诚的心灵对话。因此，这部小说其实是可以立足终极性，从哲学角度阅读的一部著作。

三、路遥将自己对生活的深刻体验融入作品之中

尽管路遥的生命只有短短43年，30出头就因《人生》一举成名，42岁获得中国文学界具有至高荣誉的茅盾文学奖，但路遥也经历了别人没有经历的苦难:7岁时被父亲送给了伯父[①]；学的时候经常食不果腹；后来在“文革”中虽然短暂到过权力巅峰，但马上遭受到前所未有的打击，此时让他刻骨铭心的初恋女友又离他而去[②]……路遥和其他人不一样的地方是虽然备受打击，但他对生活的热情丝毫不减，而且爱得如此深沉。据王安忆回忆，路遥曾深情地说过，初春时节在陕北的山里看到一枝桃花都会流下眼泪。而且许多回忆资料都显示路遥对自己的家人充满了深厚的感情。他大妹因挖野菜从悬崖上摔下来，路遥尽了极大努力但还是无法挽救其生命，路遥对弟弟王天乐说，要写出他大妹的人生悲剧，但必须是50岁后，否则难以承受如此大的悲痛；他和弟弟王天乐的感情完全超越了普通兄弟的感情；他终身热爱他的父母，临死前还深情地说:“爸妈……最亲……”笔者阅读了大量有关路遥个人生活的资料，觉得他在生活中并不一定是一个很有亲和力的人，但一定是一个有丰富情感的人，而且笔者觉得路遥的个人生活如果能完全写出来，其精彩程度丝毫不业于《平凡的世界》。非常幸运的是，路遥把自己对生命、对生活的深刻

---

① 关于到伯父家的年龄，路遥所著的《早晨从中午开始》中是这样叙述的:“当七岁上父母养活不了一路讨饭把你送给别人……”；具体参见《路遥全集:散文、随笔、书信》，广州出版社、太白文艺出版社2000年版，第41页。《路遥传》中是“虚龄九岁”，时间是“1957年深秋”。具体参见厚夫:《路遥传》，人民文学出版社2015年版，第11-12页。

② 路遥的一些经历主要来自他的长篇随笔《早晨从中午开始》，具体参见:《路遥全集:散文、随笔、书信》，广州出版社、太白文艺出版社2000年版，第3-97页。同时参考了《路遥十五祭》以及《路遥传》中相关内容，具体参见李建军:《路遥十五祭》，新世界出版社2007年版；厚夫:《路遥传》，人民文学出版社2015年版。

体验都融入了《平凡的世界》中。

《平凡的世界》在普通读者群中能产生持久影响力，还有一个重要原因是路遥对亲情、爱情以及友情这些人类社会中最基本也是最重要的感情的深入描写，其中很多细节描写让人读后热泪盈眶。在物质生活极大丰富的今天，回过头看书中所描写的农村生活，物质生活的贫乏令人触目惊心，但孙少平一大家人却维系了和谐的家庭生活，而且这种和谐在作者行云流水般的叙述中显得如此真实，因为能让人产生心理共鸣的往往是人世间最真诚的感情。当然，作者也大量描写了一些悲剧性的情感体验，这些情感并没有因为书中的一些理想主义倾向而被刻意回避，因为只要有人类存在，这些情感必然存在，这似乎是人的宿命。另外，理想主义的存在并没有影响整个作品现实主义的基调，例如，如果说少平与晓霞的爱情属于人们憧憬的理想爱情；作品最后的预示则回归到了自然和真实，当读者看到少平结束了牛马般的井下劳动到惠英嫂家里欢度元旦佳节时，相信许多读者眼睛都湿润了，也会被无比温暖的家的气息所包围。《平凡的世界》在当今仍然被许多读者所热爱，是因为许多普通中国人仍然有强烈的家的情结。尽管当今社会结构、家庭结构、社会意识较之传统社会出现了巨大变化，但渗透在我们民族骨子里的一些传统文化意识并没有消失，即使到现在，无论走多远，绝大多数中国人过年都要回家看看，这其实还蕴含了丰富的文化含义。在网络社会背景下，在中国社会前所未有的变化和发展过程中，无论从存在形态还是从发展趋势来看，使传统家庭削弱乃至解构的因素也大量存在，少子化、老龄化等社会问题日益凸显，一些农村地区的空心化愈发严重。即使如此，通过新的交流方式，家人之间的情感还是得到了比较有效的联络和维系。总之，在未来较长的一段时期内，家庭仍然是社会稳定发展的基本构成单位，而以家庭为纽带的各种错综复杂的感情也会继续长期存在。因此，将深刻的生命体验融入其中，在《平凡的世界》中路遥所真诚赞美、渴望的一些最基本也是最重要的人的感情不仅没有过时，相反彰显出恒久的魅力，这也是《平凡的世界》拥有众多读者的一个重要原因。

四、结语

可从不同角度思考，而且在不同时代背景下仍然被读者所热爱并且能给人带来强烈心灵震撼的作品才能称之为优秀作品，至少从问世至今，《平凡的世界》显然具备了这样的特征。虽然受到质疑，在一些领域甚至备受冷落，但《平凡的世界》仍然拥有众多读者，因为从根本上来讲，作者发现了一些深刻的社会问题，并对巨大社会变迁过程中人的生存状态给予了深刻解读和高度的人文关怀，这种解读和关怀不只是文学层面的，也是从生存论角度进行的剖析和思考。只要有人存在，相应的问题就不会消失，这就是《平凡的世界》至今还保持较高影响力的根本原因。

——原载于《重庆交通大学学报》（社会科学版）2017年第5期

作者简介

郭德君：重庆医科大学副教授。

美酒也需名器装

——简析《石拱桥》的语言艺术

■ 季大强

前几日有幸读了戚万凯的儿歌《石拱桥》，反复咀嚼，细细揣摩，颇觉有味。

“石拱桥，弯弯腰，背爷爷，背宝宝，又敬老，又爱小。石拱桥，你真好。”寥寥二十四字，未用浓墨重彩，不曾刻意雕琢，但尊老孝德，爱幼慈心，天真童趣，浪漫儿真，跃然纸上，感人至深。这得力于作者高妙的语言驾驭能力。

语言，形式也，如盛酒之“器”；思想，内容也，似“器”中之“酒”。

王安石《上人书》中曰：“辞者，犹器之有刻缕绘画也……不适用，非所以为器也，不为之容，其亦若是乎？否也。然容亦未可已也。勿先之，其可也。”其意为：语言文辞，就像器物上的刻镂绘画……如果不适用，那就一定不是器物了。如果不修饰它的外表，难道就是对的吗？不是的。对外表修饰也绝不能忽视，只是不要把它放在第一位就行了。

这话告诉我们：在作诗为歌时，要把内容放在首位，形式次之；要选用最恰当的形式、最精练的语言，以表达最完美的思想。《石拱桥》即如此也。

首先，《石拱桥》成功地运用了“三字一句”的语言形式。

《石拱桥》三字一句，继承了《三字经》的语言形式。《三字经》是最浅显易懂的儿童启蒙读物，三字一句，读来朗朗上口，易记、好背。其文字通俗、浅近、易解，非常适宜儿童诵读、背诵。《石拱桥》继承了这些特点，更有其自身独特之处。

《石拱桥》复用字频率高，选用的都是常用字，易读易记。全歌共24个字，排除复用字，只剩15个不同的字。全歌八句，就靠这15个不同字的排列组合，表达了尊老爱幼的思想。重复用字，易读易背。选用的都是常用字，个个都是“小儿科”，易识易懂。既降低了儿童理解的难度，又与儿童记忆理解规律相适应。

《石拱桥》采用三字短句，节奏明快，词法、句法灵活。全歌八句，一个主谓句，两个名词句，两个偏正句，三个动宾句。三字一句，“奇”字停顿，节奏明快，句子短小，句式整齐，视觉美感强烈。三字一句，表意明确，也便于诵读。

《石拱桥》两两对偶，平仄铿锵，一韵到底。全歌八句，构成四组对偶，四个表意单位，表意顺承，如流水而下。八句平仄依次为：平仄平，平平平，平平平，平仄仄，仄仄仄，仄仄仄。平仄平，仄平仄。平仄交错，音节响亮，节奏激越，韵律高亢，极富音乐美。

在押韵上，《三字经》是隔句韵，《石拱桥》是句句韵（除第三句外）；《三字经》是一节一换韵，《石拱桥》是一韵到底，在押韵上又有了突破与创新。

我们知道，儿童都是通过吟读、背诵来识字知理的。明朝学者赵南星说：“句短而易读，殊便于开蒙。”所以《石拱桥》的作者高明地运用了三言句式。三言句短小精悍，平实浅近，通俗易懂，易记好背，有如《三字经》言简意赅、要言不烦的特点。

任何经典的作品，都是内容与形式的完美结合。虽然内容决定形式，但形式对内容有巨大的反作用。清代桐城派散文鼻祖姚鼐，提出了义理（道理）、考据（考核）、辞章（形式）三位一体的理论思想，强调诗文选用恰当的语言形式，讲究辞章，追求完美的语言技巧。《石拱桥》深得少儿喜欢，大受方家好评，除了其表达的尊老爱幼思想深得称赞外，还与其完美的语言形式、精当的语言技巧有关。

其次,《石拱桥》成功地运用了多种修辞手段。

第一,形象可感的比喻手法。

比喻生动贴切。“石拱桥,弯弯腰”,这是一个非常生动贴切的比喻。作者把“拱”着的石桥,形象地比作了弯着腰的人,突出了拱桥与弯腰在形态上的相似。这一“喻”,让没见过拱桥的少儿,一下子就把握住了拱桥的特征,眼前就会出现拱桥的样子。之所以有如此效果,关键是选用了一个“弯”字。“弯”字还兼用了拟人手法,这一用,桥便有了动态感,便有了思想,便有了敬老爱小的美德。一个“弯”字,生动贴切。

比喻通俗可感。比喻,总是把生疏的事物喻作熟知的形象,用具体的物象来描绘抽象的事物,用浅显的事理来描述深奥的道理。儿歌是写给儿童的读物,特别要关注受众的理解感悟能力。孩童年岁小,阅历浅,接触事物少。生长在城市的大多数少儿,可能真的没见过石桥,尤其是石拱桥;“拱”是什么样子?无视觉印象,无实践感知,无法把握石拱桥的特征。而所有的少儿,都是在父母怀里、背上长大的,对“弯腰”有直观感受。以“弯腰”喻石拱桥,就使他们能准确地把握“拱桥”的形象特征了。

第二,恰到好处的拟人手法。

所谓拟人,就是把事物人格化,将不具备行为和感情的事物,变成和人一样具有动作和感情,可分两类:

借助丰富的想象,给物以行为动作。“背爷爷,背宝宝”这两句,是将不具备行为动作的石拱桥人格化,成功地赋予了拱桥以生命、行为、施事的能力。于是,拱桥便主动将行走困难、举步维艰的一老一少,负于背部,举之肩膂,代其迈步,为之前行。这一“拟”,借助于两个“背”字,就把石拱桥急人所急、救人所困的高贵品质展示出来了,使拱桥这个有形无声、有形态无动作的事物有了生命的活力,有了形象性与感染力。

借助丰富的想象,给物以思想感情。孟子说:“老吾老以及人之老,幼吾幼以及人之幼。”这是我们中华民族尊老爱幼的美德。作者用“又敬老,又爱小”,把这种传统美德形象具体化,落实到两个“背”字上,成功地赋予了拱桥以思想情感。这一“敬”一“爱”,就将没有生命、不具感情、不能思想的桥,变成了知情重感、尊老爱幼、有思想灵魂的人。思想，是人的灵魂。人类之所以崇高伟大，是因为其灵魂的崇高伟大。石拱桥之所以崇高伟大，是因为作者赋予了它崇高伟大的灵魂，才使拱桥有了尊老爱幼的传统美德。

作者把比喻和拟人修辞手法运用到儿歌创作中，可以毫无夸张地说是找准了点，号住了脉，因为这两种手法在儿歌创作中运用最广泛，运用最成功。

第三，《石拱桥》精妙地运用了呼告手法。

何为呼告？就是在诗词文章中直呼人名或物名的一种修辞方法，也就是对本来不在面前的人或物直接呼唤，与之交流，与之对话。如柯岩的诗，“周总理，我们的好总理，你在哪里啊，你在哪里”，就用了呼告。《石拱桥》中的“石拱桥，你真好”，就使用了这种手法。

“石拱桥，弯弯腰，背爷爷，背宝宝”，这四句是记叙，用以铺排蓄势，营造环境；“又敬老，又爱小”，这是议论，用以揭示感情主旨，展示思想美德，做出精当评价。一叙一议，为后面的呼告抒情提供了依据，渲染了气氛，挖好了渠道，只等水来。最后直呼“石拱桥，你真好”。赞美之情如滔滔奔腾的江水，一泻千里；似喷薄欲出的朝阳，辉映山川大地。最后的呼告抒情，画龙点睛，升华情感，起到了卒章显志的作用，让“石拱桥”这一尊老爱幼的艺术形象赫然立于我们面前。

“呼告”这种手法，可以抒发强烈的思想感情，加强感染力，引起读者强烈的感情共鸣。但它不是万能的，不是在什么地方、任何情况下都可运用的；必须是在情绪激动、情感浓烈、不吐不快时才适合运用。否则就是无情“挤”情，无感“造”感，无病呻吟。

修辞，从广义的角度讲，就是修饰言论，即调动多种语言手段，以收到尽可能好的表达效果。古代文人非常重视诗词歌赋修辞润色。唐代殷璠《河岳英灵集·李颀》中载：“诗发调既清，修辞亦绣，杂歌咸善，玄理最长。”鲁迅也说：“因为不能修辞，于是也就不能达意。”这说明了修饰言辞，在文学创作中的重要性。修辞，绝不是随便运用就能捏泥成人、锦上添花的，只有选用得当，运用精巧，方能点石成金，化朽为奇。如生搬硬套，拾人牙慧，势必如画蛇添足，失去了修辞的意义。只有高明的语言巧匠，才能运用自如。语言巧匠，如建筑大师，巧匠用字、词语谋篇布局，撰写瑰丽的妙文佳章；大师用砖、钢筋构椽建架，筑造雄伟的高楼大厦。文辞选用精当，文章才能千古，造法运用娴熟，大厦才能辉煌。

我们常说“说话看对象”，要想让别人听懂你的话，读透你的诗，首先你得了解对方的年龄、心理、知识层次、文化水平、理解能力，对不同的人要选用不同的表达形式，这是文学语言的重要原则。如果不分对象，不论角色，即使你满腹经纶，口若悬河，恐怕也是曲高和寡了。纵观《石拱桥》，字字无艰深古奥，句句求浅近平实，非常适合儿童的认知水平和理解能力，即使幼儿园小朋友，也能熟读成诵，理解其要义，真正做到了有的放矢。《石拱桥》堪称“看人说话”的佳作。

——原载于《儿童文学信息》2017年第7期

作者简介

季大强：高中语文教师，重庆市巴南区作协会员。

孤独中的探寻：王安忆《纪实与虚构》解读

■ 吴婷琳

《纪实与虚构》是王安忆"寻根文学"的代表作，叙述了一个备受孤独煎熬的女作家以对"自己""母亲""家史"的困惑作为起点，逐步追踪、凭空虚构出一部家史的过程。该作品处处透露出文化断裂导致的孤独与忧伤，为了摆脱这种处境，"我"必须搜寻自己与现实的关系，特别是与上海这座城市的联系。从这个角度来看，作品可以说是作者寻找归属、化解空虚的重要途径。本文将着重解读《纪实与虚构》的主题，探讨作品中时空断裂产生的孤独、孤独中的探寻，以及探寻之后对现实的回归。

一、时空断裂产生的孤独

孤独是一个人被遗忘时的精神体验，是各种社会关系断裂产生的"悬空感"，忧伤则是在这种"悬空感"下自然产生的消极情绪。时间上，叙事者处于一种断裂的状态。这一方面体现在"我"本身是个没有过去的人，是坐在痰盂上进入上海的一个外来户，"我"进入这个城市的时候还很小，小到没有任何记忆。“我”只能在现实的成长经历里体会自己的存在；另一方面，这种断裂还体现在“我”的整个家庭没有来历。对于“我”来说，不论是父亲还是母亲，都像是没有过去、没有来历的人，“我”羡慕别人家的一切都有根有据，不像自己家“无根无由”。这些都造成了“我”在时间上的断裂感，进而导致一种无来历的孤独感。

空间上，叙事者是处于断裂状态的，这主要反映在“我”与上海这座城的关系上。一方面，“我”虽长于上海，但与这座城市格格不入。上海于“我”来说，没有先天的地理联系与情感羁绊，上海的语言、传统都是“我”的家庭所缺乏的文化认同元素，让“我”产生一种无法摆脱的孤独感。另一方面，空间断裂还体现在“我”要融入上海生活的艰难，我是革命“同志”的后代，然而不得不在满是俗气的“小市民”的巷弄里生活，这让“我成了这世界上顶顶孤家寡人的一个”。这种空间断裂感伴随着“我”的成长历程，并逐渐内化为主体建构层面长期存在的焦虑与孤独。

二、孤独中的探寻

作为一部消解孤独的作品，《纪实与虚构》中的探寻有颇多逆反之处。作品探寻了整个母系家族的故事，母亲作为一个起点，将在上海成长的“我”与远古的祖先联系起来。作品上溯一千多年，从母亲“茹”的姓氏一路向上追寻，从古代柔然国的兴衰到成吉思汗的草原帝国神话，再到南迁部落的衰落，最终完成整个家族历史的构建。整个家史看起来有根有据，似乎能解决“我”无根据、无来历的孤独感，然而这种对自己来历、血缘关系的构建处处体现着叙事者对父系血缘的逆反。首先，作品探寻的是母系家族，中华民族往往是从父姓、父史，寻根文学本身经常被评论为一种“审父”式的追问，那么王安忆何以要在《纪实与虚构》中追问母系神话呢？王安忆曾在短篇小说《我的来历》中对父亲产生亲近感，显示出自己想得到父系家族的认可，由此引发了对血缘、民族乃至国族之间的重叠与背离的思索。直至《纪实与虚构》，作者舍弃父亲而选择母系家族作为寻根对象，该作品被视为一种对父系血缘的逆反，在“我”的整个家庭关系上，母亲处于主导地位，在家里“我父母的意志主要由我母亲来体现并且执行……我一直把母亲作为我们家正宗传代的代表”，寥寥数语，却让读者体会到作品所展示的女性权力。作品通过对父系血缘和权威的逆反，不仅确立了女性的生存地位，还达到摆脱孤立、消融孤独的目的，同时在对寻根文学的“审父”式主流写作的逆反中确立了自己的文学风格。

若我们将“母系”这个限制语去掉，仅仅从历史的角度来看待《纪实与虚构》，那么作品就是对孤独的叙事者的纵向定位。“我”执着地从漠北的氏族时期开始探寻，经成吉思汗时期，直至新民主革命时期、新中国成立后，这些类似野史、演义的方式完成了历史构建。然而“我”的历史观带有逆反性。首先，“我”对历史的叙述态度是一种逆反。一般来说，历史总是既定的，带有一种不容侵犯的权威性。而“我”不管客观存在过什么，执意叙述一种自己想要的历史，“我想”“我认为”“我选择”等字眼在小说中屡见不鲜，作品中的历史不是客观存在的，而是“我”的选择和创造。对历史观的逆反，还体现在“我”对英雄的态度上，“我”祖辈中的英雄人物几乎都是反叛而来，木骨闾也好、社仑也罢，基业都是靠背叛得来的。王安忆试图通过对历史进行逆反式的探寻来构建家史，从而寻求家族的认同，化解自身的孤独。

三、探寻后的回归

其实，《纪实与虚构》对母系历史的探寻不单与“我”密切相关，其对整个家史的探寻都可以看成为“我”的现实生活创造意义。探寻的结果之一是为“我”定位，在作品里“我”努力创造自己与时间、空间的联结，不仅虚构了家族的历史，还虚构了自己的历史，为的就是通过纵向与横向关系的建构，确定自己在世界上的位置，把自己平凡的生活编进远古英雄的浪漫史中。此外，“我”孤独却不消沉，能以逆反的心态面对困境，我们可以把这种逆反视为一种变相的积极进取。整个探寻母系历史的过程并没有令“我”陷入无法自拔的悲恸，“我”不时沐浴在幻想的快感之中，治疗孤独所带来的忧伤，修复各种关系的断裂。即使有历史连不上，“我”也并未因此而灰心，反倒怀有“一股轻快诙谐的情绪”。在寻根的过程中“我”逐渐发现，杜撰一个令人愉悦的故事比寻得历史的真相更为重要。

通过作品对“我”的经历的构建，我们能清楚地看到当代中国风云变幻、历经磨难的历史，在这样一个生存背景下，“我”和大众不得不经历巨大的改变。这种改变意味着工具理性对自然及人类的去神圣化，意味着民族精神的消磨。就像作品中所说的那样，家史变成了“鬼事”，到最后连鬼都“模糊了自己的出身，甚至模糊了自己的使命”。这样的模糊与迷茫不是“我”想要的生活，越迷茫就越孤独，因此“我”需要在历史中探寻让自己不迷惘的“根”。“我”在这样的背景下探寻，这是一个逐步回归现实的过程。“我”通过探寻母系历史，从中学到了某种逆反精神，进而以此为依托适应当下的生存环境。就像作品中所言：“家族神话像黑夜里的火把，照亮了生命历久不疲的行程。”其实，无论“我”所想象的“上海”还是上古的英雄，都可以看作“我”生命的投射，王安忆把它们交织起来，正是想要让自己回归本性、回归民族、回归现实。

王安忆在社会和国家急剧变迁的特殊背景下有意识地建构自己的文学史与历史，《纪实与虚构》虽从孤独入手，想象、虚构，自己和祖先的经历，但这种对历史的想象并没有与当下的生活相脱离。在这个历史与现实越来越陌生的时代，《纪实与虚构》为过去与现在、历史与当代重新找到了一系列的复合点，以历史为药方，让“我”通过一系列追溯与回归走出当代的平庸生活，消融了内心的孤独。

——原载于《语文建设》2017年第30期

作者简介

吴婷琳：重庆青年职业技术学院讲师。

有血有肉、形神兼具的宁孝原

——王雨长篇小说《碑》读后

■ 许大立

王雨的长篇小说“重庆移民三部曲”最后一部《碑》，早已读完，却迟迟没有动笔写点儿什么，因为一直在思考这部小说到底要传递给我们一些怎样的信息。三部曲甫成，王雨显得更加成稳内敛。我也未匆忙表达自己的观点，而是让思绪沉淀下来，认真考虑这部书的思想价值，希望能为王雨以后的创作提供些许帮助。

王雨少年从军，经历了多年奋斗终于成为医学界的高级专家，他给我的印象是不苟言笑缺少乐趣，严肃有余放松不足。可是后来接触多了，才发现他的精神世界在他的文学创作里。他那富有成果的超声医学研究，亦挡不住他对文学的追求，这也恰恰给他的生活创造出了另一番多彩的天地。

《填四川》讲的是宁氏先祖宁徙奋斗的故事，描绘了300多年前填川移民多舛的命运和开拓的艰辛。《开埠》说的是100多年前重庆市场被西方殖民主义者强行打开前后，宁氏后代宁承忠所经历的屈辱和挣扎，反映了农耕经济向半殖民地经济演化中的斗争与矛盾、精神的混沌和蜕变。毋庸置疑，反映的都是久远的鲜为人知的历史，纵然作家编撰得天花乱坠，读者也难以从中挑剔到破绽，因为事已久远，出有因而查无据。小说原本就不是历史。更因为有了金庸和古龙两位大师的引领，他们的编故事能力前无古人，上天入地神通广大无所不能，所以对他们来说画鬼容易画人也不难，在20世纪中叶创造了中国文学史上武侠小说这一种群瞬时的辉煌。

兴许是受到当代武侠小说的影响，王雨前期小说奉行的现实主义路子后来发生了变化。从《填四川》开始，他一度采用了章回小说的写法，有了传奇色彩，穿插了大量超越时空的人物和情节，胆子忒大且想象力非凡，却为读者接受。《填四川》也好，《开埠》也罢，时空毕竟离我们太远，作者创作的想象空间也就足够大。可是到了《碑》的时代，有记载的文献资料汗牛充栋，有影响的文字作品更是层出不穷，王雨这部小说就得倍加谨慎了，否则一不小心就会冲撞历史，特别是在这个网络泛滥、资讯滥情的时代。

王雨很聪明，他有意绕开了历史的沟壑，并未去正面描写这座碑的产生过程，而是通过生活在这座碑周边的几个鲜活人物，演绎他们的悲欢离合，展示中华民族在历史危亡时刻不屈不挠的民族精神。或许他不掌握抗战高层人士的相关资讯，兴许他不想重复在诸多文学作品中已经反复出现多次的人物形象，仅仅设计了几位中下层人士作为小说的主要角色，来体现那场生死存亡之战中民众的苦斗与艰辛。

作为“重庆移民三部曲”开山鼻祖宁徙的第N代传人的宁孝原，王雨给了他一个军人的身份，这就为他的小说中的宏大场景埋下了伏笔。这位男一号时而在陪都舞枪弄棒、调情猎色，时而去湖北乃至苏北前线玩儿命抗日杀敌雪恨，真是一个天不怕地不怕闯荡江湖的移民后裔。女强人宁徙的血脉在他的身上得以延续，移民鼻祖的精神在他的世界里张扬。而围绕在他身边的女人赵雯、倪红，则是青春热血年华中不可回避的性爱与情爱的猎物，也是他出生入死、奋勇杀敌的精神支撑。

王雨把握住了宁孝原的人物造型和情感世界。他食人间烟火，知世事人情，懂男女欢爱，伤愈归来就找倪红了却久别之后的那股难抑的冲动，把江崖边不隔音的吊脚茅屋里倪红那木板床整得天摇地动。他对倪红有失忠诚，当偶遇他曾拒绝父亲要他去相亲的记者赵雯时，人性的弱点即刻显露，赵雯的美丽和文化素养使他立马见异思迁，弃早有床第之欢的倪红于不顾。可这些人性的弱点并不影响他作为一名爱国军人的骁勇善战。他在战场上冲锋陷阵，与日寇不共戴天，把生死置之度外，是众人眼中的真豪杰、大英雄，是抗日战场上叫敌酋闻风丧胆的中国军魂！

正因为他这些不同于常人的秉性，他悖逆父亲宁道兴要他继承祖业经商的训示，悄悄当兵去了前线。他重情谊，重孩童之缘，一厢情愿尽力挽救涂姐的汉奸丈夫窦世达；也曾将捕获的拒不投降的毛庚朋友新四军黎江团长私下里释放；直至后来看清世界潮流后弃暗投明，成为共产党新社会的追随者、建设者。他桀骜不驯，却又爱憎分明；他自视清高，却能审时度势。这样一位从基层做起的国民党军官，最终选择了光明之路。也许他后来还有坎坷和波折，但在这一本书里，他已很好地完成了人物使命。他立体地出现在读者的视线里，并不完美，却真实得令人信服。至于他后来与倪红结合倒显得无关紧要，只留下远去台湾生死不明的赵雯，牵动着读者的心。

作为在李子坝出生，在解放碑生活了几十年的老重庆人，读《碑》自然倍感亲切。王雨也是老重庆人，他笔下的解放碑以及朝天门、临江门、十八梯周边的街巷路店、人文风情，民俗民风，莫不引人入胜。读他的书就是读解放碑的地理志、人物记。读这本书不累，这是当今好多长篇小说做不到的。

最后还得说到碑。碑不是中国人的专利，碑是人类共有的图腾。人类文明莫不把碑作为铭志传承的首选。走遍五洲四海，各式碑林林总总，五花八门。从精神堡垒到抗战胜利纪功碑再到人民解放纪念碑，展现的都是一种精神，中华民族不屈不挠的斗志与颠扑不灭的精神。不管你起高楼，不管你楼塌了，它都永远在，因为精神不灭！以宁孝原为主人公的长篇小说《碑》，正是这样一部记载历史丰碑的长卷，现实的碑虽然已被广厦高楼挤压，其精神却立地冲天，凌驾于所有高贵奢华的物质之上。

——原载于《文学报》2017年12月14日

作者简介

许大立：《重庆晚报》原副主编。

“我”的多功能叙事解析
——严歌苓长篇小说《舞男》中

■杨 红

严歌苓的长篇小说《上海舞男》发表于《花城》2015年第6期，2016年4月由上海文艺出版社推出单行本，更名为《舞男》。小说以“我”（石乃瑛的鬼魂，或者说像作者所描述的，老舞厅里再怎么翻修也翻修不掉的老东西）为主要叙述者，将“我”的前世（20世纪三四十年代）与探戈皇后夏之绿的旷世爱情，穿插移变到21世纪新上海男舞师杨东和海归女老总张蓓蓓的爱情中，看似同时讲述了异时空新老上海的两段情感故事。在故事的讲述中，新老上海的风貌不仅得以呈现，两个爱情故事也终以悲剧结尾：诗人石乃瑛在舞厅死于非命，还被扣上汉奸罪名，大半个世纪都没有洗清冤屈，夏之绿则逃离王融辉魔掌而苟活于世；张蓓蓓离开上海这个伤心地前往美国不知所终，杨东则独自带着私生子许堰（与丰小勉所生）回到上海杨树浦工人新村的弄堂艰难生活。

在这部不算长的长篇小说中，作者严歌苓给读者提供了多个可供阅读和阐释的角度，如复调性和狂欢化、女性主义、文体学和叙事学等等。如果单从严歌苓为我们“叙述了什么”来看，小说中的两段异时空的上海恋情似乎有些“落入俗套”和“不可信”；但是如果从严歌苓“如何叙述”的角度看，她这部小说的叙事技巧的确具有较好的分析和阐释的价值，其中，主要叙述者“我”的多功能叙事尤为显眼。

申丹曾对弗里德曼(N. Friedman)《小说中的视角》中所论及叙事视角的八种类型(编辑性的全知、中性的全知、“第一人称见证人叙述”“第一人称主人公叙述”“多重选择性的全知”“选择性的全知”“戏剧方式”“摄像方式”)进行过评述,同时也对热奈特在《叙事话语　新叙事话语》中对弗氏八分法归纳、简化后的三分法(“零聚焦”或“无聚焦”(叙述者＞人物)、“内聚焦”(叙述者=人物)、“外聚焦”(叙述者＜人物))进行了评述,在这个基础上,她提出四种类型的视角或聚焦模式(零视角、内视角、第一人称外视角和第三人称外视角)。[①]具体说来:(1)零视角,即传统的全知叙述;(2)内视角,仍然包含热奈特提及的三个分类,但固定式内视角不仅包括像亨利·詹姆斯的《专使》那样的第三人称“固定性人物有限视角”,还包括第一人称主人公叙述中的“我”正在经历事件时的眼光,以及第一人称见证人叙述中观察位置处于故事中心的“我”正在经历事件时的眼光;(3)第一人称外视角,即固定式内视角涉及的两种第一人称“回顾性”叙述中叙述者“我”追忆往事的眼光,以及第一人称见证人叙述中观察位置处于故事边缘的“我”的眼光;(4)第三人称外视角,类似于热奈特的“外聚焦”。不过,申丹认为,“视角模式并非自然天成,而是在叙事文学家的实践中产生的。我们只能依据他们的实践或常规惯例来进行判断”。[②]以上叙事学理论,都可作为我们对严歌苓长篇小说《舞男》进行叙事学解读的基础。

严歌苓在《舞男》中设置的男女主人公分别是杨东和张蓓蓓,主要叙述者是“我”(石乃瑛的鬼魂)。整体叙事框架由“我”来叙述杨东和张蓓蓓的恋情,同时部分地回顾性叙述“我”自己的故事。有意思的是,“我”所叙述的故事中的男女主人公又讲述“我”和夏之绿的恋情,“我”反过来成为他们所叙故事中的男主人公。相互交织,平行推进,成为这部小说叙事结构的大致模型,可谓镶嵌式结构。但是,这些又都统摄于“我”的叙述眼光之下,属于“我”所叙故事中的故事。严歌苓在该小说中所实践的叙事视角模式,也并非遵照叙事学理论家们固有的模式来进行的,故而有其独特性的一面。因此,我们只能根

① 参见申丹《叙述学与小说文体研究》第九章“不同叙事视角的分类、性质及其功能”,北京大学出版社2004年版。

② 申丹:《叙述学与小说文体研究》,北京大学出版社2004年版,第267页。

据该小说文本的具体情况来进行分析探究。

叙述者“有时可能仅是其叙事的一部分中的人物而在别的部分中不是，而有时尽管他不在自己讲述的事件中扮演角色，但他还可以是其他叙述者所讲述事件中的一个人物”。[①]《舞男》中的叙述者“我”正是这样的一个角色：在叙述张蓓蓓和杨东的爱情中，“我”不扮演角色，在“我”回顾性地叙述自己生前和夏之绿的恋情中，我是男主人公；在张蓓蓓和杨东讲述的老上海舞厅恋情中，“我”也是男主人公。

由于主要叙述者“我”是个特殊的角色——20世纪三四十年代上海滩著名诗人石乃瑛的鬼魂，于是“我”就具备了特殊的叙事功能。正如晓苏所言：“鬼魂视角成功地打破了有限视角的叙述局限，让叙述的边界从有限扩大到了无限。鬼魂形象渗透着一种非常特殊的文化心理，它在人们的心目中可以来无影去无踪，神通广大，手眼通天。因此，由鬼魂担任的叙述者，就可以像全知叙事者那样无处不在、无所不知。同时，叙述者仍然使用第一人称的口吻，这又保持了叙述的真实性、亲切性和具体性。可以说，鬼魂视角发挥了有限视角和无限视角的双重优势，是一种两全其美的叙事视角。”[②]

从叙事视角来看，“我”是同故事第一人称叙述者，应该是限知叙事；但是，作为鬼魂，“我”应该是全知全能的叙述者。然而，小说中一再提到“我”自从被暗杀在这个拥有80多年历史的老上海舞厅里，就一直待在舞厅里再也没有出去过。有时“我”又把自己作为“第三人称”，通过张蓓蓓和杨东的叙述眼光来讲述自己的故事，而且常常称自己为“诗人石乃瑛”。另外，“人物也可能用作一个面具，隐含作者就是通过这个面具说话的。即是说，作为叙述者的人物可能是功能性的，甚至于充当隐含作者的替身，隐含作者通过这个替身表达他对这个世界的看法”[③]。因此，“我”的这个叙事视角具有多重功能：人物—叙述者功能、目击者—叙述者功能、第一人称回顾性叙述中的经验自我核心功能、隐含作者的替身功能、全知叙事统摄下的视觉叙事和预示叙事功能等。

---

① [美]杰拉德·普林斯：《叙事学：叙事的形式与功能》，徐强译，中国人民大学出版社2013年版，第16页。

② 晓苏：《论当代小说中的鬼魂叙事》，《文艺争鸣》2015年第12期。

③ [美]詹姆斯·费伦：《作为修辞的叙事：技巧、读者、伦理、意识形态》，陈永国译，北京大学出版社2002年版，第84页。

一、"我"的人物——叙述者功能

"我"可以认为是故事叙述者，于是"我"就具有"人物—叙述者功能"。"我"在上海这家老舞厅里见证了杨东和张蓓蓓的恋情，但是"我"这个人物又是特殊的，因为"我"是舞魂。"我"和杨东的"结交"首先是因为我们都是好的舞者，其次由于杨东有两年当导游的经历，"上海滩文化历史总要懂个皮毛"，于是，他似乎具备了通灵的特异功能，每次来舞厅都能看见"我"这个半个多世纪前老上海的舞魂，而且他经常和他的那帮"婆"学生们聊起"我"。人物—叙述者的"我"在小说开头是这样叙述的："……到后面你就知道我是谁了。我说后面，那前面是一定有了，既然有前有后，说明我是知道整个事情的人。自然包括结局。在这世上混长远了，像我，知晓的事体便多一些。一件事物不单知道它们的前头、后头，还知道它们的里头和外头。""我知道他能看见我。就从那日，去年十一月初三……"[①]这样的叙述，让读者觉得"我"的身份是个悬念，于是给我们留下想象的空间："我"到底是何方神圣呢？

接下来几段，"我"简单介绍了小说男主人公杨东（"他"）的身份——舞厅舞师和女主人公张蓓蓓的身份，然后陡然插入一句："让我想想，他们俩最初是怎样的。"然而，这句之后，"我"并没有像我们期待的那样马上叙述"他们俩最初是怎样的"，却回顾性地插叙了"我"和阿绿"最初是怎样的"。对于阿绿，"我"没有做任何介绍，似乎读者早就对她了解和熟悉。如此一来，作者用"我"这个人物就很自然地牵出了两段恋情。于是，当下上海滩的恋情与半个多世纪前上海滩的恋情同时在这家拥有80多年历史的老舞厅里上演，并且给人留下很强的视觉效果。读者自然也会被这两段开了头的异时空恋情所吸引，并且将满怀好奇地往下阅读，欲探究竟。

二、"在场"旁观者叙事功能

小说中"我"有时候化身为一名忠实的听众和观众，以在场旁观者的身份叙述"我"的所见所闻，而且有时甚至是现场直播式的。例如，"我"在叙

① 严歌苓：《舞男》，上海文艺出版社2016年版，第1页。

述蓓蓓和杨东跳完舞后吃夜宵时的聊天内容时，这样表达："让我听听，两人今晚谈什么。房子。听十对上海男女谈话，八对是谈房子。好多好多年了，还这样。"

关于"我"的恋情叙述，"我"也常常充当旁观者和听众的角色。小说中"我"作为听众，听杨东向他的那些"婆"学生们介绍那个作家——"我"的段落特别精彩："该是杨东会张蓓蓓的时候了。再等等，让我听听杨东怎么跟他的'婆'学生们讲那个作家。十七岁成名，一时红极，上海滩，南京城，北平学府……杨东原来不缺斯文……杨东说：'就这样讲吧……诗人还有个爱好，决斗。所以都活不长。普希金晓得吧？……决斗死的。'""颠三倒四的，不过有点儿真见。这个东东不是我一直以为的东东。""诗人名叫石乃瑛……三十年代末已经有名得不得了了……""这个东东不简单。难怪他一看见我就疑似熟人，处处为我让路。"[①]这四段叙述在整个叙事运动中，对情节发展起着关键作用。

第一，用"那个作家"来代替"我"，故意拉开与读者的距离，产生一种陌生化效果，增强读者的好奇心。第二，"我"作为幽灵叙事者，具备上帝般的全知全能(all power)，也即具有全知叙述者功能；但是，"我"却经常佯装为不了解情况的旁观者来观察并加入杨东的"婆"学生们当中，和她们一道充当起忠实听众的角色，来聆听杨东眼中的石乃瑛——"我"的故事。小说文本就这样巧妙地利用第一人称"我"作为旁观视角与杨东有限视角之间的反差，以让读者通过故事中杨东的眼光来近距离观察和见证。第三，"我"作为旁观者观察杨东对"我"的叙述时，"我"又巧妙地插入了三次对杨东的评论，这些评论实际上也帮助读者对杨东有了更近距离的审视，从而对他这个人物形象有了更进一步的了解。最后，也是最重要的一点：这四段叙述中，不管是杨东对"我"的叙述，还是"我"对杨东的叙述、详论，至少都为小说叙事运动的进程注入了以下意义："我"作为老上海历史文化名人的研究价值；杨东不是一般的男舞师，而是寄寓着老上海历史文化的有内涵的男舞师。这两方面的意义构成张蓓蓓和杨东关系发生质变的关键因素，甚至可以说成为维系他们后来恋爱的要

---

① 严歌苓：《舞男》，上海文艺出版社2016年版，第1页，第8－9页。

素。正是因为杨东懂点儿老上海历史文化，他才对张蓓蓓讲述了“我”——诗人石乃瑛的故事，张蓓蓓也是因为“这个东东不简单”才和他发展成为恋人。此外，正因为“我”——诗人石乃瑛是老上海历史文化名人，才引起“事事追求正确”的海归法学博士、女老总张蓓蓓的了解欲以及调查兴趣。这些当属小说内结构的合理性布局，都为新老上海两段恋情的发展做了巧妙而自然的铺垫，深深吸引着读者带着迫切的心情去了解小说的情节发展，同时读者也会迫不及待地想知道杨东和石乃瑛这两个新老上海舞厅里的舞者的真面目。因此，“我”利用旁观者眼光来观察杨东对“我”的叙述和以“我”的叙述眼光对杨东的叙述、详论，对推进整个小说情节的发展、对小说中人物形象的展现以及对小说最终的主题内涵的表达都具有重大意义。

总的来说，小说中主要叙述者“我”有时以在场听众和观众的目击证人身份出现，用现在时来叙述，似乎在做一个直播，这种叙事功能可以让读者近距离感受，同时也融入了视面场景的真切感。这可能是很多小说在这一功能运用之下所溢出的审美价值体现。

三、第一人称回顾性叙述中的经验自我核心功能

该小说中，有时候作为叙述者的“我”退隐到背景中，作为人物的“我”成为核心。在关于“我”生前和阿绿的恋情的回顾性叙述中，不管是通过张蓓蓓和杨东在旧书里读到的，还是张蓓蓓搜集资料调查到的，或者是“我”自己回忆的，生前的“我”——石乃瑛都是这段恋情的主人公。关于“我”的恋情叙述都是第一人称，作为叙述者的“我”这时候退隐到背景中，而作为人物的“我”则成为核心。

或者我们可以这么认为，在这种第一人称回顾性叙述中，除了有作为叙述者的“我”此刻正在回忆的叙事视角外，还有作为被回忆故事中的“我”也正在经历体验的叙事视角。在这种情况下，经验自我终成为故事的核心，而叙述自我则会退到故事后台。我们不难发现，小说中用“明天、明天下午、昨夜、现在”等时间词语，来提示读者注意这种经验自我叙述眼光的转移。

另外，在回顾性地叙述“我”被暗杀的那一幕中，“我”不清楚“我”是在舞

厅内被害还是在舞厅外被车撞死的。“这结局是我自己不知道的。”“我被枪杀了吗?”为什么会产生如此疑问,而且是作为主要叙述者的疑问而出现于小说叙事的行文中? 略加思考,我们只能说是作者为了叙事所需而蓄意为之。如果仅仅作为第一人称回顾性叙述者的视角来叙述,那么“我”当然会知道自己的结局了,也会知道自己是否是被枪杀的,何况“我”还是具有全知功能的石乃瑛的鬼魂。作者在小说中做如此叙事视角模式的安排,使得作为故事中特殊人物的“我”的形象更加自然、逼真、生动而活跃,同时也使得小说叙事的真实性与可靠性更强。这样一来,作为人物“我”的功能就远远超出作为叙述者“我”所能承载的文本意义。

四、隐含作者替身兼说书人的叙事功能

小说中的“我”,还具有隐含作者替身兼说书人的叙事功能。我们在阅读严歌苓这部不算长的长篇小说时,会发现一个值得注意的现象:整部小说中,类似于作者忍不住跳出来说话而插入叙事进程中的议论、评价的做法无处不在,这在某种程度上增强了小说内在语言的复调性,同时也扩散了小说文本本身的繁复程度。也许有读者会认为小说中这种无处不在的、有时甚至是大篇幅的议论、评价的“插入”,会打破小说的生动性、逼真性和自然连贯性。然而,我们完全可以从另一个叙事功能的角度上来思考问题,毕竟,对于写作学专业毕业、熟谙现代小说叙事技巧的严歌苓来说,未必不知如此“议论、评价”将可能带来的负面影响。

就此方面,让我们来进行必要的分析。小说中插入的大量看似肆无忌惮的议论,实际上已将文本隐含的言外之意、潜台词以及隐喻意义等都一览无余地呈现出来。读者会惊奇于叙事视角的频繁变化,会因为叙事本身而感受到小说文体的魅力。这就犹如作者设置了一个迷宫,在充满好奇的寻找过程中,不断为我们揭开阶段性的谜底,甚至不惜为我们提前揭开迷宫中央最终的谜底,而让读者陷身和专注于叙事的进程。简单地说,小说主题上的“说什么”已让位于叙事上的“怎么说”。作者设计的“我”这个零视角(全知视角),已经为我们交代了全部信息,或者存在全部交代的可能性——无论是明的还

是暗的。

深受西方叙事学影响、一贯注重叙事技巧的严歌苓会如此笨拙地设计她小说的叙事结构？她当然不会。在这部小说中给读者留下深刻印象的是，“我”常常代表隐含作者大发议论，实际上“我”已成为隐含作者的替身，或者说“我”成了隐含作者的面具，而不断打断正常故事叙述的流程。但是，“我”并非仅仅具有隐含作者面具的功能，“我”还发挥着类似于中国传统说书人的作用。也即严歌苓有时将“我”的评论设置成了说书人的模式，并在小说文本中设置了理想读者的模式即隐含读者，因为“我”在评论时，总是采用第二人称“你”“你们”这类受述者作为叙事过程变化的信号。例如，小说开头第一句“……到后面你就知道我是谁了。”除此之外，小说中还有很多类似的语句交代：“舞厅里的黄金时间到了。五个人的乐队开始吹拉。总也没想瞒你，他们就是混时间，混钱。”“你看我学得快吧？女人的好友现在叫闺蜜。”“上海人现在可卖的就是我们那时候留下的东西，所以都叫‘老上海’‘夜上海’‘上海滩’……”直至小说的末尾“现在你知道了这个故事，也就知道我是谁了”，这种叙事的手法才算画上了一个句号。

隐含读者是“隐含作者心目中的理想读者，或者说是文本预设的读者，这是一种和隐含作者完全保持一致，完全能理解作品的理想化的阅读位置。可以说，隐含读者强调的是作者的创作目的和体现这种目的的文本规范”[①]。严歌苓的这部小说中，第一人称“我”（石乃瑛的鬼魂）常常跳出小说文本人物的角色，与第二人称“你”“你们”直接进行对话、交流。这的确借用了中国传统叙事中说书人与听众对话的程式：“我”扮演了说书人的角色，“你”“你们”扮演着听众或看客的角色。很明显地，第二人称“你”“你们”就是隐含读者，也就是说，“我”扮演的这个说书人的理想叙述对象，在想象中同“我”进行着从未停止过的对话。从而，“隐含读者的形象，和书场观众的‘在场’设置不谋而合”[②]了。这可以说是严歌苓对中西叙事技巧和方法的一次有意义的尝试，我

① 丁晓萍、王伊薇：《说书人之声：论〈果园城记〉的叙事方法与叙事意图》，《中国现代文学研究丛刊》2014年第7期。

② 丁晓萍、王伊薇：《说书人之声：论〈果园城记〉的叙事方法与叙事意图》，《中国现代文学研究丛刊》2014年第7期。

们也能从中推测她的叙事目的:讲述生动、幽默并且具有反讽意味的新、老上海的爱情故事。

五、全知叙事统摄下的视觉叙事和预示叙事功能

“我”作为多功能的叙事视角,还具有以下特殊性:视觉叙事和预示叙事功能。首先,“我”和杨东以及张蓓蓓的交流是一种视觉叙事。

“我”和杨东以及张蓓蓓的交流对话——人鬼交流对话,不是通过语言,也不是通过梦,而是通过视觉——“看”(即眼神)来进行对话以及心心交流的。例如“我知道他能看见我”“一旦杨东来舞厅,总能看见我。我知道他能看见我。”“他能看见我也在场。”“蓓蓓瞥了我一眼,突然开口了。她问湖北男孩儿,可曾见到过一个叫石乃瑛的诗人。小湖北佬笑笑说,过去这里有个舞师叫杨东,就说过这种鬼故事,没人信他的。你信吗?蓓蓓跟我对视一眼,不同他一般见识……喏,这不是石先生吗?我也看见他了……”

无论是“我”与杨东,还是后来“我”与张蓓蓓,在舞厅里的交流都是通过眼神来进行叙述、来推测内心的想法的,人鬼之间的交流似乎非常默契、心有灵犀。我们暂且不去探讨人鬼交流在这部小说中可能存在的深刻寓意。小说中特别耐人寻味的是,张蓓蓓最后和“我”居然同时出现在“我”将要被暗杀的现场,“蓓蓓的巨大眼睛看着我,意思是你千万别迈进。非但别进,而且要退……快撤退吧,蓓蓓的大眼睛几乎发出叫喊来。”这时候的蓓蓓正在和那位极力劝“我”撤离的李先生一样给“我”发出危险信号,劝“我”立即撤退、逃离,而且刻不容缓。而她的这种警示和劝告是通过眼神来和“我”交流的;同时,张蓓蓓的“在场”,使得阴阳两隔、异时空的两个同病相怜的爱情受害者的情感交流、对话交融,达到了真正的人鬼之间心灵的交接,或者人性恒常意义上的传递。人鬼之间这种通过视觉交流来进行的对话、沟通,别具一格,严歌苓的这种叙述方式,必将给叙事学叙事视角的探究提供一个鲜明而独特的案例。

此外,全知全能的“我”还具备预示叙事功能。预示叙事被很多小说作者运用到小说创作中。严歌苓在《舞男》中也运用了这一叙事方式,而这种叙事方式的运用具有其独特性:预示叙事的运用是该小说情节发展中的关键部

分，尤其对小说的收尾起着至关重要的作用。

严歌苓利用“我”的全知叙事角色功能，专门为小说主人公张蓓蓓设计了这种预示叙述。“万一再次失而复得，对他说什么她都想好了：石乃瑛的汉奸冤案终于被翻过来了。应该说是我翻过来的。”“他还会跟他讲，石乃瑛如何追逐着夏之绿来到露台舞池。”“她会这样告诉杨东：‘东东，其实石乃瑛在舞厅里就被勒死了……’”“假如杨东对这个话题仍然感兴趣，比如说他想到夏之绿，那个阿绿怎样了呢？”“万一碰上东东，她还可以做最后的劝说，去美国吧……”这些叙述中的“万一”“还会”“假如”等用词，都是假设条件的引导词。以“我”作为蓓蓓的口吻来进行假设性的叙述，我们至少可以获得如下信息：“我”的故事需要结局，“我”——石乃瑛也需要平反，张蓓蓓作为律师所一贯坚持的正确原则，帮了“我”大忙。

在叙事“预示”功能的推进之下，张蓓蓓的爱情悲剧也应该要收尾了。张蓓蓓和杨东原本就是两个世界的人，当然不可能实现有情人终成眷属的美丽童话。不过，我们不能忽略一个非常重要的暗示：严歌苓之所以让叙述者“我”为张蓓蓓设计这些预示叙述，且让读者在读后不会觉得唐突，反而觉得自然而合情合理，这些都要归功于小说中女主人公张蓓蓓的“事事讲求正确”的个性和职业品质。从而，如此的预示叙述也终使张蓓蓓的形象得到了完美的塑造，使得严歌苓小说中的女性人物画廊又添新彩。

总而言之，严歌苓在新近的长篇小说《舞男》中，娴熟地运用了叙事学和文体学的技巧，将似乎“落入俗套”的两段异时空恋情呈现在读者面前。从小说叙事学的层面上来看，小说中的主要叙述者“我”叙事的多重功能，构成小说情节和可读性的关键因素，也是这部小说成功的关键所在。

——原载于《当代文坛》2017年第3期

作者简介

杨红：长江师范学院文学院副教授。

从《黄雀记》的『未完成』看苏童的限制与突破

■ 杨姿

从80年代发表作品开始，苏童一直有意识地与文学自身规律演变进行对话，即便貌似历史潮流之外的写作，也或深或浅地泄露出某种时代症候。和余华、格非等人一样，昔日的先锋身影并不曾因为社会的急速物化、精神的涣散不振，以及文学向生活的不断臣服，而褪色或弱化。相反，先锋本性中的警觉使苏童以另外的方式来观察这个世界变化的真实性和虚幻性，并力图制造新的形式来协调躁动不安的社会乱象与艺术家内心图景的冲突。先锋这种开拓性或尝试性的对世界的解释，应该具备一种先知意味，即作品允许开放式的阐释，进而完成接受意义的增殖。随着《黄雀记》斩获茅盾文学奖，小说的解读却走向更为确切不疑的一端，苏童自己关于解题“螳螂捕蝉，黄雀在后”的说法也被植入批评家和读者的阅读意识中。任何先锋的前行，都会留下因为对抗而产生的隐伤，如果把《黄雀记》视为这个时代的先锋，对它捕获能力的测评目前是有倾向性的，未及言说写作中精神环境生成的艰难。本文打算从三个方面来谈《黄雀记》图旨的未实现和意外之发现，借此探索在新世纪文学版图中先锋文学存在的可能性。

一、魂灵守望的归属何在?

《黄雀记》最引人注目的就是提出了“魂”的问题。苏童让“魂”在香椿树街上成为一件赫赫重要的事物,祖父丢魂、柳生丢魂、仙女也丢魂。祖父寻找魂灵,不过掀起了远亲近邻的一场掘金运动,自己无力摆脱行尸走肉的生活;柳生寻找魂灵,企图赎罪却命丧婚礼;仙女寻找魂灵,在怒与耻中下落不明。苏童演绎出失去魂灵的人无一例外的悲惨结局,恰如有评论者指出的,“‘丢了魂’的人们在自我精神上逐渐萎缩,压抑的氛围使得他们惶惶不可终日。一种难以形容的时代焦虑感逼迫着活在香椿树街上的人们,他们时刻处在一种惶恐惊愕的状态之下,夜不能寐,昼不能息,无形的幻灭感、局促感像一张密密匝匝的网折磨着世人的神经,让世俗世界里的人们无法自由地呼吸”[①]。苏童描绘出这样一幅百魂皆失的画卷,显现出《黄雀记》敏锐的时代洞察力,灵魂的缺席在当下这个物欲汹涌的社会中被放大并符号化,苏童意欲拷问失魂的命运如何。问题便在于此,在传统中国这个“未知生焉知死”的无意识集合体中,尤其是经历过20世纪人的崇拜登峰造极、神的崇拜摧毁殆尽之后,“魂”的基础何在?作家在与读者达成一种共识的时候,有没有考虑读者群体缺乏共同的知识体系和精神结构?

小说在哪一个层面上构建“魂”的依存呢?因为故事中魂总是不在场的,所以从失去的源头上进行追溯:祖父在缴清家产之后仍旧没有得到瓜分其财物的人的宽宥,被煤炉钩子砸坏脑袋,竟至上吊自杀,而魂就从这历史的疤痕中抽身而去。对香椿树街的居民而言,祖父的魂是一种气节、一种尊严,丢魂的祖父从此便剩下苟活。作家在建立这一层魂灵的意图时,包含着公平、正义和良知的决断。柳生是在祖父之后,认识到魂灵有无的人,他对仙女说:“你不在,我的魂就在,你回来了,我的魂就丢了。”[②]这不是理性或非理性的一种表现,而是直接来自心灵的真实,饱含对理想、情爱、圣洁的欲望,因此柳生有分辨不清仙女和白蓁的困惑。这一层魂灵就意味着生命中天然的一面,如有缺失,那人就是分裂的、混沌的。仙女的魂最先被花匠妇人指责丢失了,多

① 张凡:《生命孤独与灵魂落寞——论〈黄雀记〉的孤独主题》,《扬子江评论》2015年第4期。

② 苏童:《黄雀记》,作家出版社2013年版,第276页,以下引文皆出自此书,仅标明页数。

年后回想起来,“女孩子的魂丢不得,今天丢了魂,明天就丢脸了”(第231页)。奶奶的目光是善意的,也是世俗的,作家赋予奶奶的魂灵论一种现世的、即时的色彩,不具备抵达人的精神内核的力量。因而即便仙女记起奶奶的话,也丝毫没为丢魂或丢脸面而“羞愧”,仅仅冷漠而麻木地把自己视为“矿山”。由此来看,三重意义上的魂的存在分别来自不同的话语资源:祖父的魂对应历史的政治性,柳生的魂对应着道德的伦常性,而仙女的魂则寓于人性的迷失和自我修缮中。掉魂的前提是有魂可掉,那么,这三个角色所代表的人物的魂又来自何处?这是小说不曾交代的地方。也有评论者认为“有意展开故事丰富的横截面,着力刻画人物成长过程中的青涩、欲望与焦灼……未知的人生被作者掩藏”,并以“加缪曾经称赞福克纳提供给我们一个古老的但永远是新鲜的主题:盲人在他的命运与他的责任之间跌跌撞撞地朝前走,这也是世界上唯一的悲剧主题”[①]盛赞作家的结构能力。对叙述视角和叙述模式的创制不假,但还是必须回答魂从何而来的问题。究其种种失魂之人,他们对魂的来去都是漠然的,道听途说的,绍兴奶奶也好,陈小美也罢,都无法证明自己曾经是有魂的。那么,魂是什么?它是人对自我存在的感知,是一种内在的自觉,包含所有人之为人的要素。某种程度上,魂和人的位格是一体的,从根本上讲,魂是人依靠自力而获求的,绝非来源于外力。既隐去了人物属魂的世界,作家一心想在无魂的世界中找寻魂的踪迹,就必然是飘忽犹疑、矛盾缠绕的。

仙女的命运设计则显露出小说家的徘徊不定。这是一个来路不清的弃婴,被井亭医院的老花匠收养,奶奶怕她和精神病人接触,就吓唬仙女说病人是鬼魂的变身,她和世界的第一次对话便是“为什么要和鬼住在一起?我为什么不能上幼儿园?”作家塑造了一个傲慢、愤怒、粗暴,显得有些矫情和空洞的少女,一方面暗示在非常态的家庭中,青春期心理的成长难以健全;另一方面也为仙女此后发生性格的逆转做出铺垫。探讨这样一个人物的魂的归属,作家堵塞了柳生的爱和保润的恕这两条道路,而把仙女逼到诞婴的路上。似乎是仙女在选择死亡的一刹那,领悟到生命的纯洁与无辜,所以婴儿拯救了

① 陈逢玥:《罪与罚——论苏童的〈黄雀记〉》,《南方文坛》2013年第6期。

母亲，找着了早已遗失的魂。可令人费解的是，红脸婴儿的身份再次与仙女重合：被弃。这种命运的安排怎么有可能证明魂又回到人间？仙女母子在“善人桥”的被救，是作家从天而降抛下的赦免绳索，连桥的名字都显示出小说家不能克制的冲动，几乎是按照概念化的逻辑使救赎完成。仙女的魂不是被人心偷走了，所以也不可能由人心送还，在整个情节的发展中，苏童展开了信任、信念、信仰多个层面的铺陈，而最后以“几个民工赤身站在河里，打桩，抽水，垒沙包，他们在加固那座古老的石桥颓败的桥身”为救命稻草，实在掩藏不住作家内心的急促和仓皇。

准确地为末世勾勒出这样凄惶不安的“丢魂”图，是《黄雀记》最突出的贡献，苏童也试图对这个时代病给出自己的疗救，但这个魂的系统有太多不可通约的理解，作家自身也设立了多重解译编码，所以人物与人物之间、故事与故事之间，留下了无法递进的死链。事实并不如评论者概括的那么乐观，“如何才能实现救赎魂兮归来？苏童在小说中其实有所暗示：白小姐的情人、台商庞先生的原配夫人，那位眼睛‘明亮’、‘亲善’、熟读《圣经》的女人，竟然让桀骜不驯的白小姐在刹那间感觉到了自己的‘脏’和‘有罪’，这或许正是有信仰的高贵灵魂所具有的力量；而即将临盆的白小姐在流经保润家后门的那条河里顺流而下时耳朵里充盈着的‘洗一洗、洗一洗吧’的训诫，既是来自河水，更是来自灵魂深处的呼告”①。仙女作为一个毫无基督文化背景的人，在认识自身的罪与恶都还不甚明晰的时候，有没有可能以宗教为存在的支点？那条“漂浮着工业油污”的河流，到底不是北村“施洗的河”，北村在进入迷津、讲述迷津的同时，潜伏着从迷乱的境遇、绝望的体验到无私的审判、超越的悲悯的过渡，《黄雀记》却怀着一种想象性的解放。庞太太的出现在小说中成为魂的光亮一闪，甚至于小说中还特地以粗黑体来强化“如何向上帝赎回丢失的灵魂”“虔诚让上帝听见你的祷告”这些句子，但这并不意味着就是找回失魂的路径。就好比水塔里供奉崇光寺请来的菩萨，佛的庄严和仁慈无人深解，不过使得香客为许愿而大打出手，酿造暴乱。苏童主观上并不认可宗教环境将有助于缓释失魂者的焦躁，上帝和菩萨都被吸纳进一个无魂的黑洞中，失去

① 刘新锁：《时代的招魂者——〈黄雀记〉读札》，《扬子江评论》2014年第6期。

了救赎和普度的功能，但客观上，苏童又情不自禁地把角色带入一种宗教心理中，获得一种安魂的假想。

二、宿命的悲剧抑或悲剧的宿命论？

当苏童把原名《小拉》的小说，改为《黄雀记》，并在诸多场合对“黄雀”进行说明的时候，作家内心那种对预言的执着便无声流露出来。任何伟大的写作都是先知的告白，对“黄雀在后”这个古训的重复，深藏着作家对今人遗忘生命窘境、迷误眼前的警示与反省。而蝉、螳螂、黄雀三者的关系，是一种生物界的必然，是不可更易的食物链，即或是隐喻，也趋向于一种定势，一种“天地不仁，以万物为刍狗”的无力抗衡感。“黄雀记”从名义上倾向于对那个飘荡在每种生命背后的巨大阴影进行剖露和还原，让那种宿命的悲剧从不同的束缚、冲突以及变化的对立中得到展示，其动力来自小说的未知的扩散与不确定因素的递增。但《黄雀记》在言说不可避免的悲剧时，有了一个主宰性的叙事者，这位叙事者带着“神秘的眼力”，似乎能够看到“人类之最深的悲痛”，这种悲痛散发出无望情绪，暴露出“悲剧的宿命论(fatalism)”[①]的虚构性。小说无论是对三位主角的设置，还是语言风格的选择，包括细节巧合的刻意而为都充满了主宰者的全知全能，使人在阅读“黄雀悲剧”时有一种真相早已被窥知的感觉。

许多评论者都谈到了小说的结构，《黄雀记》分为三章，分别是保润的春天、柳生的秋天和白小姐的夏天。评论者颇为一致地认为季节对应人生，“象征了人事的繁荣枯衰”[②]，括岳雯在内的许多批评者都认同葛红兵关于季节元素的评述，“季节的更替在苏童那里具有某种神秘的与生命状态相对应的意味。季节变迁，大自然胎息转圜，对应着人事的变迁折转。这不仅因为季节的气候性力量，也因为人事轮回与季节轮回的天然对应”[③]。无可厚非，借助季节，苏童容易实现对现实的变形，构筑一个既实又虚的世界。如果从季节

① [美]梯利:《西洋哲学史》(下)，陈正谟译，东方出版社2013年版，第377页。

② 岳雯:《既远且近的距离——以苏童的〈黄雀记〉为中心》，《南方文坛》2013年第6期。

③ 葛红兵:《苏童的意象主义写作》，《社会科学》2003年第2期。

这个角度看，就会发现保润在青春勃发的年代里羞涩而孤傲，柳生天生市井的世故，仙女的出现就是一面有着三春开尽的繁茂，一面有着不断走向肃杀的成熟。细究起来，保润尽管熬过漫漫十年牢窗，“少年血”还是喷涌而出，手刃柳生；柳生尽管躲过牢狱之灾，愈加侩气横秋，还是没有听从心里的选择，而错过仙女；仙女尽管有数次的清醒，还是陷于一片荒芜。如此看来，三个人物的命运，不是在岁月中有所更改，而是以季节为标志，早就注定，超过了一切外部历史事件的变化对人事的影响。时间在故事中被施了魔法，静止不动，季节之间的联系变得那么薄弱。如果说以冤案为起由的故事中，保润留在黑暗的牢室，柳生在恐惧中虽生犹死，仙女远走他乡，那么在以凶杀为结局的故事中，三个人并没有命运的改换。所谓的“在后”当有一种超过预期的惊惧与不安，不可知的或更复杂的东西在笼罩或蔓延，《黄雀记》却在整体框架上限制了“后”的存在。苏童大概也有所觉察，所以把“白小姐的夏天”放在了“春天”与“秋天”之后，仿佛能够解释并非是线性史观的前后相继，而是循环史观的互为先后，然而，类似重复的并列情节很难提供逻辑推理的动机，在一出不甚新鲜的成长悲剧中，内在的悲悯或悲恸都不再深刻。

因为有“离地三公尺的飞翔”为护身符，所以苏童的小说一贯不计较那些具体确凿、质感分明的历史事件，而将重心置于心态、意绪与幻觉的书写。这些虚化或着实都依赖于语言的时间性，即以缩短或延长当下时间来烘托出某种特定的情境状态。《黄雀记》中每每出现情节转变时，那种时间性的标记就会相对明显。小说中与仙女有关的三次时间性叙述特别值得深味，第一次是仙女以白蓁的名字做暴发户郑老板的公关小姐重回井亭医院，“仙女回来了。记忆訇然一响，成为满地碎片，放射出令人惊悚的尖利的光芒。她的毛皮大衣，一共拖曳着十年的时光”（第130页）。第二次是仙女按保润的方式，答应柳生的调解，同意到水塔跳舞，“她朦胧的爱，从小拉开始，她炽烈的恨，也是从小拉开始。咚，嗒，嗒咚。一，二，三，四。那舞步的节奏很像一个咒语，你堕落了，你堕落了。小拉，该死的小拉，小拉所有的舞步，都是堕落的咒语”（第238页）。第三次是仙女突遇车祸，与柳生同住医院，“这个不可信的男人，成了她唯一的依靠。他们彼此的亲近，是必然的，也是被迫的。之前她从未想过,柳生的殷勤,甚至轻浮,会变成她的救命稻草。后来的几天,他们像一对幸存者一样互相依赖,像一对情侣一样凑到一起吃饭,不分你我。他们坐在一起,她的膝盖无意中撞到过他的小腿,因为卷起了裤管,可以看见柳生黑色而浓密的腿毛,某种男性荷尔蒙的气息,在他下半身放肆地挥发。她忽而走神,回想起这个男人十年前的样子,英俊,浮夸,轻佻,微卷的头发上抹了过多的钻石牌发蜡"(第252页)。

不管时间怎么推移,在任何一个地方,叙事者都能够以意想不到的方式中止时间,所构成的时间情境便可作为角色的个人空间,在此场域中,有两种相互对峙的力在较量,其一是角色得以按照自己的思想、情感或意志逃出命运的掌控,其二是看不见的捕获者(我们姑且把它想象为"黄雀")在拼命地左右那些突如其来的念头。只有假设时间暂停,才可以使人生进行许多不同的样式,但是没有假设,人生只能在匆匆之中产生恍然或错觉。三处打破常规时间的叙述,如果做一个不太恰切的比照,我们可以从第一次想到《金锁记》中"三十年前的月亮",从第二次想到《茉莉香片》中"绣在屏风上的鸟",从第三次想到《倾城之恋》中"一刹那彻底的谅解",张爱玲背对呼啸而来的大时代,看到日渐沉入阴暗与混沌的那个世界,以叙事时间来传达沉潜于思想深处的那重破灭感和荒凉感。她叙事的时间全息感,完整地建立在她感到个体时间与历史时间碰撞,个体生命所受到的威胁感之中,即不论是升华还是浮华的文明即将成为过去的存在论。这里没有把苏童和张爱玲做正反之比的意思,而是想以雷同的时间感,来谈论叙事者是否意识到时间策略与叙事主旨的关系。回到《黄雀记》,柳生或仙女的瞬时感知,透射出对世事逝去的洞达,反映出一种寓言化的镜头意识,不太符合故事时间。苏童原本想讲述在劫难逃的悲剧,但对"劫"的构造还是以主观先入,没有抓住冥冥中那个不动声色的造物主,而以叙事者发挥对时间的权利僭越了前者。

对反复的迷恋,在《黄雀记》中又让许多读者重温了苏童在过去小说中对婴儿、对白马、对河流的不倦追忆。苏童自己也曾坦言,有时候一些细节的重复是无意识的,但当细节成为主导情节发展的特殊因由时,这种无意识就值得思索了。两只兔子在小说中反复出现,比较有典型意义的是水塔里的强奸案和机场路上的车祸的发生。第一次细节是保润悄悄拎走兔笼，少年式的较量便是一手交钱一手交兔笼，但兔子被柳生偷走烹饪，保润成了背黑锅的强奸犯。第二次细节是十年后的水塔之约，成年后小拉恩怨一笔勾销，清账之后仙女本欲离去，而保润爷爷捧着兔子箱子意外地出现在公路边，兔子翻箱跳走，为避兔子而刹车从而引发与卡车的重撞。小兔纯洁而安静，温顺又脆弱，需要照顾和保护，它们出现的时候，就像是危机四伏的信号，作家熟悉而程式化地处置着这个对象，让人看到不像是命运的残酷，更像是这个精心装扮后的巧合的诡谲。还可以进一步地来看，第一次让仙女还钱是挂在嘴上的硬气，朦胧的是一场和解、一次感情的交流；第二次让仙女补跳一次舞是说出来的公平，朦胧的是对青春的告别，是对未开始的情感的终止。细腻绵密的温情令人感怀，但故事的内核在第一次和第二次是一条水平线的并列，即感受不到那种生命的推动，那种构成过程的组合力不能使各个细节变为一栋立体的建筑。"面对一部大的悲剧，一些小小的风景，无论多么至善至美至多不过是怨艾与感伤，而达不到哀恸的境地。倘若一个哀恸的世界，由一些精巧的细枝末节表达，我想是很难避了轻薄之嫌的。"[①]包括其他一些带有预示性的细节，照片、手电筒等诸多细节的重复，漂亮是漂亮，却更像是道具，而不具有命运阴影的厚重和深邃，没有化为宿命的悲剧形态。

三、末日镜像中的返回之路

招魂或者对不可知的暗影进行喻示，都是指向未来，这是《黄雀记》最显明的一个初衷，尽管得到了批评家的附和，但笔者认为还可以商榷，相反，小说在核心故事之外的一些叙述，指向以祖父为代表的过去，却触碰到精神难题中的一些症结。

祖父对死亡仪式尊重的固执，在遗照丢失后引发了丢魂恐慌，无限哀伤中得到请祖先为自己喊魂的方法，而祖坟不再，先人图像难寻，所以精神崩溃，被送往井亭医院。尽管在历史的回顾中，作家穿插了旧社会和"文革"的

① 王安忆：《故事和讲故事》，复旦大学出版社2011年版，第12页。

背景，但政治从来都不是苏童的目的，作家潜意识当中涌出对祖先的思念却忽隐忽现。祖父被强行绑去精神病院那天，保润回家看到祖父把自己房间挖得如工地，挣扎的现场一片狼藉，祖父“向保润呼救，保润，救救我，你来救救我！”保润仅仅捡起了落在土坑里的相框，“但拯救祖父太麻烦，他怕麻烦”。而后的事件也多有类似，父母清空祖父房间的时候，与家蛇相遇，而保润在送家蛇去见祖父和请家蛇出门之间选择了后者，“这样草率地处理祖先的魂灵，保润感到了一丝亵渎，亵渎中隐隐夹杂了莫名的刺激”，在父母看来却单是可惜了红色的新塑料桶。父母拆卖祖父的木床，将房间出租，保润反对无效，发现了隐蔽的洞孔便是祖先之魂的栖居地，听到了祖父的哀号和哭泣，他没有打捞族魂的办法，最后彻底地堵上了祖先幽灵的通道。简单地看，在保润和父母、保润父母和祖父，包括祖父和他的祖宗之间，有一种相似的漠然，那种冷漠不是孝道的沦丧，而是后辈对先辈的无从理解，甚至是被动放逐，虽有亲近，但少敬意。即便是祖父，看重自己的葬礼，固执拍照，却亲手烧毁祖宗的照片和画像。小说中的家族关系很容易使人联想起20世纪初期，或者更早以来现代人对祖先的背叛，祖宗意识在人类自我中心主义和科技文明辉煌中一点儿一点儿黯淡。

祖宗的话题并不陌生，最近的一次兴盛在20世纪80年代，寻根作家们陆陆续续奔向远古遗址，在翻检生活习惯、风俗信仰的同时，也把图腾崇拜和祖先崇拜挂到寻根的旗幡上；稍后不久的新历史主义作家们更是直接住进父辈和祖父辈的高宅大院，极尽雕琢地描摹先辈们的起居饮食、情感欲望，和祖宗的距离变得亲如近邻。但是寻根作家视野中的祖宗，更像是符号的聚合，他们代表文化的各种要义，却缺乏血肉的温情，新历史主义作家模糊了亲昵和戏谑的界限，祖宗们又过于平面，显不出屹立于历史尽头的高度。还有各类变形的家族题材也涉及了祖宗的零碎剪影，可多是作为日常生活的摆设，没有作为生命的需要得以显现。在人类的血脉繁衍和精神延续的漫漫长路上，任何一个独立的人的前行都会在不同时期、不同场合意识到自身和祖先的联系，无论是何种方式联系，那样的念想与意识形态无关，是一种人的本能需要。可这种需要，在人的书写史上渐渐地不是变成顽愚归附，就是化为粗暴反叛，这些误解扭曲了人与祖先的关系。《黄雀记》回溯了这样一个精神源头，并放在祖孙三代的特殊个性中表现出来，某种程度上，祖父、保润父母和保润都是怪异的，但那种怪异又是与他们的实际年龄、生活境地相吻合的，但彼此都没有具体地深入对方的世界中去体验，而是让隔膜、对抗、压制频频发生，苏童将那样的关系发展为一种极致：家破人亡。

作家没有让这种训诫式的观照成为家族关系的最终注解，而是慢慢地做了一些缓和与调试。先是让柳生与井亭医院的祖父建立类祖孙的融洽，抹去嫁祸和冤案的不平，柳生与祖父之间有了一种格外的亲近，然后让仙女与祖父之间有了更深的依赖。读者在关注尾声的时候，视线容易聚焦于母婴的前途，事实上，祖父增加的亮色更值得回味。从头至尾，祖父经历了种种有心无意的伤害之后，没有对这个世界进行复仇，他接受了家人不幸的打击，接受了柳生油滑的补偿，甚至接受了仙女任性的人生，从表面看，祖父神志不清，无力苛责与宽恕，从深层看，苏童无意让祖父来主持罪与罚的实施，反而以更大的宽容接纳后辈的一切。"有个年轻的医生动手去摘孩子的口罩，想看一眼那张神秘的红脸，祖父及时地拢紧了孩子的口罩，说，白小姐关照的，她不在，孩子的口罩不能摘……怒婴依偎在祖父的怀里，很安静，与传说的并不一样。"（第304页）祖父不问孩子的由来，不问母亲的罪愆，仅仅是尽责的守护。这个护佑的姿态，从人类诞生之日起，就镌刻在始祖的图像上，也是人在昏睡失明中蛰伏于心灵深处的一个呼唤。《黄雀记》在写尽了少年的懵懂、仇恨的生长、命运的无常之后，返身凝目于历史缝隙中的这一束光亮，饱含着寻回自我的勇气。

20世纪的文学长廊中，有一对祖孙形象格外引人注目，在边城迎接着风雨飘摇的文化动荡之时，祖父溘然长逝，孙女等待着文明更迭中的无尽考验。沈从文以祖父的逝去祭奠即将埋葬于历史中的旧时代，寄托着内心的无奈与怅惘。苏童却塑造了一个几乎不死的祖父形象，神秘中透露出现代人在历经文明生灭之后，对族缘血亲为表征的关系的重新审视。一死一生的对照中，《黄雀记》体现出重新为人的栖身找寻现世依靠的努力。惯于写小人物悲喜、两性间微妙而芜杂关系的苏童，也许并非把黄雀故事中祖父这一维作为写作的目的,但客观上这位21世纪初期的祖父之存在,给了迷惘的一代人以启示。老人被捆绑在井亭医院,却独自数次返回香椿树街,作家隐去了老人返回的过程,只是写到老人返回的坚定。祖父不是一个十全十美的人物,相反,他的身上有着属于人的缺陷与不足,但他却拥有一种神奇的力量,不断地、无悔地回到那条街、那间屋,即使被后辈拒绝,也没有停下他返回的脚步。这是由本能决定的,苏童强化了那种潜藏的本能,这是可以像种子长成参天树木为后代荫蔽的力量。三位主角连环套一样的纠葛,留下了不可逆转的伤害,祖父在最后的相守,终止了黄雀链中不息的纷扰。

当然,讲述青春的被损害是故事的面子,而命运无常的探讨作为里子,祖父这个角色就不可能进入故事中轴上,并不如有的评论者所言,"只有祖父才是永远的胜出者。他以他的从寻死、丢魂到不死的过程,彰显出现实逻辑(象征秩序)本身的强大"①。在三个章节中,祖父的能量不是均等的,或者说有一种头重脚轻的嫌疑。祖父从香椿树街,到了井亭医院,最后在故事结尾出现在水塔里,祖父在香椿树街被禁止挖树,在井亭医院被禁止逃走,然而在水塔里变得前所未有的有力。水塔曾经作为凶案地,记下了少年时代的无知,后来作为祭拜地,又记下了庸众们的蒙昧,最后祖父把水塔变为了抚养地,他是否有能力解决水塔之前的那些问题呢?祖父还是祖父,他的日渐羸弱不可改变,抚养的重担能否完成,不能在故事中找到答案,这大概也是苏童不能绝对自信的缘由。

出身先锋的苏童,在回归常规之后,其先锋的文学信念并未消逝,技艺则更加圆熟。他的写作意旨是向上的,追寻"魂"的所在,以期通过"魂"的丢弃和重返来构筑人类更健全的精神体系;同时,他的写作法则是向下的,借助一个老套而约定俗成的"黄雀在后"的故事,尝试着复苏接受者熟悉的阅读传统,并在日常经验的充分还原过程中,展现旧事新做的格局与气象。《黄雀记》保留了属于先锋的语言感觉和观察视角,更兼顾了常态化的文学世界中的表意习惯,不过,苏童想要在小说中提出并回答的问题却是"未完成"的。从作品的立意范畴来看,苏童在以三位主角为代表的众多人物身上,提取了一个

① 徐勇:《以象征的方式重新介入现实——论苏童〈黄雀记〉的文学史意义》,《文学评论》2014年第2期。

共同性，即对失魂的忧惧，但是魂灵的常识却处于各个不同的认知层面，因而对于魂的有与无，包括魂的召唤方式都是有歧义的；从作品的组织结构来看，苏童试图完成一出宿命的悲剧，即以超越人的主观意志的一种力量的存在，来书写人生的无奈承受，可是作家在面对悲剧的时候，内在的宿命感胜过了对生命的存在体验，使情节和结局都陷于确定不疑的死角。整个的小说创作中，两个方面又相互作用，限制《黄雀记》更高远的文学企图。相对于这个缺失，"黄雀"策略也开辟了一个主旨之外的意义，即父辈的拯救在现时的努力。说到底，文学无论是演绎"主义"，还是制造"理论"，最后都会以具体的行动去解决人类当下或更远的本质问题，并在缓释冲突的过程中，丰富文学的活力机制。21世纪以来，越来越多的作家为人的精神逐渐沉入暮色的惶惑而焦虑，希望能够找到阻碍沉沦的破冰之法，信仰重塑是一个被普遍认同的途径。苏童并没有完全地实现宗教意义上的招魂，这种角度也决定他在书写人物命运的时候，出现了那种不由自主的越界，因为没有真正的神，所以只是以人的名义在叩问悲剧存在的根基。尽管如此，《黄雀记》还是保持着先锋的目光，哪怕他的所望不是终极的，而是此岸的，但有了返回栖居之家的方向，包括那种民间的、民俗的暖意，就可以提供文学更新的视界。

——原载于《百家评论》2017年第4期

作者简介

杨姿：重庆师范大学文学院教授。

冲突和精神感悟 虚构世界背后的价值观

——重读余华《十八岁出门远行》

■郑轶彦

发表于1987年的《十八岁出门远行》是余华的成名作，因其在小说叙述方式和语言形式上大胆探索，不同于当时传统文学观念而被称为先锋小说，在文坛产生了较大影响。事实上，它是当代文学中较早的一篇现代派小说，运用“内心外化”的方法，通过接受父辈传统教育的青少年走出校门、家门，迈入现代社会后遇到的价值观上的矛盾冲突和精神困惑，表达出作家余华对现代社会的内心体验和精神感悟，富有强烈的理性色彩和象征意味。

一、将内在的精神世界外化为虚构世界，展示精神感悟

现代派小说与现实主义小说不同，它不直接、具体描写客观的外在世界，而是将视角向内转，重视对人内心深层世界的揭示。余华从西方现代派小说中汲取营养，在《十八岁出门远行》中巧妙采用第一人称叙述，通过“我”的眼睛将内在的精神世界外化为虚构世界，从而将隐秘的精神世界通过想象的虚伪形式表现出来。余华说：“当我发现以往那种就事论事的写作态度只能导

致表面的真实以后,我就必须去寻找新的表达方式,寻找的结果使我不再忠诚所描绘事物的形态,我开始使用一种虚伪的形式。这种形式背离了现状世界提供给我的秩序和逻辑,却使我自由地接近了真实。"①

小说描写刚满十八岁的"我"背着从家里带出来的父亲为"我"整理的红色背包走在山区公路上。崎岖不平、起伏不止的马路在"我"看来就像是贴在海浪上,而自己像一条船。这喻示着复杂的现代社会对刚迈出校门的青少年来说犹如波涛汹涌的大海,而深受父辈传统教育影响的他们进入现代社会后的精神之路就像一条船在茫茫大海上孤独地探寻、航行。

"我在这条路上走了整整一天,已经看了很多山和很多云。所有的山所有的云,都让我联想起了熟悉的人。"②文中的"山"和"云",隐喻着青少年在学校、家庭的传统教育中所接触到的历史上品行"高""洁"的人物。他们友善礼让,助人为乐,重义轻利,如让梨的孔融,砸缸救人的司马光,希望有广厦千万间来大庇天下寒士的杜甫,"先天下之忧而忧,后天下之乐而乐"的范仲淹,为人民服务的雷锋……还有的人侠肝义胆,除暴安良,为民请命,舍身求法,如完璧归赵的廉颇,刺秦王的荆轲,一身正气的包拯,精忠报国的岳飞,留取丹心照汗青的文天祥……这些人被司马迁称为"重如泰山",被鲁迅称为我们"中国的脊梁",被臧克家称为"有的人死了/他却活着"。有了这些代表传统价值观的精神领袖引领,尽管人生道路崎岖,但有精神追求和信仰的人并不会觉得辛苦。因此,余华笔下的"我"走在人生路上,朝着这些山峰和白云"呼唤他们的绰号,所以尽管走了一天,可我一点也不累"③。然而这样做需要克制个人的物质欲望,也会感到疲惫,甚至迷茫,需要以传统价值观为主题的"旅店"作为精神停泊的港湾。所以,当"我"从早晨走到黄昏后开始觉得自己应该为"旅店"操心,但这样的"旅店"在现代社会中极为罕见。

"我"在路上遇到了代表现代社会中一路奔驰着追求个人物质利益的人——"司机"。当"我"坐进这"司机"的汽车时,"我"听到了"司机"口袋里面的钱在叮当乱响,暗示"司机"的价值观是与传统价值观完全不同的金钱至上

① 余华:《虚伪的作品》,《上海文论》1989年第5期。

② 余华:《十八岁出门远行》,《余华精选集》,北京燕山出版社2006年版,第60－64页。

③ 余华:《十八岁出门远行》,《余华精选集》,北京燕山出版社2006年版,第60－64页。

的价值观。随后，“我”的眼睛发现自己所乘坐的这辆汽车正朝我来时的方向奔驰着，象征着青少年步入现代社会后看到的现实，恰好与他们在学校和家庭接受的传统教育背道而驰。

传统价值观影响下的“我”出于正义和友情，与前来夺劫汽车运载的苹果的人群搏斗，结果被揍得遍体鳞伤，暗示具有传统价值观的人在现代社会已经相当稀少且势单力薄。当已经没有什么东西再可以被劫走时，“我”赫然发现“司机”居然和那些乘着拖拉机来抢劫的人在一起，也跳到拖拉机上去了。这里明显表现出无论是乘着拖拉机来抢占苹果的追求物质享受的人，还是用汽车运载苹果的奉行金钱至上价值观的“司机”，在本质上其实都是疯狂追求个人物质利益的人。

当“司机”坐在拖拉机车斗里，抱着抢去的“我”从家里带出来的装有衣服、钱、食品和书的红色背包，还在朝“我”哈哈大笑时，青少年在学校、家庭所接受的传统价值观在现代社会的“司机”们面前被彻底颠覆，并成为被嘲弄的对象。

余华认为“荒诞小说和写实小说最大的区别在于它们和现实的关系，写实小说走的是康庄大道，荒诞小说是抄近路，是为了更快而不是慢慢地抵达现实”①。

二、突出追求个人物质利益的现代价值观影响下人的异化

在现代社会中，随着科学技术的飞速发展，人与人类自己创造的工业文明发生了对立，导致人与自我、人与人、人与社会、人与自然的关系发生扭曲变异。

《十八岁出门远行》没有明确的时代和社会背景，“司机”是搞个体贩运的，代表现代社会里追求个人物质利益的人群，“苹果”代表物质享受，而现代工业的产物“汽车”则成为人们狂热追逐金钱的工具。驾驶着汽车的“司机”却不知道汽车要到什么地方去，因为除了金钱外其他都无关紧要。“司机的脑

① 余华：《〈第七天〉之后》，《我们生活在巨大的差距里》，北京十月文艺出版社2015年版，第216页。

袋我看不见，他的脑袋正塞在车头里。那车头的盖子斜斜翘起，像是翻起的嘴唇。”[①]在以高科技为标志的现代社会中人变成了“机器”的崇拜者，对金钱和物质享受的追逐使人已经失去了头脑，失去了灵魂，失去了精神追求。然而，这种对物质的狂热追求和占有带来的荣耀、快乐，不过如昙花一现。余华在此戏谑地描写拜倒在“机器”面前的“司机”：“我看到那个司机高高翘起的屁股，屁股上有晚霞。”[②]

现代工业的高速发展，激发并助长了人们对物质比过去任何时候都更为强烈的占有欲望，并由此将人性中的自私、残酷等阴暗面无数倍地放大。正在修车的“司机”伸过来“一只黑乎乎的手”，接受了“我”的烟，却粗暴地拒绝“我”搭车，在第二次修理汽车时“司机”变得“手更黑了”。这里隐喻着人们在追求金钱和物质享受的过程中变得唯利是图，心狠手黑，而且越受挫越变本加厉，人与人之间早已经失去了友爱，失去了诚信。当“我”豁出去了，冲着他大吼并强行拉开车门坐进汽车驾驶室时，“司机”反而变得对“我”十分友好，暴力成了现代社会的通行证。现代工业的产物，不管是“自行车”还是“手扶拖拉机”，都成为人们更多地抢占物质、实现物欲的工具。“有很多人骑着自行车下来了，每辆车后面都有两只大筐，骑车的人里面有一些孩子”，“他们都发疯般往自己筐中装苹果”，“有几辆手扶拖拉机从坡上隆隆而下，拖拉机也停在汽车旁，跳下一帮大汉开始往拖拉机上装苹果，那些空了的箩筐一只一只被扔了出去”[③]。在疯狂追求个人物质利益的道路上，人们不择手段，见利忘义，尔虞我诈，落井下石，失掉了良心，丢掉了道德，也没有了人的尊严，“所有人都像蛤蟆似的蹲着捡苹果”[④]。中国传统美德中的拾金不昧、见义勇为、助人为乐都不见了，人性中最丑陋的部分被充分暴露出来。小说中对抢“苹果”的人群中还有孩子的描写，表达着对现代社会未来的焦虑和担忧。

现代社会中人们一路狂奔在追求金钱和物质享受的人生旅途上，宁可伤害身体，扭曲灵魂，丧失人性。只有当高速发展的现代工业停下来时，人们才

① 余华：《十八岁出门远行》，《余华精选集》，北京燕山出版社 2006 年版，第 60－64 页。

② 余华：《十八岁出门远行》，《余华精选集》，北京燕山出版社 2006 年版，第 60－64 页。

③ 余华：《十八岁出门远行》，《余华精选集》，北京燕山出版社 2006 年版，第 60－64 页。

④ 余华：《十八岁出门远行》，《余华精选集》，北京燕山出版社 2006 年版，第 60－64 页。

会蓦然回首思考早已经迷失的人与自我的关系。“司机”在确认“汽车”不能再修好后开始认真做广播操、跑步，“也许是在驾驶室里待得太久，现在他需要锻炼身体了”[①]。面对骑着“自行车”和驾驶“手扶拖拉机”来趁火打劫的人群，此时的“司机”以一种过来人的平和心态袖手旁观，对因出手相助而被人们揍得鼻血像是伤心的眼泪一样流淌的“我”视而不见。在以金钱至上而不惜损人利己的“司机”看来，“我”重情重义的行为是如此滑稽，还站在远处哈哈大笑。在疯狂获取、抢占物质利益的过程中，人与人之间的凶狠、残暴、无情让人触目惊心。当“我”仅仅只是抓住其中一个人的手阻止人群抢“苹果”时，身强力壮的大汉面对“我”这个刚成年的孩子毫不留情，“一只拳头朝我鼻子上狠狠地揍来了，我被打出几米远。爬起来用手一摸，鼻子软塌塌地不是贴着而是挂在脸上了”[②]。当“我”面对源源不断的抢劫人流再次奋不顾身扑上去阻止时，迎来了更加猛烈的暴打。“有无数拳脚前来迎接，我全身每个地方几乎同时挨了揍。我支撑着从地上爬起来时，几个孩子朝我击来苹果”，“有一只脚狠狠地踢在我腰部。我想叫唤一声，可嘴巴一张却没有声音。我跌坐在地上，我再也爬不起来了”。[③]这些生动形象、令人发指的细节描写，特别凸现出了现代社会中人性的冷漠、自私、残酷。

苹果从因疯狂抢夺而被摔破的箩筐中像“我”的鼻血一样流了出来，山上树叶随风摇动发出了使“我”万分恐惧、浑身发凉的声音。“苹果”除了代表物质享受，还象征大自然给予人类的物质馈赠。伴随着人们对物质的疯狂掠夺，大自然与人的关系已不再和谐。遍体鳞伤的“我”爬进被劫去车窗玻璃和轮胎的汽车驾驶室，闻到了与“我”受伤流出的血液气味相仿的漏出来的汽油味，感到残缺不全的汽车的心窝和“我”的心窝一样也是“暖和的”。“汽车”是工业文明的象征，它虽促使了人性的异化，但从根本上说，它是为人类服务的，在价值观上它与“我”所接受的传统价值观一样是“利他”而不是“利己”。这意味深长的结尾让我们深思，在科技高速发展的现代社会为什么人创造了工业文明，最终却沦落成了金钱和“机器”的奴隶。最后，受伤的“我”躺在汽

---

① 余华：《十八岁出门远行》，《余华精选集》，北京燕山出版社2006年版，第60－64页。

② 余华：《十八岁出门远行》，《余华精选集》，北京燕山出版社2006年版，第60－64页。

③ 余华：《十八岁出门远行》，《余华精选集》，北京燕山出版社2006年版，第60－64页。

车的心窝里，想起了父亲为“我”整理的漂亮的红色背包时的美丽阳光和晴朗温和，暗示着传统价值观下温暖美好的人情，以及天人合一的和谐都已经离我们而去，在现代社会中成为回忆。

三、“当代文坛上第一个清醒的说梦者”

莫言在1991年发表的《清醒的说梦者——关于余华及其小说的杂感》中，就将余华称为“当代文坛上第一个清醒的说梦者”[①]。这表明了余华在新时期文学“向内转”的道路上自觉追求文学形式上的创新，“清醒”二字点出了余华的文学创作事实上具有相当强烈的理性色彩。“说梦”是指余华的文学作品贴近人的灵魂深处，在夸张虚构的情节中充满了暗示和隐喻，具有鲜明的哲理化特征，需要读者去细读、解析作者借虚幻表象所暗示的精神感悟。余华曾明确表明自己的创作观：“我觉得我所有的创作，都是在努力更加接近真实。我的这个真实，不是生活里的那种真实。我觉得生活实际上是不真实的。生活是一种真假参半的、鱼目混珠的事物。我觉得真实是对个人而言的”，“所以我宁愿相信自己，而不相信生活给我提供的那些东西。所以在我的创作中，也许更接近个人精神上的一种真实。我觉得对个人精神来说，存在的都是真实的，是存在真实”[②]。

要采用虚构世界的方法将自己对社会、人生的内心体验和精神感悟表达出来，作家还必须拥有丰富的想象。这种想象是一种文学的想象，在天马行空、自由无束的荒诞叙述背后包含着丰富的含义，蕴藏着作家对时代、社会生活的见证和深入思考。“当我们考察想象在文学作品中的作用时，必须面对另外一种能力，就是洞察的能力。我的意思是说，只有想象力和洞察力完美结合时，文学中的想象才真正出现，否则就是瞎想、空想和胡思乱想。”[③]因此，余华在《十八岁出门远行》中要表达的不是对现代社会现实的描摹和再现，而是深入心灵世界的对现代社会的深度观察和透彻了解，然后将深刻的思想和丰

① 莫言：《清醒的说梦者——关于余华及其小说的杂感》，《当代作家评论》1991年第2期。

② 余华：《飞翔和变形》，《我们生活在巨大的差距里》，北京十月文艺出版社2015年版，第63页。

③ 余华：《我的真实》，吴义勤主编：《余华研究资料》，山东文艺出版社2006年版，第3页。

富的想象结合起来,用形式上的夸张虚构去表现精神上的真实感悟。

至于为何要选择用这种虚伪的形式来表达对现代社会的内心体验和精神感悟,我们可以从余华谈自己的创作原则中寻找答案。“当某一个题材让我充分激动起来,并且让我具有了持久写下去的欲望时,我首先要做的是尽快找到最适合这个题材的叙述方式,同时要努力忘掉自己过去写作中已经娴熟的叙述方式,因为它们会干扰我寻找最合适的叙述方式。我坚信不同的题材应该有不同的表达方式,所以我的叙述风格总会出现变化。”[①]由此可见,余华之所以在《十八岁出门远行》中采取这种无拘无束的荒诞叙述,是因为它最能将现代社会人们膨胀的物欲和疯狂的行为集中凸显,并直接呈现出来,由此传递出作家对现代社会的内心感悟和反思。对此,余华说自己“在1986年底写完《十八岁出门远行》后的兴奋,不是没有道理。那时候我感到这篇小说十分真实,同时我也意识到其形式的虚伪”[②]。

——原载于《名作欣赏》2017年第1期

作者简介

郑轶彦:重庆第二师范学院文学与传媒学院副教授。

① 余华:《我的文学白日梦》,《我们生活在巨大的差距里》,北京十月文艺出版社2015年版,第57页。
② 余华:《虚伪的作品》,《上海文论》1989年第5期。

ZHONG BIAN

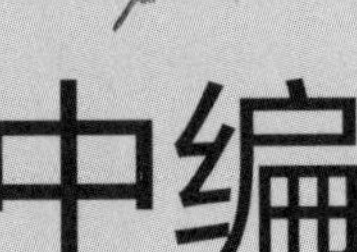

一书，一文和两点看法

■ 李敬敏

关于一书

我这里所说的一书是指重庆师范大学张育仁教授的新作《莫怀戚小说文化论》。

说到小说家莫怀戚，在座的大多数可能并不陌生，他是20世纪80年代末的一个实力派作家，曾多次发表莫怀戚小说的《当代》杂志主编周昌说："我曾经以为，中国文坛有门无派、特立独行的有三大怪才，一是王朔，二是王小波，再就是莫怀戚了。莫怀戚教授的小说既好读又高雅，还有文化；尤其是人生智慧，天下一绝，放眼文坛，无出其右。"他还说："莫怀戚是一个价值被低估了的作家。"①

著名文学评论家雷达就"原乡意识"这个话题将莫怀戚与诸多中外作家放在一起进行论述和分析时指出："莫怀戚的小说，让我想到了'原乡意识'——古今中外许多好作家都有自己的'原乡'；福克纳称其家乡为邮票大

①周昌：《莫怀戚长篇小说〈经典关系〉学术研讨会综述》，《当代文学研究》2002年第5期。

小的地方，他终身写之不尽；马尔克斯的马孔多镇属虚拟，却与他在哥伦比亚的记忆关系密切；肖洛霍夫的顿河；鲁迅的鲁镇及其周庄；沈从文的湘西；张爱玲的老上海及其老宅子；当今贾平凹的商州；陈忠实的白鹿原，铁凝的平原笨花村，莫言的高密东北乡；王安忆的小鲜庄与上海滩两地，闫连科的耙楼山脉；真是不胜枚举。当然也有很优秀的作家并没有固定地域和对象，但他未必没有精神的原乡。我看莫怀戚，以重庆人自豪，对重庆情有独钟；他的笔触能节节深入这座城市的腠里。"①

莫怀戚是一位既有深厚的文化素养，又有多种多样的人生历练的作家。作为小说家，他眼光锐利，善于观察和捕捉生活中有趣而又具有美学的、人性的、常常被人忽略和视而不见的细枝末节。莫怀戚的小说具有雅俗共赏的美术风格，喜欢莫怀戚作品的读者既有大学教授、学者和大学生，又有广大的市民、街头巷尾的小摊主和山城棒棒军。

从20世纪90年代以来，曾数次在北京和重庆召开关于莫怀戚的作品研讨会。来自全国各地的评论作家以及高校从事现当代文学教学和研究的专家对莫怀戚的小说创作给予了高度和远超预期的评价。有的评论家说，像莫怀戚这样具有深厚学养和本土文化积淀的作家，没有在文坛前沿唱大戏，实在是中国文学界和评论界的悲哀。

下面来说说张育仁教授是如何写他的这部长达35.3万字的《莫怀戚小说文学论》的。

从年龄和辈分上说，张育仁与莫怀戚是同龄人，20世纪80年代初分别毕业于西南师范大学（今西南大学）和四川大学中文系，后来同时共事于重庆师范大学中文系即现在的重庆师范大学文学院。在共事的20多年中，两人交往密切成为知交和挚友。莫怀戚的文艺创作始于20世纪70年代后期，进入四川大学中文系读书以后，开始在四川大学的以发表学生的文学作品为主，而且在当时颇有名气的《锦江》上发表小说。此后，一发而不可收。虽然莫怀戚的文学创作绝不仅仅是小说，他还写了大量的随笔、散文以及戏剧作品等。但不容讳言，在莫怀戚写作的诸多文学体裁中，小说是主打、主业。虽然就他

①雷达：《〈莫怀戚小说文化论〉序》，张育仁：《莫怀戚小说文化论》，中国社会科学出版社2016年版。

的文学作品的数量而言，小说也许不能是“最”，但论其成就和社会影响，小说无疑处在最高处。

张育仁教授对莫怀戚的文学创作，特别是小说的跟踪观察、思考、研究达20余年。2014年7月，莫怀戚不幸去世。张育仁在痛失挚友的不久就开始了为莫怀戚写一本研究他的小说的工作。因为莫怀戚生前就曾当面对张育仁说过：“研究我莫怀戚，我认为你是最合适的人选。”由此可见，《莫怀戚小说文化论》一书完全可以被视为张育仁对挚友遗言的践行的物证。

下面是我初读本书后的一些印象。

第一，全书在总体构思上特色鲜明，突破了一般作家论的格局。

对一个作家的作品进行宏观的、总体的评论也就是通常意义的作家论。按惯例通常有两种模式。一种是纵向的，即将作家的创作历程划为若干阶段，顺时进行描述和论证。另一种是横向的，将作家的所有创作进行分类，按不同板块进行评述，就张育仁教授的主观条件和他对论主的全部文学创作的相关材料的熟悉程度和掌控能力而言，两种思路都不困难，甚至可以说完全是轻车熟路。因为在此之前，张育仁已经是《毛泽东诗化哲学评传》《抗战电影文化论》《当代广播电视新闻写作学》等多部学术论著的作者，而且这些作品均产生了广泛的社会影响。凡是与他有过沟通、交流、切磋的人，都会觉得他个性鲜明，极具创造性，在学术研究上他既不愿意重复别人，也不愿意重复自己，他乐于通过艰苦跋涉来寻求真正属于自己的学术之路。我非常赞赏张育仁将他的这本新作定名为《莫怀戚小说文化论》。因为莫怀戚虽然具有声乐、器乐、剧本创作等天赋，他新创作的各种体裁的文学作品不乏佳作，但不容讳言的是，小说最能代表他的成就和水平。他的智慧、机敏和对人性的洞察无不集中体现在小说中。而文化是一个永远说不尽的话题，文化的内涵包容性极广，比如哲学、美学、伦理学、语言学以及历史学等无不包括在其中。本书将小说与文化相融合作为论题，既突显了莫怀戚文学创作的峰值，又为自己的论述打开了一扇方便的大门，实在是最佳选择。

第二，本书突破传统意义的小说模式的内涵，从广阔的文化视角着眼，对莫怀戚的各种体式的小说做了全方位、多角度的系统阐释，从而为我们展示了莫式小说的独特性。

这里我们应该提出这样一个问题;所谓"全方位"和"多角度"是怎样从书中展现的呢?书的"目录"告诉我们,全书总共由九章十八节构成,九章的标题是:

莫怀戚小说叙事的地域文化特征;

莫怀戚小说的叙事伦理与立场;

莫怀戚小说叙事的语言与质感;

莫怀戚小说语言的"本体论"意义;

莫怀戚小说历史叙事的主体意识;

莫怀戚小说历史叙事的重庆品格;

莫怀戚小说"身体叙事"的特点;

莫怀戚小说"成长叙事"的特点;

莫怀戚小说的"告别"与"回归"。

从以上九章的标题看出,其中七章都涉及小说的叙事。的确,在文学的诸体裁中,小说是叙事的最高形式,小说中最重要的"讲故事"和"塑造人物"都要通过叙事的手段来完成。可以说小说的最大诱惑力就在于作者对叙事技巧和叙事节奏的把握。从文学理论中分出来的叙事学在很大程度上是依赖于小说而存在的。离开了小说而谈叙事必然会变得空泛乏味而失去审美品格。可以毫不夸张地说,研究小说的叙事也就抓住了小说的全局。张育仁认为,莫怀戚笔下的叙事无不深深烙上了莫怀戚印记的重庆味道。张育仁说:"莫怀戚始终认为,重庆在其底蕴和精神底色方面终究还是乡土意味、江湖习性十足的。在这个乡土和江湖文化场域中的三教九流,彼此不问出身,不分尊卑,义字当先颇有四海之内皆兄弟的气概。"[①]在莫怀戚小说的叙事格局中,乡土气息的叙事是其基本的底色。除此之外,莫怀戚还依据不同的小说体式,在叙事策略上也有所不同,比如"莫式推理小说"叙事模式、现代表征下的"才子佳人"叙事模式、传统"侠义神魔"小说的现代升级版的模式等等。对此张育仁都一一给予了阐释。

①张育仁:《莫怀戚小说文化论》,中国社会科学出版社2016年版,第5页。

九章中有两章涉及小说的语言。

文学是语言的艺术。语言担负着叙述、描写、抒情和议论的功能，在小说中语言的作用是头等重要的。

张育仁在“莫怀戚小说叙事的语言与质感”一章中转述莫怀戚的话说：“只有语言能够将小说家带到他梦想到达的那个世界，因为只有语言才称得上是小说家想象的翅膀。”[①]莫怀戚在这里所说的关于小说语言的重要性的话，看似普通，实质上说得非常彻底、到位。试想，小说家为什么要写小说？难道不就是要把自己的人生理想和追求通过小说表现出来，传播到现实生活中去吗？要达到这一点除了借助语言还能有其他任何手段和媒介吗？莫怀戚在此使用了“只有”这个词语，用以指出是“唯一”而不可能有其他代替者。

关于莫怀戚小说语言的特色问题，有人认为莫怀戚是一个方言作家。具体地说，是一个使用重庆方言的作家。张育仁对此说“不”。他首先将莫怀戚与公认的四川方言作家李劼人、沙汀和克非相比较，指出莫怀戚与他们之间有很大的不同，他说：“我认为，称他是一个使用‘莫式语言’的‘方言作家’恐怕是比较合适的。他创造的这种‘莫式语言’具有鲜明的重庆性格和重庆味道，也有重庆方言的影子，然而这是一种富有创造性的个性化语言，不能简单地视作对方言的皮相袭蹈或者毫无独立性和创造性的采用。”[②]

综观全书，这是一部厚重而成功的学术论著。作者的成功表现在以下几个方面。第一，对论主的准确定位。莫怀戚个性鲜明、性格内涵丰富，在创作思想和行为举止乃至语言表达方面都非常独特、难以把握。张育仁通过长时间的观察、接触、交谈、琢磨以及在酒店茶楼上的神吹闲扯等方式，对莫怀戚的定位是：“他以大学教授的身份和平民作家的立场和视角，从事自由意义上的文学写作。”我以为这个定位浓缩了莫怀戚的雅与俗、文与野、粗与细、里和外诸多方面，是能够被莫怀戚生前的多数同事和朋友所认可的。第二，对莫怀戚数十年的创作历程和创作道路能熟悉把控。（这一点前面已有论说，不再重复）第三，张育仁是有多年历练和积累的学者和评论家，这部《莫怀戚小说文化论》显示了他深邃、周密的理性思维能力，深厚的哲学、文化学、美学和中

①张育仁：《莫怀戚小说文化论》，中国社会科学出版社2016年版，第80页。

②张育仁：《莫怀戚小说文化论》，中国社会科学出版社2016年版，第106页。

国文学的学养根基，以及熟练的文字驾驭能力。张育仁平时读书多、善思考、勤动笔，是一位快捷的文章高手。

关于一文

党的十八大以来，党中央进一步加强了对文艺工作的领导力度；2014年10月，习近平总书记主持召开了文艺工作座谈会，在这次座谈会上，习近平总书记特别提到“要高度重视和切实加强文艺评论工作”。为了落实习总书记的指示，由中国文联主管、中国文艺评论家协会主办，组建了新的《中国文艺评论》月刊，中国社会科学院创建了《中国文学批评》季刊。这是继《文学评论》（双月刊，中国社科院文学研究所主办），《文艺研究》（双月刊，中国艺术研究院主办）之后的高水平、高规格、全国性的文学艺术类的大型期刊。

周晓风教授的《现实主义精神与新世纪文学》一文就发表在《中国文艺评论》2016年第11期上。此文，在近年来众多的涉及现实主义这一话题的论文中是相当出众的。这不是急就篇，也不是应景之作。论文中涉及的问题，晓风教授早在十多年前出版的《新时期文学思潮》一书中就有自己的论说和观点。面对新情况以及新世纪以来文学发展的新态势，作者就论题的各方面重新做了严谨、周全的考量。细谈原文，深受启迪，下面略加述说。

首先，关于现实主义是否过时的问题。新时期以来，以“伤痕文学”和“反思文学”为代表的现实主义思潮一改过去在当代文学中的形势状态，显出了勃勃生机，因而得到读者的热情反馈。但是，情况变化迅猛，随着20世纪80年代中期以后来自西方的现代主义和后现代主义的冲击，现实主义的势头有些萎缩，一些评论家认为现实主义有些不合时宜，进入21世纪以后，有评论家明确提出了要用新世纪文学取代新时期文学。而现实主义文学与新时期文学几乎是一种共时共生的关系，前者因后者而存在，后者包含着前者，既然后者整体被取代，那前者当然也没有了，现实主义也就意味着被抛弃了。对此，周晓风通过对实际文学现实的考察，明确地提出，“虽然我们已经感受到新时期文学所取得的巨大成就……我们所期待的新的文学时代远未降临……现实主义文学并未过时。我也因此不赞成过于强调20世纪80年代文学与90年代文学的区别,不赞成过于强调新时期文学与所谓新世纪文学的区别。它们之间的共同性要远远大于它们的差别性”。

十分明显,问题的焦点在于如何看待20世纪80年代与20世纪90年代文学的区别以及新时期文学与21世纪文学的区别。我们认为区别肯定是有的,但绝不可能是两种不同性质的区别。因为,自从进入新时期以来,到现在的21世纪,中国社会都处在实行改革开放的进程之中。30多年来改革和开放从未中断,也更未停止过,不同之处在于改革和开放总是有步骤有节奏地进行,但无论走在什么步骤和什么阶段,改革和开放都是沿着中国特色的社会主义的轨道在前进,这一点是没有任何疑问的。文学是社会的文学,是时代的文学。社会和时代的基调决定着文学的基调。外来的文学思潮中,无论是现代主义还是后现代主义,无论其冲击波如何强劲也无法改变其基本性质,因为文学之根在社会,在生活,在作为创作主体的中国作家自身。说到这里,我完全赞同晓风教授的如下结语:“如今,新世纪已经走过了16个年头,新世纪文学的发展尽管取得了令人瞩目的成绩,也出现了许多前所未有的新问题,但当代文学中现实主义并未退出历史舞台,反而在新的历史语境下获得新的发展机遇。个中的缘由令人深思。”

其次,中国现当代文学中所涉及的几个关于现实主义的理论问题。这些问题分别是:第一,“新时期之前的‘十七年’文学中现实主义文学的发展其实是比较勉强的,不用说现实主义文学批判精神在当代文学中急剧退化,甚至就连在现实主义文学创作方法和技巧层面,‘五四’新文学以来现实主义叙事的多样性和丰富性一般而言并没有很好继承,更谈不上发展”。这里说到的“十七年”实际又可划分为前七年和后十年。从宏观的角度看,可以有一个“共识”,但具体而论,困难和纠结也会不少的。第二,文学中的“现实主义精神”:“现实主义文学得到延续和更新,多种多样的文学样态仍然保持了现实主义精神而获得现实感。”“新世纪文学的多副文学面孔中又似乎贯穿着某个一以贯之的东西,这就是我想说的现实主义精神。”现实主义精神是本文的一个最主要的“关键词”,按照晓风教授的解释,它应是传统现实主义的“延续和更新”,它呈现为“多副文学面孔”,它“似乎贯穿着某个一以贯之的东西”。从读者接受的角度说，具有现实主义精神的文学给予读者以“现实感”。晓风教授在论文写作中选择词语时一贯注意严谨准确，但是他在面对“现实主义精神”这样的关键词，并需给以界定和解释时却显得相当宽泛与灵活，而灵活与宽泛之中又融入了不确定性。按照我现在的认识，“现实主义精神”的准确内涵仍须结合相关文本继续探寻。第三，中国现代文学中胡风的现实主义问题。胡风的现实主义通常是以“主观战斗精神”给予解释的。晓风教授在文中将它归到现实主义精神中去，对此我表示同意。不过我又觉得是否有些太宽泛，是否还可以做更为精准的界定。在研究中国现当代文艺批评史中，胡风的批评理论是无法绕开的，我有个非常不成熟的想法：胡风的现实主义理论与鲁迅和冯雪峰的创作理论是有些相似点的。不过这可能是一种臆想，最终的结论应是在精细研究之后。

以上说到的一书和一文是我近期总结到的印象最深也是最佳的理论作品，两位作者都是我退休之前的同事，也都是西师校友。张育仁准确抓住莫怀戚小说创作的独特个性从深和广两个维度上做了很有价值的研究。晓风的论文刊登在刊物的头版，是近些年诸多围绕现实主义而立论的文章中难得的优秀之作。两位都是学养深厚、潜力巨大的实力派。我希望张育仁教授能继续在作家论方面开拓新领域，最好选择既是重庆籍的，又有全国影响的作家，比如重庆万州籍的何其芳，重庆忠县籍的马识途等。同时希望晓风教授能以现实主义为论题，论述现实主义的多样态和多面孔，显示现实主义经久不衰的风采与活力。

关于当下的文艺批评。我认为自从2014年习总书记发表关于文艺问题的讲话以后，整个文艺工作都呈现蓬勃向上的好势头，文艺批评也不例外。重庆的文艺批评的现状，可做如下估计：重庆本土的批评家队伍，实力并不差，甚至可以说，如果潜力发挥得好，在全国至少可排在中等以上。重庆有一批文学方面的博导、硕导，其中专攻中国现当代文学、文学理论和文学批评的就有一大批。此外，一些在文化机关以及文联、作协工作的人也相当有实力。现在的问题是，没有很好的组织，没有开展必要的活动。

关于阵地。重庆正式公开发行的文艺报刊的数量和质量，大大不如北京、天津、上海。这是历史形成的,长期争取和努力似乎都没有效果。退而求其次,重庆的《重庆评论》(《红岩》特刊)是文艺批评的主阵地。此外,非公开、准公开的《重庆文学》《重庆散文》《银河系》《作家视野》也为一些文学批评稿件的发表提供了平台。但是就作为直辖市的重庆市而言,文艺阵地方面长期以非公开的面貌出现在公众场合也不太合适。因此解决一些文艺刊物的合法身份也是非常有必要的。

——原载于《红岩》2017年第1期

作者简介

李敬敏:重庆师范大学文新学院教授。

『中产阶级』的优雅写作

——评吴景娅的创作

■ 张全之

优雅是一种风格，也是一种心态。读吴景娅的作品，最突出的感受就是优雅：洒脱跳动的文字、错落随性的句式、飞扬而又略显节制的想象、舒缓而又激情内蓄的节奏，都显示出一位成熟作家的自在和从容。一个事业有成、生活幸福的知识女性，每天不需要为生计焦虑，不需要为缺少爱与温暖苦恼，而是常常离开熟悉的人群，到陌生的地方旅行，寻找新奇、灵感和自我表达的文字，这种带有“中产阶级”趣味的书写只能是优雅、淡泊的。但与别人不同，吴景娅的优雅有自己的风格。她喜欢从唐宋诗词的深海中打捞文句，使文章带上一些古装的丝缕，优雅而妩媚；她对自己的想象总是能控制在恰当的范围内，奔放而不狂放，这种恰到好处的控制，使她的文字多了几分优柔和宁静。而女性特有的细腻感受，又使她的文字带上了婉约情调。散文《渝之北城之口》的开篇，就典型地体现了这种风格：

城口遥远，像一个传说般的遥远。

去城口的路，山重水复，火车总在一个隧道连着一个隧道间穿行，让人觉得自己像是被大山揣在腹中的胎儿，揣满十个月了，却难产似的，生不下来。

……

城口却在柳暗花明处——一个几乎算得上平坝子的地势里舒舒服服地躺下去，躺出一种闲适与优雅姿势来。[①]

也许只有优雅之人，才能发现城口的优雅之美吧。这段文字的节奏、想象均极生动，但又极节制。"山重水复""柳暗花明"的化用，使人想到陆游的乡村漫步，文思飞扬，俨然接通古今。在谈到丹巴时，她的想象令人叫绝：

我对一个从未谋面的地方有了前世缘分的牵挂。我甚至有了梦里的动作——以丹字去撞击巴字，两个音节像鹅卵石间的决斗，响声清冽、矜持并神秘。[②]

这匪夷所思的文字，我总觉得没有说完，意犹未尽。汉字之间的撞击、鹅卵石之间的决斗似乎应该与情色有关，但作为一位矜持的女性，她只是提供了一个想象的基础。"丹"的女性化色彩和"巴"的阳刚之气相遇，该衍生出多少爱恨传奇，这岂不就是"丹巴美人"的魅力？

吴景娅的优雅追求，也反映了她在道德上的洁癖。在一篇讨论偷情的散文中，针对日本情色电影《爱之亡灵》的情节，作者得出这样的结论："色情真不是什么好玩的游戏。想想泰国的普吉岛，夜以继日地醉生梦死，多少叫床声泛滥成灾——没有诚意的叫床，苟合的叫床。海啸就那么来了，恶狠狠的，倏然打断了男人女人的矫揉造作、瞒天过海。"[③]这种"义正词严"的文字，反映了作者的道德取向。事实上，偷情在《爱之亡灵》中不是一个好玩还是不好玩的问题，而是人性经历了文明压抑以后的疯狂释放，这不只是一个道德问题，还是一个关乎人类文明发展的问题。对一个生活中的人而言，道德方面的清洁坚守是弥足珍贵的，但对一个作家而言，道德上的洁癖可能会限制其作品在开掘人性方面的深度，所以优雅对吴景娅而言，是其作品的魅力根源，是其

① 吴景娅：《温柔的西部》，内蒙古文化出版社2013年版，第10页。
② 吴景娅：《温柔的西部》，内蒙古文化出版社2013年版，第3页。
③ 吴景娅：《温柔的西部》，内蒙古文化出版社2013年版，第257页。

重要的个人特征，但另一方面，可能也是其创作难以摆脱的瓶颈。

她唯一的长篇小说《男根山》[①]拥有一个不雅的名字，但不影响它是一部优雅的作品。奕华的母亲为了爱情从上海跑到这座南亘山（男根山）下的小城，即使到了36岁，依然是“苗条的身段，姿态也是少女的；笑，很柔弱无辜的样子……母亲的性感在于温婉，这似乎更能激发男人的性幻想”。这位复旦大学的高才生，有着仙女情结，她“厌恶厨房，拒绝烟熏火燎。她觉得锅碗瓢盏的琐碎是对生命的最大的浪费，是自甘平庸的象征”。母亲在这个小城里算是美人了，“她的美，南亘山少见。这里的女人太浓烈，犹如南方那些色彩浓烈的植物——山里的刺桐龙牙红花和路边的鸡冠花。大红大绿的自然，让南亘山的女人们大爱大恨，如烈火烹油。而母亲的一切都是江南的清雅，白描几笔勾勒出的精致五官与白皙的肤色彼此呼应。她总是把浓密的长发盘髻，耸立头上，这让她脸的轮廓更完美无缺”。她在小城里，“总是慢吞吞、低着头、若有所思地走着”，拒绝看风景或找人聊天。她通过拒绝观看、拒绝与周围交流的方式，抗拒着小城庸俗风气的浸染。而在小说结尾部分出现的另一位女性上官子青更是优雅女性的代表。当奕华第一次见她的时候，“她走路飘渺，笑容亦是，以为她朝你而来了，却离你千山万水。她安静地坐在藤椅里，手肘托着下巴望过来，奕华便觉得她的整个人变成了一种语言：等待。她在等待什么呢？”这种沉静、沉思的姿势，是真正意义上的优雅。

这两个女人都先后被自己的丈夫背叛了，而抢走上官子青丈夫的，恰恰是她的学生奕华。面对婚姻的破碎，上官子青的处理方式也是优雅的，她没有像市井女子一样哭闹、报复，而是采取了极为冷静和淡定的方式，度过了这一人生之大劫。她留给学生的字条里，依然充满了智慧与温情。在人物关系上，奕华和父亲谈论最多的是《红楼梦》，父亲对《红楼梦》的精辟见解，总能让奕华震动；奕华真正爱上的男人是林肯，他夜晚在荒郊野外给身边的人讲故事，讲的是《安娜·卡列尼娜》和《羊脂球》，临别时送给奕华的礼物是手抄的《欧根·澳涅金》，而不是当时广为流传的《少女之心》。用小说中的话来说，林肯是一位天上下来的人物，优雅俊朗，学识丰厚，言行得体。他是奕华心中的偶像，让她牵挂一生一世。而这个男人的心里也盛满了苦水，但这苦已经超

① 吴景娅：《男根山》，重庆出版社2011年版，本文所引的该书内容，均为此版本，不再一一标注。

越尘世之苦，上升为形而上的思考："他觉得自己是替天下所有的男人来还所有女人的债的。他，听从女人的呼来喝去，对每个女人都尽职尽责，如同殉难者，如同牺牲者——把自己献给了女人。"这种圣徒式的原罪意识，让他变成了一位受难者，一个为了天下女人甘愿受难的人。苦难最终将他变成了"精神上的太监"，让他成为一个脱离了欲望的人。吴景娅对林肯的理想化描写，暴露了她对男性世界的想象与期待，似乎也掩饰着一段内心深处的创痛——为了优雅的叙述，她在竭力回避灵魂深处撕裂或溃烂的伤口。

作为两性小说，男女身体的接触是必不可少的内容。作者对奕华和林一白第一次接触的描写使这种并不雅致的行为显得颇有情趣：

林一白的双唇柔软如女人，吐气如兰，一双嘴唇覆盖着另一双，弄出的是丰饶的湿地，地表上花草茂盛，地底下却是旺着水，小指头伸下去，水就咕咕往外冒。奕华感到自己身体的另一端也变成湿地了，好像有一些饿坏了的食肉动物在那里左顾右盼。它们在等待。等待什么呢？食物的出现？猎手的到来？生存还是毁灭？

这段文字，将男女性欲冲动化作了雅致的诗思，体现了作者刻意追求的美学效果。

优雅与道德有着密切关系。一个人的优雅一定与道德上的正面形象联系在一起的。违犯道德规范受到公众唾弃的人就不再优雅。在《男根山》中，奕华是一个性隐私的告密者。她的告密行为，揭穿了日常生活的优雅表象，暴露出了深埋在私下的污秽与肮脏。

姚俐俐与勘探队的小白在演出《沙家浜》选段——"智斗"时风光无限：小白是现实版的"严排长"（《奇袭白虎团》中的严伟才），站在台上"玉树临风，两眼炯炯有神"，扮演阿庆嫂的姚俐俐"神采奕奕，生动而漂亮"。但背后他们在草丛里偷情，被奕华撞见，奕华及时告发，试图将舞台上的"好形象"掀翻在地；奕华的父亲，一个中学的校长，自然也是体面的，他们这个家庭也是让人羡慕的。后来奕华敏锐地发现父亲与姚俐俐幽会，她的心中充满了怨恨："奕华非常想知道，姚俐俐凭什么把优秀的父亲变得像一只发了情、急不可耐、蹦来蹦去找配偶的雄青蛙？让一贯君子的父亲很卑劣地撒谎，有了暧昧而狰狞的笑，下流、可耻、贱，连最爱的女儿也抛到脑后？”随后奕华向母亲告发了父亲，最终导致父亲的自杀。到机关工作以后，奕华揭发了她的主任和一个女下属私通的事实，揭下了貌似体面的“机关人”的画皮。奕华的告密行为，反映了她对日常生活秩序、规范的质疑，她以被掩盖的事实，来戳穿生活的假象。就像她最后以极度反叛的心理将自己的笔名改为“男根”一样，是对生活秩序的挑战。她把自己导师的丈夫抢到自己手里，也与爱无关，与性无关，她将这看作一种挑战与征服。她无法忍受导师的宁静、优雅给自己带来的压力。所以奕华是优雅的破坏者，但这种破坏只反映了她对优雅生活的向往与争夺：当最终成为乔太太后，她也过上了她导师那种貌似优雅的生活。

优雅，作为一种美学风格，在中国一直受到压制。在阶级革命和为争取民族独立的斗争日趋惨烈的时候，京派的优雅就成为奢侈品。后来，优雅成为统治阶级腐朽没落的象征。优雅退场以后，文学也开始疯狂生长，变得越来越粗壮、粗野、豪迈，当然也难免伴随着血腥与放纵。直到新世纪以后，中国经济的发展催生了类似西方中产阶级的群体，他们稍微优越的物质生活条件和良好的文化修养，使他们具备了追求优雅的条件。张颐武将优雅的崛起看作新世纪文学的重要现象，他进而指出：

今天这个梦已经变成了现实，“优雅”似乎近在咫尺，唾手可得，成为新兴的“中等收入者”的现实的生活状态的展现……这是“新新中国”的新的历史景观中最为独特的现象。一面是优雅的无限的展开，一面是对于优雅的渴望仍然似乎无穷无尽。优雅超越了中国新文学的限度，成为我们时代的核心的表征。[①]

这里的“中等收入者”就是新兴的“中产阶级”，他们有房、有车、有较高的稳定收入和较高的文化修养，这一阶层的存在，成为新世纪以来中国社会的重要特征。

自20世纪90年代以来，随着市场经济的发展与政治形势的变化，中国的中等收入者越来越多，他们开始远离政治，远离底层，追求优雅精致的生活和情趣。文学是一个时代的神经，也捕捉到了这一精神倾向。通过怀旧、反思两性关系、寄情自然山水等方式，来展现自己的文化修养和精细绵密的诗情与哲思，

① 张颐武：《优雅的崛起：中国文学的新空间》，《文学自由谈》2004年第6期。

这就是优雅文学所追求的基本格调。从这个意义上说,吴景娅是成功的,她属于这个时代,也为这个时代的优雅文学提供了一个成熟的范本。但作为一种艺术风格,优雅其实是双刃剑,在成就一个作家的同时,可能也会限制作家的脚步。在中国,优雅的绅士和淑女成为一种别样风景,也往往是平庸、平淡的代名词。从这个意义上说,吴景娅的小说在很多方面也被优雅捆住了手脚。

她的散文反复诉说着自己的悲欢和思考,这自然无可厚非,但这种"个人化"的书写,很容易与大众达成共识,也就是说,她对自我的书写基本上停留在大众能够接受的层面,只是她将这种"大众化"的情绪通过精致的语言包装,变成了高雅的工艺品。她不会,也不可能去挑战公众的思维和审美的边界,以保持其优雅的姿态。其小说也是如此。一部女性主义的小说,对两性关系的描写从未触及道德伦理的底线,没有产生性爱与道德之间鲜血淋漓的撕裂,也没有出现男女之间难以弥合的伤口。母亲、大姑、导师,先后被男人背叛,她们都选择了隐而不发。就连风骚的姚俐俐,虽然与丈夫以外的两个男人发生了关系,但她对这两个男人似乎没有多少爱或恨。小说为了道德上的清洁,屏蔽了大量心理上和生理上不洁的内容。在这一点上,她与张爱玲、王安忆等人截然不同。她手里拿的不是一把手术刀,借以解剖人物身体和精神上的病灶,而是拿着一根绣花针,去缝合人们心理和身体上的裂痕,呈现一个优雅和谐的世界。

尤其是小说的后半部分,奕华从自己老师手里把男人夺走,而这个男人又不是一个看重感情的人。这一事件涉及很多伦理上、生理上和心理上的悖论,但作者的描写显然力不从心。她有意回避了这一事件的"肮脏"部分,写得云淡风轻,不露痕迹。在奕华与马狂之间也应该有复杂的情色交往,我觉得也被作者简单化了。这种简单化,不只是才力上的透支或生活积累的匮乏,更重要的是作者的刻意追求。她极力维护着自己的淑女形象,不知道在文学的世界里,这种优雅往往会限制作品挺进人心的深度。

——原载于《名作欣赏》2017年第6期

作者简介

张全之:重庆师范大学文学院教授。

深水静流的文学绽放

——读杜卫东散文随笔

■ 余德庄

打开杜卫东新出的散文随笔《有一种悔恨叫永远》(以下简称《永远》),在淡淡的墨香中搜寻,很快就在长长的目录中找到了那个记忆中的篇名,心头不禁漾起一股暖暖的涟漪。

将近20年前的某日,我在单位资料室里随意翻阅报刊时,不经意间看到一个醒目的标题《好人姜昆》。这引起了我的注意,因为就在此前不久曾听到这位广受欢迎的相声演员的一些传言,心头一直有些疑惑。文章披露了姜昆功成名就之后不忘回报社会,除了精心地为观众创作、演出,还不事张扬地多次捐款扶贫助学等事迹,言辞中肯,内容有据,且完全没有对大牌演员仰视帮腔、锦上添花的感觉,倒像是在为一个乐善好施却遭到误解的普通市民正名,一下子就驱散了我心头的疑云,我觉得这个作者挺侠义也挺有格的,就此记住了杜卫东这个名字。其后我特别找来他之前发表的《心香一瓣祭秦牧》《败军之帅》《勇者》等,一一拜读,后来又陆续读到他的《初识笑林》《贝天牧先生》《交河故城怀古》《荷花吟》《酒魂》等散文随笔,发现其视野广博,见识不俗,文笔老到,且颇得涉笔成趣、点石成金之道,但感触最深的还是其字里行间所流露出的强烈的平民本色和侠义情怀。无论是对文坛前辈秦牧先生平易近人的大家风范和献身文学的高尚德行的追思和景仰，还是对临危授命却功败垂成，仍不改初衷的前女排教练栗晓峰的惋叹和敬意，抑或是对在卫国戍边的战斗中负伤致残却不坠青云之志，在残疾人事业的奋斗中重新诠释了生命真义的孙长亭的敬佩和赞美，无不打上了这种本色和情怀的鲜明印记。再后来他所写的反映汶川大震灾和大救援的《中国不哭》，则是这种本色和情怀的一次不可遏止的集中喷发，那些因天降巨灾而家破人亡的惨烈景象和中国军民众志成城的英雄气概的悲壮再现，令我一边默念着"不哭不哭"，一边却已然泪湿衣襟。

2004年我和卫东同为中国作家代表团成员出访爱尔兰，由此结识并成为朋友。在日常的言谈举止中他给我最大的感受是:文如其人，别无二致。

卫东的创作除了散文随笔，在小说、评论等方面亦有不俗建树，而他的本职工作却一直是"为他人作嫁衣裳"，几十年来从普通编辑一直做到大刊主编，工作压力越来越大，个人的创作时间越来越少，他的所有创作成果都是在见缝插针、熬更守夜中取得的。与之在本职工作中经常是波翻浪涌的高调做派相比，他在创作上更像是一种深水静流的默默耕耘。

记得在第八次全国作代会上，临近退休的卫东曾很有感触地谈到，这些年他既编刊又创作，体力严重透支，有一种身心俱疲之感，退休后一定要将调养身心作为第一要务，彻底放松，好好休息！已经在之前退休的我，对此深以为然。不料令人吃惊的是，就在卸任后的短短数月里，他竟一口气推出了《敦煌之地》《塞外好汉权延赤》和《我眼中的柱子哥》等极具分量的长篇散文!《敦煌之地》是我所见到的书写这个著名的人类古老文化遗产的当代文学中，最为亲切可人且不乏独特见解的作品，而《塞外好汉权延赤》和《我眼中的柱子哥》则为权延赤和王朝柱这两位在当代中国文学史上无法绕过的知名作家，各自留下了一部生动传神、不可多得的宝贵"实录"。

我原以为他这只是在"彻底放松，好好休息"之前，将所欠文债来一次集中偿还，然后便会轻松愉快地种花养鸟，散步遛湾，安享晚年。谁知未过多久，其新创作的散文随笔却一篇接一篇地出现在各地报刊上，诚如他在《永远》的后记中所说:“这本散文随笔集中有一半作品成文于卸任之后。”这无疑是一次新的文学绽放,一次在彻底去除了职场牵累之后,全身心地沉入生活的深水静流之中的文学绽放!

在尔后的三四年中,杜卫东又推出了长篇小说《吐火女神》和众多的其他作品,仅发表后收入《永远》的散文随笔就达30余篇!当我细读这些被他称为“基本是退休生活的某种杂记与折射”的作品时,陡然生出一种“大珠小珠落玉盘”般的目不暇接的惊喜!尤其是《小宝回家》《买瓜记》《路边有个剃头匠》《优优的眸子》《彩虹》等完全取材于退休生活的篇什,读来温馨四溢,特别招人喜爱。爱犬小宝的失而复得,卖瓜小贩的坚守与豁达,路边剃头匠的困顿和欣慰,优优和小伙伴们对现实人际关系的困惑,农民工在新生活骤然来临时的喜不自胜……在清风徐来般的娓娓诉说中,不知不觉地将读者的心绪带入一种感动、感伤、感慨和欣悦、振奋、遐想交汇涌动以及“明天会更好”的憧憬中,让人获得一种难以释怀的审美享受。

在玑珠盈目的篇什中,有两篇最为夺人眼眸,它们是《目光》和《有一种悔恨叫永远》。

《目光》以不忘华夏先贤的赤子之心钩沉史海,将黎庶昌这一被认为是为戊戌变法制造了舆论先声,长期以来却多少受到忽略的重要历史人物的生平事迹和主要思想活动进行了清晰的梳理和中肯的评价。作品中,黎庶昌凭着自己的才智德行跻身仕途,身履要职之后仍念念不忘拯黎民于水火,扶国势于将倾,悉究时弊,考察列强,不顾个人荣辱安危,一次次上书朝廷甚至直犯龙颜,力主“整饬内法”“酌用西政”,通过革弊布新富国强兵,使我中华民族能自立于世界民族之林,却终不为腐朽的当权者所纳,不得不在壮志未酬的凄惶中终老故里。杜卫东将这位于清末乱世出生于边远黔地的寒门子弟的曲折人生经历,通过历史与现实的交叉运笔、收放自如的叙事评说和洗练畅达的语言文字,鲜活大气地呈现在读者面前,读来令人不禁感触万千,掩卷后仍思绪不绝,实为近年来同类作品中不可多得的佳构杰作。

《有一种悔恨叫永远》不仅是一篇通常意义上的感人肺腑的祭父文字,笔者认为,在中国现当代文学中该文也有不容忽视的特殊审美价值。由于历史的原因，在中国的传统文化中，忏悔意识相对淡薄（“无毒不丈夫”和“人非圣贤，孰能无过”之类的道德开脱说辞却颇有市场），具有灵魂拷问的道德力量的文学作品寥若晨星。而“孝道”则是极其被看重的，“不孝之子”几乎成了对一个人的终极道德判决。杜卫东从小到大在与父亲相处的漫长过程中，曾对父亲有过种种的“不满”和“怨怼”，直至自己也为人父之后，才慢慢理解到父亲对自己深沉的关爱和自己对父亲的误解，并因此深怀歉疚，却又一次次错失了向父亲表白的机会，以致在父亲辞世后成为无法弥补的人生大憾和无尽的良知自责。他一直想写一篇文章向父亲倾诉自己的悔恨，请求父亲原谅。但此举将无异于把自己的种种“不孝”暴露于光天化日之下，纠结盘桓了整整五年之后，他才终于下定决心，勇敢地迈出了这一步。在这篇泪水浸泡的文章里，作者和盘托出了自己愧对父亲的种种不堪往事，毫不留情地剖析谴责自己当年的冥顽和狭隘……作品问世后，他特意将之带到父亲的坟前泣告焚化，希望能弥补自己当年的过失于万一，告慰老人的在天之灵。笔者之所以认为这篇作品具有不容忽视的意义，不仅是因为卫东通过它对自己实现了一次难能可贵的精神升华，也不仅是其在他的个人的创作中刻下了一个重要印记，而且因为该作品对中国文学的贡献。卫东将这篇作品放在该书压卷的显要位置，足见对其的看重。不过我倒宁愿这是他的下一波创作的发轫之作，并期待他不负众望，在生活的深水静流中有更多令人惊艳的文学绽放！

——原载于《边疆文学》2017年第8期

作者简介

余德庄：中国作家协会全委会荣誉委员，重庆市作家协会荣誉副主席。

从清柔到刚健

——序郭久麟诗选《锦江恋歌》

■ 梁上泉

1992年1月，郭久麟出版了他的第一本诗集《爱的琴弦》，请我给他写了序《刚能励志，柔可清心》。今年，他要出版他五十多年来诗歌创作的选集《锦江恋歌》，再次请我为之写序。作为多年的诗坛朋友，我欣然接受了他的请求。

郭久麟1965年于四川大学中文系毕业后，分配回故乡的四川外语学院(今四川外国语大学)任教。五十多年来，他结合教学工作，满腔热情地致力于文学创作和理论研究，著述颇丰，计有诗歌、散文、小说、传记文学、报告文学、影视文学以及文学评论、文学理论、文学史等三十余种著作出版，获得了国家和省市多种奖励。从涉及门类之多和反映生活面之广来说，郭久麟称得上多产作家、全能作家。而且他还善于把每种文体的创作与研究结合起来，让创作和研究相互促进，相互借鉴，共同提高。近四十年来，他倾注主要精力从事传记文学创作及相关理论研究，取得了卓越成就，跻身中国当代著名的传记文学作家和理论家的队列之中。但是，他仍然钟情于诗，在花甲之后，还不时有诗的灵感迸发。这部诗集，是被称为“地球上最美丽的花朵”——灵感，所诱发而结出的果实!

编入第一辑《爱情的玫瑰》中的《初恋梦》(六首)，是作者早期的作品，可以说是一些青青的果子，还不成熟，但饱含痴情的液汁，品尝起来有一种微酸的果味。

《锦江恋歌》似乎是对他的初恋的永远怀念，写得深情款款，意境优美，动人心弦。

《湖水和月亮》是用象征手法写的一首爱情诗，写出了一种甜蜜的、纯洁的、永恒的向往和期待，显得高洁而优雅，含蓄而缠绵：

好一片澄澈明静的湖水，
倒映着玉洁冰清的月亮。
如迷地吸吮她柔美的光华，
甜蜜地沉醉于幽微的桂香。
高洁的月影轻盈地飞去，
湖水却恋恋地把她怀想。

也许，月亮并不理解湖水的痴情，
也许，湖水永远也不能拥有月亮。
但是，湖水却脉脉地望穿晴空，
永恒地期待月亮投进他的心房……

——《湖水和月亮》

《走，亲爱的》和《爱的奇迹》等诗则是他中年以后的爱情诗，显得更为深沉和精湛。

第二辑《山海咏叹调》是旅游诗也是山河颂。我国山水诗的传统源远流长，具有很高的水平，今人续写这类新诗，自然要有新的开拓，才能为人们所欣赏。作者"走南访北"写下的这些篇章，就是他一路印下的足迹、抒发的激情。读者随足迹而前，一如跟导游而往，既能领略到祖国名山大川的壮美、江河湖海的深沉，又能了解历史地理文化的深厚底蕴，分享诗人从大自然中品尝到的甜蜜和喜悦。

他的《飞越野象谷》《啊，大森林》《新疆之歌》《世博会之歌》《丽江四方街》《泸沽湖的波澜》《绵阳诗会新绝句》《凤凰交响曲》等诗写得激情奔放，意象新颖，意境鲜明。如《泸沽湖的波澜》，诗人一连用了十几个比喻，以泸沽湖的美景、风情，来描绘"泸沽湖的波涛"，写这轻柔的涛声，"像远古的传说幽幽地传来""像女神的眼波亲切地流转""像里务比寺的风铃悠悠飘旋""像阿夏的情歌把繁星唱亮""像木若的百褶裙把明月舞圆"……通过这美妙的涛声，把泸沽湖的美景，穷形尽相地展现在读者眼前，把诗人对泸沽湖沉醉缠绵的爱恋，尽情尽意地送入我们的心坎。

第三辑《心灵的浪花》，是抒写人生的诗篇。我很喜欢他的《我要做擎天的大树》一诗，意象鲜明，别出一格。面对给小草的一片颂歌，诗人宣告：

是的，我不屑做卑微的小草，
而要做大树高高！
根，扎进大山的怀抱，
叶，歌唱在白云青霄。
任山鹰孔雀作巢，
与日月星辰舞蹈。
烈日下撑一骨信念，
风暴中挺一身自豪。

——《我要做擎天的大树》

这是诗人的自白，也是诗人的豪语。这样的大树，是会引人昂头仰望的，也会催人奋发向上的。自不待言，这是一首刚劲之作。

在这一辑诗歌中，可以看到，郭久麟中年以后的诗歌，随着时代的开放、阅历的增长、修养的提升、思想的成熟，似乎更加富有阳刚之气了。

首先，其所表现的社会内容更加充实广阔，如歌唱人民教师、歌唱家乡重庆、歌唱祖国的一些诗，都写得气势磅礴，豪迈宏放，开阖自如，摇曳生姿。久麟在大学执教五十多年，对教师一职，深有感情，他的《我骄傲，我是教师》，就是教师之歌中的扛鼎之作。作者从各个角度、各个方位歌唱教师，最后，唱出了教师的最强音：

历史车轮的旋转中
我的心血在汽缸中燃烧
时代巨轮的航程中
我心灵的帆篷在顺风高张
祖国烂漫的花园里
我培养的桃李流彩溢芳
哪一位人才的出现
没有我智慧的滋养
哪一位智者的心中
没有我思想的闪光
哪一位伟人的成长
没有我精心的培养
我骄傲，
我是教师！

——《我骄傲，我是教师》

这个"我"，当然是人民教师的"大我"，但也凝聚着久麟作为一个资深教授的自豪感和成就感。

其次，所选择的形象更加高大厚重。比如：

我是精卫——
用凝血的喙子
衔来科学的息壤
填平神州与世界的
沟壑

铺筑通向现代化的
大道
我是夸父——
不息地追踪
真理的太阳
把全部骨肉
化为
催生万物的土壤
让每一根毛发
都变为
鸟舞鹿鸣的森林
用滚烫的热血
去浇出
覆盖沙漠的麦浪

——《我的歌》

最后,感情更加充沛激荡。如《新重庆放歌》,以两百多行的篇幅,为直辖后的重庆谱写了一曲热烈的颂歌,表达了对重庆人民诚挚的赞美。诗中洋溢着久麟的赤子之情:

当大禹
高举巨斧
劈开三峡的顽岩
涂山氏
踮脚翘望
站成深情的山岗
啊!大江哟
你奔泻的是

无私奉献的赤诚
情意缠绵的诗行
当巴蔓子
倾尽滚烫的热血
回报故土
捧起忠义的头颅
答谢楚王
啊！大山哟
你隆起的
是以身报国的忠贞
是大义凛然的华章

——《新重庆放歌》

从艺术上看，久麟中年以后的诗也更纯熟。他更加注重从大自然中、从生活中发现和提炼美的意象，通过艺术的酝酿，融入激情，构成浓郁的诗意氛围和诗情画意。比如，《张家界的风度》，以“孤峰独立/金鞭穿云/玉柱擎天”，写男子汉的气魄和威严；以“野花遍地/佳树如云/绿水缠山”，写女性的娇柔和缠绵；在美的阳刚与阴柔的强烈对比之中，展示了美的意韵。久麟还喜欢在大自然中寻觅能抒发和寄托自己感情和意念的形象，把自己外化其中，“主体客体化”，从而赋予客体意象以某种象征的意义。久麟在游蜀南竹海时，看到那“临风摇曳的倩影/亭亭玉立的身姿/节节向上的气质/参天而立的伟仪”，展开丰富生动的联想，最后把竹海作为祖国和中华儿女的象征，从而揭示了深湛的意蕴——

我想起
共和国
壮阔迷人的历史
我想起
大中华
巍峨挺拔的儿女

——《我爱你——竹海》

久麟以杨开慧故居小园里的栀子花，象征杨开慧高洁的品格和忠贞的爱情；以泰山迎客松，象征祖国母亲的手臂，激励我们攀登生命的日观峰顶；他还以雪白的粉笔象征老师纯洁高尚的心灵。他的《梦笔生花》《千年银杏》等诗，则是触景生情，借景抒怀。这些，使久麟的诗歌具有了深刻的哲理和丰富的意蕴。

久麟的诗在形式上以格律和半格律为主，但也有不少不拘格律、奔放洒脱的自由诗。不管是自由体还是格律体，他都十分讲究诗节的匀称、句式的整饬及音韵的流畅，极富音乐美。

这本诗集还选录了一些新古体诗。这些诗，主要抒写人生的情怀。《芙蓉花下》抒发了久麟对故乡的怀念之情。《不做墙头草》表达了久麟“文化大革命”初期抵制派系性武斗的决心。他的《六十述怀》抒发了他退休后不服老的情怀：

倏忽花甲心不甘，雄心再振六十年。
豪情更比晚霞艳，攀上人生制高点。

——《六十述怀》

《古稀抒怀》更表达了他以文为命、以诗为魂的人生追求和为民族英雄塑像、为中华腾飞讴歌的使命感和责任心：

文若命兮诗如魂，沥血呕心意纵横。
振衣独攀千峰顶，探胜深入百姓心。
雕塑民族英雄像，抒发中华腾飞情。
欣逢盛世文思畅，长河入海万里行。

——《古稀抒怀》

——原载于《用生命耕耘文学：聚焦郭久麟》，四川大学出版社2017年版

作者简介

梁上泉：中国著名诗人。

陈映真文学批评印象

■ 熊辉

作为土生土长的岛内作家，陈映真的创作和思想立场却体现出鲜明的民族特征，广受大陆及海外读者推崇。

20世纪是西方形式主义批评盛行台湾的年代，加之特有的戒严制度，批评家多以语言和叙事技巧为谈论重点，“从文学社会学的角度看作品和作家的，则较为少见”[①]。基于这样的语境，陈映真的文学批评在当时无疑具有标新立异之景象，他再次将文学从形式艺术的“真空”中解救出来，还原其与社会现实之间的血肉关系。陈映真曾对自己的文学批评特征做过如下总结：“不论是‘试评’别人的作品也罢，‘序’别人的书也罢，我做的所谓‘文学批评’，大约有这两个共同点：一是思想的批评为主，艺术批评为次。因此，第二个特点是：这样的批评，总是‘借题发挥’的时候比较多。”[②]“思想的批评为主”是陈映真文学批评显而易见的特征，但对于其所谓“借题发挥”的第二个特点，则表明他的文学批评并不完全局限于文本，有时甚或与立意批评的作品

① 陈映真：《〈鞭子和提灯〉自序》，《鞭子和提灯》（自序及书评卷），台北人间出版社1988年版，第25页。

② 陈映真：《〈鞭子和提灯〉自序》，《鞭子和提灯》（自序及书评卷），台北人间出版社1988年版，第25页。

毫无关联；而且他的文学批评多以阐发个人意见为主，批评的边界涉及民族政治。由此，我们在阅读陈映真的文学批评文字时，可以借助他的阐释进入其思想疆界。

一、保守与改革：市镇小知识分子作家

陈映真自身的创作经历了从市镇小知识分子到民族觉醒者的过渡，因此他对市镇小知识分子作家的批评精辟而中肯，流露出无限的同情与反思。他认为市镇小知识分子作家特有的创作和精神流变历程，决定了他们的作品往往在意气风发或愤世嫉俗的两极摇摆，而最终影响其创作风格的不是主体意识，反倒是外在的社会文化语境。陈映真对处于市镇小知识分子阶层的作家持批判而同情的态度，不仅因为他们的"爬升"之路充满艰辛，而且因为他们不能掌控自己的创作方向，也无法预知未来的文学命运，他们是迷茫而弱势的社会群体。陈映真所指认的台湾20世纪五六十年代前途渺茫的作家，与大陆五四新文化运动以后的知识青年具有相似的命运，"因为还没有确定的目标、道路和模式，也还没有为可确定的将来而奋斗的行动、思考、意愿和情感，于是一切便都沉浸在当下纷至沓来繁复不定的各种自我感受中、意向中"①。

当然，由于市镇小知识分子作家处于社会的中间阶层，所以他们"比谁都早而敏于同时预见一个旧有事物的枯萎和新生事物的诞生"②，因此他们必将陷于孤独与无助。正如鲁迅先生评价新文学运动早期的知识青年时说："那时觉醒起来的智识青年的心情，是大抵热烈，然而悲凉的。即使寻到一点光明，'径一周三'，却更分明地看见了周围的无涯际的黑暗。"③在陈映真的文学观念中，这种敏锐性使市镇小知识分子作家在退缩和逃避之外，偶尔也有反抗和改革的精神。小知识分子作家之所以有"改革"之志，不在于他们有内在的社会革新意识和诉求，而在于"他们的沉落和无出路"，才导致其"有改革世界的意识和热情"。④从这个角度来讲，小知识分子作家的改革意识是一种狭

---

① 李泽厚：《中国思想史论》(下)，安徽文艺出版社1999年版，第1047页。

② 陈映真：《试论陈映真》，《鞭子和提灯》(自序及书评卷)，台北人间出版社1988年版，第3页。

③ 鲁迅：《〈中国新文学大系〉小说二集序》，《且介亭杂文二集》，人民文学出版社1973年版，第24页。

④ 陈映真：《试论陈映真》，《鞭子和提灯》(自序及书评卷)，台北人间出版社1988年版，第5页。

隘的利己行为，不是站在底层或全社会利益的立场上做出的理性举动，而是在自身权益丧失之后的本能反抗。从根本上讲，这类作家由于所处阶层的特殊性而不可能变为彻底的改革者，他们与上层社会有利益牵连，同时也不愿认同下层人的价值观念，因此其革新思想具有不彻底性和空想性特点，他们既不可能与旧事物完全割裂，也不可能放弃既有利益去拥抱新事物。关于此改革的特点，陈映真做过如下分析："由于市镇小知识分子在社会上的中间的地位，与力欲维持既有秩序的上层，有着千丝万缕的联系；面对希望改进既有社会的下层，又不能完全地认同，于是他们的改革主义就不能不带有不彻底的、空想的性格了。"[①] 相应地，陈映真在他的作品如《乡村的教师》《家》《唐倩的喜剧》和《加略人犹大的故事》中，塑造了"行动的无能者"和"言行之间的背离者"[②] 形象，他们有建设美好生活的理想，却羁绊于眼前微不足道的利益。

陈映真对从农村向市镇游移的知识分子做过恰当的论述："在现代社会的层级结构中，一个市镇小知识分子是处于一种中间的地位。当景气良好、出路很多的时候，这些小知识分子很容易向上爬升，从社会的上层得到不薄的利益。但是当社会的景气阻滞、出路很少的时候，他们不得不向社会的下层沦落。于是当其升进之路顺畅，则义气昂扬，神采飞舞；而当其向下沦落，则又往往显得沮丧、悲愤和彷徨。"[③] 陈映真观察到的台湾市镇小知识分子形象与大陆20世纪20—30年代的情况相仿，李泽厚在谈该时期大陆文艺时曾说："一批又一批的青年知识者开始由四面八方汇集到大中都市来'漂泊''零余'，为谋生，也为理想。但怎样才能谋生以及如何生活？理想又是什么？有什么可以值得真正信奉的？我到底干什么呢？……一切都是并未有现成答案的渺茫。"[④]市镇小知识分子作家的特点决定了其前途的惨淡，他们在现有社会中究竟该何去何从？陈映真直截了当地给出了答案："市镇小知识分子的唯一救赎之道，便是在介入的实践行程中，艰苦地做自我的革新，同他们无限依恋的旧世界做毅然的决绝，从而投入一个更新的时代。"[⑤] 社会发展的脚

---

① 陈映真：《试论陈映真》，《鞭子和提灯》（自序及书评卷），台北人间出版社1988年版，第6页。

② 陈映真：《试论陈映真》，《鞭子和提灯》（自序及书评卷），台北人间出版社1988年版，第6页。

③ 陈映真：《试论陈映真》，《鞭子和提灯》（自序及书评卷），台北人间出版社1988年版，第3页。

④ 李泽厚：《中国思想史论》（下），安徽文艺出版社1999年版，第1042页。

⑤ 陈映真：《试论陈映真》，《鞭子和提灯》（自序及书评卷），台北人间出版社1988年版，第9页。

步从未停止，人们的生活也不会长久不变，现实往往逼迫人们去改变固有的陈规，小知识分子作家“不再能无限期地惆怅、伤感、求索，不再能长久徘徊、彷徨、喟叹，生活的目标、人生的道路在社会真正走入现代的经济政治的形势下”[①]，们必须做出新的选择。人们在二元对立的关系模式中只能选择一方，很难有妥协的第三种道路，正如鲁迅在批判“第三种人”时说的，“生在有阶级的社会里而要做超阶级的作家，生在战斗的时代而要离开战斗而独立，生在现在而要做给予将来的作品，这样的人，实在也是一个心造的幻影，在现实世界上是没有的。要做这样的人，恰如用自己的手拔着头发，要离开地球一样”。[②]时局的变化要求人们勇敢地面对现实，市镇小知识分子作家在新的语境下也必须做出调整，规避自身的弱点，让思想与进步的阶级和战斗结合起来，创作有现实意义的作品。

纵观陈映真关于市镇小知识分子作家的论述，与大陆现代时期知识青年的心路历程有惊人的相似之处；不同点即前者在分离时期经历了漫长的精神自省，后者在经过激烈的思想斗争后，毅然抛弃已有的现实利益走上了革命道路。从这个意义上讲，陈映真的文学思想具有跨时代和跨地域的前瞻性，也正好迎合了无产阶级革命文学和左翼文学的创作方向，有助于培养岛内作家的革命意识和民族意识，也为处于迷茫和彷徨状态的青年作家指明了出路。

二、趋附与逃离：殖民地知识分子

陈映真亲历过日本殖民统治，对战后日本文化在台湾的强大影响力也深有体会。作为具有民族情结的台湾作家，陈先生对殖民地知识分子有充分的了解和认识，既为他们的处境感到无奈，更为他们民族义气的泯灭感到悲哀。

日本为维护在岛内的殖民统治势力并进行资源掠夺，逐渐建立起专制的政治制度，迅速消灭了岛内的地主阶层，扑灭了扰民的土匪；同时加强基础工程建设，拓宽了台湾的公路。殖民者的这些举措让台湾在20世纪上半叶处在

① 李泽厚：《中国思想史论》（下），安徽文艺出版社1999年版，第1053页。

② 鲁迅：《论“第三种人”》，《南腔北调集》，人民文学出版社1980年版，第22页。

两种制度的混杂中，一是封建陈旧的台湾，二是殖民经济资本控制的台湾。此外，殖民者以教育为手段，对台湾人实施奴化教育和差别化教育，即日本国内的教育体制与在台湾的教育体制完全不同，日本教员对日本学生和台湾学生的态度完全不同。“压抑殖民地文化、对幼小的殖民地学童施行暴力、人格歧视和凌辱教育”[①]等构成了日本在台湾殖民教育的主要内容。部分人据此认为日本给台湾注入了现代化的细胞，认同并欣然接受殖民统治，甚至有人“对于日本殖民者的差别性教育政策，及其对于台人在文化上的压抑，不但毫无所知，而且对于向日本表示反抗和不满的台籍同人，甚至表示了不满的态度，认为这些对日本统治表示不平的台籍同人，‘缺乏教育者风度’”[②]。然而，对殖民者的趋附示好并不能改变台湾人在日本人心目中被统治者的地位，自卑的心理消解了台湾人的民族自信心和中华文化认同感，导致他们被迫逃离现实而走上了归隐之路。

在陈映真的思想中，20世纪上半叶台湾的知识分子因日本殖民统治的介入而分为两大类：一是旧式的、地主阶级士大夫知识分子；二是新式的，与殖民统治同谋的知识分子。陈映真对日本殖民统治时期台湾知识分子的划分和界定，让我们进一步明确了台湾殖民时期的社会阶层特征，有助于深刻地理解不同类型作家的作品。就第一类知识分子而言，他们一度为了保卫自己的田宅而奋起抵抗日本的侵略；而当台湾沦为殖民地之后，他们中的大部分人在醇酒和美人中安享生活，终生不再过问世事。但也有部分旧知识分子怀着中国传统“读书—仕官—扩大土地所有”的残梦，为了巩固自己的土地和财产，他们迅速融入日本殖民体制中，成为殖民者在台湾统治的基石，“正如同他们在数千年的中国历史中，一直扮演着历代封建王朝在地方的基本组织一样”[③]。更为可悲的是，为了延续自己的财富和显赫家世，一些旧知识分子不惜重金将子女送到日本求学，主动接受殖民文化，希望后人学成归来后在日本殖民政府中谋取官位，这样就有了日据时期的第二类知识分子，即完全在

① 陈映真：《孤儿的历史·历史的孤儿》，《鞭子和提灯》（自序及书评卷），台北人间出版社1988年版，第42页。

② 陈映真：《孤儿的历史·历史的孤儿》，《鞭子和提灯》（自序及书评卷），台北人间出版社1988年版，第42页。

③ 陈映真：《再起台湾文学的药石》，《鞭子和提灯》（自序及书评卷），台北人间出版社1988年版，第98页。

日本殖民文化熏染下成长起来的新一代台湾人。旧知识分子的种种行径表露出他们的阶级局限性和落后性，他们“再也无法担负起殖民地人民反抗和批判日本殖民主义的任务；而当时旧式的士大夫知识分子阶层，再也无法担负起领导民众，反抗和批判日本帝国主义的责任”①。陈映真批评钟理和的小说《夹竹桃》而写了《原乡的失落》一文，他在文中分析了第二种殖民地知识分子的形象。陈先生认为，有两类作家在描写和揭示中国的落后面貌，一是自大的殖民者，他们以人种和文化的优越感去记录被剥削和压迫的民族，特别善于夸大这些民族的落后面貌；二是殖民地的知识分子，他们不仅对本民族的文化失去了信心，而且还居于对立面去批判民族文化，完全没有是非观念和民族立场。对于后者，他这样写道：“在殖民者以枪炮压服，继之以‘教化’之后，有些殖民地知识分子完全丧失了民族自信心。在殖民者‘光辉璀璨’的文明的照耀下，自己的民族不论在生活上、精神上，（都）显得千疮百孔。他们始则羞愧，继则恼怒，再继则产生深重的劣等感。于是，他们也对祖国的落后，发出辛辣、恶毒的批评。”②在具体的日常生活中，他们使用殖民者的语言，穿戴殖民者的服饰，模仿殖民者的生活方式和一切文化表征，按照殖民者的形象来改造自己。

台湾被殖民后的第二代知识分子处于殖民认同与民族认同交织的尴尬境地。日本殖民台湾以后，部分青年在殖民教育的背景下成长起来，他们对日本怀有特殊的情感：一方面，他们作为殖民地的孩子，接受日本现代化教育，到日本国内的大学深造，幻想通过教育得到殖民者的重视，与殖民体制保持着暧昧的关系；另一方面，他们从日本“学成归来”之后却不被委以重任，而又被当地台湾人视为殖民统治者的“帮手”或“汉奸”，成为一群无用的特殊“游民”。因此，殖民时期台湾部分知识分子处于尴尬的地位，他们“上不能与日本压迫者对决，又得不到傲慢的日本当局的信赖；下不能被广大的被压迫同胞认同，从而走上抵抗和实践的途程”，因而这部分人注定是“尴尬的、寂寞

① 陈映真：《再起台湾文学的药石》，《鞭子和提灯》（自序及书评卷），台北人间出版社1988年版，第100页。

② 陈映真：《原乡的失落》，《鞭子和提灯》（自序及书评卷），台北人间出版社1988年版，第56页。

的、羞惭的”[①]。这群人表面风光得势，内心却充满了痛苦和无奈。他们作为中国人，做了殖民者的协同者后多少会有负罪感和羞耻心，也经常受到日本统治者的暴力威胁和无耻辱骂。此种情况与陈映真评电影《甘地传》时所写的《自尊心和人道爱》一文类似，印度人甘地在英国接受了完整的法律高等教育，“他西装革履，留着西式的头发，接受西方高等知识分子的全盘价值”[②]，以为从此以后可以与英国人平等相待。然而，当他步入英国的另一殖民地并遭受白人的种族歧视时，他方彻底明白作为殖民地的子民是永远无法和殖民者平等的。因此，受殖民教育成长起来的部分台湾知识分子实际上与受压迫的普通民众没有区别，都逃不过殖民统治带来的精神伤害或肉体折磨，他们不得不时时思考自己的出路。

殖民地知识分子由于对日本殖民制度的依赖和对日本文化的认同，因此再艰难的处境也不会使他们走上彻底的反殖民道路，他们只能在现行制度下采取归隐的心理安慰方式，以逃离殖民者带来的伤害。比如在陈映真推崇的《亚细亚的孤儿》这部作品中，故事主角胡太明及其家人在遭受日本帝国主义“组织性的暴力”[③]之后，转而到故纸堆里去寻求慰藉，并以陶渊明逃避封建专制统治为由，认为自己对日本殖民专制统治的逃避也无可厚非。实际上，民族内部的集权统治和外国殖民者的集权统治存在本质性的差异，殖民教育下的部分知识分子认识不到或不愿承认二者的不同，根源就在于他们对日本殖民者抱有幻想。而一旦这种幻想破灭，或其所依赖的殖民制度压得他们喘不过气来的时候，他们在全民族反日的声浪中就会彻底迷失自己：首先，他们痛恨但不得不依赖的日本统治者在大陆、台湾甚至日本国内都遭到了激烈的反抗，殖民统治的结束不可避免，其所依附的制度和文化将不复存在；其次，他们对祖国文化有很深的隔膜，认识不到中国未来的方向，于是他们无可避免地成了“亚细亚的孤儿”。

需要特别提及的是，接受日本教育的台湾新知识分子并非都是日本殖民统治的“帮凶”。陈映真认为：“殖民母国的现代化教育，往往使土著知识分子张开

---

① 陈映真：《孤儿的历史·历史的孤儿》，《鞭子和提灯》（自序及书评卷），台北人间出版社1988年版，第44页。

② 陈映真：《自尊心和人道爱》，《鞭子和提灯》（自序及书评卷），台北人间出版社1988年版，第125页。

③ 陈映真：《孤儿的历史·历史的孤儿》，《鞭子和提灯》（自序及书评卷），台北人间出版社1988年版，第45页。

了眼睛，深刻理解到殖民主义的罪恶，激起反帝的、民族解放和独立的思想，成为反抗殖民主义的领导性的和中坚性的力量。”[①]也有部分知识分子受到同胞抗日激情的感染，在经过激烈的思想斗争之后，走上了彻底的反日道路，迎来了民族和自身的新生。即便如此，他们内心同样充满了苦闷和孤独，因为他们很难赢得中国主流文化的认同，陈映真曾分析过台湾知识分子的处境：“殖民地台湾的部分知识分子，一方面受到日本警宪当局虎视眈眈的监视，一方面又得不到台湾被压迫同胞的充分信赖。另一方面，当他们和充满抗日的敌忾心的大陆同胞接触时，常常饱受侮蔑和不信的眼光，深恐他们是日本帝国主义派来大陆的鹰犬。在这种情况下，一个只单纯地怀抱小知识分子爱国热情的知识分子，是不能不感到寂寞和悲愤的。”[②]台湾或大陆同胞对殖民地知识分子的误解，与其说是大陆人对台湾人的不信任，毋宁说是殖民者有意分化中国的抗日力量，在人民内部制造分歧和矛盾，弱化中国人的民族自信心，是日本殖民者对中国人民心灵和精神的残害。

在分析并批判殖民地知识分子形象的基础上，陈映真还对日本侵略战争进行了深刻的思考，认为日本对“二战”前后发动的侵略战争应该具有忏悔意识。陈先生在观看日本人拍摄的电影《日本最长的一日》之后，批评该影片“对于作为日本过去的战争罪恶之最重要精神因素之一的、侵略的、帝国主义的爱国主义，没有做一丝一毫的检讨、批判和反省。尤有甚者，在战后尤其具有重大意义的，日本在封建军部统治下若干良心的各阶层日本人对于当时日本侵略战争采取勇敢的反对态度的事实，在片中完全被漠视了”[③]。所谓“大和魂”和“日本精神”是日本殖民者蛊惑国内人民的精神麻醉剂，值得日本在战后做出深刻反思。但“二战”之后的日本对于“过去的严重错误和罪行，完全失落了应有的羞恶和认罪的意识，他们不但不承认过去的错误，还明目张胆地向全世界宣言他们的诡辩，公开地招引日本帝国主义的封建军阀亡灵。没有某种犯罪意识，没有反省和批评精神的和平建国论里，该包藏着多少危险，多少威胁和恫吓”[④]。

① 陈映真：《再起台湾文学的药石》，《鞭子和提灯》（自序及书评卷），台北人间出版社1988年版，第101页。

② 陈映真：《试论陈映真》，《鞭子和提灯》（自序及书评卷），台北人间出版社1988年版，第4页。

③ 陈映真：《日本军阀的阴魂未散》，《鞭子和提灯》（自序及书评卷），台北人间出版社1988年版，第106页。

④ 陈映真：《日本军阀的阴魂未散》，《鞭子和提灯》（自序及书评卷），台北人间出版社1988年版，第110页。

三、大陆与台湾：文学的民族立场

陈映真从国家认同和民族文化认同的角度出发，用自己的文学创作和批评缔造了不一样的中华民族文学的整体观念。正是从一个中国的立场出发，陈映真才会以温暖的文字去抚摸中国人的心灵，建构台湾人和大陆人的血肉联系。

陈映真关注在台湾生活的大陆人及其沧桑的传奇，同时关注在台湾流寓的外地人和本地的中国人之间的关系。在陈映真的文学世界里，“大陆人有牵萦不断的过去的记忆。他们在那个渺遥阻绝的故乡，有过妻子；有过恋人；有魂牵梦系的亲人故旧；有故乡的山河的记忆；有过动乱的、流亡的、苦难的经历；有过广袤的地产、高大的门户；有过去的光荣和现在的精神的或物质的失落”[①]。事实上，陈映真对大陆人的刻画具有相当的隐喻意义，毕竟大陆人身上承袭了古老中国的文化因子，他希望从中窥见中国悠久的历史文化，以飨其对中华文化的渴慕之情。正如他自己分析时所说：“交织着侵略和革命的廿世纪的中国，在她从历史的近代向着历史的现代过渡时所引起的剧烈胎动，怎样地影响着游居台湾的大陆人——这毋宁才是陈映真对于这些传奇怀抱着传奇以上的兴味的一个原因吧。”[②]可见，从大陆人的传奇中去了解中国历史的变动，是陈映真创作的内在动因，他并非单纯地怀着好奇之心或为讲好故事去刻画大陆人。因此，这类反映大陆人在台湾生活的作品，本质上折射出陈映真内心深处的民族和国家认同意识。

陈映真对大陆人的关注主要是基于一个中国的立场，亦即他在处理大陆人和台湾人关系时从不明确划分本省人和外省人的身份，而主要以社会阶层的差异去弥合人物的地域身份，具有非区域性的中国眼光。这在他的创作中体现得十分明显，比如《将军族》中的三角脸和瘦丫头虽来自不同的地方，但因为相同的下层人身份而产生感情；《那么衰老的眼泪》中的康先生和阿金、《兀自照耀着的太阳》中有产者与无产者的对比等，都因为作者的思想高度而消融了大陆人与台湾人的地域差别。作为土生土长的台湾作家，陈映真呼吁

① 陈映真：《试论陈映真》，《鞭子和提灯》（自序及书评卷），台北人间出版社1988年版，第11页。
② 陈映真：《试论陈映真》，《鞭子和提灯》（自序及书评卷），台北人间出版社1988年版，第11页。

岛内的中国人不分省籍地团结在一起，为中国的复兴携手努力："我们深切地期望借着为在台湾的中国人所共同关切和喜爱的当代文学、音乐和艺术，使分离或有相分离的危机的中国人重新和睦，为中国的再生和复兴而共同努力。"[①] 青年人是中国未来发展的主导力量，也是决定台湾与大陆的分离是否会重新缝合的关键因素，因此陈映真对台湾年轻的文艺工作者表达了殷切的希望："在台湾成长的年轻一代新锐的、革命的中国文艺工作者——不分什么大陆人和本省人——能够同时克服和扬弃落后的大华夏主义和新旧殖民主义所残留的被害者意识、孤儿意识或弃儿意识，重新建立我们在中国现代史中的主体的地位，昂扬地前进。"[②]在台湾作家中，明确提出愈合本省人与外省人间隙，并毫无地域差别地共同建构中国文化的应首推陈映真，就连论敌陈芳明也曾经对他的这一言论表示肯定："陈芳明积极评价陈映真在70年代的小说中对于省籍文体的处理，在陈映真这一阶段的小说中，工业化和跨国公司使得外省下一代与本省人因为共同的利益而站到了一起，阶级的维度终于取代了省籍问题。"[③]台湾人要卸掉紧扣在身上的被害者或孤儿形象，唯一的出路就如陈映真所说，要重新确立在中国历史发展进程中的主体地位，而不是将自己塑造成中国文化的旁观者或他者形象。

对于陈映真这样一位生于台湾长于台湾的作家而言，他何以力排重难而热烈地拥抱民族文化并维护一个中国的立场？这当然缘于他对祖国深沉的热爱，通过对台湾历史和现状的了解，通过与大陆人的接触及阅读关于中国的书籍，陈先生逐渐建立起了强烈的国家认同感。因此，每当遇到有损民族和国家利益的行为，陈映真就会毫不留情地加以批判："几十年来，每当我遇见丧失了对自己民族认同的机能的中国人，遇见对中国的苦难和落后抱着无知的轻蔑感和羞耻感的中国人；甚至遇见幻想着宁为他国的臣民，以求取'民主的、富足的生活'的中国人，在痛苦和怜悯之余，有深切的感谢——感谢少年时代的那本小说集，使我成为一个充满信心的、理解的、并不激越的爱国

① 陈映真：《试论陈映真》，《鞭子和提灯》（自序及书评卷），台北人间出版社1988年版，第12页。

② 陈映真：《试论陈映真》，《鞭子和提灯》（自序及书评卷），台北人间出版社1988年版，第12页。

③ 赵稀方：《后殖民理论》，北京大学出版社2009年版，第221页。

者。”[1] 因为有这样的胸怀和情感，陈映真从事文学创作就不是为了谋取声名和利益，而是为着复兴民族和国家的远大理想，如此大志让他更有毅力去克服现实生活中的重重苦难，即便沦为阶下囚也在所不惜：“在牢里我们可以亲眼看到历史，亲身感受到历史的发生，整个世界的变化，都有对里面产生影响，那几年的锻炼的确给人一点力量。”[2] 狱中生活为陈映真积淀了为真理而奋斗的力量，为民族和人民请愿的作家与卖国求荣的文人终将殊途同归，摆脱不了被奴役或监禁的命运，所以作家在民族危难时何不保持浩然正气？作为有大局观念和民族情怀的作家，陈映真认为作家在现实生活中应具有受难意识：“在中国，许多作家曾以孤单的身影，面对从不知以暴力为耻的帝国主义和封建主义，做过勇敢而坚毅的抗争；也为曾信其必至的幸福和光明，歌唱过美好而充满应许的歌曲。然而，曾几何时，他们也以更其孤单的身影，在腐化和堕落的革命中，或破身亡家，或备尝更其残酷、更其无耻的损害和侮辱。”[3] 中国近百年来从不缺少这样的作家，他们构建起了鲁迅所谓的“民族脊梁”。

陈映真在批判那些没有民族立场的文学工作者时曾痛心疾呼：“在二战后新殖民主义时代，处于‘半边陲地带’的台湾的文学工作者，有多少人对于新殖民主义下知识分子的性格，对于新殖民主义本身，具有深刻透视、分析和批判的力量？”[4] 台湾摆脱了日本的殖民统治，却又陷入了新殖民主义的泥沼。在隐形的殖民扩张中，很多作家失去了应有的民族立场和批判姿态，与日据时期先辈作家为了民族独立和国家解放进行艰苦卓绝的抵抗精神相比，当代台湾作家无疑失去了敏锐的眼光和批评的锋芒，这无疑是值得每一个中国人警醒的问题。陈映真站在民族和艺术的立场上，认为阅读和评价台湾既有文学作品的目的，是给青年人更多的启示：“际此新生代的台湾省知识分子正在开展着对前行代台湾文学家的再认识和再评价的当前，我们应当一方面善于正确地、科学地给予这些前行代作家的劳作以肯定的评价，从而吸收之，发扬光大之。但同样重要的是，也要以正确的、科学的态度，批判和分析他们可能有的错误，对他们的错误做出历史的分析，当作我们在台湾的全体爱国

① 陈映真：《鞭子和提灯》，《鞭子和提灯》（自序及书评卷），台北人间出版社1988年版，第20页。
② 冯伟才：《那孤单的背影——记在台北晤陈映真》，《百姓》，1988年第6期。
③ 陈映真：《颠踬而困乏的脚踪》，《鞭子和提灯》（自序及书评卷），台北人间出版社，1988年，第27页。
④ 陈映真：《再起台湾文学的药石》，《鞭子和提灯》（自序及书评卷），台北人间出版社，1988年，第102页。

的、革新的中国人的共同的经验，以便在未来的脚步中，走得更正确，更有力。”①批判这些作品，可以让台湾土生土长的青年知识分子正确认识作家的历史局限，理解他们在中国建设进程中所遭遇的挫折，更好地朝向并介入新中国的建设。

四、分裂与融合：“台独”思想及青年使命

台湾光复及国民政府入台使岛内群众接触到了1949年两岸禁通前的中国文化，故而陈映真将大陆与台湾的交流归结为前-近代的社会文化形态与被日本殖民者资本主义化了的社会文化形态之间的对话，因此相互之间的隔膜和误解就不可避免。

文化差异导致“台独”思想的产生，因为大陆与台湾长时间的阻隔以及二者在社会文化形态上的差异，使部分人滋生了“台独”的想法。陈映真在谈大陆人和台湾省人之间差异的基础上，推导出“台独”产生的原因：“在本省人方面，由于长期受到东方/西方、新/旧帝国主义的阻隔，不能够正确地认识到从前。近代跃向现代国家、从近代史向着现代史发展而来的阵痛所必有的混乱、落后和苦难所掩蔽的中国的真正的面貌，从而他们的小市民的单纯的民族主义和爱国主义，便在中国走向独立、民族自由的地动山摇的过程中幻灭了、挫败了。这种在中国近代/现代史的历史激流中迷失了自己原有的位置和方向的结果，便在部分人心中产生了所谓中国历史的孤儿、弃儿和受害者的意识。因而走向分离主义的道路。”②由于台湾长时间处于日本和西洋殖民者的统治下，大量接受了日本或西方文化，与本来的母体文化（中国文化）之间的关系反而生疏了，部分地导致“民族主义”和“爱国主义”的“幻灭”与“挫败”，进而走向分裂祖国的道路。在陈映真看来，所谓的“台独分子”并不只是台湾本省人，某些搬迁到台湾的大陆人也有分裂国家的想法：“在大陆人方面，则因某些人承继了前-近代的大华夏主义的恶遗留，也助长了分离主义的

① 陈映真：《原乡的失落》，《鞭子和提灯》（自序及书评卷），台北人间出版社1988年版，第66页。

② 陈映真：《试论陈映真》，《鞭子和提灯》（自序及书评卷），台北人间出版社1988年版，第11页。

成长。”[①]

殖民教育和中国曲折的发展道路使部分知识分子丧失了民族自信心，进而走上了分裂的道路。有人在日本殖民压制和奴化教育下走上了反民族的立场，也有人因中国发展遭遇到挫折而失去民族情感，他们往往由迷茫而失去民族自信心。这类知识分子在日本统治台湾时期，尚且保留着陈映真所谓的“原乡人——中国人”意识，他们心怀民族解放和国家独立的愿望，还能体味同胞间的骨肉亲情，未来的光明和希望似乎指日可待。但随着台湾光复，他们在接触了近现代中国的社会文化之后，吃尽了各种苦头并遭遇了各种挫折，于是他们“在整个新生的、近代中国的分娩期所必有的混乱中，所漫天揭起的旧世界的灰尘中，看不见中国的实相，从而也不能积极地、主动性地介入整个中国复兴运动之中。正好相反，他们寻求原乡的心灵顿时悬空，在苦难的中国的门外徘徊逡巡，苦闷叹息。在这些受创的心灵之中，有些人由悲痛而疾愤，走向分离主义的道路。”[②]因寻求光明道路受挫而走上反民族和祖国的道路，这是糊涂且荒谬的思维和行为逻辑。

陈映真被认为是最有“中国意识”的台湾作家，他把国民政府入台视为积极的事件，把台湾文学理所当然地纳入中国文学的范畴。在论述台湾和大陆的关系时，陈映真认为台湾近代以来与大陆同命相连，在帝国主义近百年的侵凌中，“作为中国东南门户的台湾省，更是尖锐地经历了东洋和西洋殖民体制的毒害”。日本人对台湾的长期霸占和文化改造，“使她早早地脱离了当时前、近代的中国社会”，而后的两个历史事件，即1945年台湾光复和1949年国民政府退守台湾，“使海峡两岸的不同发展阶段的社会、经济、政治和文化，在台湾发生了广泛的接触”[③]。在陈映真的思想深处，台湾是中国不可分割的构成部分，在其摆脱日本的殖民统治后，国民政府入台迎来了两岸全方位的接触。这种做法当然会招致台独势力的反对，陈芳明曾以“宋冬阳”的笔名发表了《现阶段台湾文学本土化的问题》一文，“他站在‘台湾意识’和‘台湾文学本土论’的立场上对于‘中国意识’和‘第三世界文论’的代表人物陈映真进行了

① 陈映真:《试论陈映真》,《鞭子和提灯》(自序及书评卷),台北人间出版社1988年版,第11页。
② 陈映真:《原乡的失落》,《鞭子和提灯》(自序及书评卷),台北人间出版社1988年版,第65-66页。
③ 陈映真:《试论陈映真》,《鞭子和提灯》(自序及书评卷),台北人间出版社1988年版,第10页。

无情的抨击”[①]。与陈映真正面肯定国民政府给台湾带来的“中国化”交流不同，陈芳明将后殖民批评的矛头指向了国民政府，认为国民政府与日本殖民统治均属殖民政权，并警告人们不能因为“台湾历史经验的格局过于狭小化，遂径以中国的历史经验来取代台湾的这种混乱的教育方式，终于使台湾历史淹没在庞大的中国论述之中”[②]。根据赵稀方先生的分析，“陈明芳的阐述委实太有新意了，可惜过于与历史悖离。乡土文学论战的文本俱在，它以美、日抛弃台湾为导火索，以批判‘西化’为对象，以民族主义为潮流”[③]。因此，陈明芳是对以乡土文学论战为代表的台湾新殖民主义批评历史的歪曲，是对台湾历史和现实的漠视。

陈映真与鲁迅的紧密关系不仅体现在前者对后者部分思想和话语表达的承继，还体现在二者均以对青年作家积极的正面引导为己任，扮演着觉醒者和启蒙者的社会角色。陈映真坦言：“通过鲁迅，我早就对现代派保持着批评的态度。”[④] 言下之意是他在鲁迅的影响下，开始创作现实主义作品，以自己的文字去关注社会现实。在中国近现代社会的发展变迁中，很多青年人在追求理想、幻灭与再探索的过程中付出了惨重的代价，甚至牺牲了宝贵的生命。时过境迁，很多人在谈论过往历史的时候常带着夸夸然的语气，内容大多讲述一些表面的过程，较少透视现象之外的特殊空间。比如囚房和刑场，很多青年人“在遥远、隐秘的囚房中和刑场上，孤独地承受一时代的残虐、血泪、绝望、对自由最饥渴的向往、对死亡最逼近的凝视、对于生人最热烈的爱恋”[⑤]。因此，我们不能无视这些青年人的牺牲，尤其是今天重新审视历史的时候，更应怀着人本思想严肃而认真地对待每一个年轻的生命，以及青年人对推动历史发展所奉献的一切。1979年11月，陈映真在出版《夜行货车》时写了名为《颠踬而困乏的脚踪》的序言，他首先充分阐发了两岸作家的共同愿望：“物质生活基本上公平和充裕；精神生活不虞组织性的语言和神话教条的压迫；政治上充分的自由、民主；国家完全的独立；民族从帝国主义下获得解放。”然后他希望全中国人民在庄

① 赵稀方：《后殖民理论》，北京大学出版社2009年版，第221页。

② 陈芳明：《后殖民台湾：文学史论及其周边》，台北麦田出版股份有限公司2007年版，第20页。

③ 赵稀方：《后殖民理论》，北京大学出版社2009年版，第223页。

④ 冯伟才：《那孤单的背影——记在台北晤陈映真》，《百姓》，1988年第6期。

⑤ 陈映真：《凝视白色的五十年代初叶》，《鞭子和提灯》（自序及书评卷），台北人间出版社1988年版，第36页。

严的民族愿望面前精诚团结，尤其希望青年作家在阅读小说的基础上创造更多具有中国精神的作品："我提出这本表现了我思想上和艺术上无数缺点的作品，供今日青年给予最严厉的批评，并以这应有的批评，造就更好、更能表现今日和明日中国人民精神面貌的、新一代的中国作家。"[①]陈映真认为新一代年轻的中国作家要具有批判精神，要能表现中国人民的精神；而不局限在个人情感或区域板块内，无视全社会和全中国的整体历史。

陈映真的文学批评思想是丰富的，除着意批评民族分离时期的文学和思想之外，他还关注现代工业社会中人的异化。现代社会的发展使知识和技术越来越集中在少数国家的少数垄断企业的手中，很多人在享受工业和资讯给生活带来的便捷之外，对周遭世界的变化缺乏必要的认识。青年作家此时不能单纯凭借才能和灵感去创作，要做一个"觉醒的消费者"，否则就会陷入自以为是的封闭状态。陈映真认为"要争取对于如山如海的商品的真相和实情的理解，作家首要的功课，是自觉地透过勤勉的学习与思考，穿透层层欺罔的烟幕，争取理解人和他的处境；理解生活和它的真实；理解企业下人的异化的本质"[②]。这并不意味着陈映真反对科技文明，其实他追究的根本问题是工业社会对人的影响，因为空前发达的科技、知识、管理体系、大众传媒、交通以及庞大的资金网络给我们的生活方式、行为、思想、感情乃至生存空间等带来了日新月异的变化，任何思想者或作家都无法回避这样的时代主题。

沧海横流，方显陈映真深沉的赤子之心。随着时间的推移，关于陈映真作品和思想的讨论还会继续，相信每一个有良知的中国人终会读懂他的作品，终会与他诚挚的爱国情怀产生共鸣。陈映真先生已驾鹤西去，我们唯有不懈地致力于民族的统一大业，方可让逝者安息九泉。

——原载于《中国现代文学研究丛刊》2017年第6期

作者简介

熊辉：西南大学中国新诗研究所教授。

① 陈映真：《颠踬而困乏的脚踪》，《鞭子和提灯》（自序及书评卷），台北人间出版社1988年版，第28页。
② 陈映真：《企业下人的异化》，《鞭子和提灯》（自序及书评卷），台北人间出版社1988年版，第29页。

多面圣手李尚朝

——浅说李尚朝的诗歌、书法及音乐创作

■ 向天渊

李尚朝和我同乡，都是巫山人。对，就是“除却巫山不是云”的那个巫山，也是昔日“朝云暮雨”如今“高峡平湖”的巫山！他生长在大溪，我老家在横石溪，都在长江边，相隔数十里。他先做教师，后当警察，从家乡经万州再上重庆。我一直做教师，也从家乡到重庆。人生轨迹同中有异，没有交集，也未能交往。但他写诗，我在诗歌研究所工作，彼此互相关注。不久前，接到他的电话，然后见面，都是外表朴质、性格内向的同类人，感觉已相识好多年。古人早有“文如其人”“书如其人”的说法。但这些话有时不管用，就拿李尚朝来说，举止、言谈低调，心性平和、谦逊，却是集诗人、书法家、音乐人于一身的多面圣手，他的诗歌、散文、书法以及歌词、音乐，虽不乏质朴、温婉之品格，但绝非含蓄、内敛所能概括，显露更多的反而是灵动、张扬、厚重、苍凉等特色，不仅如此，将多个艺术门类关联起来的则是他始终不曾放弃的诗性坚守与人文关怀。

一

先说诗歌。早在1985年，还是巫山师范在校生的李尚朝，就在《星星》诗刊发表组诗。他因此得到莫大的鼓励，于是坚持下来，三十余年发表一千多首诗作，出版个人诗集《天堂中的女孩》《风原色》《大三峡那光》《诗画江山》《李尚朝诗选》《最后的圣光》等，有作品入选大学、中学教科书，被各种选本收录的多达上百首。其中大学本科教材《20世纪中国文学作品选读》选取了他的诗歌《月上中天》，述评认为，他的诗歌中浪漫主义情怀的抒写，在20世纪90年代的诗坛中是绝无仅有的，却符合人类未来的最高理想。

我们都知道，诗歌创作需要想象，但又不能天马行空，必然受到诗人的社会经历及人生体验的制约。正是有了这种制约，作品才彰显出个性，李尚朝的诗歌创作也是如此。从题材上看，他的诗歌主要抒写爱情、山水、民生疾苦、风土人情、动物植物，这些虽然是诗人创作的共同选项，但从中我们也能发现他独有的气质。打开新近出版的《李尚朝诗选》，第一首就是《天堂中的女孩》(1998年)："来自天堂的女孩，原本就为 / 擦亮我多情的眼睛 / 或者昙花一现，或者泪流成河 / 将灵魂留下来 / 身子随风而去 / 让我的爱情一波三折 / 或者飘飘欲仙 / 或者枯瘦如柴。"

这首篇幅不长的诗，将繁复波折的情事简化、淡化为清澈甚至透明的语词。但稍加品读就会感到，在昙花与眼泪、灵魂与身体、飘飘欲仙与枯瘦如柴的两极之间，有一股情思在奔涌，恰似一座活火山，随时有冲破诗行喷薄而出的可能。只不过，如此刻骨铭心的情感，被诗人以举重若轻的方式给隐藏、锁闭起来，而诗歌的张力与魅力也就在情思的遮蔽与敞开、奔突与节制之间得以生成。当然，有人会发问，这些不正是很多现代诗都有的特征吗？没错，的确如此。但作为李尚朝的老乡，我想告诉大家的是，这首诗应该还潜藏着带有特定地域文化因素的个人体验。看到此诗的标题——天堂中的女孩，我很自然地想起家乡的标志性美景——神女峰以及充满传奇与浪漫色彩的巫山神女。在传说中，西王母的第二十三个女儿——瑶姬——不仅帮大禹治水，还幻化成美女石，成为乡民的守护神。大约两千年之后，她又被宋玉唤醒，以新的姿态从辞赋中走出，再度成为"皎若明月舒其光……罗纨绮绩盛文章，极服妙采照万方”的仙女。自此之后的又一个两千年，经由包括李白、杜甫、苏轼、陆游以及舒婷在内的众多诗人的想象、演绎与重塑，巫山神女作为集美艳、多情、忠贞之佳丽、情人以及爱神于一身的形象早已深入人心。假如我们带着这样的诗学眼光与文化意识再读这首诗，是不是会觉得，这个“来自天堂的女孩”仿佛闪耀着神女的风采？而整首诗似乎也是“俯首见斜鬟，拖霞弄修帔”（苏轼），“相思不惜梦，日夜向阳台”（李白），“他日辞神女，伤春怯杜鹃”（杜甫）等悠远情思的现代回响呢？

我们再来看一首小诗吧，这首诗的名字叫《木子树》（2007年），它同样引起我强烈的情感共鸣：“木子树，叶红了，我也想这个样子 / 站在风中，美几天，任人看 / 这样的时光不多，过几天叶就落完了 / 光着枝丫，落满鸟粪，无药可医。”

此诗语言非常简洁，但意象很鲜明，对木子树的情感，谈不上敬仰，也说不上赞美，但通过巧妙而自然的移情手法，将自我的人生期许表达了出来。全诗既智性丰沛，又透露出一股悲壮与苍凉之情。木子树，曾经是我国普遍种植的经济作物，果实是做蜡烛、肥皂、油漆的原料，随着化学工业的发展，对它的种子的需求逐年减少，木子树也开始自生自灭并渐趋消失。在我小时候，家乡就有不少木子树，树叶由青变黄、变红，煞是好看，叶子落尽之后，剩下蜡白色的木子在寒风中瑟瑟晃动，男人上树采摘，小孩、妇女在树下捡拾。比我稍小几岁的李尚朝应该也有类似的经历与记忆吧？！

篇幅所限，我们只能简析两首短诗，它们一言情、一咏物，都染上了家乡风情，颇具个性特征。但实际上，这类将纯真、浪漫与古典融于一体的抒情之作只是李尚朝诗歌的一部分，他从三峡中走出来，和我们一样经历了时代的巨大变迁，诸多社会问题引起他的关注与思考，他希望将自己的发现与思索呈现出来，于是有了因三峡工程带给“三峡人”的“苦与乐、爱与怨、磨砺与辛酸”：

你走过的瞿塘 / 不是我走过的瞿塘 / 你走过的瞿塘威武雄壮 / 我走过的瞿塘悲壮苍凉 / 你看见的是风景 / 我看见的是沧桑”（《瞿塘》，2006年）

也有了“将人类背在身上，负重前行”的宏愿：

“即使被囚禁，也要做一把刀／为他的苍生，为他的悲悯／即使长满了青苔，他也要保持着／最后的威仪，最后的锋刃”(《最后的圣光》，2014年)

纵览李尚朝的整个创作，我们不难发现，他始终坚持人文关怀与艺术追求、担当意识与审美意识、生命体验与诗性探索的紧密结合，注重情感的真诚与思想的深刻，反对语言的雕琢与技巧的炫耀，用他自己的话说就是：“诗歌，绝不仅仅是语言。当语言被人用滥了的时候，它会显得多么的苍白，而只有情感是金，不能被轻易淘去”“当我们大谈诗歌技巧的时候，我觉得我们面临的困境不是技巧的不够用，而是诗歌思想的不够用。”应该说，这正是近百年新诗发展的重要经验，也是新诗创作的正途与坦途。

二

其次，我们来看李尚朝的书法。在书法上，李尚朝是练过童子功的，上小学时接受老师的启蒙教育，并坚持用毛笔记录母亲唱书的内容，初中毕业考上中师，又得到专业书法教师的指导，作品也屡屡获奖，并开始参加全国多个地方的交流展览。此后，他将主要精力投向诗歌、散文，书法反倒成为自娱自乐式的“潜在书写”，直到通过新的传播媒介——微博——公开展示并得到媒体报道之后，才引起普遍关注，进而中国邮政推出限量版珍藏邮册《国家名片：中国当代书法名家李尚朝》(2015年)、《时代先锋：书法名家李尚朝翰墨丹青耀中华》(2016年)。不仅如此，2017年两会期间，他的两幅作品经由《收藏与投资》杂志“翰墨迎两会专刊”送到全国人大代表和政协委员的手中，就在笔者写作本文的此时，又传来他的作品荣获“第四届中国廉政文化书画展——习近平引经据典主题展”优秀奖的消息。

众所周知，我国的书法艺术源远流长，传统深厚，名家辈出，经典无数。书法，作为一种抽象化的注重形式之美的艺术门类，要求研习者不仅能够明辨篆、隶、楷、行、草等不同书体及各大名家、名帖的基本特征，熟悉种种纸笔墨砚的功能及用途，还得加强用笔、用墨、用水以及线条、章法、韵律、意境方面的修为，而书法之外的文学、艺术及文化素养也会渗透进创作之中，参与作品境界的建构。不仅如此，一个成功的书法家，既要尊崇传统，更要守正出新。如此说来，在书写工具与古代截然不同的现代社会，要想在书法上有所建树实非易事。

让人佩服的是，李尚朝居然在隶、楷、行等多个书体上齐头并进，不仅各有所承，而且还各有所成。据专业人士分析，“他的隶书笔画与形体中，暗藏着《张迁碑》《礼器碑》《孔宙碑》二爨等各种名碑的影子”“他的楷书深得颜真卿的精髓，其笔黑点画取于颜体的大气朴拙，又承接颜体的丰腴雄浑，骨力遒劲而气概凛然，同时又兼有柳公权的柳骨风韵”，他的行书更是“行笔之间，流动率意，潇洒飘逸，其节奏舒缓，旋律悠然，流连眷顾，往来生辉，早已登堂入室，得羲之之真传”①。

应该说，这样的评价已经很高，是否得当，我是外行，实在无从置喙。但作为一名诗歌研究者，我多少看出，他的不同形式的书法作品，如横幅《天下兴亡匹夫有责》《海纳百川》《天下为公》、扇面《揽月听风》《视听江山》、斗方《大鹏长风》、对联《风和天地静，贤修古今同》等，都有与其诗歌创作相似相通的地方，其中最为突出的一点就是，将方正大气与灵动俊逸有机地统一了起来，从风格上讲，虽厚重却不黏滞，虽洒脱但不轻佻，这应该也是书法创作的正途与坦途吧？假如我们要追问李尚朝的书法何以能有这样的修为，我想应该与他生长于既雄奇壮美又秀丽神秘的长江三峡不无关系，正所谓：书外有情，得江山之助也！除此之外，我只能感性地觉得李尚朝的书法作品已经很显功力，但如何进一步集众家之长，创出更加鲜明的风格，甚至达到自成一体的境界，还需努力探索。尽管这个期许非常高远，但我仍然充满信心，毕竟李尚朝年纪还轻，加上具有诗歌、散文以及歌词、歌曲创作的丰富经验，多种艺术修为凝聚一身，完全可以相互促进、共同提升。

三

最后，我们来谈谈李尚朝的词曲创作。相比诗歌和书法，始于2006年的

① 石峰：《著名诗人李尚朝书法作品欣赏》，《中国日报》2015年7月13日。

作词与作曲，对李尚朝来说，算得上是“无心插柳柳成荫”式的意外收获，而且这个收获还很可观：由他作词的《神魂颠倒》《感动中国》《巫山云雨》《平湖万州》《在路上》《小狐狸》《爱妃爱妃爱妃》等，在谭圳、王雪、凡间精灵、旋转精灵等音乐人的努力下，已经广为传唱，而他自己作词、作曲，由王可演唱的《水晶》、阿姐组合演唱的《爱情的流沙》，更是大受欢迎。仅就这些作品，我们可以发现，李尚朝歌曲的题材范围比较宽广，有歌唱大胆狂热之爱情的，有抒发自由昂扬之青春的，有弘扬无私奉献之博爱精神的，有赞美家乡之山川风情的……不仅如此，他的歌词在内容上大都有细节，有形象，有韵味，使情感不虚假，不直白，不粗俗。比如，《一路上》：

数过星光，问过夕阳 / 披过风霜，想过流浪 / 孤独伤害了希望与梦想 / 敞开你的胸膛 / 让真诚陪伴真诚 / 让善良依偎善良 // 走过人海，经历沧桑 / 透过雨水，向外张望 / 隔膜虚度了秋月与春光 / 抓住我的翅膀 / 让心灵寻回时光……

这首词从形式上讲，节奏明快，音韵铿锵，从内容上看，既对比鲜明，又前后呼应，经历过披星戴月、风餐露宿，历经沧桑的孤独寂寞之旅，才亟须开启真诚的友谊与善良的交往，更希望像牵手的花朵一样在路上纵情开放。又比如，《巫山云雨》：

传说中有一片云彩 / 落在巫山就不愿离开 / 传说中有一阵细雨 / 见过襄王就一直徘徊 // 传说中有一种色彩 / 落在巫山就成了天籁 / 传说中有一种爱情 / 站上悬崖就不肯下来 // 朝云暮雨，千姿百态 / 梦里仙境，瑶池琴台 / 神秘莫测的云和雾 / 魂牵梦绕的情与爱 / 彩云无家她渴望有人去采 / 古船有渡为的是随去随来……

这里不仅有云、有雨、有爱情，而且还有传说与典故，一系列的动词，将自然风光与人文底蕴很好地勾连起来，眼前的美景与既往的历史交相辉映，让人浮想联翩，而山间飘浮的云彩、江上往来的渡船，也被赋予生命与情感，显得趣味盎然。经过知名音乐人谭圳配以中国风的曲调，这首《巫山云雨》从众多参赛作品中脱颖而出，荣获全国“唱响巫山”歌曲大赛的优秀奖。

仅仅作词，由他人配曲，似乎不能充分发挥李尚朝的音乐才能，他进而开始既写词又谱曲的尝试，《爱情的流沙》就是这样一首作品，其词充满想象与诗意，具有明显的“文人词”的属性，绝非那些“你侬我侬、忒煞情多”的流行歌词所能比拟：

花朵寂寞吗/星空失眠吗/蝴蝶不说话/你听得见它的耳语吗/流沙没有家/你捂得住它的疼痛吗//海水疲倦吗/石头孤独吗/蚂蚁不说话/你听得见它的憧憬吗/雨水没有家/你感觉到它的心碎吗//我们是爱情的流沙/我们是爱情的童话/让我们融在一起吧/让我们一起呼吸吧/在阳光下安家在雨水中驻扎//我们是爱情的流沙/我们是爱情的童话/让我们一起耳语吧/让我们一起憧憬吧/在你心里安家/在你梦里说话

值得注意的是，在形式上，这首词押的是具有欢快、脆嫩特征的麻花韵，但从内容上看，则是感伤、哀婉中有所憧憬与期盼，形式与内容形成一种不易被察觉的张力，加之曲调的婉转缠绵，进一步增强了这种张力的内涵，很好地诠释了像“流沙”一样变动不居、婉转缠绵的爱情。

就整体风格而言，李尚朝的歌曲有的洒脱，有的幽默，有的妖娆，有的厚重，有的感伤，但分寸把握都很到位，没有极端、违和之感，加之歌词、音乐及演唱之间配合得当，故而能够抓住人心、引起共鸣。

经过长久的坚持与磨炼，最近两年，李尚朝迎来艺术与人生的第一个丰收季节，除了前面提到的那些成就，他还获得“2016当代中国十大德艺双馨艺术家”的荣誉称号，这个在中央电视台颁发的奖项，算是对他多才多艺的充分肯定。从理论上讲，多种艺术修为，在同一个人身上，不仅不会产生冲突与隔阂，反而能够触类旁通，彼此共进。如此说来，我们有充分的理由期待：多面圣手李尚朝创造更多、更大的艺术惊喜！

——原载于《名作欣赏》2017年第20期

作者简介

向天渊：西南大学中国新诗研究所教授。

幽蓝幽蓝的童话

——评傅天琳的儿童诗创作

■彭斯远

谁都知道,傅天琳是一位果园诗人。

她昔日在《星星》《诗刊》《人民文学》《上海文学》等全国各地刊物上发表的描写果园的诗作,因构思新巧、风格细腻、语言优美而获中国作家协会"1979—1982"第一届全国新诗创作奖的二等奖。傅天琳的成名,源于她1961年从重庆电力技术学校毕业后,被分配到重庆市郊缙云山农场种植果树近20年。长期的生活磨砺,让她不仅对果园烂熟于心,而且深深地爱上了果园,而后才学着用诗笔讴歌果园从而成为果园诗人。四川人民出版社1981年出版的诗集《绿色的音符》,就是她这一时期的代表作。

因此,人们说,傅天琳的诗歌创作很本色,她绝不是靠技巧而成为诗人的。离开了果园她就写不好诗,也无从谈诗。

沿着傅天琳的诗歌创作轨迹进一步摸索,我们发现,傅天琳作为一个女性,生活中,她除了曾是一个果园姐妹和重庆出版社的编辑之外,在家庭中,她还是两个孩子的母亲,后来又是一个女孩的外婆。如此角色定位,让她深深感受到作为一个女性的责任和快乐。于是在抒写果园的同时,她也竭力用诗歌表现初为人母的强烈感受。傅天琳在回忆自己的创作经历时说过，创作《在孩子和世界之间》（重庆出版社1983年）时自己初为人母。她刚刚体验到了做母亲的快乐，于是笔下的诗歌便呈现出了淳朴而天然的对于那博大无私的母爱的确切表达。

在创作了果园和母爱的诗歌之后好长一段时间，傅天琳慢慢沉默了。刊物上难以见到她的名字。这给人的印象好像是傅天琳江郎才尽，她再也写不出诗了。

这时，人们不禁会发出疑问：此时的傅天琳到底干什么去了？原来此时的她到北京女儿家带外孙女去了。傅天琳的女儿女婿都是常驻国外的外交官，他们出生不久的女儿需要人照顾，傅天琳便放下自己的诗人架子，心甘情愿做了外孙女的专职保姆。

傅天琳曾在《我与儿童诗》中说过："我的外孙女，我亲昵地唤她妹妹，曾经有三年我带着刚出生的妹妹，只与奶瓶、尿布打交道，一个字都没写，一本书都没读，我以为我从此就写不出诗了。妹妹上幼儿园后，我在家里有了空闲，手又开始痒痒，第一件想做的事，就是把她说过的话做过的事，一点点收集起来，写成诗。它们无不散发着真善美的芬芳，无不闪射着太阳的光辉，使我相信一个健康的、诗意的人生，是从起点就开始的。"

的确，傅天琳创作的以她的外孙女为主人公的诗歌，因紧紧植根于孩提生活而富于浓烈的童真童趣，这是单靠短时间的幼儿园和校园的采访，非常外在地了解童年生活者，写不出来的。

傅天琳将近年间陆续发表在刊物上的从幼年写到童年乃至少年的儿童诗80首加以辑集，并交由重庆出版社于2016年11月出版。诚如作者所述，这是一本"无不散发着真善美的芬芳"的儿童诗集。望着这本插图精美的诗画集，我打心里冒出一句惊叹之语："哇，幽蓝幽蓝的童话！"

启开诗集，你会发现，许多诗歌的构思都是任何不了解孩提生活的作家无法想象出来的。《月亮》一诗就咏写了人们日常所见的月亮，但这月亮始终是孩子眼中而非成人眼中的月亮！譬如诗中说：

妈妈你走了多久我已记不清了

你走了我天天晚上趴在窗台口念月亮

念月亮从D字到O字到C字

这里，小主人公把望月称为“念月亮”，这是孩子因念书而联想到的独特的词语组合，自然也是一种独特的幼儿语言；再则，根据月亮每月的变化，孩子便把它形容为三个英文字母：D、O、C。自然，这也是孩子从其幼稚心理状态所产生的独特想象。如果不深入孩子的生活，成人怎么能够写出足以显现孩子幼稚心理的幼稚语言呢？

此诗结尾处说：“念月亮从D字到O字到C字/也不知究竟是念月亮念字母还是念妈妈”诗歌通过篇末点题，由“念月亮”自然归结到“念妈妈”的深刻母爱主题上来，却毫不给人以生硬勉强的感觉。

还有一首同样表现母爱主题的《我的名字》，写妈妈因爱雨而给女儿起名为“雨”，如此一件寻常小事，被作者抒写得诗意盎然、趣味横生：“妈妈一叫我的名字/雨就下起来了/树林打湿了/小草打湿了/我在雨中跑/我的名字也打湿了//我的名字，湿漉漉的/给夏天带来凉爽/我听见许多人/都欣喜地叫着我的名字”……诗歌从名字的联想中，倾泻出孩子对大自然的观察、感悟和向往！取材极其寻常，诗意却让人玩味不尽。

另外，关于物种变迁的推测，智慧聪敏的小女孩总是非常感兴趣的。譬如在生活中，她们喜欢打破砂锅问到底：

“在面包变成面包之前是什么？/是面粉。在面粉之前是什么？/是麦穗。在金黄的麦穗之前是什么？/是麦苗。在麦苗之前是什么？/啊，是小麦的种子！”

“在裙子变成裙子之前是什么？/是棉布。在棉布变成棉布之前是什么？/是棉桃。在白云一样的棉桃之前是什么？/是棉苗。在棉苗之前是什么？/啊，是棉花的种子！”

小孩子不仅爱发问，而且她们爱用顶真修辞手法，对事物进行一层一层的次第追问。结果从事物的原初状态，女孩一直追问到种子这一步，她总算捕捉到了问题的答案，于是，她感到了满足。

可女孩的思路这时突然发生了跳跃，她们由此进一步联想到：至于人的来历,又是怎样的呢?所以她又开始向母亲发问:“在我变成我之前是什么呢?”但,这次由于受到先前追问的启迪,于是,她们试图自己寻找答案,所以,诗歌写到这里,我们的小主人公立马推断说:

啊,我明白了
妈妈让我告诉你
一定有一粒小花的种子
被风吹啊吹啊吹
吹进了妈妈的肚子里
我才长得和小花一样

傅天琳终于在这首描写趣味问答,也即词语接力似的崭新语言演绎中,触及了每个母亲面对孩子都回避不了也不应回避的问题:关于人类的生命起源,也即关于人类的性和性别教育的问题。用儿童诗反映和描写性意识主题,这是当今包括儿童文学在内的所有儿童文化教育工作者必须面对的一个严肃课题。然而当下,还有人想对此竭力回避,或者即使不愿回避,也无法正确解决。可傅天琳用她的儿童诗创作,非常巧妙而诗意地给予了如实的回答。

傅天琳这首题为《在面包变成之前》的小诗,不仅主题隽永,而且构思巧妙,并用儿童特别喜欢的顶真修辞手法进行诙谐叙事,这都是它能够征服小读者,而让人始终欲罢不能的有力显示。

当然,关于孩子的性意识描写,在傅天琳的儿童诗创作中,也绝不仅此一篇。翻阅她的作品,我们还可发现另一些颇为精彩的篇章。譬如那首叙写已长大成人的男女同学,纷纷忆起昔日在课桌中间画“三八线”的趣事,就让少年读者永远难忘。诗歌用对比手法,一边叙写男同学指着“三八线”对女生说,“这是国界 / 我是一国的兵 / 你是另一国的兵”;而女同学也指着“三八线”对男生说,“这是银河 / 我是织女星 / 你是牛郎星!”但是,“第二天,‘三八线’被笨拙地填平了 / 接着我们都长大了,分手了……”

可见,“三八线现象”是当今中国年少一代都绕不开的话题,诗人以此入诗所显现的对于少年男女身上表现出的可贵性意识予以热情礼赞,她对美丽童年留下的诗意记录,可以说是对我国儿童诗苑在题材开拓上的一大贡献。

当然,昔日画过“三八线”的同学,如今已为人父或为人母了,当他们再次想起校园“这‘三八线’/地上有,天上有”,而且还“那么长那么长”地在一直画下去时,他们便深深地感悟到,这盘根错节的古老“三八线”,实在是我们万千父辈应帮助孩子填平的一道心灵裂痕。

总之,在傅天琳的“三八线现象”描写中,其所包孕的内涵难道不是非常丰富而耐人咀嚼的吗?

除了大量叙写女孩,傅天琳也不忘对男孩进行歌吟。

有一首诗写男孩元元和同学们跟着美术老师到郊外去写生,“元元晒得比包公还黑/身上叮满了蚊子包/元元得了个雅号:包老爷!”如此富于童年情趣的言说,怎不令小读者向往呢?于是,那段叫《元元是个包老爷》的趣味描写,便在读者心里深深扎根了。

再有,《我是男子汉》是表现母爱的力作,诗中的小主人公在爸爸外出未归的一个风雨之夜挺身而出,他要保护妈妈,他要“举起长长的陀螺鞭子/把不听话的风/赶到没有灯光的角落/让它罚站”;不仅如此,他还“要摘来一颗星星/照你写字,到很晚很晚”……诗歌就是这样,如此稚拙、如此聪颖地把一个小男子汉敢于担当的个性,进行了动人的再现。

在女诗人看来,母爱不仅是存在于生命现象之中的一种本能,而且是每一个女性与生俱来的美丽情愫,当然,它也是人性中的一种至高、至真、至纯的情感体验,它既不分国籍和民族,也不分贫富贵贱,可以说是照耀性与笼罩性地显示于人类社会生活每一角落的客观存在。所以傅天琳认为,谁回避了母爱就是回避了女性最优秀的品质,于是这便铸就了女诗人对于母性永不疲倦的歌吟。

而《我是男子汉》这首短诗,恰恰就是借助小小男子汉的独特视角来礼赞母性的一个范例。傅天琳,绝不是因认识到儿童文学在儿童教育和美学熏陶上的重要意义,而从事儿童文学创作的。她只是因母亲和外婆的切身体验而认识到母爱对于人类生活的彻底照耀和笼罩,从而从歌吟母爱的独特视角进行儿童诗歌写作。(这是傅天琳与当下许多儿童文学作家根本不同的所在,对此,我们绝不能予以混同或忽略)

因此,傅天琳的童诗创作,绝没有对于儿童文学主题价值的直接说教,她特别注重在母爱光环笼罩下进行深刻的艺术演绎。傅天琳原本并非儿童文学作家,但她对于母爱的诗意礼赞,和对于童心的解剖与展示,让她在不经意的诗歌创作中,获取了年少一代的真诚拥抱和欢迎。傅天琳对于儿童文学创作的另类介入,值得我们的文学研究者认真考量。

在我国童诗创作上,还有一个为当下儿童文学所严重忽略的主题开掘问题。那就是对于中华传统文化的大力彰显与弘扬,换言之,就是对于国学的倡导。历来我国儿童诗最爱表现的一个主题,往往集中于对人与自然密切关系的反复歌吟,或者说对于动植物的大力表现,这样的题材选择本身并没有错,而且傅天琳也有许多吟咏这类题材的诗作,但仅仅停留于此,就诗人的视野而言,就显得过于狭隘和狭窄了。傅天琳由此看到了国学入诗的深刻含义,从而在儿童诗歌的主题开掘上,把当下我国儿童诗坛的题材开掘版图,予以了大大的拓展。

傅天琳有首叫《读字》的童诗,一下笔,作者就开宗明义说道,“我崇拜汉字/崇拜一横一竖一撇一捺”,所以,作者呼唤我们:

把一个字
当作一座山一条河来读
当作风雪雷电、日月星辰来读
读出植物一样生长的节奏
读出云雾般升腾弥漫的
紫色、蓝色、乳白色……

这是对于因当下电脑普遍出现,而导致国人特别是青少年的书写明显退化的一种有力纠偏。傅天琳对于现代化潮流具有两面性的辩证思维,在这里不是显示得非常清晰而准确吗?

傅大琳还有一首标题怪怪的《论语村》,就是让孔子入诗、国学入诗的一种非常诙谐的另类解读。该诗说,“孔子天天坐在蒲团上讲论语/风里讲,雨里讲/教室讲,田间地头讲/从春秋一路讲过来/讲了两千年,还要讲下去”……而“我”就是这论语村里的一个小村民,“今日九九重阳节,我在论语村/学以致用的一句话就是/酒宴后恭送老年人先离席”。幽默而古典,传统而荒诞地把一个当下儿童结合实际领会国学精髓的行动,描摹得如此坦率和真诚。

至于那首《读李白的诗》，更把前人创造的意境一一展现在当下儿童的眼前："庐山的瀑布是由李白挂上去的 / 一挂就是千年 / 瀑布是庐山的门帘 / 它还在一天天长高"；"当当作响的明月 / 也是李白挂上去的 / 有一些树，是从李白梦里长出来的 / 李白坐过的石头 / 至今还在发烫"所以，诗歌结尾说：

一群山峰在云朵下开始奔跑
我们紧握李白的诗句向上攀登

像这样书写儿童阅读唐诗的豪迈感受，用中国传统文化的精髓来浇灌儿童心灵的诗作，在傅天琳的儿童诗里还有很多很多。这里我就无须再反复饶舌了。

只是须得强调的一点，就是傅天琳说过，有人问她为何人都那样老了而诗却写得如此"青枝绿叶"？她的回答是：因为她当了三年多"全职外婆"。每天买菜、带孩子，小区里从左邻右舍到管理人员没有人知道她著名诗人的身份。有一次，傅天琳抱着孩子在大院里和邻居家保姆拉家常，她竟也被别人当作保姆对待，可她一点儿没有声张，仍一如既往地低调为人。这事一时成为笑谈，为此，傅天琳常嘲笑自己是"外地来京的务工人员"。

如此深入体验孩提生活，才换来了如今创作的丰收。数年的"全职外婆"生活换来她在重庆出版社推出的诗集《幽蓝幽蓝的童话》中的80首诗。说来这也并不多。但与当下某些小说家每天以上万字篇幅写作的速度相比，傅天琳的写作速度显然就算是很慢很慢的了。

可是我觉得，片面追求写作速度者出版的文字，很可能成为语言的垃圾；而坚持慢工出细活的傅天琳，其推出的作品却往往是精品。所以，傅天琳能够不时停下手中的笔而去扎根于"全职外婆"的生活，这种让速度慢下来的创作态度，对于当下我国儿童文学出书太多太频繁的作家，显然是很有借鉴价值的一种启迪。补充这么几句，但愿不是可有可无的废话。

——原载于《重庆晚报》2017年7月6日

作者简介

彭斯远：重庆师范大学文学院教授。

小鸟唱出绿的歌

——读余长飞儿歌集《童声悠悠》

■ 戚万凯

读罢童书满眼春，小鸟唱出绿的歌。

这里的童书，指余长飞新著的儿歌集《童声悠悠》(现代出版社，2016年版)。满眼春，指作品万紫千红、思想健康，传递正能量。小鸟，不仅是儿歌的比喻，这儿还真指小鸟。书中许多作品披上了绿装，作者写树、唱树，作品泛着绿意，连梦也是绿的，而且绿意中有翩翩鸟飞、啁啾鸟鸣、蹦跳鸟乐。作者爱绿情结感染了我，环保意识感动了我，蹦跳的小鸟吸引了我，悠扬的叫声触动了我，于是，树与鸟、绿与歌成为主旋律，成为我的话题。

万物皆有因，种树需有种。树种哪里来，上山采："上山采树种 / 心里喜冲冲 / 采得筐也满 / 采得袋也重 / 种子多又好 / 心头乐融融 / 晚上睡得蜜蜜甜 / 做了一夜绿色的梦。"(《采树种》)"我"真是从内心里热爱劳动，不然咋会"喜冲冲"呢？劳动是快乐的，也是伟大的，因为"前人栽树，后人乘凉"。古人说："为善最乐。"栽树就是行善积德，功莫大焉。"采得筐也满 / 采得袋也重"说明"我"努力劳动，诚实劳动，无偷懒取巧，这也源于热爱劳动的内动力。当今有的孩子好逸恶劳、惧苦怕累，看了这首儿歌，该好好检讨自己的行为，并加以改正。劳动大则改变世界，小则改变命运。面对自己的劳动成果，那"乐融融"的自豪感是金钱也无法替代的。儿歌最后一句非常好，虽然还没播种，但有良好开端，绿色的希望已在心中发芽。

采来树种，树种发芽长出小树苗，就该把树苗移植到山上去。于是，出现这样一个场面："山村好娃娃 / 肩背小铁耙 / 上山去种树 / 个个劲头大 / 挥耙挖好坑 / 齐把树种下 / 多种一棵树 / 小鸟多个家。"（《种树乐》）那"肩背小铁耙"仿佛历历在目，令人想起昔日岁月。当年上山打游击，如今上山造树林；当年游击为江山，如今上山为环境。"挥耙挖好坑 / 齐把树种下"描绘了一个热火朝天的劳动场面。特别是"多种一棵树 / 小鸟多个家"表现了小朋友们的美好愿望与社会责任。

作者不仅在山上种树，而且在门前种树："我在门前种棵树 / 小鸟有了招待所 / 晚上飞来住一宿 / 早起送我一支歌。"（《小鸟有了招待所》）招待所对现在的孩子们来说有些陌生，其实就是旅店。这些小鸟可能是候鸟，虽然只住一宿，但仍不忘记为主人唱歌以表谢意。作者还有一首类似的作品："门前种下棵棵树 / 好比造起间间屋 / 造起房子给谁住？/欢迎小鸟来落户。"（《种树》）种树就是为鸟建造房屋。儿歌采用设问句，能引起孩子注意和思考。末句则表现了作者的热情，读者仿佛看见作者站在树下，向着远方的小鸟们招手和呼唤。

树种好了，鸟儿真来了。树与鸟是什么关系呢?"大鸟树上筑个巢 / 巢里住着鸟宝宝 / 大树为鸟挡风雨 / 鸟儿给树唱歌谣。"（《鸟和树》）鸟与树是共生关系，互为依存，互为帮助。鸟无树无家可归，树无鸟孤独寂寞。"小鸟儿，爱大树 / 筑个窝儿树上住 / 它给大树唱唱歌 / 它给大树跳跳舞。"（《小鸟儿》）这说明鸟儿不是无情物，懂得知恩感恩。它爱大树，为树唱歌跳舞，给树带来快乐。作者在写鸟，其实又何尝不是写人呢？连鸟儿都懂得报恩，人更应该这样。人与自然要和谐相处，特别是与人类生活息息相关的树和鸟。树为我们绿化美化净化环境，鸟为我们唱歌跳舞表演带来欢乐，让我们的生活富有情趣、更有滋味。所以，爱护环境人人有责。

笔者家居小区，树木葱郁，花草繁茂，如同花园。每天一大早，一阵悦耳的鸟声就传进耳朵，触动耳膜，仿佛在欣赏乐曲，给人美的享受，充满无穷乐趣。是的，鸟语啁啾，如歌声般婉转动听。作者对于鸟语，尤其舍得花笔墨纵情赞美："树上小鸟多快乐 / 天天起早学唱歌 / 大树是个好课堂 / 一天到晚歌不落。"(《学唱歌》)作者认为，鸟儿唱歌也非生而知之，也要经过学习，认为"大树是个好课堂"。鸟儿也十分勤奋，"天天起早学唱歌"，乐此不疲，"一天到晚歌不落"。唱歌是快乐的，有益于身心健康。难怪鸟儿那么快乐轻盈，连走路都蹦蹦跳跳可爱之极，可能与天天唱歌有关吧。作者喜欢鸟，更喜欢它们的歌声，于是，颂歌流出笔端："山上大树多 / 树多鸟窝多 / 窝多鸟儿多 / 鸟多歌声多 / 鸟儿大合唱 / 天天歌不落 / 我爱林中鸟 / 我爱鸟唱歌。"(《我爱鸟唱歌》)前面一连用七个"多"，说明树与鸟之多。正因为鸟多歌声多，才有"鸟儿大合唱"。着重写"多"，不是为写而写，而是为下文做铺垫，这是值得称道的写法。儿歌如文，也要讲究精巧构思、前后照应或首尾呼应，句斟字酌，惜墨如金。末尾两个"我爱"，发自肺腑地表达对树与鸟的喜爱和赞美。

作者在这儿写树和鸟，其实是在托物言志、借物喻人。在该书的扉页上，有一首《童谣好》："童谣好，童谣好 / 唱起童谣乐陶陶 / 我与童谣交朋友 / 童谣伴我快长高。"那树、那鸟，不正像首首童谣吗？它们不但带来幸福快乐，而且有益于身心健康。作者爱童谣犹如爱树与鸟。

作者是幸运的，20世纪50年代在杭州师范读书时就受到语文老师的启蒙，与儿歌结下了不解之缘，10年后又受到"世纪老人"冰心的关爱。冰心写信勉励他"好好地学，好好地写"。正如"好好学习，天天向上"一样，冰心的寄语激励着作者从事儿歌创作50余年。作者退休后仍笔耕不辍，乐此不疲，奉献出许多佳作。笔者在金波主编的《中国儿歌大系》(华东卷二)中，就欣赏到作者《荷花塘》《小蘑菇》等佳作。此外，歌颂助人为乐不留名的《小扫帚》也给我留下深刻的印象。作者在数十年的儿歌创作中，坚持以笔当锄、以字当树、以情当水、以爱为光，在儿童文学的百花园里植树造林，并张开热情的双臂欢迎鸟儿一般的小朋友们来感受春意、享受美景，内化于心、外化于行。儿歌，带给我们绿色的生态环境，也给小朋友们营造了生命的"绿色氧吧"。

作者情系树木，心田处处皆绿树。即使在墙壁上作画，也离不开树："东墙画,西墙画/画了绿树画红花/小小手,画不停/我给乡村添美化。"(《画壁画》)你看,为了环境更美好,将绿树也搬上了壁画。作者喜欢读书,没有书签,怎么办?"采来树叶一片片/片片树叶做书签/书签夹在书页间/求知路上旗一面。"(《书签》)在他眼中,树叶不仅是记录书页的工具,更是求知路上飘扬的一面红旗,令人精神振奋、前景光明。作者独具慧眼,以小见大,立意高远,思想境界胜人一筹。优秀的儿歌作品都是思想性与艺术性的完美结合,而思想性则源于作者的思想素养。从某方面来说,作者的思想境界决定其作品的高度。

值得一提的是,作者有一首佳作《护林军》:"山上一座大森林/好似一个大本营/大鸟小鸟营中住/大大小小都是兵/天天飞来又飞去/真像一支护林军/大树小树齐欢乐/叶子拍响鼓掌声。"初看题目,以为真是一支护林工组成的队伍,读罢作品,方知是鸟儿护林军。林是大本营,鸟是营中兵,飞来又飞去,真像护林军,比喻准确贴切。对这支护林军,树的态度当然是热烈欢迎与衷心感谢,"叶子拍响鼓掌声。"读罢作品,我仿佛看见作者那"力求亲近美德、亲近自然、亲近母语"的优秀童谣作品,正如"天天飞来又飞去"为树捉虫的"护林军",为少年儿童的健康成长不断营造良好环境,长期提供丰富的营养品。因此,深受少年朋友喜爱,"拍响鼓掌声"。作者给自己的创作确立明确的"既能反映孩子们心声,又有益于孩子们成长"的定位与目标,正在逐渐变成现实。

《童声悠悠》是一片茂密的森林,儿歌就是飞来飞去歌唱绿色的小鸟。满目春色,耳边鸟鸣,这就是作者带给我们美妙的视听享受。

愿作者栽下更多绿树,放飞更多小鸟,美化环境,歌唱生活,温暖人心!

——原载于《浙东》文学季刊2017年

作者简介

戚万凯:中国作家协会会员,重庆市作家协会儿童文学创作委员会主任。

俯瞰岁月的沧海桑田

——再耕散文集《蓦然回首》序

■邓 毅

我与再耕有40年的交情。他问诗出道，诗誉文坛，我则是小字辈。我虽然非吟诗作诗，他却给我带来诗情诗意和他诗歌生长的生活。那一首首飞雪般的诗作，那一本本溢满情思的诗集，是我与诗人结为忘年交的理由。

如果说再耕先前创作的诗歌是诗人灵魂的独白，那么，近年再耕笔耕不辍撰写散文，则是对自己人生生活、那些过往与前行的回望与观照。

《蓦然回首》是再耕文学之旅中，倾情推出一本本诗著后的首部散文集。或许，是散文文体给予了作家恣意纵横、自由驰骋的表达；或许，是作家在生活中的所见所闻，所感所思，连同人生活动、人性百态、人世社会能够更自如地描绘与书写。让我们在再耕这部近40万字的皇皇巨著中，观山水、看人生。而那些或是冷静客观的描绘，或是浪漫奔放的抒写，或是神妙别致的哲理阐发，或是如火如荼、如怨如慕、似愁似喜的浩叹，在那一篇篇精美的文章里，显现出作家的创作姿态与文学理想光芒。

作家再耕总是怀着极大的热忱对待自己的散文创作，无论是素材撷取、主题提炼，还是气氛营造、人物描写、情节细节构思，都会把自己的真情糅入其中，展示内心深处的情愫。以亲情、友情、故乡情和人生感悟为叙写题材，不加虚饰，不为炫技。《母爱似泉》，写的是作家与母亲在“文革”时的苦难遭遇。其中一段作家是这样描述的：“天下大乱，买煤的长队却一点儿不乱，井然有序地向着煤球堆靠拢。突然，刺耳的冷枪意外响起，站在我前面的姑娘应声倒下，当场毙命。一朵尚未绽放的花儿在荒唐的年代就这样不明不白地凋谢。一阵慌乱之后，长队又迅速恢复原样。即使流血，吃饭也离不开煤呀。就在这时，我看见了拄着拐杖走到身边的母亲。她一言不发地站在流弹飞来的那个方向护卫着我，直到我挑着煤球走进家门。母亲人格的伟大，无须言说。舍命护犊的举动，我铭记终生。”故事是悲凉的，场景与人物的勾勒是简洁的，画面是沉重的。而作家只是以精练的叙述将其固形成速式的人物剪影。在那“狂热”年代里的母亲、姑娘和“我”，让人心生感叹！母亲的坚韧、深沉、厚爱，跃然纸上，动人心魄！

读再耕的散文，我眼前、心头浮现了多少人间可值依偎的良辰美景、赏心乐事或哀心旧梦，我们不妨看看作家的《胡同深处的记忆》：“处于京华一隅的庭院，远离尘嚣，静谧、安适，别有一番天地。特别是那繁盛的花木和葡萄架上的累累果实，更平添了几分温馨。70多岁的艾老在房门敞开的客厅里接待了小他30多岁的我，大师级的诗人和年轻的业余诗作者之间，并没有由于年龄的差异及地位的悬殊有什么距离与隔膜，反倒因为诗歌而和谐而亲密。”我以为，怀旧，便是作家留恋生命中那些最细微、最真实，亦最本质的气息，即使伤心史、苦难史，以至世间人情，也总令人不忘。

在《古道与童年》中作家这样写道：“是舅爷爷的出现，古道又成为我儿时的乐园。不过不再是放开手脚的玩耍，在上山下山的来来去去中，母亲发现我在一天天长大，一天天懂事。我是在古道旁的小学戴上红领巾之后，因母亲工作的原因迁过大江以北的半岛的。当半个世纪后的今天，我不再年轻的脚步，重新踏上亲切的石板路，一步三歇之后，站在黄葛树蓊郁的树荫下，披一身如梦幻跳跃的光斑，喝一碗半边街上令人如痴如醉的老荫茶，背靠如诗如画的吊脚楼，手搭凉棚，举目四望远山近水不断冒出来的新鲜景致，你说，我该是一种什么样的心情？”

“后之视今，亦犹今之视昔。”纵观中国文学乃至世界区域性作家文本，文学，都有怀旧的主题。从曹雪芹到李商隐到曹植、屈原，更上溯到《诗经》中已被湮没掉了姓名的《关雎》的作者，无不给我们留下“踏雪鸿踪，留住指爪”的悠悠之情。

作家再耕的生活散文，以情感力量与智慧的光芒撞击和照亮着人的心灵。作家对往事的忆念、对亲情的眷念、对苦难与幸福的恸哭与吟哦，让人听到了真诚的声音，感受到了爱的情怀。作家把散文创作的责任和使命，作为真正意义的创作生命融入作品中，尽可能地给予读者精神的助力与心灵的慰藉。以朴素、真挚的感情，敏锐地捕捉当代社会生活的惊人变化，尤其能潜入人物心理的深层，通过他们的一言一行，情绪上的丝丝微波，情态上的些许表露……而赋予人的心灵以具象的活灵活现的造型，使描绘客体蓦地具有了几乎可能触及的生命质感，折射出作家对生活的审美观照升华到真正诗意般的创造。

“流弹就在筒子楼的楼顶上飞舞，楼的红砖外墙上也留下了累累弹痕。我们楼里的许多人，只能提心吊胆地躺在自以为安全的通道夹墙地上睡觉。但是，就是在这种度日如年的惊恐里，已经被吓得如惊弓之鸟的人们，也仍然有着未被摧毁的笑声。”（《筒子楼里的欢乐》）

作家运用沉痛的笔触、浮雕般的意象，斫刻出那个动荡不安、令人困惑的年代的画面。但仍可感到其中渗透的一股激愤的揭露与控诉的潜流。而描述性情节、画面，竟变成情感与现实猛烈冲撞而迸发出特定心态美的火花，在生活的不谐调中寻求到美感的统一。这种对生活的入微观察、提炼和审美观照，开拓了异常广阔的驰骋于当代散文文坛的思维空间。

没有束缚地去写，是再耕的长处，也使作家的创作获得最大的自由度。在追求风格化、个性化，连同在选材、立意的价值取向上构筑起自为自足的表达空间，写法上业已形成个人化的情感叙述话语。诸如：作家创作的散文《有空就读书》的读书漫记，《喝茶》的品茶趣谈，《工间操》的诙谐写意，《垂钓的乐趣》的养性漫议,《病友》的世间情缘以及《下乡办报记》的枝叶闲笔……如此云云。不难窥见,作家的散文建构方式以及由此显现的创作主体特征、表达感觉、独白倾听,契合了自己自然的表述。在作家创作的系列散文中,虽有很强的个人意识流露,却不是一种自我沉迷的、内在化的情感话语叙述。

我以为,作家再耕的散文特点与其早年主编报刊的工作经历有关,日常大量的新闻作品写作,注定了作家是一个观察者、发现者,必须从容面对最真实而普泛的人生,面对最广大而无限的世界。只因此,作家的散文世界不是封闭的,而是开放的,呈现出覆盖生活的广度,是具有相对公共空间性的叙写。

人生终究即行旅,何妨行旅悟人生?

一睹锦丽江山,享卧游之乐;知古同人之心,作世事之观。再耕的散文,不少是行旅之中创作的,他对可供自己观赏景物的行旅之路感兴趣,同时对于一路上的风物景物流连不已。文物古迹、风景名胜、风土人情以及社会生活,将感知触角流动于作者、思者、游客之间。有时采用日记体,随着游踪,按照时间的顺序一天一天地写下去,览物抒怀,娓娓倾谈,缅述旅途,睹物感怀;也有的由一事引起回忆,导入要写的令人难以忘怀的旅程,自始至终用强烈的抒情语言,以诗人的激情回味那些记忆里惊心动魄或惹人遐想的游历;还有的穿插人物、事物,恰如亲朋好友的重逢、旅途的奇遇,再现寻山觅水、色彩斑斓的生活;乃至有的边写景,边展开议论,联想丰富,文思潮涌。

无论是陕北放歌、黄帝陵拜谒、夜宿鼓浪屿、放筏九曲溪、车过南泥湾、穿越野象谷、三进阆中城,还是域外旧金山览胜、好莱坞猎奇、唐人街漫步、华盛顿拾趣以及清迈畅游,在再耕的游记散文中,城市与乡村、国内与国外、旅游生活与生活记忆,没有被有意处理成一种矛盾性的张力关系,而是共生于作家的生命感悟中。这种情感张力往往是由空间关系的变化带来的生命体验的两极化引起的。从乡村到城市,从山野到田野,从内陆到海滨,在社会不平衡发展的背景下,不同空间地域的对比给人带来巨大的视觉冲击。再耕的散文让人们对陌生地域产生新奇感,甚而,带来一种全新的生命体验,包蕴着作家的乡土情思、哲学理念、人生见解、价值取向和审美理想。倘若作家缺失对现实生活的体察,其作品中的主观感动,就会变成一种陈旧的滥情与矫情。

诚然，再耕的作品具有现实主义文学精神，其散文让我们洞见绚丽的大地风物的描绘、生动的社会生活的抒写、和谐繁密的时代声音和丰富多彩的人生情感的记录。那些作品荡魂摄魄的艺术力来源于写实，是作家真实感受生活之后，在艺术构思与艺术表现上精心酝酿的硕果。多年来，再耕为了创作理想和艺术的真情表达，屡次奔赴云南、广西、广东、陕西、福建、山东、四川……投身于边陲、山寨、村庄、海岛、小镇、都市，客居下来，沉潜下去，深入民间，关注时代生活，体察民风、民情，搜集创作素材，在真实性和艺术性的基础上，选择表现题材主题和素材细节，使之具备更多的现实感、社会性和新闻色彩。我们不妨瞧一瞧，作家在《南疆山村》中的叙述：

彻夜长谈，原因不应该归结为我们两人善谈，归根结底是这片土地有着丰厚的历史更有着极其复杂的现实。有趣的是，小桂与自治区的简称同姓，土生土长的广西壮族人，大学毕业后从基层团委干起，既博学多才又热情务实。他熟悉这里的山山水水，亲历了战火是如何燃起，又目睹了和平鸽是怎样飞回。因此，当他带着我来到历经沧桑的友谊关口，讲起那曾经的“同志加兄弟”的亲密而后又不太友谊的演变，生动且深刻，显示出了与他那三十多岁年龄不大相符的成熟。

这种游记中穿插了人物的写法，可谓盖山川之美，当以人物装点而多娇，增添了生活的情趣，避免了一味写山水，好似离开了人世的那种枯寂感。唯此可见，作家安排得当，人物是足以为作品增色的，尤其是，从容有致，景因人活，生动地再现了旅游当时的景状。

《深圳河的波光》中作家从“人”的视角，刻画人物，渲染改革开放的深圳，朴实自然地叙述城市建设、经济繁荣、人民生活的变化与发展。

在距深圳河不远处的一棵大榕树下，我们碰见了一位年近50岁的中年男子。平头，发短而硬，好像刺猬，方面大耳，体格健壮，但眼角已有明显的鱼尾纹，一副经过风雨见过世面的样子，一个地地道道的岭南人。他与我们碰面时,正全神贯注地眺望着对岸鱼塘那边的村子。他是位性格开朗、见面就熟的人。他直言不讳地相告,他端过这河两岸的饭碗。九死一生地冒险偷渡过去,正大光明地从桥上大步归来。出走,是为了寻求一条生路;回归,是因为现在的故土可以淘更多的"黄金"……老家出"金子"了,回家淘金真好哦。一位普通农民的一番心里话。

作家写人物用点睛之笔,抓住主要特征来写。着力点不在情与感的直白,避开主观抒情,追求纯客观的境界。

时代感是作家无可回避的。但是,令人油然深省的是当下文坛那些离不开感情色彩的散文创作者,学习名篇名作,东施效颦;误以为非高山流水、风花雪月不足谓之大雅,沉溺于"玩"孤独、"玩"变态中不能自拔,实则反倒成了大俗。与时代的黄钟大吕不共鸣,读者冷漠,毋庸厚非。

作家再耕对生活的美的发掘与表现,是植根于爱的。爱在作家的自觉意识中不是抽象的存在,而是对生活和时代的召唤做出的美学回答。我们不难识见,作者对现实的审美观照,是以提高人的修养为标准的。作品中的"我"对采写人物的刻画与事件描述,由于作者主观抒情与形象的具体描绘互为表里,达到了写实散文中作者主观抒情的真挚性和客观描写的真实性较为和谐的境界。

再耕从众人熟视无睹的世相中,给我们浑浊狐疑的眼神找到了这么多清澈的答案,给我们嘈杂迷乱的听的世界带来了这么多新鲜悦耳的奏鸣。再耕的散文空灵。有理有据的断想、有情有义的铺陈,使他的每一番表述都言之有物,弦外有音。

我们说散文是最具作者个性化的激情性灵的产物,独有的艺术潜质,使再耕选择了散文。可是,我们更有理由讲,再耕对语言文字有一种特殊的敏感,才将诗意和悲悯充盈在文字里,且时常成为创作的切入点。其文字精确无比地潜入自己心灵的重重起伏和褶皱之中,传达出对人世间、大自然变化万端的情愫,描摹出那极其细微的畅想与冲动。遣词精确,灵巧迅及,捕捉物象,或如清风徐来,娴静而美丽,有诗意之美;或如风之起舞,有雄风之美,轰然回荡。

作家再耕撰写的散文集《蓦然回首》，无疑是作者文学生涯中，奉献给读者的呕心沥血之作。再耕的文学成就，则缘于他身上所具有的卓尔不群的艺术气质、思想品位与文学品位的等高；缘于他的审美眼光、古典情怀与现代意识的高度融合。

——原载于《文学报》2017年11月2日

作者简介

邓毅：重庆文学院院长，重庆市作家协会副主席。

杀诗者，姚彬也

■燕刀三

杀手与歌者。这是姚彬给我的最初印象，或许这一印象将延续到他诗歌生涯的很长一个时期。尽管他早已诗名在外，重庆诗歌界也赐予他“大师”的美誉，但是，其实我读他的诗还是比较晚的。如果这个印象更多的是包含他的皮相，那么进入诗歌内部，从“纯诗”的角度看，他更像杀诗者——一个挺着丈八蛇矛，在诗歌丛林中拼命搏杀的勇士。

杀手与歌者本无关，又有关，富有激情是他们的共同点。他在《暮色四合》中说：“我是个杀气很重的人。”能够把杀手与歌者完美结合的，荆轲是千古第一人。一曲“风萧萧兮易水寒，壮士一去兮不复还”的唱词，在匕首的寒光中，豪气干云。图穷匕见的荆轲，终归是浪漫又含蓄的。姚彬甫一上阵，却不分青红皂白，袒胸露怀，一阵猛砍猛杀。读他的名作《在朝天门喝酒》，我完全被那种铺天盖地的气势震慑住了。“应该让酒来浪费我们的才华，让李白来朝天门自杀 / 让我们互相嫉妒、猜疑，给社会造成最大的伤害 / 让我们成为无用的人，让长江傻笑、自作多情……让直辖市继续文明下去，让朝天门继续朝天……”才情不可谓不挥霍无度，诗风不可谓不排山倒海。酒喝到这个份儿上，分明是要把“把酒问青天”的苏轼干翻，把“举杯邀明月”的李白干死，这时谁还能分清什么是诗什么是酒呢？诗写到这个份儿上，远远超越了“莽汉”定义。他把整个身躯和生命塞进炮筒，把自己发射到远不是后现代主义的什么主义去了。

作为重庆先锋诗派“五虎将”之一的姚彬，他的思想自然是先锋的、自由的，甚至也是超前的，绝不瞻前顾后、拖泥带水。他实在不是那种拿着手术刀，文绉绉地解构文本，再条分缕析，然后把诗歌的文理按部就班、重新黏合的温和实验者。他显然没有这个心思。他是革命者，是破坏者，是闯将，他的暴力场异乎寻常的宽阔和残酷，注重后视感的传统语言和传统诗意在他这里被彻底清算，被剥离得鲜血淋漓，正像他在《今夜》中所写的那样：“好像不是娘生的 / 好像不是一个夜晚 / 好像不在时间中”，于是他的诗，好像一种与生俱来的存在，好像无因，好像无果，总是在你意想不到的地方，突然绽放异象，吓你一跳。比如《离哀愁很近》这一首，如果换做庸常之笔，恐怕很难跳出戴望舒的风格，从而跌入咿唔呀唔的俗套，姚斌却独辟蹊径：“而你说你是妖 / 你的工作是巡山 / 我是累倒在山中的书生 // 而你说我是魔 / 在和平的乱世里 / 离哀愁更近 // 凌晨三点了 / 民国仍没退路 / 我开始胡乱地想你”，惊世骇俗的好。能说这是解构吗？当然不是，这是在开着铲土机开疆拓土。

此外，包括更著名的《俗人系列》，包括《芨芨草》《在春天》，统统还原到语言现场，请不要被标题所欺骗，我们来欣赏这样的句子：“我想到悬崖峭壁展览自己，这里排列着整齐的荒芜 / 芨芨草占据了更有利的位置 / 我最多是个过客，也被称为人民”，“病痛，赞扬，羞辱，黑暗，寒冷，火焰，金钱，仇恨…… / 纷纷抢着约见你，你总是被动却无法逃避”，他把近乎荒诞的叙写，融入他独立的语言体系中，既非纯粹叙事，亦非纯粹抒情，让我们感到陌生，也让某些诗人感到不适和惧怕。但与此同时，他又是缔造者，他用新的语言诗学和破坏性思维，创建了属于他一个人的隐秘语境。在被我称为“神品”的《花下死》中，他这样写一段爱情：“我有过美女如云的日子，而今有的嫁人 / 有的回到前朝，有的干脆美丽死了……我的死循环往复，像当年死囚等待帝国的灭亡 / 泥土抓住我的皮肤不放……我在花下等你，等你到死 / 等你把死取走”，其实我们大不必纠缠于他要抵达什么，如何展示语言本身波动的韵律感和节奏感，并由此传达心灵的体验，才是当代汉语诗歌的重心。如果一定要追问抵达，那么，我要说，他抵达的是语言。诗是封闭，诗也是感染，如果剔除了语言诗意，而反复叠加烦琐的生存现场和枯燥的生命现场，诗歌恐将沦为历史学、社会学和生理学的附庸，成为后世之笑柄。可以这样说，当诗人们还在为叙事呈现和抒情呈现、书面语系统和口语系统孰优孰劣喋喋不休的时候，姚彬已经跳出三界外，不在五行中，他用他独有的语言磁力场杀死了他们，他也用他独有的诗意磁力场杀死了他们。

当然，仅仅杀死他们还不够，重要的是杀死自己。我曾写过一首《请你杀死你》送给他："如果有一天你杀无可杀 / 你就倒转刀尖 / 向自己开刀……"一个顶尖的杀手，不能重复作案，留不得蛛丝马迹，每一次都必须从零开始，一个顶尖的先锋诗人亦如是，他昨天制造的经典，今天已经老旧，必须杀死它。必须为自己猎取下一个全新的目标。

——原载于《草堂》2017年第1期

作者简介

燕刀三：现在重庆某文化部门工作，纸媒编辑。

诗性空间：对冉冉诗歌创作的一种解读

■ 杨高强

冉冉是一位特别具有主题意识和自我重塑精神的诗人，这从她为数不多的诗集表现出的策略性编辑特点中可以获得认识。自《暗处的梨花》之后，冉冉先后编选出版了《从秋天到冬天》《空隙之地》《和谁说话》《朱雀听》等反响较大的四部诗集。显然，这四部诗集的容量不足以囊括近二十年的创作成就，但诗人勇于舍弃其间的一些新作、佳作，且不断选用旧作重生新的主题意义，这种"有意为之"的编辑策略暗含了诗人在获得对诗歌新的理解之后要求突破个体拘囿、追求重塑自我的自觉意识。由此表现出的冷静、从容、理性的诗歌写作姿态，在当下颇有些浮躁风气的诗歌环境中显得尤为可贵；也正因此，冉冉以稍显沉静的格调带给诗界一种偶然一瞥时的惊艳和抚叹。

当然，沉稳而谨慎的创作态度是一位发展中的作家应有的品格，这往往能使作品或者创作者本身经过时间和艺术实践的淬炼而愈发闪耀光芒。冉冉对诗歌艺术的追求即表现出这样一种自觉而内敛的韧性，尤其是新世纪以来的十余年间，诗人以穿透世相的"觉性"诗思，逐渐摆脱早期诗歌中狭隘的意义外化思考，转入对诗歌本质、个体生命的内在关注，着意回避形而上的抽象或模糊的抒情方式，更为直观、坦诚地回应日常生活、世俗化的世界和自然环境。在走出思索“诗之为诗”的意义和价值的体验型创作阶段后，诗人意外地进入了亲历诗歌的“在场”，在诗歌生命的广度和厚度上逐渐拉开幅员距离，若隐若现地呈现出一个独具艺术个性的诗性空间。

一

20世纪80年代的新诗潮，对现代诗歌的传统价值观念提出挑战并质疑，表现出向个人化和主观性转变的努力，诗歌的精神内涵得到丰富和拓展。但在追求诗歌文本独立性的同时，却忽略了对诗歌审美文化空间的照顾。冉冉早期的诗歌写作即受到这一时代环境的影响，表现出价值内化的创作追求。

作为一位来自重庆武夷山区的土家族女诗人，她对诗歌最初的情感认知带有明显的对“血统”和经验的反叛意识。1982年进城求学，诗人走出乌江腹地，成为生活在长江边上的小城女青年。在初涉世事的诗人那里，小城与故乡构成了情感的两极，夹杂着人生理想与漂泊怀乡的矛盾心绪，心灵停靠于此，抑或回归故里，无法取舍，也不能平衡，冉冉此时的心境，正如她的自我描述，“是个表面平静，内心却异常激动的人”。在现实的感伤、怀乡的惆怅以及理想的期待中，冉冉选择远离物化的现实生活，将生命的憧憬放置在个体构建的主观理想主义的情感世界之中，以寂寞的人生旅途中思想者的姿态，构筑生活的内部世界，以缓释对环境的焦虑和无所适从。诗集《暗处的梨花》中收录的创作于20世纪80年代的作品，如《奶奶死了》《树与河流》《湿房子》《在鸟儿的眼里》等，将时空悬置，割裂与外部世界的联系，一切与过往经验有关的事物都随着象征故乡、身份、历史的“奶奶”埋葬掉了，现实环境的不适感在“湿房子”的意象里显得那么无助、凄冷，停留于此地的“树”和奔向远方的“河流”暗示心中对现实的不满和对未来生活的憧憬，诗人想化身鸟儿，在无所栖息的天地间自由来去。冉冉声称有一段时间有意规避地域和身份书写，她渴望在不受拘束的环境中将生命本身徐徐展开，就像《被胡琴充满的日子》中发出的心声那样，“窗台上的花 / 已死去 / 万山红遍的花 / 相继死去 / 现在不走什么时候走”。

然而，作为少数民族诗人，她对文化成长中的地域经验的凭借和利用，与对超拔的生命意识的追求并不矛盾。当再次从小城出发，进入20世纪90年代以后，冉冉的诗风发生了变化。以长诗《冬天》为代表，冉冉接连发表了一批带有鲜明的“叙事性”“及物性”特点的组诗。诗人在更远的城市、更久的远离中复活了关于故乡的记忆。《冬天》中描写童年的生活，关于寒冷、饥饿这些极具个人性且又具有普泛性的记忆与经验，在诗中得到强化和释放，表明了诗人与时间、历史和解的态度。在《大界：人物》《大界：白昼和夜晚》等作品中，诗人将诗歌世界构筑在更为具体的特定地域空间中，平静、从容地讲述故乡、回放往事。冉冉在曾经遗弃的乌江腹地、有意回避的民族身份中，重新审视诗歌的生命容量和艺术的空间幅度，表现出一种将个体主观世界勾连外部世界的窥探意识。从某种意义上讲，正是这种空间意识的确立，使得《冬天》“这部长诗的出现成为冉冉走向成熟的重要标志”[①]。

事实上，冉冉诗歌创作中的空间化书写，也是这一时期中国诗歌重要收获的代表。20世纪70年代以来，西方学术界发生了所谓的“空间转向”，在后现代多元交织、互相渗透的动态语境下，“空间理论”渐趋成为文化研究的重要认知范式。在“文学空间”视域中深入进行学术研究成为当代理论创新发展的途径之一；不仅如此，将文学文本投身于空间之中，以不同方式对空间进行文学阐释，成为文学创作致力于内在突破的普遍化追求。20世纪中国现代诗歌创作中，一定程度地呈现出发展的空间意识，但由于中国独特的历史语境，在启蒙、救亡、革命、自由等历史主题的烛照下，主要表现为个体和公众空间的契合与对抗。而从空间诗学直接的本源性问题出发，以“诗歌地理学”的范式倡导空间化书写的潮流，则主要起始于20世纪90年代，诸如于坚等人提出的“西部诗歌”、20世纪末期涌现的“打工诗歌”等。这一时期，中国社会正发生着巨大的转型和变化，也由此造成了源于政治和经济地理格局的重大调整而导致的文化地理格局的分化形态，人们的思想观念渐趋从整体的国家、民族的从属关系中分解出来，开始关注与个体在距离上更近的地域关系、身份关系等。从而使得人们对“空间”的关注空前强烈，构成了文学空间化书写的表征意义。

① 周晓风：《20世纪重庆文学史》，重庆出版社2009年版，第328-329页。

二

新世纪以来,冉冉的诗歌写作在空间的开拓上形成了稳定的多维向度,“地域”“民族”“性别”成为诗人线性地展开诗与思的空间原点。并且,诗人以近乎“残忍”的方式对她的诗歌世界进行浴火重生般的重建,既不与过去的作品诀别,也不袒护当下的创作,表现出强烈的主题意识和重塑自我的勇气。诗集《和谁说话》收录了她不同时期的作品,即反映了诗人这一创作追求。

从诗集的体例上看,《和谁说话》共分十辑,收录的作品以新世纪以来的创作为主,其中有些作品曾经被选入其他的诗集,比如《空隙之地》,也有像《短歌》这样更早的作品。每辑的选编都呈现出某种主题归类的意图,这让诗人与诗歌之间超越了创作主体的权限,构成一种诠释关系,有意为诗歌阅读提供一种进入的途径。比如,在部分篇章中,采用序言的方式,引入诗人亚丁的诗句作为主题导引,在第二章《往事与祈请》中,开篇引用亚丁《山的城》中的诗句:“每一个被炸毁的人浴火重生的人都是我的重庆”,意在宣告这一篇章的作品主题是关于对城市和城市历史的个体沉思。冉冉通过这种策略化的诗集编选方式,对诗歌的空间性内涵进行纵深开掘,形成了以“地域”“民族”“性别”作为纵向经度分别予以横向拓展的空间形态。

在地域空间的书写中,冉冉超越了前期创作中狭隘的故乡地理版图建构,以更为开放的胸怀和眼界对城市以及更远的远方展开体验和歌唱。对于日日生活的城市,诗人并不因诗歌的抒情或者意象描写的需要就抽空城市景观的实体,反而采用近乎白描和写实的手法还原城市本我,让个体对城市生活的种种感受、意绪在真实的空间场景中产生毛茸茸的质感。诗人不仅直呼城市的名字,“每粒沙都是她伤心的重庆”,而且精细地将城市景观嵌入情感抒发,构筑出一个蕴含着日常生活情绪起伏的参差错落的山城重庆的城市空间。这里不仅有像“梦游的火褪尽了血光”一般的大雾弥漫,还有“妇女们拾级而上”的“悬崖上的海市蜃楼”,这里不仅有“从解放碑走向上清寺 / 我的每个旮旯都是安静的”都市的美好生活,还有“防空洞里窒息”的历史中的“刀光无声”“剑影无痕”。诗人对城市生活的情感内涵是复杂的,“我爱我的城市 / 周身插着它的箭矢”,这种对城市的矛盾的态度,不仅体现了女性诗人对环境特有的微妙而敏感的体验，也反映了现代人对快节奏且喧嚣浮躁的城市生活普遍的一种心态。因此，诗人内心中渴望亲近自然，渴望体验“再次坐到树下/春雨淅淅沥沥，树叶缓缓转动/果子变红/坐着，走动，地气不再寒冷”的那种静谧悠然的生活环境。《空中草原》组诗中，诗人因偶然的机缘有了一次与草原亲密接触的机会，获得了在城市生活中所不曾体验到的奇妙感受，对生命和环境的关系有了重生般的思悟，由此展开了对个体生存状态的重新审视：“空中草原/一个在天上/一个在喀拉峻/紫色马，紫色骑手从冰山走来/我为迟到的看见而啜泣/为重新看见她，为刚刚看见自己。”（《喀拉峻的夜晚》）

相较而言，冉冉对民族身份和民族文化的审视，基本仍延续着前期创作中隐晦的排他性和强烈的身份融入愿望。在诗集第九章《崭新的母语》中，诗人引用亚丁的《漫游》中的诗句，表达了以民族语言为烙印的民族身份失落的深切哀伤：“在贝尔格莱德/我失去了母语和睡眠/成了自己的异域和外人。”诗人渴望通过拥有民族语言而获得一种永恒的身份意义，但只能落寞地为失去这一身份而悲伤：“我所失去的/母语故土爱人和荣誉/都不是真实的/就像我模拟的死亡/从未真正来临/母语重新变得新鲜这是真的。”在失去民族身份的寄托之后，诗人对自我的认识产生了疑问，“你好，乌鸦/我是一个失去了母语和睡眠的人……我打量自己/就像打量异域的山水/异域的男人和女人”。在现代社会和都市空间的巨大熔炉中，坚守民族身份的独立充满了艰辛和孤寂，“我听不懂他们的方言/叫不出任何一个人的名字……我突然面对的不是他们/而是同样陌生的自己”。因此，诗人表达出希望在融入人群的过程中获得理解、包容，同时也与自己固执的坚守和解，“我渴望熟悉他们/我会用我有过错的身体/热爱他们也善待自己”。

在文学空间的视域中，地域和身份的空间性更多地带有群体的、泛化的、公共的性质，诗人构筑的地域和身份的诗歌空间是通过情感和艺术的处理，将其改造为个人化空间的。与此二者不同，性别的空间性则先天地具备个人化的、隐秘的特性，女性写作者尤其擅长敏锐而细腻地表现这一微妙的主题。作为女诗人，冉冉诗歌创作中的性别色彩在早期的作品中就已引人注目。她早期的不少诗作都与暗夜有关，第一部诗集以《暗处的梨花》命名，不会全然是巧合。从早期的创作开始，冉冉就鲜明地以女性立场思考个体的生命方式和存在意义,“重新活过,我就活在黑夜 / 在夜里不回忆不懊恼也不厌倦”,这样的诗句彰显出一种精神生活方式的选择,是女性敏感而自我完善的生存智慧。有人将其称为“静夜思式的自我拯救方式”,具有相当个性化的女性意识。随着诗人作为女性身份的转变、人生阅历的丰富,她的女性观在诗歌中也有了一些调整和变化。她摘录了一首旧作中的诗句,解剖身份的转变以及由此带来的心理上复杂的认知情感,“这么多年 / 我的公开身份 / 是朱雀的母亲 / 而我的秘密身份 / 是痛苦与哀伤的女儿”。做了母亲之后的诗人,对女性之爱的应有内涵有了新的认识和体验,她歌颂母亲广博无私的爱,并且由己及彼地联系到更广大的母亲群体,思考她们的艰辛和苦痛,“弥天大雾 / 将这座城里的母亲 / 包裹在一起 / 相互之间 / 只听得见叹息 / 看不见身影 / 各自的苦楚也模糊了 / 这些痛苦的容器 / 这些磁铁 / 吸附在她们身上的 / 除了这个城市的苦还有 / 整个人间的疼”(《弥天大雾》)。但同时,诗人又渴望以独立的女性身份,获得两性之间的爱,“他留下的空白 / 刚好可以安放我的墓碑 / 我要在碑上刻写他的名字 / 并为他献上一束荆棘 / 他曾经替我活 / 如今替我死 / 我替他做完了今生的梦/又急着替他做来生的”,这种爱情观建立在互相平等、互为奉献的基础上,但又表达出女性为爱献身的主动牺牲精神。不过,诗人也懂得,女性对于爱的渴求在两性关系中一向不够平衡,因此,她要求表达爱的愿望,哪怕是自我抚慰的爱怜,“这身体旧了,我仍然 / 爱它,我爱它漏洞百出的 / 睡眠,我爱它睁着眼梦见的夜晚 / 是真正的夜晚,死亡不能比 / 最纯粹的爱情 / 也不能比”(《这身体旧了》)。

从某种意义上说,新世纪以来,冉冉的诗歌创作在艺术水平和精神境界上有大幅的提升,诗歌的写作空间得到纵深开掘,诗歌创作的精神追求突破了早期典雅而精致的严谨,多了一些洒脱、率性但不乏惊醒人心的力量。这种变化与诗人创作的经验积淀有关,也与艺术生命的厚度有关。有人认为,冉冉进入“中年写作”[①]的阶段是解释其诗歌新变的重要因素,细思起来,不无道理。

① 熊辉:《论土家族女诗人冉冉的中年写作》,《长沙理工大学学报(社会科学版)》2016年第3期。

三

总体上来看，冉冉诗歌创作中的空间化书写，基本符合“空间理论”的意义预设。文学的空间化书写侧重于将哲学层面的时空体进行意义上的转义，不再单一地把空间视为演绎时间的容器，强调从“与时间的历史性向度对立的一种共时性视角出发”①，横向超越的方式多维地重构审美空间或重释审美空间的多维性。冉冉在诗歌创作中以自觉的空间意识，从地域、民族、性别三个维度纵深地拓展诗歌空间的主题内涵，对丰富当下语境中现代汉语诗歌的书写空间具有启示性价值。

从空间之于文学的意义层面来看，冉冉的诗歌创作也颇具典范性。20世纪70年代以来，“空间理论”的建立和发展对人们关于空间的观念和认识产生了较大影响。柏拉图的“感觉世界”与“理式世界”、亚里士多德的“第一实体”和“第二实体”以及基督教的“此岸”与“彼岸”等传统思考，都是基于如何建构人类社会的和谐秩序问题而做出的空间预设，而现代哲学则转向了以人自身为依据。比如，列斐伏尔从政治经济学视角出发，提出“空间生产”的概念，面向日常生活批判，揭示了社会性、历史性和空间性的统一，并指出对空间问题的重视并非绝对地否定社会和历史，而是从时空共存的立场上对其进行“改造”，其最终目的是“生产一个合适的空间”从而“改变生活方式”“改变社会”。作为列斐伏尔思想的直接延续者，爱德华·索亚更为具体地指出，“人类从根本上就是空间的存在者，人类主体自身就是一种独特的空间性单元”②。冉冉的诗歌写作始终坚持从个体、自我出发，在日常生活的广阔背景下，将个体的生命哲思、生活感悟融入对外部世界的体验、观察和思考中，以女性对空间环境特有的敏感寻找到一种弥合主、客观抒情裂隙的言说方式，将现代诗歌赋予的个人化主观抒情权利与追寻外部世界意义的应负使命充分结合起来，实现了诗歌价值的社会性、历史性和审美空间性的统一。

不过，我们需要注意到的是，在文学空间层次的纵深把握上，冉冉的诗性

① 黄雪敏：《“文学空间”转向：现代汉诗文体研究的理论契机》，《安徽理工大学学报（社会科学版）》2014年第1期。

② 刘进：《“空间转向”与文学研究的新观念》，《兰州大学学报（社会科学版）》2007年第3期。

空间建构仍不够完善。迈克·克朗认为,“文学作品不只是简单地对地理景观进行深情的描写,也提供了认识世界的不同方法,揭示了一个包含地理意义、地理经历和地理知识的广泛领域”①。这一由文化地理学延伸出来的文学空间理论,给学界从外在表现上界定文学空间的层次提供了启示。目前大致认为,文学空间包括三个互为依存的内容,即现实关系空间、文本空间和审美文化空间。现实关系空间主要指以“文学地理学”为中心,从器物层面考察和构筑文学与现实发生关系所依附的客观物质空间,在这方面,冉冉以乡土、都市和自然为实体书写对象,构筑出颇具个人化艺术特征的地理空间。文本空间主要指以“文学场”为中心,从制度层面探究文学内部关系所呈现的艺术形态,比如,内容上形成的“乡土/都市”空间、“个体/公众”空间等,从这个角度看,冉冉的诗歌作品呈现出较为理性、自觉的对意义及价值的叩寻和诗歌艺术生命的塑造,自觉地追求对传统与现代视域下乡土/都市、个人/公众空间的差异化审视和反思。然而,在审美文化空间的构筑中,冉冉的诗歌还存在一定的局限。审美文化空间主要指以“文本互文性”为中心,从精神层面思考文学书写与空间审美的结合所要追求的超越现实层面的终极关怀。就目前而言,冉冉的诗歌作品虽然表现出对诗歌艺术独立性追求的有效努力,其最近的诗集《朱雀听》中的作品,呈现出“在心理上褪去感情的缠绕,取向理性的思考”②的深度精神力量,但对个体生活和心理“情景”的过分留恋,使得其现有作品难以在更高的层面实现精神价值的超越和突破。

——原载于《重庆文理学院学报》(社会科学版)2017年第6期

作者简介

杨高强:重庆人文科技学院文学与新闻传播学院讲师。

---

① [英]迈克·克朗:《文化地理学》,杨淑华、宋慧敏译,南京大学出版社2003年版,第72页。

② 梁平:《褪尽温情现光芒,穿透世相成诗性——冉冉诗集〈朱雀听〉的诗性之路》,《长江师范学院学报》2015年第6期。

重庆诗人梅依然的诗歌创作论

——以梅依然诗集《蜜蜂的秘密生活》为切入点

■周 航

不需要了解"为什么"和"何必"
这些事物,仍然以时间的形式
消失在了黑暗的中心
——这是万物平衡的方式

——梅依然《喻言》

重庆女诗人梅依然近些年创作力旺盛,写出了不少好诗,在诗坛获得好评并产生了较大影响。初看书名着实令人吃惊——《蜜蜂的秘密生活》,这与美国南方著名女作家苏·蒙克·基德(Sue Monk Kidd)2002年出版的长篇小说*The Secret Life of Bees*完全同名!如果是巧合,那么这事本身就让我十分惊讶;如果是诗人有意为之,那么我个人认为有一定的风险。为此,我特意问了梅依然,她也表示惊讶,说我是第一个问她这方面问题的人,她说确实受到那部小说的影响,不过她想用诗的形式做出来自生命体验的回应。

基德少女时代即受梭罗《瓦尔登湖》和凯特·肖邦《觉醒》的影响。前者的诗情和田园风情,后者的女性主义精神,以及美国南部文学梦幻与现实相结合的灵性探索的传统,都一道融入基德的成名长篇小说《蜜蜂的秘密生活》中。小说以20世纪60年代的美国为背景,讲述了女主人公莉莉因孤独无助而离家出走以寻求心灵的休憩、安慰与解脱的故事。小说内涵丰富,融合了性别、民族、种族和历史等多种元素,关涉爱的疗伤和救赎,拷问了人性中的痛苦、快乐、梦想、死亡、尊严以及蜕变。整体上来看这部小说,女性主义立场是十分明显的,但从文学意义上讲,其中独特的个体叙事和生命感觉则更为人所重视。

我不知道梅依然的人生经历过什么,但她的内心肯定是无限丰富和充满诗意的。她刻意以国外一部长篇小说的名字来命名自己的诗集,在此我不妨斗胆猜测其不畏撞车风险的某些原因。首先,诗人以一个女人的姿态用诗意的文字来抵达内心世界,以触摸生命的存在感;其次,诗人力避宏大的虚空,在时间和生命的流逝中捕捉个体存在的意义;最后,从诗中隐现的哲思来衡量(比如对死亡和爱情多层面的思考),诗人并非在浅表式地痛苦呻吟,而是以诗的针线缝补爱情、死亡与虚无的缝隙,并期待与读者灵魂的相遇。以上几点,与基德的小说形成既明显又深刻的、不同文体之间的互文性关系,这无异于一场跨越时空的心灵对话,而并非莫名的撞车之举。

上篇:作为"个人表达"的肉体存在

肉体:用想象与理解构建
这是美学——
我们进入它的内部

——梅依然《想象与理解》

梅依然的很多诗来得直接,来得坦然,"肉体"经常出现,而不是羞羞答答的"身体"或"人体"。或许,在她看来"肉体"更为及物,更有触摸的实在感,也更能直抵人性。她在2009年出版第一部诗集《女人的声音》,2013年出版第二部诗集《女人书》,包括现在的第三部《蜜蜂的秘密生活》,或许诗人都是在尽力“想象”和“构建”一间女人肉体美学的诗屋。其中的美学根基是来自灵魂深处的、个体的。不过，这种“个人表达”以及女人对身体的意识和觉醒并非从梅依然这里开始。现代以来的西方和中国对此早就画下了一道深重的哲学和诗学的轨迹，只是在现实和人性面前，这道轨迹仍需不断地重画和延伸。只是梅依然的女性“意识和觉醒”并非简单的重复，而是以往基础上的剥离和新生。

我很想举出一首有代表性的诗来分析诗人对肉体的“进入”，然而发现这将是一场徒劳。诗中对肉体的迷恋超出我的想象，其与隐寓其中的存在感竟然浑然一体，如果将其强行剥离，就只能看到其中的某一侧面，正如盲人摸象那般。就此而言，这本身就成为一种不断增强式的“重复”，是不断燃起的火焰，浴火之后的新生或许要等火光全然熄灭之时。其诗中肉体之存在总与生命、死亡、爱情、性、愉悦、痛苦、精神、哲学等元素融为一体，在女诗人看来：“所谓女性美，是由认识自己的身体开始。”故，作为身体含义的更为直接的肉体，就成为诗人进入诗歌和进入自由精神的有效通道，也成为切入现实的一道裂缝。“整日，我的肉体 / 徘徊在黑褐色的土地上 / 两条腿不知道怎么摆放 / 像一把剪刀 / 似乎能撕裂任何东西”（《五月的田野》），这让我们似乎突然明白了一点儿什么。肉体以及对肉体的思考（包括爱欲）或许正是诗人用来对抗生活现实、真相的利器，而不仅仅是女性主义的卫道者。

黑格尔曾经在他的巨著《美学》里阐述过肉体与精神之间的关系，尽管他谈的是雕刻，却不乏当下的现实性意义。他认为精神性可以“在肉体中自为存在”，“关于精神和肉体在各种情感、情欲以及其他精神状态方面的较确切的联系，我们还很难把它归纳成为牢实可靠的原则”，故其提出“精神的肉体”之说，并以此作为一种艺术之美来进行探讨。大概诗人梅依然的写作姿态与此有很多相合之处吧。后来，写出女人“圣经”之作《第二性》的波伏娃，从性别的角度对女人肉体和精神的存在做过全面的论述，使女人在现实和精神领域第一次能够真正地面对自身。从而，女性肉体不再是性别歧视的载体，而成为女性觉醒的诸多能够“彼此传递的暗语”（爱丽丝·史瓦兹语）。波伏娃的著述，使“女性世界”不再仅仅作为男性世界的参照物，而是大大增强了女性存在的主体性，女人的世界已然超越肉体而能够获得精神上的自立、自足。如此精神资源的获得，无异于给诗人梅依然展开了一方可供无限开垦和劳作的"荒原"——"我返回荒原 / 在那里 / 我将成为一座葡萄园的庄主 / 收割我的苦难和喜悦"(《博物馆》)。

1994年林白发表《一个人的战争》，1995年陈染发表《私人生活》，这开启了中国"私人写作""个人写作"的先河。巧的是，1995年，联合国第四次世界妇女大会在北京召开，这又给中国女作家们提供了一个"个人表达"的较为宽松的社会大语境。这股创作潮流强调女性叙事回归自我生命的内部，发掘自身主体的生命体验。这可能是中国女人在精神领域正式敞开"肉体"的开始。不过，我们别忘了，林白和陈染最初都是写诗的，是诗歌提供给她们最早的写作经验和情感体验。我们更不能忘记，早在1983年成都女诗人翟永明就写出《女人》组诗(1986年《诗刊》"青春诗会"发表)。翟永明在组诗开头的《独白》中写道："我，一个狂想，充满深渊的魅力 / 偶然被你诞生。泥土和天空 / 二者合一，你把我叫作女人 / 并强化了我的身体。"我们不得不说，梅依然的诗歌创作或许正是这一渊源的延伸。同样地，我在她的诗中读到了奇诡，读到了惊世骇俗，读到了来自女人身体内部的呼唤、挣扎和立场。那些来自女人内心深处的秘密、凄怆和激烈，同样能让我再次感受到性别背后某种无奈的决绝。

正如翟永明所言："我永远无法像男人那样去获得后天的深刻，我的优势只能源于生命本身。"于是，梅依然也再次将肉体诗意化并满含期待："我的肉体静静卷曲 / 像一只盛放'过去'的器皿 / 等待打开 / 我嘴唇的洞穴，涌出细微的光的声音 / 无人可听"(《微光》)"过去"意味着时间，承载时间的只有肉体这只"器皿"，其中的存在感由诗人明确了下来；而诗人的"嘴唇"则充满着性暗示的隐喻，幽深的"洞穴"里将会传出"光"和"声音"，那既是对男人说的，更是对女人说的。我们从中隐隐可感受到女人"细微"的绵柔和强大话语的并存，诗人对身体的烛照和感知愈是"细微"，就愈加能够真实地进入自我意识的精神世界。这个感知的过程，恰恰是借助肉体的"想象与理解"来实现的一种美学建构，而并非纯粹肉欲的解构。这是梅依然诗歌的一个陷阱，一个让读者容易误入的雷区。

肉体于每个人而言都只有一次。集母性与美于一身的女人，其肉体天生神秘而被赋予更多的想象。自古红颜易老，平添无限哀愁。当女人在精神上对自己的肉体一再敏感之时，其肉体则在时间的打磨中无异于一次孤独的旅行，而这个旅程定当“短暂且充满艰险”。从对肉体的感知和体验中，诗人竭力探寻生活的本质；在排斥现实和拥抱生命的悖论之余，诗人在寻找着快乐与现实的融合，以及本能与道德的某种和解；在存在与虚无、爱欲与时间的对抗之中，诗人一直都在采撷生活缝隙间的诗意和生命的存在感。而这一切，既是充满“局限”的女人所做的“一个并不完满的梦”，又是肉体承载着的灵魂的一次孤独之旅。

在梅依然的这本集子中，直接出现“肉体”字眼的诗有25首，与性意识和性体验直接相关的达17首。如果加上其他暗示性的同类诗歌，数字还会大幅增加。不过，已有的统计数字就足以说明问题了。可以毫不夸张地说，“肉体”就是梅依然这本集子中的核心意象。一般而言，在小说叙事性文本中大谈肉体和性体验是为人所忌讳的，遑论以精致、美、情感升华见长的诗了。对梅依然诗中所出现的性和肉体，我们看不到类似于“下半身”“垃圾派”“废话诗”一类的粗鄙性存在，反而更多让我们感受到人性深处的欢乐和痛苦的交集，以及超出性和肉体之上的诗性哲语。

且看：“我把黑色的头发、眼睛、鼻子、红色的嘴唇 / 甚至是乳房、河流、古老的洞穴 / 全部奉献给你 // 啊!我多么嫉妒它们 / 能够得到你的爱抚 / ——却独自抛下我的一颗心在别处”(《轨迹》)这类诗充分表达了对灵与肉分离之际的无奈。不过，诗人透过肉体传达出来的对爱、性的体验都浸溢着独特的感受。在此不妨再举几例领略一番：

表达对爱的渴望：“我铺展自己 / 像一段旅游线路 / 有亢奋的起点和戛然而止的结尾 / 又像一把放弃演奏的旧日的大提琴 / 不再发出一个噪音 / 我辗转于晦暗不明的光中 / 只等待一列呼啸的火车驶过 / 碾碎我这微小的肉体”(《夜宿洪安小镇》)

表达对爱憧憬式的满足：“当时间坚硬的胸膛变得温柔 / 紧贴在我的身

上 / 我的眼睛微微眯起 / 我们共同完成了最后一次冲浪 / 啊，什么是爱？ / 当我们安静而疲惫地睡去 / ——世界圆满而仁慈”(《奏鸣曲》)

表达对爱决绝式的赞美：“当我们分开 / 我们为什么感到失落 / 一具空空的肉体 / 男人和女人是否应该 / 死在做爱的途中 / 或是爱上的瞬间 / 爱——才会具有震颤的效果？”(《爱》)

以上基本上能涵盖梅依然假借肉体名义来表达女性自我存在的体验。其思想大胆而热烈，言辞俏皮却忧伤，态度犹疑又决绝，这些都能够充分体现梅依然诗歌的独特性。不过，诗人在性体验之下所表达出来的“自我”存在感，应该有其更为深刻的内涵和原因，我们可以从以下几个方面来对这种“个人表达”做出尝试性的分析。

第一，“精神的肉体化”。梅依然的诗，善于将肉体置于精神与外部现实对立面诸要素之间并将其动态化，从而最终实现对立中的统一。诗人或许面临太多现实中的失望，才以另类的逃避方式以寻求内心的某种平衡，而自我肉体终成为一种最令人清醒而真切的“表述方式”。从而，精神的物质化或肉体化就成了诗人调和精神与现实矛盾的策略性选择。

第二，将肉体的隐秘性进行语言的物质化，以表达生活的本质。压抑成为现代人的常态，现实很多时候是扭曲和变异的，正如尼采说的：“世界早已成了疯人院。”基于此，诗人才会踅入肉体的隐秘性之中以求表达另类的生活本质。人的存在本质上是对快乐的追求，而不是痛苦的替身。当诗人从所面对的现实中不能获得快乐或幸福感时，就会另寻出路，以求摆脱精神困境和获取另一个多变、复杂的快乐来源。于是，相对隐秘的肉体和爱欲，就成为一种形而下意义上的诗意表达，而诗本身又是形而上的，如此一来，诗歌的内涵也就形成了一股较为强烈的悖论式的张力。从以上所举的例子来看，由时间所贯穿起来的肉体体验，恰恰能使诗人的精神世界渐次丰盈起来，其存在感也就愈加强烈而得到伸张。

第三，“超我的反动性”。诗人一味以肉体来表达生活是相当冒险的，这与受社会和文化影响的“超我”形成了鲜明的对立关系，毕竟强加于生命个体的“外在约束”充斥着现实和精神的双重世界。听命于一切的“超我”在梅依然的诗中不断冒现，爱欲层面上常有的负罪感和道德盔甲也常使诗人陷于沉重的负累之中。然而，诗人的勇气却又在不断上升，隐藏于诗行中的反动性力量也在不断增强，为了让时间和美好一道驻留，诗人外在柔弱的表达却不时迸射出耀眼的火星。

其实以上所述可以归结为一句话："我表达我存在。"诗人终究是在文字中追寻一种生命诗意的存在感，并以此与生活中如影随形的虚无感相抗争。黑格尔和海德格尔都对虚无进行过阐述，萨特却理解得最为彻底。其中，萨特专章论述过"身体"（这是否可以具象化为梅依然诗中的"肉体"？），指明了"人为性"存在的"身体"和"为他的身体"。诗人在诗中，是否也在构建着一系列"人为性"的肉体和"为他"的肉体呢？只是这趟心灵之旅未免过于孤独了。诗人似乎在为众多中年的女人代言，为肉体正在走向终点的路途中加速磨损而惋惜，在女人所经历的独特的时间感受中抒发诗情。所以，这部诗集，无异于诗人在一个单独房间里做着"不完满的梦"，在反对时间之流的行程中做着不懈的抗争，如此才能把握住此在的存在感觉。

下篇：时间之下肉体的消解和灵魂的救赎

时间与肉体

一种完美的结合

——梅依然《时间与肉体》

梅依然在一首诗中写道：啊，作为女人 / 我们的局限在于：/ 在一间自我的房子中 / 做着一个并不完满的梦 / ——我们的旅程短暂且充满艰险。（《永生》）谁敢说，人生不就是一次孤独的旅行呢？尤其对于诗人笔下存在"局限"的女人而言，做着"不完满的梦"的旅行将会更加凄清、短暂和"充满艰险"。我们不妨设想，身体和灵魂必有一个在路上的话，那么身体和灵魂合为一体的时候呢？或者说，肉体作为灵魂的真实载体且如此可感可触的时候呢？谈论这些的时候，面临诗歌在阐释生命本真的时候，真的能够让人产生惊心动魄之感。因为，当人真切意识到孤独、局限和不完满的时候，这恰恰会让人同时意识到活着的意义，尤其是承载着一个女人命运体的意义。

而当女诗人意识到灵魂的孤独之时，贯注在诗行中的意味将会更加悲怆而决绝。这或许正是诗人将肉体和灵魂紧紧绑系到一起的又一深层原因，唯其如此，肉体与灵魂才能同在。在这种情形之下，肉体才如灵魂射出的唯一一颗真实的子弹，短短的人生射程之内，瞬间的旅程眨眼即可结束，而同时击中的却是诗人和读者两颗共颤的心。在这个意义上讲，梅依然的确是一个能将肉体和灵魂合二为一的诗人，她将肉体和灵魂以诗的形式或名义结合在一起的心理历程，又的确无异于一次深沉而孤独的旅行。这让人想到美国惠特曼的诗句："我是肉体的诗人 / 也是灵魂的诗人 / 我占有天堂的愉快 / 也占有地狱的痛苦"（《肉体的诗人和灵魂的诗人》）我在想，惠特曼的诗句是否正可作为梅依然诗歌的注脚呢？

不过，千万别以为梅依然的诗只是出于一个女人的呓语，我们只能说在她看似指向不算太复杂的诗中隐含了太多的东西。一个女人借助文字的火山口，所喷发和透露的内心世界，或许比我们游身其中的现实更为博大，这就犹如没有谁能够理解一只从未停止过歌唱的蜜蜂过着怎样的秘密生活。我们不得不感慨，女人承载的东西实在是太多了。女人所面临的可能比男人要面对的复杂得多，其命运的复杂性无异于又一道斯芬克思之谜。理解梅依然的诗犹如猜谜，极容易走入意识的误区，又极容易跌入其文字的迷宫而难以自拔。不过，其谜底仍然是"人"，只是梅依然的这个谜底具体到了"女人"——一个在时间中穿行、忧伤并确立自己的存在和价值的女人。想想这一切，就让人心惊肉跳，举步维艰。难怪有人说，读者和作者一样，当面对文本建构和理解文本之时，都一样地经历着一次次灵魂的历险。

"如果，你不能给我和睦与爱情，那么就给我苦涩的名声"，安娜·阿赫玛托娃在诗中如此写道。我们从中不难发现，作为一个女性在社会、家庭、婚姻、爱情中所负载之多、之重，是何其令人扼腕感叹！在人心不古，且麻木和冷漠的现实人际关系中，梅依然采取了一种迂回向上的姿态，始终信奉茨维塔耶娃所说的"用心灵的深邃来保证自己的与众不同和自给自足"。

如果对梅依然的诗歌只做浅表化的猜测和理解，我们就只能游离于其文字之外，挠诗歌之痒。诗人所信奉的，也是她在诗中所着力追求的。那么，“心灵的深邃”“与众不同”“自给自足”都将成为解读梅依然诗歌的钥匙，尽管对这些钥匙的使用有时只是做出一些努力的尝试。比如说，在诗人的这本集子（其实也包括以前的两部集子）中，肉体和爱欲成为经常晃动在眼前的一种“现实”，如果我们只是停留于此，就不可能理解诗人的灵魂轨迹和“逆向性”的渴求及其抗争。或许她要求的十分简单，没有宏大诗歌建构的野心，也不做故作高深的宇宙思考，而是将一颗诗心彻底地钉入社会、家庭、婚姻、爱情诸多关系交织的纽结上，然后在诗行中做着无尽的稀释和洇染。鉴于此，我们在读梅依然的时候，就不能够忽视其诗中无处不在的肉体与时间的关系，也不能忽略她诗歌中另一个核心意象：死亡。

“我们就是那必死之物”（《界限》）

“她们诞生，她们死亡 / ——无人干预”（《生活》）

“你成为一个‘突然的’/ 或‘可怕的’事件 / 死亡的宗教 / 我们终于光顾了它”（《来临》）

“‘默默无闻’/ 这是我们奔赴死亡的形式 / 无关事件本身 / 我所表述的 / 和政治几乎不相关 / 而是关于情感的统一”（《一月的田野》）

“像父亲和母亲的爱 / 始终照看着我 / 并带着我消失—— / 死亡每一天都会降临”（《比喻》）

……

我们甚至可以说，梅依然在诗中有多少爱，就有多少死亡；或者说，有多少肉体，就有多少死亡。诗人是如此沉迷于对死亡的诗意透析，犹如CT核磁共振在检测身体重要器官的任何病变一样，她执着于人性混乱之中对爱情、婚姻、家庭的深度思考。这点无疑也构成了梅依然诗美追求的重要内核，以至于她直接写出《死亡的感觉》《死亡的艺术性》一类的诗。

弗洛伊德人格结构中的“超我”（super-ego）是受社会和文化制约的道德良心和自我理想，其本身是孤独而完善的。诗人在诗中所表达的，我们不能误解为性幻想或者色情，而是寄托了诗人的孤独、忧伤、痛苦、愤怒……的情感，以及对现实的失望，对和谐家庭、婚姻和爱的无限憧憬。与"超我"相矛盾的是，爱欲本质上是放荡不羁的，这可以作为人的一种本能来理解，而且一般而言性本能也难受时空的限制。从诗中让爱共生死的表述来看，实际情形却往往令人感到不如意甚至是绝望。于是，如果从整体来看梅依然的诗，隐隐传达出某种人类共性的"性反常"意味，这恰恰是对现实男女精神世界的高度概括，是我们这个时代的一个侧影或折射。

由此以来，人的消失也就不仅仅是肉体的消失那么简单，而是让人爱欲本能和死亡本能实现了最终的融汇。甚至，从诗中的决绝态度来看，爱欲最终是屈从于死亡本能的。这种表达的结果又形成了新的"超我"，也即死亡可以捍卫某种道德感，于是死亡本能又降服于爱欲了。这或许正是诗人纠结与彷徨于爱欲（以男女之爱为核心的婚姻和家庭）与死亡二者之间的本因。在这种分析之下，我们就不难理解为什么诗人又是如此那般沉醉于时间的感受，爱欲是时间的永恒，而死亡则是对时间的终止。在这种矛盾冲突中，人性的焦虑、生命的存在感和诗性的张力都得以生发。从诗本身的角度来看，死亡美学成为梅依然诗歌美学整体追求中不可分割的一部分。这也成为洞窥梅依然诗歌内涵的一个有效切入口。

不过，在梅依然对爱欲和死亡的对立而又统一的诗性书写中，我们又可看出诗人对生命深沉的热爱以及对生命的无限敬畏。唯其热爱，才渴望；唯其渴望，才焦灼。在这些情绪波动中，诗人的诗思得以升华并产生了深不可测的孤独感，以至于她在不同诗中一再发出那些古老的天问：我是谁？我将到何处去？诗人在排斥现实和拥抱生命的悖论之中，透过时间和肉体的缝隙，她终于获得了某种精神上的救赎，并使时间和肉体得以完美的结合。

读完梅依然的《蜜蜂的秘密生活》，我无意以一个评判者的身份轻率地做出任何判断。实际上，梅依然诗歌的哲理性相当深厚，她绝大多数诗歌几乎都寄寓着有意识的哲学思考。读她的诗，委实是一个与诗人，也与自己的心灵秘密交流的过程。这或许是又一次灵魂的历险，然而却是一个充满意味、意义和收获的情感体验过程。读梅依然的诗，还是一次独特的语言体验和一个不断迎来惊喜的过程。梅依然的语言是充满诗意的。新诗虽为自由体，但并不是简单的分行。诗的句子如果太有逻辑性和连贯性，过于平衡而缺少跳跃性，那么分行和不分行的意义都将不明显，如此诗的形式感就不强烈。梅依然的诗，尽管日常化的口语随处可见，然而我们从中能够感受到诗人将日常生活审美化的一种超乎寻常的语言驾驭能力，从而其诗读来诗意浓郁而又充满另类意味。梅依然的诗除了哲思和语言为其特色外，画面感也很强。“她举起一只手 / 一个不明含义的语句 / 并不期待我们的理解 / 另一只手悄无声息地垂下 / 害怕引起过多关注”（《古城》），她的此类诗歌，无意中融入中国传统诗歌的诗画技巧，并超出了传统意象的建构模式，更为贴近现实生活而能够为人所感受。且诗歌中还注入了日常叙事成分，这又使得她的诗歌的生活气息更为浓厚而充满生气。梅依然的诗充满奇思妙想——“床头钟表嘀嗒 / 像没有拧紧盖子的大海 / 不停渗出的水滴漫进房子里”（《等待》），这样的诗句在集子里比比皆是，读来饶有诗意而又充满雅趣。

或许，梅依然的诗还有我们未曾发现的更多秘密。我们又有多少人能透彻理解“蜜蜂的秘密生活”呢？我们除了注目，还充满期待。

——原载于《长江师范学院学报》2017 年第 5 期

作者简介

周航：长江师范学院文学院教授。

XIA BIAN

下编

『新归来诗人』初论

■蒋登科 王 鹏

“归来者”诗歌是20世纪70年代末到80年代初出现的一个重要诗歌现象。“归来者”诗人群体是从20世纪50年代因政治事件被迫中止写作，到新时期才重返诗坛的一群诗人，他们包括“九叶诗派”诗人郑敏、陈敬容、辛笛、袁可嘉、杜运燮、唐祈、唐湜，“七月诗派”诗人艾青、鲁藜、绿原、牛汉、曾卓、彭燕郊等，以及一批在20世纪50年代的诗坛崭露头角的诗人蔡其矫、苏金伞、吕剑、邵燕祥、公刘、流沙河、梁南等等。这些诗人在20世纪50年代中后期因为不同的历史事件而离开诗坛，尤其是在“反右”运动之后，诗坛上基本上听不到他们的歌唱，有的是因为失去了必要的创作条件，有的是因为外在原因而不得不停止创作。1978年4月30日，艾青在《文汇报》发表诗歌《红旗》，曾经以为他早已不在人世的诗歌界惊喜地发现他不仅还活着，而且又开始了自己的歌唱。艾青从这首诗开始便一发而不可收，形成了他艺术历程上的第二次高峰。其后，上面提到的这些诗人也陆续“归来”，成为新时期诗歌发展中的一支重要力量。这些诗人拥有长期的创作经历，又经历了人生与历史的曲折坎坷，他们“归来”之后的创作保持着过去的艺术特色和活力，更多了一些深沉的思考和反思，不仅标志着个人命运的转折，更预示着新文学精神和艺术传统的归来。1980年，艾青在四川人民出版社出版了他在新时期的第一部诗集《归来的歌》，这个群体也因此被诗歌界命名为"归来者"诗群（最初起于吕进先生在《星星》上刊发的评论此诗集的文章《令人欣喜的归来》，与同时期的"朦胧诗"诗人群、"新来者"诗人群和一些资深诗人，共同建构了新时期诗歌的繁荣景观）。这些诗人大多出生于20世纪初到30年代，到目前为止，除了极个别诗人之外，大多已经离开了人世，他们成为新诗史关注的重要群落。

在21世纪的中国诗坛上，另一个与"归来"有关的诗歌现象也同样令人瞩目，这就是"新归来诗人"群体的崛起。"新归来诗人"的说法和新时期的"归来者"诗人在艺术传承上没有直接关联，这些诗人的"离去"和"归来"也和"归来者"诗人存在本质的差异。

"新归来诗人"的命名借用了"归来者"诗群的概念，也源自这些诗人相似的创作、生活经历。在21世纪之初，一些曾经离开诗坛的诗人逐渐回归，在很多报刊、活动中又经常能够看到他们的名字，这或许昭示着一个新的诗歌群落即将出现。在2010年左右，以邱华栋、沙克、洪烛、李少君、义海、潘洗尘等为代表的一批中青年诗人先后以"新归来诗人"的名义发表诗作，甚至在一些刊物上开设"新归来诗人"栏目。2011年6月23日，沙克在新浪网创办了"中国新归来诗人"博客，一大批海内外具有类似人生与创作经历的诗人开始通过网络等现代交流方式聚集起来，形成了当代诗坛上又一道亮丽的风景。2015年底，沙克又借助微信的力量，建立了"中国新归来诗人"微信群和"新归来诗人"微信公众平台，将大量"新归来诗人"召集起来，交流诗艺，重温处女作，展示代表作，举办各种类型的诗歌征稿及竞赛，以联展的形式在《现代青年》《诗林》《翠苑》等公开期刊及《诗歌地理》《岭南文学》等民间刊物和内部期刊上，发表"新归来诗人"的群体作品，并且联袂作家网、中诗网等海内外多家知名网络媒体同时推出作品。尤其是沙克主编的诗歌选集《中国新归来诗人》(2007—2016精品诗典)，集近10年来新归来诗人作品之大成，非常值得关注和研究。在微信群举办的各种作品评审中，沙克是一个不留面子的人，他只认文本的优劣，只谈艺术的创新，不管名气与地位。在有些比赛中，很多名气很大的诗人都没有能够得奖，甚至被点名批评，由此形成了一种难得的批评风气。到目前为止,“新归来诗人”群落拥有了洪烛、潘洗尘、邱华栋、小海、李少君、周庆荣、义海、橙子、大仙、冰峰、林雪、默默、程维、姜念光、周瑟瑟、尚忠敏、周占林、代薇等一批“新归来诗人群”的代表性诗人,重新认同自己新归来诗人身份的吴少东、雷霆、郭豫章、愚木、束小静等也进一步归来,由此带动了姜念光、庞余亮、柏铭久、丛小桦、柏常青、张槦、林浩珍、尹树义、胡子(英国)、谢宏、鲁亢、樊子、郭建强、蒋蓝、南鸥、芳竹(新西兰)、冯光辉、老铁、施玮(美国)、孙启放、北城、龚学明等一大批认可“新归来诗人”理念的诗人的参与。他们的探索和成果,使严力、郭力家、荣荣、潘红莉等诗人对“新归来诗人”给予了认同。

与以艾青为代表的新时期“归来者”诗群相似的是,“新归来诗人”也经历过一种离去再归来的诗歌创作历程。“新归来诗人”主要出生在20世纪60年代,也有部分出生在50或70年代,他们的创作主要开始于20世纪80年代的新诗热潮时期,不少人在创作之初属于大学生诗人、民间诗人群体,发表了很多具有特色的作品,创办了一些有影响力的民间诗刊。到了20世纪90年代,中国社会发生了很大的变化,市场经济在中国大地蔓延,物质追求在很大程度上成为人们生活的主流,80年代席卷中国大地的诗歌热潮渐渐降温,诗歌进入低谷。众多诗人开始自主分流,这些曾经活跃的诗人因此进入了艺术的蛰伏期或者转型期,他们要么转写其他文学样式,要么投身职场,要么下海经商,自动离开诗歌去追寻一些与生存、梦想相关的人生目标。但是,他们的诗歌理想还在,艺术梦想还在,到了新世纪,这些诗人带着80年代的理想光辉,加入了暂时离开诗坛期间积累的人生的厚度与广度,以更加成熟的诗艺和真挚的情感给诗坛带来了震动和惊喜,成为新世纪之初中国诗坛壮观的“新归来诗人”群体。在“新归来”的事实背景、文本写作和典型意义的视域下,那种诗歌复兴的传承力量和网络等现代传播方式的大力推动,使“新归来诗人”在不长的时间里就受到了越来越多的关注和认可。

“新归来诗人”和“归来者”诗人在人生经历和艺术追求上有很大的差异。在人生经历上,“归来者”诗人经过20世纪50年代的“反右”运动和“文革”的十年浩劫,大多因为政治运动失去了写作的自由,被折断了艺术的翅膀,被迫离开诗坛,都有被冷落或被放逐的人生体验。他们在文学创作上的回归也是因为新时期政治上的拨乱反正才成为可能。“新归来诗人”没有经历过政治风云变幻的激荡，他们的离去和归来是尊崇内心的需要，是顺应内心的自由选择，而不是因为现实政治的潮起潮落。在诗歌艺术的追求上，“归来者”诗人由于在政治运动中饱受磨难，悲怆和忧患几乎成了他们作品中一种普遍的情绪，在半梦半醒的自语中，人们听到的是这样悲凉的歌唱：“且看淡月疏星，且听鸡鸣荒村 / 我不禁浮想联翩，惘然期待着黎明……”（绿原《重读圣经》），苦难所引发的对自我的觉醒和个体命运的反思，极大地凸显了诗歌隐喻、思辨的特征：“经历过春天萌芽的破土 / 幼叶成长中的扭曲和受伤 / 这些枝条在烈日下也狂热过 / 差点在雨夜中迷失方向”（杜运燮《秋》），满是受伤的疼痛和对这种疼痛的反思。“新归来诗人”带着极大的热情和对诗歌的挚爱回归诗坛，他们在诗中自觉宣扬生命、自由、美和爱的理念，对诗歌有着近乎朝圣般的精神信仰，对生活与历史有着自觉的介入，全力揭示诗歌无法遮蔽的历史意义和精神价值。

有人把“新归来诗人”称为“新归来诗派”，以流派来看待这个诗人群落。这其实是不准确的。“新归来诗人”的构成非常复杂，他们的共同之处，从外在上说都有相似的经历，从内在上看都对诗歌艺术怀有执着的迷恋。但是，在艺术追求上，他们却各不相同，情感取向、艺术手段、艺术风格等存在很大差异，本身就是一个多元化的构成。从这个角度上说，“新归来诗人”和“归来者”诗人一样不是一个流派，而是一个执着于人生和诗歌艺术探索的艺术群落。

诗人沙克的诗《我回来了》可以被看作“新归来”诗群的一篇“宣言”。

慢点走，再慢点，停下来
看看日子过去了多久
看看身上重了多少
看看周围造了多少美景
看看天上还有几只鹰在飞旋
风水顺着人们的意思
损耗，占有，挤满，膨胀
哪还有存放心脏的空间
心脏早已丢失。未来也已经被透支

我停下来，卸去身上的东西
再卸去脂肪和肉
我停下来，让自己皮包骨头
像鹞鹰那么轻身
回望，后退到原来的路口
捡起血色将尽的心脏

在人们将去其他星球之前
我回来了，找到心脏，放回体内
这个最微弱的生物曾经叫灵魂
进入我皮包骨头的里面
一间有泥土的房子里面
陪我慢慢地生活

从一根时针上，我归来了
我喜爱地球的立足点
喜爱在这个点上写作诗歌
我回来了，我不反对什么
我朗诵自己的诗歌
给那些想要去其他星球的人们听

我回来的目的十分明了
这里有本真的生态
有生命、自由、美和爱
我回来了，找回心脏
坚持自然生活，身心同行

——沙克《我回来了》

这个诗群倾向于对生命本身进行哲学思考与理性探寻，对诗歌艺术进行大胆实验，对爱与美进行诗意观照，对生活全心投入，追求物我两忘的艺术境界。每每触及现实生活的本质,他们的作品就呈现出一种特殊的精神硬度和韧度。“新归来诗人”在诗艺探索上表现出极大的包容性、异质性、多样性,他们的作品作为隐喻的建筑带有精巧的“装置”,在西方话语与本土文化、在传统积淀和现代观念的交汇处寻求平衡,充满热烈的情感,冷静的思索和对历史、现实、生命的深度打量。

“新归来诗人”在创作上的一个显著的特点就是通过日常经验的叙事来摆脱“影响的焦虑”,在历史与现实的多维联系中彰显文本的组织能力,用艾略特荒原式的反讽去投射生活中的光影声色,对生活细节与日常经验的偏爱使他们的诗作有着更多的“及物性”特征。他们有这方面的先天优势。这个群落中的诗人都经历过中国改革开放和市场经济的历练,经历过从嘈杂、浮躁向冷静、沉思的转型,他们感受的生活、体验的人生可以说是异彩纷呈,这些经历本身就使他们和其他一些诗人形成了差异,为他们思考历史、打量现实、感悟人生、提炼诗意奠定了坚实的基础。这也与中国文化和历史有关。从《诗经》开始,中国诗歌就确立了“诗言志”“温柔敦厚”“绘事后素”等美学标准。“诗言志”是强调言之有物,不空发议论和为赋新词强说愁;“温柔敦厚”要求诗歌要含蓄婉约,多用“春秋笔法 ”;“绘事后素”则表明诗的“构架”可以炫目,但诗的“肌质”一定要素雅真挚。因此,叙述性就成为中国诗歌发展的一个重要的源流,可以在一定程度上避免诗歌创作中流行的“空壳化”“同质化”等弊端。

子夏问曰:巧笑倩兮,美目盼兮,素以为绚兮。何谓也? 子曰:绘事后素。

“绘事后素”阐明的是诗美的发生过程,如果把诗歌的抒情作为外在装饰即“绘”,那么诗歌的本体部分即诗意产生的装置就是“素”,“素”一定发生在“绘”的前面,具有本源的意义。在一定程度上说,中国新诗的发展史就是一部抒情与叙事相克相生的历史,是延续、重构古典诗歌传统的历史。面对纷繁复杂的历史、现实和晦暗不明的情感世界,诗歌只有在坚守抒情性的基础上借鉴戏剧化的叙述性,由线性的美学趣味上升到对异质经验的包容,从不及物的悬搁到及物的播撒,使直接抒情成为内核,才能为诗的语言赋予更多的可能性空间。

尚仲敏是带有浓厚归来色彩的诗人，他是20世纪80年代大学生诗派的代表诗人之一，也是“非非”诗群中的重要一员，90年代初下海经商，21世纪初回归诗坛。他早期的诗歌《卡尔·马克思》就显示出反讽式解构的端倪。一代伟人马克思的形象在诗中是“满脸的大胡子，刮也不刮”，生活状态是“没有职业到处流浪”，一生的结局是“穷困”。马克思在诗中走下神坛，回归到一个凡夫俗子的位置。这是一种与外部世界相互指涉的“及物”的写作，“及物”是自我与外部世界互相渗透、对话、修正的过程，是历史镜像与个人际遇碰撞时尖锐的刺痛感。尚仲敏“归来”以后的另一首作品《端午节，让我们谈谈历史》也是一次企图用新历史主义颠覆经典的尝试，有着对历史神秘性和神圣性的祛魅追求，在怀疑精神上走得更远，直接质疑历史人物存在的真实性。新批评学派评论家布鲁克斯认为“反讽是对陈述句的明显的歪曲”，是诗歌构架与肌质出现戏剧化的矛盾性之后产生的弹性空间。“进出晚唐的后门 / 为着一种色调、气息、态度的闺妇或歌伎 / 舍文墨而偷情”（沙克《译温庭筠》）就是对晚唐花间词的一种戏仿，“给我36宫，我就流浪，给我72妃，我就守身如玉，给我满汉全席我就绝食，把我逼上悬崖，我就在崖顶上安家，一个你，就是我全部的幸福”（默默《权力》）则带有撒娇与无奈的黑色幽默。

“新归来诗人”在作品中体现出来的叙述性还往往夹杂着对经验的迷恋，经验是情感的内化与沉淀，是诗意发生的一个关键词，它比抒情更能带来精神散逸的力量。经验是实实在在的所指，是与人的情感和生活经历相关，可以发生共鸣的，而共鸣恰恰是诗人作品中“隐含的作者”与读者的“期待视野”对话和融合的过程，是审美产生的重要方式。

经验强调的是体验与生命的同构共生性，新归来诗人将生命体验与情感经历注入诗歌，形成人生与作品的互文关系。小海是“新归来诗人”中的重要代表，他在20世纪80年代以“他们”诗人中的一员登上诗坛，90年代进入苏州市某机关工作后诗作渐少，到了新世纪又重新进入创作高潮期。他的首部诗集《必须弯腰拔草到午后》出版于2003年，此后，《村庄与田园》（2006年）、《大秦帝国》（2010年）、《北凌河》（2010年）等诗集相继面世，最新的一部诗集是2013年出版的《影子之歌》。小海的诗对于日常经验的发掘使他的创作消除了语言和情感的紧张对立，建立起词语与对象之间的亲和力。他的《必须弯腰拔草到午后》是苏北农村童年往事的真实写照，是诗歌关注经验的重要实践。一个戏剧化的生活场景使得诗歌有了清新动人的力量，小海算是“新田园抒情诗人”，村庄和田园在他的诗里是和经验密切相关的意象。他以后的《村庄组诗》和《影子之歌》中始终贯穿着乡村生活经验的影子，“海安入夜的凉气比赤脚还凉，比赤脚的河水流动得更慢 ”(《村庄组诗》)，这种美丽而忧伤的抒情空间的创造被诗人柏桦称为“一种可怕的美已经诞生” 。

小时候 / 我常常在院子里踩我的影子 / 兴奋得大喊大叫 / 我对影子感到惊奇 / 好像是我一个并不存在的同胞弟兄似的 / 在异地老去后的晚年 / 影子像一条易主之犬 / 又认出了旧时的小主人 / 泪水涟涟，失魂落魄

——小海《影子之歌》

《影子之歌》以一种看似松散的叙事，进行着哲理与思辨的创造，回荡着私人记忆与童年记忆的混响，时空的迅速转换打破了影子与自我之间固有的联系，使二者产生了对话式的复调关系。

“新归来诗人”在创作上的另一个特点是：写作内容与对象的日常化，审美趣味的个人化与细节化。“新归来诗人”在创作上很少出现阻拒性的语言和欧化的风格，而是在对日常生活进行细致观察后做出不动声色的剪辑拼贴，在细微处创造诗意。从日常生活细节中发掘诗意，有着“新小说”派罗伯·格里耶的那种不动声色的长镜头式的展示。20世纪80年代的朦胧诗内含着一种中心意识和英雄主义情结，其表现的主题、题材往往都是重大的，风格也倾向于严肃庄重。“新归来诗人”侧重个人生命经验细微化，是一种自我指涉的个人化的写作，以日常生活的种种物事、场景入诗，并试图诠释生活，获得真理性认知，寻找现实生活中事物浑然一体的紧密联系，从而使诗歌中洋溢着一股迷人的、直觉的哲学意味。比如洪烛的《老房子》，通过“老房子”这一日常化的意象来感喟青春易老，流年似水。他的另一首诗《放风筝的人》，“我看不见那个放风筝的人，也看不见那些看风筝的人，我看见的是自己，远远地站着”，则是通过一个场景写出了人与人之间的疏离感，风筝成为一面镜子照出世间百态，整首诗有着卞之琳《断章》般的相对感与智性。这里的放风筝的人和看客都是装饰性的元素，叙述者的主体性在人与人的相对性中得到体现。邱华栋的小说家名头在一定程度上遮蔽了他的诗人身份，事实上，他十来岁就

开始写诗，有写小说和诗歌两副文墨，诗歌对他来说更是语言的练习。邱华栋书写都市生活场景及都市人的病态心理的能力延续到了他的诗歌里。

我从上海锦沧文华酒店12层的窗户望出去
波特曼酒店、恒隆时代广场和上海展览馆把时间扭曲在一起
这个早晨闷热而华丽，我以外来者的眼光
对她漫不经心地一瞥，看见了上海的心脏地带
在潮湿的8月里谨慎地涌动，并成为这个金钱时代的脚注
为了她变得更高，更富丽堂皇，更辉煌，也更糜烂

——邱华栋《上海的早晨》

上海在诗中作为一个意象而存在，它被布景化、虚幻化了，它是一切都市的缩影。在金钱气息浓郁的都市里，一个外来者被他者化和矮化，上海光怪陆离的都市生活带来的是一种令人异化的压迫感。

日常生活化的诗歌写作是一种新的诗学价值观的表现，是对宏大叙事和神性写作的一次纠偏，其中具有方法论意义的是“拼贴”(collage)等技法的使用。拼贴是把来自不同语境的语言片段拼贴在一起，形成一个个戏剧性场面或蒙太奇，以产生意外的艺术效果，创造出五光十色的诗境。“拼贴”的使用与现代人生活的负载特征有着十分密切的联系。现代人面临的诸如就业、情感、疾病等各种困境，以及快节奏的生活带给人的无所适从感，它们往往在人脆弱的时候如潮水般涌来，诗人超拔的洞察力往往需要多场景或多事物的“拼贴”，才能在日常生活的流动中将饮食男女、锅碗瓢盆、风花雪月无限延展，最大限度地恢复诗与现实的关联性，表现诗自身话语方式的复杂性。诗句中的拼贴将非连续的碎片集合在一起使场景和人物图像化，很像由一些跳跃的片段剪接起来的电影镜头。镜头的转换十分迅速，而这样的场面和人们的日常生活经验相悖，便能显示出来突兀的效果，电影技法就这样运用到了诗歌写作中。“新归来诗人”在作品中进行很多关于拼贴的尝试，现代生活的复杂性、情感世界的线团化使诗人在作品中要打破“逻各斯中心主义”的天真，让诗意空间在分延中扩展，从而使诗具有更多的复杂性和难度。

我还看到一种转动、翻旋在手表的机芯里进行
戴表人的五体松动得厉害
心已破裂

转眼间
我又看到火焰在一滴水中蹿动
冒出云和汽的形态，幻如智慧、能耐、预言
迷失为宽厚、广阔
这，不过是他文字的十分之一
——沙克《一只不想的鸟》

沙克在这首诗里运用了很多看似不相关却与运动有联系的意象“机芯”“火焰”“云和汽”“鸟”，将这些意象拼贴在一起，就形成了电影镜头切换所带来的蒙太奇效果。词语的拼贴与硬性组合表现了偏离一般情况下正常思维的感受方式，给人以陌生化的感觉，异质混合的构图中，我们可以看到，具有互文关系的不同元素打破了单线持续发展的相互关系，使得读者在阅读的过程中获得了很多视觉的审美体验。海男的《我感恩什么》也是一首精巧运用拼贴技巧写成的诗，“卖野蜜的妇女”“时间的过去”“母亲洗菜的声音”“黑麋鹿正在原始森林里散步”等生活场景拼贴在一起，很自然地还原成生活里的诗意和温暖感人的情怀。

“新归来诗人”还执着于对“中国风”和“时事性”的探寻。中国新诗受到中国古典诗学的影响颇深，比如戴望舒的《我的记忆》、李金发的《微雨》、何其芳的《预言》等都显示了诗歌与中国文学母体、本土文学传统深刻的文化血缘关系。新诗对古典诗歌美学的传承不仅体现在意象、词语、构图等方面，更体现于从词语表面散逸出去的意境和哲理。比如《古诗十九首》中有很多感慨时间易逝和生命短暂的诗篇，中国人很早就在生命哲学的层面感受到生命的短促和无常，因此与时间有关的体验和看法是相当悲观的。在中国传统诗歌中与时空转换相关的作品往往被赋予很多与生命体验相关的情感。时空观不仅是物理学意义上的，更是哲学意义上的。比如李商隐的《夜雨寄北》：“君问归期未有期，巴山夜雨涨秋池。何当共剪西窗烛，却话巴山夜雨时。”诗中

表现出异常复杂的时空转换，“何当共剪西窗烛”是对未来夫妻团聚场景的憧憬，那时候夫妻谈论的是“却话巴山夜雨时”，即当前的场景，巧妙地表现了时空回环往复的转换之美。“新归来诗人”在诗中也表现出了很多古典主义的“中国风”，沙克的《幸福的门》中运用了“马蹄莲”“蛐蛐”“泥人”“庙堂”的意象，浓郁的中国风扑面而来。潘红莉的《画中的光阴》中与时光有关的歌唱，“好像各不相干的分离，在时光中分布花园或者坟墓”“原来浓郁的香出自这里，有哀悼，也有午后的深情落满无姓氏的时间”。画中抽象的时空与现实中的时空交错在一起，诗的意境显得更加虚幻缥缈，带有古典诗歌的玄学之风。“新归来诗人”着力于把汉语诗歌从政治抒情诗漫长的阴影下解脱出来，发展成一种诗意浓郁、视野广阔的“时事诗”，将诗的洞察力提升到一个新的高度。现实的文本化成为“新归来诗人”处理经验与知识的重要手段，现实材料的诗意转换成就了罗兰·巴尔特所说的“文本的欢娱”。比如代薇的《色戒》是对当下快餐式爱情的剖析，林雪的《陈红彦之死》将一个真实事件的新闻报道糅合在诗歌里，使诗对现实有了更多的干预和透视。“新归来诗人”不约而同地关注社会现实，介入社会生活并揭示现实生存的真相，抵御消费时代的异化力量对人的挤压，关注人的生存状态。

“新归来诗人”及其同路诗人中的几位女性诗人，如海男、林雪、荣荣、潇潇、龙青、代薇、潘红莉、颜艾琳、爱斐儿、海烟、三色堇、芳竹、益西康珠、冷眉语等，以细腻的女性情感和性别意识，成为当下诗坛上的一道亮丽的风景。女性诗歌的命名与女权话语无关，它指涉的只是一种与女性有关的温暖的差异性，一种与男性不同的女性经验和感觉，包含女性基于独特生命体验而建立起的自立意识和反抗意识，来自内心的挣扎和对“女性价值”形而上的抗争。在海男的诗里，我们可以感觉到她在建造一间自己的房间，把内心的忧伤和头顶的乌云全部隐藏。海男的诗充满由独白和呓语组成的“个人的声音”，有的表达了黑夜意识和死亡意识，通过视角的转换表现惊恐、恍惚、彻悟以及洞察。

“新归来诗人”中的大多数诗人在当下诗坛上都拥有自己的地位，属于中年诗人群体中的实力人物，具有较大的感召力和影响力。很多人的名字在20世纪90年代之前的诗坛上大家曾经耳熟能详，他们因为种种原因或长或短地离开过诗坛，但他们身上的诗意追求没有淡化，他们心中的梦想没有离去。到了新世纪，他们的集体“归来”给诗坛带来了一股更加厚重、大气、深沉的诗风。他们在艺术上进行了积极的探索，表现在对生活本质的强烈的介入，对个人经验的推崇，对异质性和多元化的融入，在市民话语和国家话语之间找寻一种平衡，开拓出属于他们的开阔、深沉、复杂并具有独特话语风格的诗歌空间。他们不做前辈诗人机械的描红者，而是以强大的创新力量在沉默中发出声音，在当代诗歌史上留下了浓墨重彩的一笔。"新归来诗人"是中国当代诗歌史中的客观存在与特殊现象。他们是文化多元化背景下的集合，他们的回归意味着诗歌人文精神的又一次复苏。和过去的创作时代和艺术追求相比，他们的"归来"不是简单的重复和延续，而是带着对历史、现实和人生的更深的体验与理解，带着岁月、年龄所赋予他们的深沉与思索。对于整个中国当代诗歌史而言，"新归来诗人"经历了十多年网络诗歌发展中的语言狂欢后，打破了诗歌虚假繁荣的泡沫，回归到对诗的本质美的追求，是对文化的一次寻根和重建。

"新归来诗人"除了在诗歌创作上的突出贡献之外，在诗歌批评上也有不俗的成就，比如沙克、洪烛、邱华栋、义海等就有一边写诗一边写诗评的经历。他们通过作品大联展，向诗歌界展示他们对于"生命、自由、艺术与爱"(沙克语)的追求，他们用回归者的歌声表现对自然生活与生命价值的坚持。正如沙克所说的，他们在文学史上的归来是"一种责无旁贷、无所归咎的飞翔，照亮生命和心灵的永恒运动"。

——原载于《当代作家评论》2017年第4期

作者简介

蒋登科：西南大学中国新诗研究所教授，西南师范大学出版社副社长。

王鹏：西南大学中国新诗研究所博士研究生。

科幻小说的文学史意义 中国转向外在：论刘慈欣

■ 李广益

自从《三体》赢得雨果奖和世界声誉，文化界和学术界都对刘慈欣及其科幻创作产生了越来越浓厚的兴趣。正在经典化的《三体》三部曲不仅是刘慈欣个人的杰作，也是中国科幻文学自20世纪90年代中期复兴以来最重要的收获；在此之外，更有敏锐的学者指出，相对于狭隘琐碎的当代主流文学，刘慈欣的科幻创作体现了"重建整体性"的雄心。然而，刘慈欣科幻小说的独特性及其在文学史上的意义，仅仅放在新世纪以来的文学发展图景中，尚不足以彰显。借由刘慈欣科幻小说的特征，反观20世纪初以来中国现代文学发展变迁的历程，我们在过去的文学史研究中所忽略或轻视的、主要由科幻小说等边缘文类所承担的重要面向，便会在新的历史视野中浮出水面。

一

近代之前，除了宗教、志怪题材的书写，和一些出使纪行的诗作，中国文学的表现对象较少越过本土的疆界。不多的几部笔走异域的名著，如《山海经》《西游记》《镜花缘》,也往往将赤县神州之外的地方写成充斥着奇风异俗、珍禽怪兽乃至神魔鬼怪的异质空间。只有在经历了晚清"开眼看世界"的知识和观念更新后,对中国之外的广阔世界进行写实的文学呈现和世俗的文学想象才成为一种潮流。较之繁盛一时却具有精英属性的海外游记,晚清小说书写世界的热情更具有指征意义。1902年,刊登在《新民丛报》第十四号上的广告《中国唯一之文学报〈新小说〉》,列出了这本即将引领"小说界革命"的刊物拟刊载的十五种文类。在"政治小说"的标题下,梁启超给出了《新中国未来记》的内容概要:

此书起笔于义和团事变,叙至今后五十年止。全用幻梦倒影之法,而叙述皆用史笔,一若实有其人,实有其事者然,令读者置身其间,不复觉其寓言也。其结构,先于南方有一省独立,举国豪杰同心协助之,建设共和立宪完全之政府,与全球各国结平等之约,通商修好。数年之后,各省皆应之,群起独立,为共和政府者四五。复以诸豪杰之尽瘁,合为一联邦大共和国。东三省亦改为一立宪君主国,未几亦加入联邦。举国国民,戮力一心,从事于殖产兴业,文学之盛,国力之富,冠绝全球。寻以西藏、蒙古主权问题与俄罗斯开战端,用外交手段联结英、美、日三国,大破俄军。复有民间志士,以私人资格暗助俄罗斯虚无党,覆其专制政府。最后因英、美、荷兰诸国殖民地虐待黄人问题,几酿成人种战争,欧美各国合纵以谋我,黄种诸国连横以应之,中国为主盟,协同日本、菲律宾等国,互整军备。战端将破裂,匈牙利人出而调停,其事乃解。卒在中国京师开一万国平和会议,中国宰相为议长,议定黄白两种人权利平等、互相亲睦种种条款,而此书亦以结局焉。

尽管《新中国未来记》最终只写了五回就戛然而止,内中并没有这等大开大合的战略博弈,梁启超的狂想却显示了不容忽视的文学新变。"中国"不再是"天下"的同义或近义词,而成为"万国"的一员,与其他国家(相当一部分比中国更加强大)共同构成纷争的世界。而对这个春秋战国般群雄逐鹿的世界进行想象和书写,成为小说和文学的当务之急。遍观梁氏开列的文类,除政治小说外，哲理科学小说、军事小说、冒险小说乃至历史小说都是在“世界大舞台”上展开的故事。沿此思路，《新小说》第一号上出现了《新中国未来记》《海底旅行》《世界末日记》等多种具有世界视野的创作或译作；受此影响，晚清的小说家们纷纷展开了世界尺度的想象。碧荷馆主人先后出版了《黄金世界》(1907年)、《新纪元》(1908年)，就内容来看，后者脱胎于《新中国未来记》概要，前者的灵感则来自同一份广告上的《新桃源》(一名《海外新中国》)概要。其他“向外看”的作品，如《新年梦》《新石头记》《新野叟曝言》《电世界》等，亦多受《新中国未来记》启发。国事日蹇，文学家们却热烈地想象着强大起来的中国如何重塑世界秩序，这里面除了进化论与大同理想相结合的乌托邦精神外，天朝上国心态的残留也发挥了相当的作用。

这种“转向外在”的文学趋势在民国初年遭受了严重挫折。政局动荡、军阀当国的惨淡现实，让许多曾经对立宪改制寄予厚望的人陷入沉默甚至颓唐。一些报人作家转向娱乐市民的写作，而观照世界的文学写作只在无政府主义乌托邦中得到了延续。[①]新文化运动兴起后，内省的、自我批判的思想倾向表现在文学中便是对国民生活与精神的审视。无论是写乡土，还是写自我，“五四”时期的文学都转向了中国的内在。尽管周作人提倡“个人主义的人间本位主义”，“顾虑人类共同的运命”，但也说，“偶有创作，自然偏于见闻较确的中国一方面。”[②]这不能简单地归因于现实主义的取向。说到底，这个时期的知识分子，无论是成名学者，还是初出茅庐的青年学生，都侧重于民族、国家从个体到整体的内在建设。中国现代文学从一开始就深受外国影响，同时也不乏异域书写。这些关于异国的作品里面，既有《赤都心史》《欧游杂记》《椰子和榴梿》等游记，也有《沉沦》《二马》《南行记》等小说。但这些作品若不是往复于中国人自己的苦痛和忧思，便是像徐訏、无名氏那样，将异域作为浪漫传奇的背景。真正具备世界格局和视野的，大概除了老舍的《小坡的生日》，唯有巴金的《亡命》等异域小说。[③]在民族危机深重的岁月，只有巴金这样的信仰坚定的无政府主义者，才能摆脱救亡图存的时代主题，蔑视一

① 参见耿传明：《清末民初“乌托邦”文学综论》，《中国社会科学》2008年第4期。

② 周作人：《人的文学》，《新青年》第5卷第6号，1918年12月15日。

③ 参见沈庆利：《现代中国异域小说研究》，北京大学出版社2009年版，第110-125页。

切种族、民族、国家和地方的区隔，真正身体力行周作人所说的，“我只承认大的方面有人类，小的方面有我，是真实的”[①]，把谭嗣同早在《仁学》中便憧憬过的“地球之治也，以有天下而无国也……无国则畛域化，战争息，猜忌绝，权谋弃，彼我亡，平等出……视其家，逆旅也；视其人，同胞也”[②]落实到自己的创作实践当中。

新中国建立后，文学界更新了自己的世界视野，这与国家的引导和支持密不可分。由于国家将翻译工作视为“伟大的文化新高潮”的“一个非常重要的构成部分”，并高度重视、大力投入文学翻译，外国文学的译介工作在短时间内突飞猛进，尤其在以往匮乏的亚非拉文学领域有了很大的拓展。[③]不过，体制化的文学环境在促使世界各国的文学作品纷至沓来的同时，也对中国作家对世界的书写构成了种种限制。知名作家虽然有不少到国外访问的机会，但一般而言只能在官方设定的文化交流轨道上写命题作文。与主流文学相比，响应“向科学进军”的号召而再度勃兴的科幻小说，较少受到“写实”的限制，反而有机会遥想实现现代化之后的社会主义中国给世界带来的变化。《黑龙号失踪》《边防暗哨》等反特作品尚未超越从晚清到民国时常出现在科幻小说中的“科技卫国”主题，郑文光的获奖之作《火星建设者》则更进一步展现了人类共同的壮丽事业。小说中，火星勘探队长薛印青回忆道：

> 要把火星建设成为人类的第二故乡，成为人类征服宇宙空间的基地，这个伟大的理想就在那时刻萌芽了。……后来呢，您大概知道了：有51个国家参加了这个规模宏大的壮举。那时候，“向火星进军”的浪潮差不多席卷了整个地球！[④]

火星建设开启了新的纪元：“生活在沸腾，人们在战斗——人类成为地球以外自然界的主人的时代开始了。”这不禁让人想起在这五十多年前蔡元培对大同社会的期待：“（废除国家后）立一个胜自然会，因为人类没有互相争斗

① 周作人：《新文学的要求》，《晨报》1920年1月8日。

② 蔡尚思、方行：《谭嗣同全集》（下册），中华书局1981年版，第367页。

③ 参见季羡林、刘振瀛：《五四运动后四十年来中国关于亚非各国文学的介绍和研究》，《北京大学学报》（哲学社会科学版）1959年第2期。

④ 郑文光：《火星建设者》，《中国青年》1957年第22期。

的事了，大家协力地同自然争，要叫雨晴寒暑都听人类指使，更要排驭空气，到星球上去殖民，这才是地球上人类竞争心的归宿呢。”[①]在社会主义大行于世、科学技术造福人类的乐观期待中，晚清以来不绝如缕的人类整体意识在郑文光笔下再次高扬，两大阵营的矛盾获得了想象性的消弭。当然，这种矛盾在冷战的时代语境中还有另一种充满激情的解决方式，即“东风压倒西风”，但承载这种狂放想象的文学作品，如以手抄本形式流传的《献给第三次世界大战的勇士》，要到思想和书写的规范遭到破坏的“文革”时期才会出现。

进入改革开放时期，中国在思想文化领域的动向与政经趋势颇有契合之处，一方面广泛引进和吸纳以现代西方为主的文艺创作和学术成果；另一方面，尤其在文学领域，逐渐告别宏大叙事，转向个体化、私人化、碎片化的写作。正如程光炜在反思20世纪80年代寻根思潮时所言，在1985年之后的小说史中，“我们还没有看到一个能够令人信服和有能力地概括‘最近三十年’历史生活的主人公。我们无法在这些小说名作中找到自己所亲身经历过的生活的全部，痛苦、欢欣、困惑和迷离，向他们倾诉自己内心的剧痛”[②]。同样，我们也很难在三十多年来的中国文学作品中看到兼具艺术规模和思想深度的世界呈现，尽管中国作家的国际化程度已经超过了历史上任何一个时期。科幻小说也不例外。文类特性促使作家去想象外国和外星，但多数时候这些异域仅仅是布景性的存在。即便其中的某些文本承载着某种真切的关怀，也多是内向的、自我指涉的。像《美洲来的哥伦布》（1980年）那样清晰地表达反帝反殖民思想的作品，只是上一个时代的余响。

以上粗枝大叶地回顾了中国文学的百年历程，着眼点是对于世界的书写和思考。可以看到，中国文学在晚清出现了转向外在的热潮，到“五四”之后逐渐向内转；它的世界观照在新中国的“前三十年”得到恢复和扩大（但实际收获不丰），又在“后三十年”萎缩甚至失落。这里区分“内”与“外”的关键，并不是文学作品中是否出现了外国人物，故事是否发生在异域他乡，也不是有没有受到国外文艺思潮或名家名作的影响，而是文学家是否以包举天下、囊括宇内的气势和胆识，运用艺术的手法表现、剖析甚至重新规划整个世界的

---

① 蔡元培：《新年梦》，《蔡元培全集》（第一卷），中华书局1984年版，第241-242页。

② 程光炜：《重看“寻根思潮”》，《文艺争鸣》2014年第11期。

政治经济格局。这样的追求对于今天多数中国文学家来说，或许是久已不闻（如果不是闻所未闻）。然而，以文学以至文艺自近代以来具有的地位和影响而论，置身于全球化程度日益加深的时代，对文学提出建立或恢复全视野的要求，自在情理之中。刘慈欣科幻小说的文学史意义，因而浮出水面：它们既是中国文学再次转向外在的重要指征，又为“文学外向”的深化提供了极具价值的参考。

二

作为当代中国最杰出的科幻作家，刘慈欣对科幻怀有非常纯粹的热爱：“科幻对于我们已不仅仅是一种文学形式，而是一个完整的精神世界、一种生活方式。”[①]他钟情于从“冷酷的方程式”中解放出科学之美的科幻小说，这样的小说“除了技术内核什么都没有，它的文学描写都集中在技术内核上，试图使技术诗意化”[②]。不过，这类“技术内核型”小说在刘慈欣的科幻创作中并不是主流。对于偏离“初心”、更多地触及现实政治与社会的作品，刘慈欣称之为“曲线救国”“迎合市场”，也就是功利色彩浓厚的权宜之计。但他在2003年《超新星纪元》出版之际写下的回忆文章告诉我们，初稿写于八九十年代之交的《超新星纪元》和同期写作、至今未能出版的《中国2185》，真实地反映了其政治思想。[③]在《中国2185》中还是主要背景的国际博弈，到了《超新星纪元》就变成了残酷的世界战争。刘慈欣曾在《三体》中借人物之口感叹：“在中国，

① 刘慈欣：《我们是科幻迷》，《最糟的宇宙，最好的地球——刘慈欣科幻评论随笔集》，四川科学技术出版社2015年版，第62页。

② 刘慈欣：《筑起我们的金字塔——由银河奖想到的》，《最糟的宇宙，最好的地球——刘慈欣科幻评论随笔集》，四川科学技术出版社2015年版，第8页。在刘慈欣看来，这种最为纯粹的科幻小说所蕴含的美感是无与伦比的：“世界各个民族都用自己最大胆、最绚丽的幻想来构筑自己的创世神话，但没有一个民族的创世神话如现代宇宙学的大爆炸理论那样壮丽，那样震撼人心；生命进化漫长的故事，其曲折和浪漫，也是上帝和女娲造人的故事所无法相比的。还有广义相对论诗一样的时空观，量子物理中精灵一样的微观世界，这些科学所创造的世界不但超出了我们的想象，而且超出了我们可能的想象。”刘慈欣：《混沌中的科幻》，《最糟的宇宙，最好的地球——刘慈欣科幻评论随笔集》，四川科学技术出版社2015年版，第2-3页。

③ 刘慈欣：《第一代科幻迷的回忆》，《最糟的宇宙，最好的地球——刘慈欣科幻评论随笔集》，四川科学技术出版社2015年版，第69-74页。

任何超脱飞扬的思想都会砰然坠地的,现实的引力太沉重了。”[①]事实上,正是“现实”的介入使他的飘逸想象接了地气,呈现出厚重与空灵相结合的审美特征。

刘慈欣成为《科幻世界》作者后陆续写作的《全频带阻塞干扰》《混沌蝴蝶》《天使时代》《光荣与梦想》等几部短篇小说,更加集中地体现了对民族危亡的警惕。《全频带阻塞干扰》(2001年)以俄罗斯的雪原为背景,讲述了一场信息化时代的卫国战争。北约在叛军的协助下大军压境,俄罗斯奋起抵抗,却因电子对抗方面的极度劣势而连连失利。危急时刻,孤身一人留守“万年风雪”号的太空组合体天体物理学家米哈伊尔,操纵这座用于科研的庞大航天器驶向太阳,通过对太阳的精确撞击使这颗恒星喷发出强烈的电磁辐射,造成地球表面绝大部分无线电通信中断,一举扭转了战局。故事最初设定在中国,正式发表时因为可以理解的原因改成了俄罗斯,但这个改动并不全是技术性的。一方面,作者在小说的题词中向俄罗斯人民致敬,表示“他们的文学影响了我的一生”;另一方面,能够在“正面抗击北约”的叙事构架中替换中国的,也只有俄罗斯,甚至可以说后者更为合适——这让人很自然地想起“短二十世纪”以来这两个非西方大国对西方主宰的世界格局接连的冲击。但若故事局限于后起之秀和老牌强权之间起因并不清晰的较量,就不过是“去政治化”的“修昔底德陷阱”之演绎,而刘慈欣在叙述中宕开的一笔使这个故事具备了更多的内涵。美军司令帕克将军因假牙共振而心烦意乱时,想到的竟然是万里之外、美军曾经驻扎的克拉克空军基地,因为他的两颗门牙正是被他抛弃的菲律宾情妇打掉的。

帕克默念,我的孩子,现在你在哪儿?你是和母亲在马尼拉的贫民窟中度日吗?你的父亲现在某种程度上是为你而战。俄罗斯的民主政府上台后,北约的前锋将抵达中国边境,苏比克和克拉克将重新成为美国在太平洋上的海空军基地,那里将比上个世纪更繁荣,你会在那儿找到工作的!如果你是个女孩,说不定像你妈妈(她叫什么来着,哦,阿莲娜)一样能认识个美国军官……

---

① 本文所有对刘慈欣小说的引用,均依据重庆出版社2016年出版的《刘慈欣科幻作品典藏》。

这个充满讽刺和戏谑意味的段落，让我们意识到这场战争对于整个世界的意义。殖民者重返殖民地，恩赐给当地人民“繁荣”和“幸福”，不啻宣告20世纪世界革命成果化为乌有。但即便殖民者并未卷土重来，非西方世界或者更准确地说第三世界的人民仍然遭受着霸权主义和强权政治的威胁。《混沌蝴蝶》（2002年）中被狂轰滥炸的贝尔格莱德，《天使时代》（2002年）中耀武扬威于非洲小国桑比亚沿海的航母战斗群，《光荣与梦想》（2003年）所描绘的因长达十七年的封锁和制裁而奄奄一息的西亚共和国，都凝结着刘慈欣对不久之前发生的国际事件的充满愤慨的直观感受，而这样的情感在很大程度上源自作为中国革命遗产之一的“第三世界意识”。“他的写作具有明显的边缘视野，涵盖了一幅广阔的第三世界地图……在这些描写美国（和北约）与第三世界国家战争的作品中，他永远将令人激动的英雄形象设置在第三世界一方。”[①]

显然，对于第三世界的认同并不是出于置身事外的同情，而与中国在历史和现实中的感同身受有密切关系。鲁迅和周作人译介以东欧受压迫民族文学为主的《域外小说集》，有唤起国人同仇敌忾之心而“转移性情，改造社会”的用意[②]；慈欣对第三世界的科幻书写，同样借助共同的苦难体验，表达了中国人的民族情感。[③]比周氏兄弟更进一步的是，他想象了第三世界人民运用科技来反抗侵略压迫、争取自由解放的不屈斗争。诉诸民族情绪是通俗小说的套路之一，但晚清以来的通俗小说往往把“科技强国”想象得过于轻易，甚至流于浅薄庸俗，而在刘慈欣笔下，这样的反抗有的最终仍不免失败，即便成功也要付出巨大的代价，如《天使时代》中桑比亚人对“人类伦理”的僭越。这种悲剧色彩让人深刻地感受到反帝反殖民斗争的艰难和沉重。更重要的是，刘慈欣非常清醒地和大行于网络“爽文”的逻辑保持着批判的距离。新世

① 罗雅琳：《新颖的刘慈欣文学：科幻与第三世界经验》，《现代中文学刊》2016年第5期。

② 周作人指出，“豫才那时的思想我想差不多可以民族主义包括之，如所介绍的文学亦以被压迫的民族为主，俄则取其反抗压制也”。知堂：《关于鲁迅（之二）》，《鲁迅先生纪念集》（上册），天津人民出版社2007年版，第338页。

③《三体》三部曲中地球人对三体人入侵的英勇抗争，亦可作如是观。网络上流传着一个笑谈：“三体”这两个汉字的笔画略加拆解重组，就可以形成“日本”。这或许是一个巧合，不过刘慈欣确实说过这样的话：“在银河系文明中，全人类也就是一个民族。您能指望一个1940年的汉奸在2140年外星人入侵时为地球文明献身吗？”刘慈欣：《〈球状闪电〉访谈》，《最糟的宇宙，最好的地球——刘慈欣科幻评论随笔集》，四川科学技术出版社2015年版，第127页。

纪的两部知名的历史穿越小说《新宋》和《宰执天下》,在国家治理和建设的思路上有不少分歧,却不约而同、毫无愧色地将殖民扩张视为强国之道,扬扬得意于"封建南海"之类的霸权想象。相形之下,刘慈欣早在20世纪90年代创作的《西洋》,已经辛辣地讽刺了这种在意淫中由自卫转向侵略的民族主义迷梦。《西洋》是一篇典型的或然历史小说:1420年,郑和率领的庞大舰队航行到非洲东海岸的摩加迪沙后,没有返回大明,而是继续远航,从而改变了历史。在另一个历史时空中的1997年7月1日,中国是主宰世界的超级强国。虽然按协议向英国交还了北爱尔兰,中国的国土仍包含新旧两块大陆,人民币是国际市场上的硬通货,中国画充斥欧洲……这似乎是在迎合很多人对于"进取开拓版"郑和下西洋的憧憬。但小说中主人公的儿子一登场,作者的意图便显而易见了。这个大概正在上初中二年级的十五岁少年是个咄咄逼人甚至歇斯底里的民族主义者,沉浸于光荣的欧洲征服史中,主张用不交会费的方式来增加中国在联合国的权威,动辄逼问"你是不是中国人",并流露出赤裸裸的种族歧视。与之相对,在中国新大陆留学的英国姑娘艾米,朴素、内敛,但坚韧,以传承本土艺术为己任。此间臧否,一石二鸟,既嘲讽了现实世界中的霸权行径,又对民族主义的做派和妄想嗤之以鼻。刘慈欣借主人公之口道出,人类文明的进步得益于东西方的交流与融合:

我们来到了一个陈列柜前,里面陈列着许多黄得发黑的欧洲中世纪的拉丁文旧书,有《荷马史诗》,有欧几米德的《几何原理》、亚里士多德的《物理学》,还有柏拉图的《理想国》和但丁的《神曲》……其中很多是15世纪欧洲宗教裁判所的禁书。这些都是郑和到达西欧后让翻译给他读过的。

我对艾米说:"看,他读你们的书,从你们那儿得到了很多他没有的东西:他有指南针,却没有远航必需的欧洲精确钟表;他有比你们当时最大的船还大三倍的船,却没有欧洲绘制精确海图的技术……特别是基础科学,那时的明朝落后于欧洲,比如在地理学上,中国人仍相信天圆地方的世界。没有你们的科学,或者说没有东西方文化的融合,郑和不会接着向西航行,我们也不会得到美洲。"

富有自省精神的主人公还告诉儿子和艾米一段惊人的往事:郑和虽然征服了欧洲,却被健壮美丽的古希腊风格雕塑所代表的西洋文化所震撼,在迷茫和忧郁中产生了深深的乡愁,从而在一路向西的回家旅途中发现了新大陆。面对历史,《西洋》表现出清明的理性,跨越一个世纪的时光,与鲁迅对"兽性爱国之士"和"崇侵略者"的批判产生了共鸣。[①]

三

刘慈欣在国际政治层面表现出的鲜明立场引起了不少学者的关注。[②]尽管他们的理解和判断颇有差异,但其论析都会或多或少地聚焦于"民族"——既是源远流长、拥有五千年文明史的"文化民族",更是近代以来饱受侵略、压迫和奴役,对"富国强兵"孜孜以求的"政治民族"。这样一来,弗雷德里克·詹姆森的"民族寓言论"就顺理成章地成为刘慈欣研究中的一个非常重要和便利的理论视角:"第三世界的本文,甚至那些看起来好像是关于个人和力比多趋力的本文,总是以民族寓言的方式来投射一种政治:关于个人命运的故事包含着第三世界的大众文化和社会受到冲击的寓言。"[③]这一论断的回响,在王瑶的论述中最为分明:"在当代中国的科幻文本中,甚至那些看起来超越了政治目的和功利主义的要求,超越国家与民族'小我',以'全世界人类共同命

---

① 鲁迅:《破恶声论》,《鲁迅全集》(第八卷),人民文学出版社2005年版,第33-36页。另参见李广益《"黄种"与晚清中国的乌托邦想象》,《中国现代文学研究丛刊》2014年第3期。

② 除了前引罗雅琳的论文外,贾立元和王一平、王卫英的观点也很有代表性。前者指出,"尽管科学本身是最国际主义、最超脱世俗的,却在成长于红色年代的刘慈欣身上与一种公民对所属政治共同体的责任感奇妙地结合在一起,那最空灵的幻想无法不与中国最现实的创痛关联在一起",刘慈欣的科幻小说体现了"中国人百年自强的历史经验与中国作风";后者认为,"刘慈欣总是以序列底端的弱小种群应对重大危机的设想来展开小说。这种朝不保夕的危机感、力量悬殊的种群斗争,既是为了小说趣味性的设计,却也显示出本国族历史与现实的心灵烙印,即一定的民族寓言色彩",但又表示,这些小说中对危机的抗争和克服"展现了正面的中国人形象及其力量",亦即"所谓崛起中的大国力量和风范",因而得到了官方和主流社会的肯定。贾立元:《"光荣中华":刘慈欣科幻小说中的中国形象》,《渤海大学学报》(哲学社会科学版)2011年第1期,第42、44页;王一平、王卫英:《尘世之外的一瞥——刘慈欣科幻小说论》,《科普创作通讯》2015年第4期。

③ [美]弗雷德里克·詹姆森:《处于跨国资本主义时代中的第三世界文学》,张京媛主编:《新历史主义与文学批评》,北京大学出版社1993年版,第235页。

运'为书写对象的文本，依然或隐或显地以民族寓言的方式表露出文化政治的诉求。"[①]而"刘慈欣那些关注'人类在宇宙中命运'的科幻小说，譬如《流浪地球》《吞食者》或《三体》，读起来都俨然是有关当代中国的民族寓言。"[②]在"民族寓言"的意义上解读刘慈欣的科幻小说，的确是把握其政治维度的有效路径，上文论述对这一视角也多有吸纳。然而，有必要重申"民族寓言论"的局限性。[③]如果我们满足于或过多地使用"民族寓言"来界定刘慈欣的科幻小说，就有可能将其封禁在从鲁迅的《狂人日记》以来的"民族寓言"序列之中，而忽视这些文本不能为"民族寓言"所涵盖的面向。准确地说，刘慈欣承继着近代以来中国人救亡图存的民族情怀，对曾经灿烂于红色岁月的"第三世界"国际主义精神亦不能忘怀，但他的创作还具有真正意义上的普世关怀。

在发表于2010年的《重返伊甸园：科幻创作的十年回顾》中，刘慈欣表示，自己最初执着于"纯科幻"，对"人和人的社会完全不感兴趣"，在第二个阶段则"由对纯科幻意象的描写转向刻画人和大自然的关系"。[④]这里讲的"人"，并不是主流文学中常见的有典型意义或象征意味的个体，而是人类整体；对人和大自然之间关系的刻画，也不是要追求"天人合一"的和谐，而是以宇宙意义上的"自然"对人类的限制和约束为前提，积极地想象人类怎样运用技术来克服生存困境，过上更加美好的生活。刘慈欣曾经设想，人类可以通过基因工程、纳米机械等技术，把自己的形体变成小白鼠甚至细菌般大小，减小自身尺度以扩张生存空间，实现"文明的反向扩张"[⑤]。随着脑科学和信息技术

---

① 王瑶：《全球化时代的民族寓言——当代中国科幻中的文化政治》，李广益编：《中国科幻文学再出发》，重庆大学出版社2016年版，第169页。

② 王瑶：《全球化时代的恐惧和希望——当代中国科幻文学与文化政治（1991–2012）》，北京大学博士论文，2014年，第280页。

③ 王钦认为，无论是赞同者，还是以艾哈迈德为代表的批评者，对詹姆森的"民族寓言"概念都产生了根本性的误读。"民族寓言"应该被理解为形式而非主题或内容。王钦：《詹姆森的"民族寓言"：一个辩护》，《文艺理论研究》2014年第4期。王钦的解读为我们准确把握"民族寓言"提供了重要参考。不过，这里引述的王瑶、贾立元、王一平等研究者的观点都是在"主题或内容"这层意义上来使用"民族寓言"概念的，因而本文仍将在这个层面展开商榷。

④ 刘慈欣：《重返伊甸园》，《最糟的宇宙，最好的地球——刘慈欣科幻评论随笔集》，四川科学技术出版社2015年版，第217页。

⑤ 刘慈欣：《文明的反向扩张》，《最糟的宇宙，最好的地球——刘慈欣科幻评论随笔集》，四川科学技术出版社2015年版，第81页。

的进步，人类也有可能彻底抛弃“沉重的肉身”，生活在赛博空间。[①]不过，他赞赏和追求的还是文明的“正向扩张”，也就是向太空进军。《远航！远航！》《一个和十万个地球》《拥抱星舰文明》等多篇相关随笔的标题都昭示了他在这方面的激情和梦想。刘慈欣主张，从人类整体的立场出发，应该以各种方案开展宇宙航行，向太空移民，因为“地球的资源有限，总有枯竭的那一天；同时，地球生态圈同样是一个不稳定的系统，在未来有可能因为人类或自然的原因发生剧变，进而不适合人类生存”[②]。由于地球生态系统的极度复杂性、地球环境自然波动的烈度和人类生存发展需求的高速增长，仅仅依靠被动的环境保护是不能真正解决环境问题的，而整体性地主动调整和改变地球环境所需要的资金和技术，远远超过了太阳系内的行星际航行。[③]太空移民面临的障碍和挑战，除了技术，更多地来自政治和经济方面：“短时间内对地球人类几乎没有什么看得见的效益；相反，在政治上比较有远见和想象力的人，还能预见到发展成熟的地外殖民地闹独立的麻烦。”因此，“真正大规模太空移民的启动，首先要求人类社会的另一次思想和文化的飞跃，这比技术进步更难”[④]。

刘慈欣的相当一部分科幻小说，可以被视为致力于这种“思想和文化之飞跃”的启蒙读物。《流浪地球》(2000年)和《微纪元》(2001年)都是太阳灾变题材的小说，故事中人类用不同的方式顽强逃生；《吞食者》(2002年)、《赡养人类》(2005年)和《三体》三部曲(2006年—2010年)则用外星文明入侵的生动想象提醒读者，人类还存在着另一种威胁；写于2016年的《不能共存的节日》用讽刺的口吻表达了对“反向扩张”的否定：在外星观察者眼中，尤里·加加林进入太空的1961年4月12日，有可能成为人类的“诞生节”，而脑机连接技术实现突破的2050年10月5日，却因开启了人类放弃现实、遁入虚拟世界的进程，而最终成

① 刘慈欣：《关于人类未来的断想》，《最糟的宇宙，最好的地球——刘慈欣科幻评论随笔集》，四川科学技术出版社2015年版，第190页。

② 刘慈欣：《拥抱星舰文明》，《最糟的宇宙，最好的地球——刘慈欣科幻评论随笔集》，四川科学技术出版社2015年版，第262页。

③ 刘慈欣：《一个和十万个地球》，《最糟的宇宙，最好的地球——刘慈欣科幻评论随笔集》，四川科学技术出版社2015年版，第233-235页。

④ 刘慈欣：《拥抱星舰文明——刘慈欣科幻评论随笔集》，四川科学技术出版社2015年级第263-264页。

为人类的"流产节"。执着于书写关于人类的故事,是刘慈欣的科幻小说观使然:"作为一个科幻小说作者,我倾向于把全人类看作一个整体。在科幻文学的潜意识中,人类就是一个人。"[①]科幻小说的特点不在于塑造个体形象,而是描绘整个种族或世界,"种族形象或世界形象是科幻对文学的贡献"[②]。但这种执着,又不仅仅源于文类自觉或形式追求,还有更深层的思想动因。

刘慈欣在饱读百年来的中外科幻小说后感叹,"我们如同走在一条由黑暗、灾难和恐怖筑成的长廊中。……在对未来的黑暗和灾难的描写中,科幻作家创造了最让人难忘的幻想世界,挖掘了最深刻的主题"。在学术研究中,科幻小说的批判性、预警性屡屡得到称许,反思科技对现代社会的负面影响被认为是这种文类最重要的文化功能,刘慈欣对此却有不同看法。

每个人之所以能忍受各种痛苦走过艰难的人生之路,全人类之所以能在变幻莫测的冷酷大自然中建起灿烂的文明,最根本的精神支柱就是对未来的憧憬。如果所有的希望都已破灭,可能一只蚂蚁都难以生存下去。只描写人类刻意避免的世界,而不描写人类做出了难以想象的巨大牺牲,世世代代用全部生命去追求的世界,这绝不是完美的科幻。

……

把美好的未来展示给人们,是科幻文学所独有的功能,在人类的文化世界绝对找不出第二种东西能实现这个目标。主流文学没有这个能力,它对现实的描写,使我们对人类走过的艰难历程有了鲜活深刻的记忆,但对人类所要去的地方却一无所知……人类生活最基本的寄托是对未来的希望,而唯一能把这种希望变成鲜活的图景的科幻文学在这方面无所作为,不能不说是一个极大的遗憾,这种遗憾可能已远远超出了科幻的范围,它可能是人类精神生活中的一个惨痛的损失。[③]

① 刘慈欣:《走了三十亿年,我们干吗来了?——〈太空将来时〉序》,《最糟的宇宙,最好的地球——刘慈欣科幻评论随笔集》,四川科学技术出版社2015年版,第281页。

② 刘慈欣:《从大海见一滴水——对科幻小说中某些传统文学要素的反思》,《最糟的宇宙,最好的地球——刘慈欣科幻评论随笔集》,四川科学技术出版社2015年版,第113页。

③ 刘慈欣:《理想之路——科幻和理想社会》,《最糟的宇宙,最好的地球——刘慈欣科幻评论随笔集》,四川科学技术出版社2015年版,第26-27页。

对希望的坚守，让人想起“反抗绝望”的鲁迅，在文学层面对理想社会的召唤，与王尔德、曼海姆、布洛赫等乌托邦的捍卫者遥相呼应。他相信，“最美的科幻小说应该是乐观的”，并号召中国的科幻作家投身于光明未来的书写：“我们应该从中国的土地上创造出科学的‘乌托邦’三部曲。这个使命也许只能由中国人完成，因为同西方文化相比，中华文化是乐观的文化！”[①]虽然寄希望于中华文化的乐观属性，其旨归仍是全人类。在刘慈欣最有代表性的“科技乌托邦”《微纪元》中，太阳的能量闪烁使地球表面变成了炼狱，但人类将自身体积缩小了十亿倍，从而在灾难降临之时全体迁移到地层深处，躲过了浩劫。地球的生态无法恢复到以前，但足以供给“微人”们近乎无穷无尽的物质资源，让他们生活在无忧无虑的“微纪元”：

一小片草地对微人意味着什么？一个草原！一个草原又意味着什么？那是微人的一个绿色宇宙了！草原中的小溪呢？当微人们站在草根下看着清澈的小溪时，那在他们眼中是何等壮丽的奇观啊！地球领袖说过会下雨，会下雨就会有草原，就会有小溪的！还一定会有树，天啊，树！先行者想象一支微人探险队，从一棵树的根部出发开始他们漫长而奇妙的旅程，每一片树叶，对他们来说都是一个一望无际的绿色平原……还会有蝴蝶，它的双翅是微人眼中横贯天空的彩云。还会有鸟，每一声啼鸣在微人的耳中都是一声来自宇宙的洪钟……

清丽而壮观的“微纪元”想象或许过于空灵，而“中华文化是乐观文化”的判断又太简单，但纵观刘慈欣的科幻小说和随笔，不难发现，他并不是一个肤浅的乐观主义者。事实上，他的笔下少有“微纪元”这样让人“心旷神怡”的图景，更多的是对人类命运的忧虑。从冰河期的到来，到太阳异动、近距离超新星爆发等太空灾难，都有可能造成人类的毁灭，而人类醉心于个体幸福的追求，很少考虑整体的传承，在理论和现实上都没有做好应对灾难的准备。《三

① 刘慈欣：《理想之路——科幻和理想社会》，《最糟的宇宙，最好的地球——刘慈欣科幻评论随笔集》，四川科学技术出版社2015年版，第30页。

体Ⅲ·死神永生》中连同地球在内的整个太阳系的毁灭，初看是执剑人程心的责任，但借用书中人物智子的话说，人们选择了她这个“人性”和“道德”的化身，也就选择了这个结局。

即便自然界的巨变不曾到来，人类同样有可能陷入灾难性的境地。《赡养人类》讲述了一个贫富极度分化的恶托邦：在遍布世界的高技术执法系统“社会机器”的护持下，私有财产不可侵犯的“神圣法则”强有力地支配着整个人类社会，导致富人和穷人分化成了不同的物种（让人想起威尔斯在《时间机器》中的类似想象），并最终使这个世界的资本主义达到了顶峰上的顶峰，99%的财富集中在一个人手中，这个人被称作“终产者”。大陆、海洋和天空都是终产者的私人财产，其余的20亿穷人则在全封闭的住宅中苟延残喘：

我的家坐落在一条小河边，周围是绿色的草地，一直延伸到河沿，再延伸到河对岸翠绿的群山脚下，在家里就能听到群鸟鸣叫和鱼儿跃出水面的声音，能看到悠然的鹿群在河边饮水，特别是草地在和风中的波纹最让我陶醉。但这一切不属于我们，我们的家与外界严格隔绝，我们的窗是密封舷窗，永远都不能开的。要想外出，必须经过一段过渡舱，就像从飞船进入太空一样，事实上，我们的家就像一艘宇宙飞船，不同的是，恶劣的环境不是在外面，而是在里面！

同样是草地，对微人来说是取之不尽的宇宙，对穷人却是可望而不可即的禁区。刘慈欣写下的这个恶托邦，既是能在“占领华尔街”运动中从“我们是99%”的怒吼中听到回响的社会批判，又表达了他的一贯观点：人类不应固守“人性”和地球。倘若画地为牢，人类即便不亡于社会矛盾的总爆发，也有可能因权力的恶性膨胀而成为“非人”。无论是乌托邦的幸福，还是恶托邦的苦难，体现的都是刘慈欣对整个人类的关怀。他的慨叹、悲悯、讥嘲、疾呼，都具有现代性批判的普世品格，对“道德”和“人性”充满怀疑：“敬畏头顶的星空，但对心中的道德不以为然。”[①]其特异之处在于，“破”的同时，他还是“立”的大胆而深刻的想象者和鼓吹者。

① 刘慈欣：《为什么人类还值得拯救?》，《最糟的宇宙，最好的地球——刘慈欣科幻评论随笔集》，四川科学技术出版社2015年版，第182页。

该怎样理解刘慈欣的人类书写？的确，我们可以清晰地看到红色岁月留下的痕迹，也可以由“大航海时代”“生存空间”“殖民地”等语词感受到现代性逻辑的重复，还可以在小说中进一步深挖“政治无意识”；然而，一定要把这些小说视为舍此无他的民族意识投射，而对其中关于人类共同处境和问题的实实在在的意象呈现和思想实验视而不见，也就坠入了主流文学研究的惯性思维，潜意识中不相信文学有超越个体生活经验的局限书写整个世界的可能，不相信文学家不仅可以徜徉于历史与现实，还能够成为未来的立法者，不相信在当代思想者空前广阔的时空视野中完全可以从字面意义上去理解“不谋万世者，不足谋一时；不谋全局者，不足谋一域”。刘慈欣曾经说，弱化人物形象、刻画种族形象的科幻文学，给了以人物为中心的文学一个“超越自恋”的机会；[①]我们也可以说，深切关注和思考人类命运的刘慈欣科幻小说，给了自囿于本土经验和惯常题材的当代中国主流文学一个超越自大和狭隘的契机。

结语

刘慈欣的科幻小说，一头植根于近现代中国历史，一头联结着人类的未来，中间则是当代中国人，或者更准确地说，生活在“平凡的世界”的中国人的困窘和希望[②]。他的作品体现了一个以托尔斯泰和巴尔扎克为榜样的文学者和思想者的宏大抱负。[③]全景性的观照和关怀，使他的小说在拒绝具有心理和性格深度的个体而“转向外在”时，没有沦为空洞的“星辰大海”或是“大国崛起”的图解，而是表现出思考世界、书写世界进而参与世界的，能激昂也能沉静的雄心。这个世界并不是一度占据中国人视野的那个基本由欧美日加中国构成的残缺的世界，而是有着第三世界纵深，与真实的世界图景更为接

① 刘慈欣：《超越自恋——科幻给文学的机会》，《山西文学》2009年第7期。

②“我长期身处基层，对广大科幻读者所处的草根阶层有较多的了解，知道他们对未来的渴望是什么样子，知道星空在他们眼中是怎样的色彩，自己的想象世界也比较容易与他们产生共鸣。”刘慈欣：《重返伊甸园》，《最糟的宇宙，最好的地球——刘慈欣科幻评论随笔集》，四川科学技术出版社2015年版，第221页。他的《地火》《乡村教师》《中国太阳》等作品，都在一定程度上具有“底层书写”的意义。

③“描绘一个世界从社会底层到金字塔顶端的立体全景，这是所有主流文学和科幻文学作者的终生梦想，但实现这个目标非常人所能及，托尔斯泰和巴尔扎克毕竟不多。”刘慈欣：《写在〈三体〉第二部完成之际》，《最糟的宇宙，最好的地球——刘慈欣科幻评论随笔集》，四川科学技术出版社2015年版，第172页。

近的文学世界，同时也是群星之一的小世界，在它之外还有浩渺星空中无穷无尽的三千大千世界。这样的书写，要求的是辽阔的视野、广博的知识和宏大的胸怀，而这从刘慈欣笔下游心天地、纵横宇宙的叙事和描写，对弱小者的悲悯和同情，以及对人类整体的呈现和思考中，得到了有力的佐证。他在世界文学场域取得的成功，以及由此在国内引发的科幻文学与文化热潮，是一座里程碑，同时也是一个新的起点。当中国的成长真正带来文明的自信和自觉时，我们将在中国文学中看到更多“转向外在”、更加整全的书写，看到天下情怀乃至大同梦想的归来。

——原载于《中国现代文学研究丛刊》2017年第8期

作者简介

李广益：重庆大学人文社会科学高等研究院副教授。

『周作人事件』与『何其芳道路』

■ 杨华丽

一

1938年夏，何其芳和卞之琳、沙汀一起辗转去了延安，但他们三人后来却同途而殊归：卞之琳、沙汀先后离开了延安，何其芳则继续留在那里，且思想进一步转变。沙汀本就是中共党员，去延安前后的文学创作、精神特质的反差并不大，所以并未过多受人诟病；卞之琳依旧无党无派，且来去都在他预定计划之内，所以对于他人的"惊讶"或"怀疑"，他可以自信地说："……我还是我。我坐既未改性，行又未改名。在抗战观点上来说，则我还是一个虽欲效力而无能效多大力的可愧的国民……"[①]何其芳则不然，他的生活、思维以及文学书写都有了不容忽视的变化(尤其在延安"整风运动"之后)，因而他当年就面对着徐中玉、萧乾、艾青以及中国青年社诸公的批评与质疑，《给艾青先生的一封信》和《一个平常的故事》即其不得已而回应之作。如果说，因此前已有了徐中玉的书评和萧乾的去信，故而他回复艾青的信中已渗进辩护时的

① 卞之琳：《第七七二团在太行山一带·初版前言》，《卞之琳文集》(上卷)，安徽教育出版社2002年版，第397-398页。

激动，那么，到中国青年社1940年还纠缠于“你怎样来到延安的？”这个问题时，何其芳简直压制不住自己的困惑了。在正式回应前，他连珠炮似的发问[①]，及他对其他来到延安者既往道路的咨询[②]，是明证。然而，何其芳的尴尬远未结束：他生前即被称为“一个问号”，多次或主动或被动地阐释自己思想进步而艺术退步的原因；在他身后，与之相关的“何其芳现象”成为描述中国文学与政治之关系的一个热门词汇，最近都还有学者在费心劳神，要辨析到底有“两个何其芳”还是“只有一个何其芳”。[③]或许可以说，对何其芳而言，1938年夏的“走向延安”，的确就是一块不易忽略的“界石”[④]。“1938年……是抗日战争初期汹涌澎湃的来潮激动人心，而在我的一生里又是把我划分为前后两个大不相同的人的难忘的一年。”[⑤]何其芳这段自述恰如其分地证明了这一点。而对于何其芳研究来说，如何理解、阐释1938年夏的“走向延安”问题，也是一块准确认知何其芳的“界石”。

很长一段时间里，人们都将何其芳的“走向延安”，视为他选择革命、扑向光明的表现。如方敬就认为，“……在成都约有半年时间，其芳的思想和写作起了很大的变化……他做出选择，一生中非同寻常的选择。冲出黑暗，扑向光明，果断地，他选择了革命，选择了延安”[⑥]。沙汀则认为，何其芳之所以会在听到他将去延安的消息时去找他同行，是因为他的《论工作》和《成都，让我把你摇醒》就已表明“他对党所领导的民族解放战争是积极拥护的”[⑦]。而何其芳的重要阐释者周扬，则将其“来到延安”作为他“走到革命的道路上”，“从个人主义走向了集体主义、共产主义”的标志，并指出，他“经过1942年延安整

① 他问道：“难道这真需要一点解释吗？”“虽说每一个来到这里的人都有他的故事，当我和他们一样忙着工作和学习的时候，我为什么要急于来谈说我的？”“因为我曾经写了《画梦录》？”“或者因为我来得比较困难，比较晚？”

② 何其芳曾就这些困惑咨询过一个参加过“一二·九”运动的同志，对方的回答是：“我们不同”，“我们的道路是容易的，就像自然而然地走到了这里一样”。见何其芳：《一个平常的故事》，《何其芳全集》（第二卷），河北人民出版社2000年版，第73页。

③ 李杨：《“只有一个何其芳”——“何其芳现象”的一种解读方式》，《中国现代文学研究丛刊》2017年第1期。

④ 方敬、何频伽：《界石》，《何其芳散记》，四川教育出版社1990年版，第74－80页。

⑤ 方敬、何频伽：《界石》，《何其芳散记》，四川教育出版社1990年版，第80页。

⑥ 方敬、何频伽：《界石》，《何其芳散记》，四川教育出版社1990年版，第80页。

⑦ 沙汀：《追忆其芳》，易明善、陆文璧、潘显一编：《何其芳研究专集》，四川文艺出版社1986年版，第19页。

风运动，思想上发生了一个突变，一个飞跃”。[①]这些赞扬者的论述，均将抗战作为何其芳思想转型的重要背景，而将他的走向延安之举直接与走向革命相关联，从而为分出何其芳的前后期，或区别“文学何其芳”与“政治何其芳”奠定了基础。但一直以来，认为何其芳从《画梦录》到延安的道路影响到了其取得更大文学成就的可能性，为其“思想进步，艺术退步”而深感惋惜者不绝如缕。对于赞扬、批评者的二元对立思维，段从学、李杨等重审了何其芳转型提法中的偏差。段从学从现代性语境出发，认为何其芳从《画梦录》到延安的“何其芳道路”有着隐秘的通道，是一种自然的选择，迷惑于他的这种选择者，是“一直停留在‘延安’的核心而又对此毫无反省”[②]的结果，是“认定革命的政治现代性高于文学的审美现代性”[③]的结果。李杨注意到何其芳本人对“因抗战而改变自身”这一观点的反对之词，认可他关于《画梦录》“和延安中间是有着很大的距离的，但并不是没有一条相通的道路”，以及他有“太长、太寂寞的道路，而在这道路的尽头就是延安”的说法，从而指出，“概而言之，在何其芳看来，‘早期何其芳’与‘延安何其芳’之间——其实也是‘文学何其芳’与‘政治何其芳’之间，存在一种内在的逻辑联系。他面向延安的启程，其实早在‘预言’时期就已经开始。也就是说，何其芳只有一个，根本不存在‘两个何其芳’！”[④]“只有一个何其芳”的论断，虽肯定了何其芳的政治身份，但否定了抗战促成何其芳转向说，从根本上模糊了1938年之于何其芳“走向延安”的“界石”意义。

不管是赞扬、批评其转型者，还是对这种道路进行重评者，都必然涉及何其芳的《给艾青先生的一封信》和《一个平常的故事》。李杨曾不无遗憾地指出，“这两篇‘解释自己’的重要文章并未得到研究者的关注，更谈不上认可”[⑤]。然而如若细审历来的何其芳研究成果，我们当会发现，其实不是它们

---

① 周扬:《〈何其芳文集〉序》，易明善、陆文璧、潘显一编:《何其芳研究专集》，四川文艺出版社1986年版，第355–356页。

② 段从学:《现代性语境中的“何其芳道路”》，《中国现代文学研究丛刊》2013年第5期。

③ 段从学:《现代性语境中的“何其芳道路”》，《中国现代文学研究丛刊》2013年第5期。

④ 李杨:《“只有一个何其芳”——“何其芳现象”的一种解读方式》，《中国现代文学研究丛刊》2017年第1期。

⑤ 李杨:《“只有一个何其芳”——“何其芳现象”的一种解读方式》，《中国现代文学研究丛刊》2017年第1期。

未受关注、未被认可，而是研究者们关注、认可的部分存在分歧。但不管是何种情况，论者们都或忽略了何其芳遭遇的“周作人事件”对其选择延安的重要意义，或虽提及却语焉不详，甚至存在误读。而事实上，从《画梦录》到延安之间的何其芳，还走了一段不短的寂寞道路。这段时间的寂寞体验，是促成他选择延安的重要因素。而“周作人事件”，则是导致何其芳遭遇寂寞体验的核心部分。

二

1939年12月10日，何其芳在《给艾青先生的一封信》中有这样一段话：

> 抗战发生了。对于我抗战来到得正是时候。它使我更勇敢。它使我回到四川。它使我投奔到华北。它使我在陕西、山西和河北看见了我们这古老的民族的新生的力量和进步。它使我自己不断地进步，而且再也不感到在这人间我是孤单而寂寞的。[①]

去了陕西、山西、河北等地之后“不再感到孤单而寂寞”，显然就意味着，在他去这些地方之前，他是孤单而寂寞的。即是说，何其芳的寂寞道路，不仅涵括论者们早就注意到的幼年到《画梦录》完成这一段，还应包括论者们忽略的《画梦录》之后至他去延安的1938年8月这一段。

其实，关于后者，何其芳已经在《给艾青先生的一封信》和《一个平常的故事》中反复讲述过。相对而言，《给艾青先生的一封信》因侧重于为《画梦录》辩护[②]，而对其过往道路并未全面谈及。但即便这些文字忽略了四川万县（今重庆万州）部分，简化了天津南开中学、山东莱阳、四川成都的体验，我们依然能从中感受到他所言的苦闷和寂寞。而在另一辩护之文——《一个平常的故

①何其芳：《给艾青先生的一封信》，《何其芳全集》（第六卷），河北人民出版社2000年版，第478页。

② 何其芳在编《星火集》时，曾“有意删去了”《给艾青先生的一封信》。说到缘由，他说“那也显露出来了我当时那种顽固地留恋旧我的坏习气。对于过去，没有严格地批判而只是辩护。这缺点，就是在留存下来的《一个平常的故事》里也有的”。（见《后记一》，《何其芳全集》第二卷，第103页。）可见，他将两文均作为辩护之文。

事》中，何其芳对自己“到延安去以前的思想变迁”[①]进行了相对完善、深入的呈现。在该文的五部分中，第二、三、四部分是主体，其中，第二部分讲述他从幼时到大学期间的寂寞体验，在篇幅上，远远少于勾勒他去天津、山东、万县（今重庆万州）、成都四地的生存实感的第三、四部分。以往论者多关注这些生存实感带给何其芳的触动，然而仔细读来，何其芳其实还描述了他那寂寞的道路在新环境更迭中的持续：在天津任教时，何其芳只有唯一一个朋友，一个看起来“还算很强壮的”却会“歇斯底里地哭了起来”[②]的朋友，这显然映照出他处境的阴暗、心境的黯淡；在山东莱阳时，他只有与那些师范学生在一起才不觉得孤独，背景色泽的沉郁一望可知；在四川万县（今重庆万州），他遇到的是成天打麻将、关心职业和薪金甚于抗战的教员们，公开鼓吹中国打不赢日本的校长，称热心为抗战募捐的学生为神经病的主任，一大群安静而老成的学生，他找不到一个伙伴，因而时时吞咽着孤独的苦泪；到了成都，他办《工作》杂志时，更是遭遇了同伴的不理解、讽刺，所以他“感到异常寂寞”[③]。可见，他在天津、山东、万县（今重庆万州）的寂寞体验，致使他来到成都，而他在成都感到的“异常寂寞”，致使他去了延安。在成都的寂寞体验，是促成他决绝离开的关键一环。

绝望于万县（今重庆万州）的精神围城，心想着“我自己还需要伙伴，需要鼓舞和抚慰”的何其芳，终于来到了成都这个“大一点的地方”，力求“多做一点事情”[④]。此后，他的确寻找到了“伙伴”，朱光潜、罗念生、方敬、卞之琳、谢文炳、沙汀、周文、周煦良等旧友新知即是，从他们那里寻求到“鼓舞和抚慰”，更是意料之中的事情，他为抗战办刊物的愿望得到大家的肯定和支持，则是表现之一。这段时间的何其芳，是激情满怀的：刊名“工作”极有可能出自他

① 何其芳：《后记一》，《何其芳全集》（第二卷），河北人民出版社2000年版，第103页。

②何其芳：《一个平常的故事》，《何其芳全集》（第二卷），河北人民出版社2000年版，第79页。

③何其芳：《一个平常的故事》，《何其芳全集》（第二卷），河北人民出版社2000年版，第82页。

④何其芳：《一个平常的故事》，《何其芳全集》（第二卷），河北人民出版社2000年版，第81页。

的主意；[①]《工作》刊名的题写出自他的笔下；自任发行人，兼及编辑[②]；期撰稿一篇，是实质上的主要撰稿人[③]。因此，何其芳实质上就是刊物的主干、灵魂。方敬就曾指出，“他实际上全面具体负责，出力最多”[④]；之琳也曾言，刊物是“以其芳为主干”[⑤]。

值得注意的是，何其芳在此期间发表于《工作》上的文章中，除《成都，让我把你摇醒》是诗歌外，其他篇均是杂文，“……其芳为了需要他竟写了一些他过去并未写过的杂文……在杂文中，这些妨害抗战，阻碍社会文化进步的思想和言论，其芳就给予批评”[⑥]。何其芳自己也曾说，“我的文章抨击到浓厚的读经空气，歧视妇女和虐待儿童的封建思想的残余，暗暗地进行着的麻醉年轻人的脑子的工作，知识分子的向上爬的人生观……”，他那“宣传抗日战争和支持社会正义”[⑦]的激情，他的锋芒所向，由此可见一斑。

但也正是因为这些杂文，他很快就遭到了他人的批评。首先是因为他发表在《工作》第一期上的《论工作》。该文位列创刊号的首篇，是“一篇鞭打别人也鞭打自己的文章”[⑧]，乎可以说是何其芳代表《工作》的同仁发表的宣言。但刊物出版后，引发了在四川大学借读的徐中玉[⑨]的“一篇古怪的苛刻的书评

---

① 卞之琳已记不清刊名“工作”出自谁的创意，但他认为，即使是他自己首先提出，“那也是完全根据其芳的一贯精神，而方敬又喜欢这个名字”。（卞之琳：《何其芳与〈工作〉》，《卞之琳文集》中卷，安徽教育出版社2002年版，第285页。）可见，何其芳命名的可能性很大，即便不是，也与他密切相关。

② 何其芳回忆说，当时，“我和一个朋友每期上印刷所去校对；我几十份几十份地把它寄发到外县去，送到许多书店里去；我月底自己带着折子到处去算账”。见何其芳：《一个平常的故事》，《何其芳全集》（第二卷），河北人民出版社2000年版，第81页。

③ 在现存的八期刊物中，何其芳每期都发表了一篇文章，依次是：《论工作》《论本位文化》《万县见闻》《论救救孩子》《论周作人事件》《坐人力车有感》《成都，让我把你摇醒》《论家族主义》。

④ 方敬、何频伽：《界石》，《何其芳散记》，四川教育出版社1990年版，第77页。

⑤ 卞之琳：《何其芳与〈工作〉》，《卞之琳文集》（中卷），安徽教育出版社2002年版，第285页。

⑥ 方敬、何频伽：《界石》，《何其芳散记》，四川教育出版社1990年版，第78页.

⑦ 卞之琳：《何其芳与〈工作〉》，《卞之琳文集》（中卷），安徽教育出版社2002年版，第285页。

⑧何其芳：《给艾青先生的一封信》，《何其芳全集》（第六卷），河北人民出版社2000年版，第479页。

⑨ 徐中玉本是山东大学学生，抗战全面爆发后随校西迁，因“茫无头绪，即暂离山大去成都……到蓉想办报，没有成功，就进四川大学借读……同学有方敬、蔡天心等”。见徐中玉：《半世纪前在沙坪坝的回忆》，中国人民政治协商会议重庆市沙坪坝区委员会文史资料委员会编印：《怀沙坪 忆当年——庆祝中国共产党建党七十周年暨纪念辛亥革命八十周年》（续集），1991年版，第57-58页。

的责备”[1]，“怪作者为什么那时不切实工作”[2]。其次，发表过何其芳数篇散文，并高度评价其《画梦录》的萧乾，见到《论工作》后给他写了一封信，说假若他要写抗战对于作者们的影响，他就会举何其芳作为例子，说“你看，《画梦录》的作者也写出这种文章来了”[3]。此外，“一个到希腊去考过古的人”——罗念生[4]，早就劝他不要写杂文，要有“正经的创作”，当他不接受以后，他就嘲笑何其芳“将成为一个青年运动家、社会运动家”[5]。这几个批评者中，徐中玉是何其芳好友方敬的同学，萧乾是他的京派朋友，罗念生是围绕在《工作》周围的重要“伙伴”，他们的批评，显然让何其芳气恼。但是，何其芳并未发作，并未感到“异常寂寞”。但当他发表了《论周作人事件》之后，情况变了。

三

《论周作人事件》完成于1938年5月11日深夜，发表于5月16日出版的《工作》第五期。在“周作人事件”持续发酵的过程中，该文的写作、发表极其迅速，该文的观点极具震撼力。因而何其芳该文备受瞩目，甚至受到各式批评，实属意料之中。

“周作人事件”的发生，起因于周作人出席了日本人在北京饭店组织召开的“更生中国文化建设座谈会”。参加此次座谈会的，日本方面有大使馆参事官森岛守人，新民学院教授泷川政次郎，陆军特务部成田贡、武田熙，大阪《每日新闻》社的支局长三池和各特派员等，中国方面有伪华北临时政府议政委员长兼教育总长汤尔和、新民会副会长张燕卿、前华北大学校长何克之、清华大学教授钱稻孙以及周作人等。该座谈会召开的时间是1938年2月9日，大

①何其芳：《给艾青先生的一封信》，《何其芳全集》（第六卷），河北人民出版社2000年版，第479页。

② 周文：《谈〈论工作〉》，《四川日报·谈锋》第22期，1938年3月29日。

③何其芳：《给艾青先生的一封信》，《何其芳全集》（第六卷），河北人民出版社2000年版，第479页。

④ 罗念生是我国著名的学者、教授，在古希腊文学的翻译和研究领域中贡献卓著。1933年，罗念生赴希腊雅典，专攻古希腊文化，在此期间，他花了大量时间到希腊各地去访古寻迹。抗战爆发后，罗念生在四川大学任教，参与了《工作》的创办。因此，何其芳在《一个平常的故事》中虽未点到罗念生之名，但显然批评过何其芳而又去希腊考过古的人非罗念生莫属。

⑤何其芳：《一个平常的故事》，《何其芳全集》（第二卷），河北人民出版社2000年版，第82页。

阪《每日新闻》也及时刊载了这一会议的消息，还发表了会议参加者的照片。但直到4月28日，《所谓"更生中国文化建设座谈会"》的全文译载于《文摘·战时旬刊》第十九期上，且译者在评语中直接抨击周作人"甘为倭寇奴狗，认贼作父，大演傀儡戏"后，全国文化界才一片哗然：5月5日，"武汉文化界抗敌协会"就发表了声讨周作人的宣言；5月6日，《新华日报》发表了《周作人等无耻附逆，武汉文协严电声讨》的新闻，并刊载了《文化界驱逐周作人》的短评；5月7、8日，相关新闻在全国各地报刊上的重要位置发表，武汉文协的通电成为重要引述内容；5月14日，在《抗战文艺》上，老舍倡导、楼适夷起草、郁达夫修改的《给周作人的一封公开信》全文发表，茅盾等18位作家之名赫然在列。此后，各地关于周作人的后续报道及讨论还有很多，观点也各异。但其中有代表性的一种趋向，是人们对周作人是否附逆还心存疑虑，对周作人的处境持宽容态度者不乏其人。常风当时就曾呼吁道："周先生的处境十分困难，不过要他牺牲他的人格恐怕要更困难……愿国人且网开一面，留待来日看个究竟"[①]；健吾也说："目前求周先生自白，绝不可能：他的环境和心性都不允许。日人威逼利诱是事实，他的虚与委蛇也是事实"[②]；达夫则表态说："现在颇有些人，说周作人已做了汉奸，但我却始终仍是怀疑……我总以为周作人先生，与那些甘心卖国的人，是不能做一样的看法的"[③]；便到了1946年，郑振铎还发出这样的感叹："他实在太可惜了！我们对他的附逆，觉得格外痛心，比见了任何人的堕落还要痛心！我们觉得，即在今日，我们不但悼惜他，还应该爱惜他！"[④]而周作人的弟子废名，在看到《论周作人事件》一文后，"对'事件'心存疑虑(表情如此)，而对何文则很不满(他这样说)"[⑤]。

在周作人事件发酵的时间序列中，5月5日、5月14日显然是重要的两个时间点。然而在这两个点上，周作人参加"更生中国文化建设座谈会"都是作

---

① 胡马(常风)：《关于周作人——一封北平的来信》，《文汇报》1938年6月17日，转引自高恒文：《周作人与周门弟子》，大象出版社2014年版，第257页。

② 胡马(常风)：《关于周作人——一封北平的来信》，《文汇报》1938年6月17日，转引自高恒文：《周作人与周门弟子》，大象出版社2014年版，第257页。

③ 郁达夫：《回忆鲁迅》，《宇宙风乙刊》1939年3月第1期。

④ 郑振铎：《惜周作人》，《周报》1946年1月12日第19期。

⑤ 冯健男：《我的叔父废名》，《废名集》(第六卷)，北京大学出版社2009年版，第3469页。

为新闻在报道,周作人是否通敌、是否附逆都仍是一个未知数;文化界人士的反应,大都不出“震惊—怀疑”或者“震惊—怀疑—愤怒或哀伤”这两种情绪链条。偏居于西南一隅的成都文化界也大致如此。5月8日的成都报纸上,记者们对周作人参加座谈会以及武汉文协的通电进行了转载式报道,其标题《周作人等竟附逆》《周作人做了汉奸》等,虽尽显其震惊或愤怒之感,但有的报纸上标出的大问号,显然体现出了他们内心挥之不去的怀疑。

在这个序列中来考察何其芳的《论周作人事件》,我们定会发现该文所具有的不容忽视的意义:在体裁上,该文选择了杂文这种文学形式,有别于新闻报道的客观,而显出了何其芳的个人观点与立场;在内容上,该文较之新闻报道更为理性、深入,体现出何其芳敏锐的直觉、缜密的逻辑以及意识的清醒。

何其芳关注周作人的附逆问题,始于5月8日成都报纸上的新闻。从中,他知道了“更生中国文化建设座谈会”,知道了武汉文化界抗敌协会发表驱逐周作人及钱稻孙等于文化界之外的通电。但他当时并未下笔为文。直到11日,他看到《华西日报》上关于周作人参加了日本另一个御用组织“学制研究会”的通讯后,他才提笔写下了《论周作人事件》。显然,他写这一篇文章的目的,是借更具代表性的周作人的附逆问题,来探讨周作人、钱稻孙、徐祖正等“不愿向着前面走”的一群中国知识分子的选择与命运问题。“时代遗弃了那懒惰的糊涂的不愿向着前面走的一群,而这次的民族大抗战更像红色的火炬一样照清楚了他们的藏匿在阴影里的脸孔”,他的这段话正表明了他的宏大意旨所在。而他论析周作人“下水”的深刻之处,在于他联系“近几年文化界的情形”,意识到并分析了周作人之落水,“不是偶然的失足,也不是奇突的变节,而是他的思想和生活环境所造成的结果”。具体而言,他联系到他去北平后的几年对周作人的有限了解,举出了他不满意于周作人的数处细节:因他的文章老是抄书而不再喜读他的文章;他怕“庸俗”的学生们去麻烦他;他对人们言辞中的“鲁迅对青年好”颇不以为然;他认为黑夜很长,哲人也不过是火炬的传递者……而这样的周作人所处的时段,“已经是无数的青年在艰苦地而又勇敢地从事着救亡运动的时候。那已经是疯狂的而又阴险的敌人加紧着侵略的时候”。周作人只窥见了日本的“人情之美”,对法西斯主义和社会主义一起非难。这样的周作人,显然容易被日本人利用,《长谷川与山本对谈》中已经体现出了这种苗头。1937年秋天,何其芳已经“风闻日本人要弄周出来了”,在和朋友讨论的过程中,他认为周作人所说的不能南下的理由有些牵强,“南边虽说没有舒服的风雅的‘苦雨斋’,却有无数的人在活着,在流亡着,在工作着,在战斗着,在死着”。而当周作人终于和森岛守人、汤尔和等人坐在一起,谈论更生中国文化建设问题时,何其芳预料到有些宽大的人会说周作人只是“被拉下水”,何其芳尖锐地问道:“然而他为什么要坐在‘苦雨斋’里等着被拉呀?”他得出的答案是:

长久地脱离了时代和人群的生活使他糊涂,使他糊涂到想在失陷的北平继续过舒服的日子,因此虽说他未必想出卖祖国以求敌人赏赐一官半职,也终于和那些出卖祖国的汉奸们坐在一起了。[①]

可见,何其芳不仅由大阪《每日新闻》上的报道就推知周作人已经下水,而且凭借他对周作人既往思想、言行的理解,仔细、深入地论证了他下水的必然性,指出由于他的“糊涂”,“顺着他的路走到了他的坟墓”。无论是他对周作人已经“下水”“走到了他的坟墓”的判断,还是他对周作人自身必然走向这条穷途的分析,在当时仍犹豫不已的思想文化界,无异于投入了一颗思想的炸弹,标志着何其芳乃一种异质性存在。这种异质性难以消除,直到近两个月之后依然存在:一位记者在《关于周作人事件》[②]的报道中,还在对周作人是否附逆问题举棋不定,而他关注到的明确指认周作人附逆的文章只有两篇,第一篇就是何其芳之文[③]。在周作人事件上,何其芳在当时文化界的孤独境遇,由此可见一斑。

---

① 何其芳:《论周作人事件》,《工作》第五期。

②《抗战文艺》1938年7月第一卷第12期。

③ 另一篇是陈闲的《岂明老人及其他》,《五月》1938年第一卷第4期。

四

何其芳该文的发表，在他最看重的《工作》同仁内部也全然得不到理解，更得不到支持。当年的主要负责人之一卞之琳曾在多年后写下这样的文字："当时初传周作人在北平'下水'，《工作》刊物同仁中想法就不同。有的不相信，有的主张看一看，免得绝人之路，有的惋惜。其芳感觉最敏锐，就断然发表了不留情的批判文章《论周作人事件》。不久事实证明是他对。"[①]而另外一个积极参与者方敬则在多年后认为："在《论周作人事件》中，其芳大是大非分明，爱憎强烈，眼明手快，立即识透和揭穿其人的丑恶的汉奸嘴脸，而在当时文化知识界有些人还抱观望怀疑的态度或者怀有惋惜的心情。"[②]显然，他们的描述都部分揭示了当时文化界对周作人附逆与否的怀疑、观望态度，也就顺带揭示了他们这个小圈子对何其芳该文的态度：由怀疑、观望的心态而导致他们并不以何其芳所言为是。何其芳曾痛苦地述及当时的真实情形："我所接近的那些人，连朋友在内，几乎就没有一个赞同我的，不是说我刻薄，就是火气过重。"[③]此处的"那些人"，如果理解为围绕在《工作》周围的作者队伍，那么，这里的"朋友"，显然最应该指向的是卞之琳和方敬[④]。但就是他最看重的两个朋友，也疏远了他。这怎能不让何其芳郁闷？更让何其芳难以接受的是，"到希腊去考过古的人"——罗念生，竟然根据何其芳的那篇文章断言他一定要短命[⑤]，简直就是人身攻击了。而最终引发他心灵地震的，是他非常看重的朱光潜先生公开发表了《再论周作人事件》，直接提出了自己的批评意见。

朱光潜是《工作》的核心人物之一，时任四川大学文学院院长。从他的文章来看，他的发言，远因是武汉文协要驱逐周作人于文化界的通电，近因则是何其芳的《论周作人事件》一文。朱光潜意识到自己乃武汉文协的理事，但自己的观点与通电所言并不相同，也意识到《工作》是依托他主持下的川大文学

---

① 卞之琳：《何其芳与〈工作〉》，《卞之琳文集》（中卷），安徽教育出版社2002年版，第289页。

② 方敬、何频伽：《界石》，《何其芳散记》，四川教育出版社1990年版，第78页。

③ 何其芳：《一个平常的故事》，《何其芳全集》（第二卷），河北人民出版社2000年版，第82页。

④ 卞之琳、何其芳与方敬私交甚好，而且是《工作》的三大核心人物。何其芳说"我和一个朋友每期上印刷所去校对"（《一个平常的故事》），此处的"朋友"即是方敬。

⑤ 何其芳：《一个平常的故事》，《何其芳全集》（第二卷），河北人民出版社2000年版，第82页。

院而创办的刊物，但自己的观点与何其芳所言并不相同，故而无论从哪个层面，他都有必要及时提供他的意见，以“供大家平心静气地参考”[①]，使自己不落入“投井下石”或“知而不言”的窘境。

在该文中，朱光潜客观分析了周作人滞居北平的原因，认为那种认为“他在北平，准备做汉奸”的说法，“恐怕是近于捕风捉影”。针对武汉文协认定周作人附逆所依据的“更生中国文化建设座谈会”的谈话与照片，他指出：“其中有无歪曲事象借以宣传的用意，尚待考证。”并以孟心史、杨效春、李蔚唐的遭遇为例，认为人们“不应该轻于以这种恶毒罪状加于无辜者的身上。如果轻易称人为汉奸，真汉奸反而在皂白不分里面混过去了”。另外，朱光潜还客观地分析了周作人滞居北平而受日本人包围与利用的必然性，但同时认为，在主观上，周作人没有去做汉奸的野心和勇气，“我所知道的周作人，说好一点是一个炉火纯青的趣味主义者，说坏一点是一个老于世故怕招惹是非者。他向来怕谈政治。‘附逆……做汉奸’，他没有那种野心，也没有那种勇气”[②]。而在客观上，他依据北平友人的两封来信，证明周作人并不如徐祖正、钱稻孙那样已经附逆。他说：“我不敢说这两封信可为周氏尚未附逆的铁证，但是我相信它们比敌报的宣传语更较可靠。总之，一切都还待事实证明，现在对于周氏施攻击或做辩护，都未免嫌过早。”这无疑是一种善意的提醒，显示出了他的冷静与理性。

如果说以上的分析既针对武汉文协又针对何其芳而发，那么，朱光潜在文末的顺手几笔，则几乎直接指向了何其芳：

有人借这次大阪《每日新闻》的传言，攻击到周氏的私生活，骂他吃苦茶，妒忌鲁迅，街上遇人不打招呼。世间完全人恐怕很少，我相信周氏也难免有凡人所常有的毛病。但是这另是一问题，似不应和他是否附逆相提并论。我们对自己尽可谨严，对旁人不妨宽厚一些……

这不仅指出了何其芳攻击周作人“私生活”的不当，而且指出将其“私生

① 朱光潜：《再论周作人事件》，《工作》第六期。
② 朱光潜：《再论周作人事件》，《工作》第六期。

活”与附逆问题相提并论的不妥。他“对旁人不妨宽厚一些”的劝诫，显然是对何其芳在为人处世上不如人意处的警醒。

朱光潜这篇具有对话性质的文章，紧随着何其芳之文，发表于《工作》的第六期。作为该杂志的主干和灵魂人物，何其芳当然会提前知晓该文及其观点，但他并未在同一期上发表辩解文字，而是借为一个署名C. S.的学生释疑的方式，巧妙地回应了朱先生之文。

细读该回应文章可知，何其芳首先认定，在对周作人事件的主要感想上，自己与朱光潜是相通的；其次，他分析了自己和朱文所依据的材料、所持的态度的不同；最后，他回应了朱文中批评他不够宽厚的文字。显然，何其芳和朱光潜的真正区别，在于“所持的态度”以及应否宽厚的问题上。何其芳说，“朱先生所持的是一种原谅的态度，我是一种攻击的态度”。这种“攻击”的对象，不是他的被拉下水，而是他“近几年来那种糊涂的思想和生活态度”，在这个意义上，何其芳再次强调知识分子不能脱离时代与人群。另外，何其芳不接受朱光潜对他不宽厚的批评。他说：“‘宽厚’也应该看对什么人，对于我所憎恶的人物，我不能‘宽厚’。”换句话说，何其芳之所以在《论周作人事件》中有那样的表达，是因为周作人是他憎恶的人物，而憎恶的原因，是他那种糊涂的思想和生活态度。至于是否附逆的问题，何其芳因强调自己与朱光潜的相通处，其实已经朝后退了一步，部分地隐去了《论周作人事件》一文的锋芒，不再那么咄咄逼人了。

此后，何其芳、朱光潜均未再就“周作人事件”发表新的观点。两人的沉默，或许是因为后来发生的系列事情，已经证明何其芳直觉的准确、朱光潜无意中辩护的天真[①]：何其芳胜利了。然而，在何其芳自己看来，他是真的失败了。因为，他经历了千辛万苦才寻找到这帮伙伴，本以为可以同气相求、同声相应，共同努力为抗战多做“工作”，结果，他写杂文尤其是《论周作人事件》后，这些伙伴的不理解甚至诅咒，使得他感到“异常寂寞”，“在一个小圈子里

① 唐弢在《关于周作人》一文中，回忆了自己在听闻周作人附逆后自己发表诗作，看到何其芳、朱光潜之文后的感受，看到胡适与周作人之间的诗作问答后，他的心情的变化。最后他说：“现在想来，和朱光潜先生一样，我也还是过于天真一点了。”见唐弢：《关于周作人》，《鲁迅研究动态》1987年第5期，徐从辉编：《周作人研究资料》（上），天津人民出版社2014年版，第271页。

很快就感到了孤立”，他觉得自己“成了这样一个打了败仗的个人主义的散兵游勇”①。在这种心境下，他创作了诗歌《成都，让我把你摇醒》。如果说该诗中“我像盲人的眼睛终于睁开 / 从黑暗的深处看见光明”指向的是抗战之于他内心的觉醒，促成了他努力奔向光明的意志，促成了他奔向成都并创办《工作》杂志，那么，经历了“周作人事件”的何其芳，却不得不感慨道：“然而我在成都”，这个“在阳光灿烂的早晨还在睡觉”的成都“又荒凉又小”，“使我寂寞”②。他甚至说，“成都却使我寂寞 / 使我寂寞地想着马雅可夫斯基 / 对叶赛宁的自杀的非难 / 死是容易的 / 活着却更难”。③这样的诗行告诉我们，异常寂寞的何其芳，甚至思考过生 / 死如何抉择的问题。痛苦的何其芳，他那太长太长的寂寞的道路，到底走向何方？

还是在《一个平常的故事》中，何其芳写下了这段话：

> 这时，一个在旁的地方的朋友，一个从前喜欢周作人的作品的人，却在一篇文章里取消了他对他的好感和敬意，说他愿意把刊物上的那和汉奸、日本人坐在一起的周作人的像擦掉，而且当他提到了我的时候，他说我不应该再称呼自己为一个个人主义者……因为我是有着我的伙伴的，不过在另外一个地方。④

这所谓的“在旁的地方的朋友”具体是谁，目前我们还不能确知，然而我们能肯定的是，这个意外的“朋友”的言辞，给了因“周作人事件”而倍感寂寞的何其芳以莫大的安慰，而他谈到的“另外一个地方”，显然给了歧路彷徨的何其芳以明确的指引。这种指引，加上周文所暗示给他的道路、周立波发表《晋察冀边区印象记》引起的轰动效应，以及沙汀即将去华北战场的消息，最终使得何其芳决定彻底终止自己的寂寞道路，和卞之琳、沙汀一起奔赴战场。

在何其芳的预定计划里，他去战场的目的，是和兵士们一起战斗，至少可

① 何其芳：《后记一》，《何其芳全集》（第二卷），河北人民出版社2000年版，第99页。
② 何其芳：《成都，让我把你摇醒》，《工作》第七期。
③ 何其芳：《成都，让我把你摇醒》，《工作》第七期。
④ 何其芳：《一个平常的故事》，《何其芳全集》（第二卷），河北人民出版社2000年版，第82页。

以书写他们可歌可泣的故事，“这样可以减少一点我自己的惭愧，同时也可以使后方过着舒服的生活的先生们思索一下，看他们会不会笑那些随时准备牺牲生命的兵士们也是头脑晕眩或者火气过重”。此处的“头脑晕眩或者火气过重”的含义，应与他紧接着说的这段话联系起来理解。他说：“在这里……我现在以我的工作来歌唱它，以我生活在这里来作为对于它的辩护，而不仅仅是文字。在这里，当我带着热情和梦想谈说着人类和未来，再也不会有人暗暗地嘲笑。”联系上下文可知，此处的“火气过重”“暗暗地嘲笑”云云，都指向的是“周作人事件”中他所接近的那些人的批评态度。可见，何其芳选择去华北战场书写士兵们的故事，是力图证明给那些人包括他曾经的朋友们看，证明自己批驳周作人乃至在《工作》办刊中的所有言行都并非火气过重，而是自己睁开了眼睛看这个时代，为这个时代鼓与呼的体现，而他后来在延安的工作，则是在用行动对“周作人事件”中自己的表现进行“辩护”。不管是“证明”还是“辩护”，都体现出何其芳对“周作人事件”仍然耿耿于怀。那种深入他骨髓的寂寞体验，他无论怎样都无法一笑置之。

结语

卞之琳曾言及当年离开成都时的心理：“……大势所趋，由于爱国心、正义感的推动，我也想到延安去访问一次，特别是到敌后浴血奋战的部队去生活一番”[①]，后写作。沙汀想的是去前线“住上三五个月，写一本像周立波的《晋察冀边区印象记》那样的散文报道，借以进一步唤醒国统区广大群众，增强抗战力量”[②]。何其芳也曾坦言，“我是想经过它（指延安，引者注）到华北战场去”，“即使我不能拿起武器和兵士们站在一起射击敌人，我也应该去和他们生活在一起，而且把他们的故事写出来”，所以他在去延安的路上，还想着要保留批评的自由。[③]可见，他们仨离开成都时确定的目的地，都是华北战场

① 卞之琳：《〈雕虫纪历〉自序》，《卞之琳文集》（中卷），安徽教育出版社2002年版，第451页。该文写于1978年12月10日。

② 沙汀：《沙汀自传——时代冲击圈》，北岳文艺出版社1998年版，第199页。

③ 何其芳：《一个平常的故事》，《何其芳全集》（第二卷），河北人民出版社2000年版，第82-83页。

而非延安；他们仨试图奔赴战场的原初动机，都是为了写出符合那个时代要求的文学作品，都是为自己的创作积累素材。“抗战初期，由于客观实际的要求与文艺工作者们的热情，很多人都到前方去过。那也可以说成了一种运动。然而那时大家只有朦胧地为抗战服务的观念，缺乏明确的为工农兵并如何去为他们的认识。而且多半都不是真正打算长期深入地生活，不过是到前方去搜集材料，就回来写自己的作品。”[①]因而，他们仨谁都没有长留的准备：何其芳没有辞去成都的中学教职，卞之琳利用的是休假时间，沙汀也并未想长住。当然，他们仨谁都没有要改造自己的思想，改变自己的写作道路的主观愿望。

然而，这段征程开始后，他们仨的选择却慢慢有了差异，思想及写作也慢慢走上殊途。其中，去了延安再去了华北战场的何其芳，的确写出了许多报告文学作品，如《从成都到延安》《一个太原的小学生》《日本人的悲剧》《我歌唱延安》等，然而他最终长留在了延安，实现了在思想和写作上的艰难蜕变，走上了不一样的人生路。他们仨的延安道路的差异，我们固然可以从各种层面去寻求解释，然而笔者以为，何其芳在成都因“周作人事件”而遭遇的深层次寂寞，是一个不可忽略的重要环节。或许可以说，“周作人事件”是我们理解“何其芳道路”的关键，在一定意义上，也是考察何其芳此后所选择的人生姿态的精神密码。

——原载于《现代中文学刊》2017年第5期

作者简介

杨华丽：重庆师范大学文学院教授。

① 何其芳：《改造自己，改造艺术》，《何其芳全集》（第二卷），河北人民出版社2000年版，第349页。

中国文学『走出去』：问题与思考

■胡安江

一、中国读者与中国现当代文学

当前我们谈中国文学“走出去”，主要谈的还是中国现当代文学“走出去”的问题。对于“中国现当代文学”的界定，夏志清教授认为它大致始于1900年八国联军攻陷北京的那一年。也许正是因为这个背景，他认为中国现当代文学无论形式、技巧还是思想内容都借鉴了太多西方文学的元素，因而真正专属于中国的东西并不多。至于中国现当代文学在美国的接受状况，他揶揄道：“中国内地数量众多的大、中学生对中国现当代文学怀有浓厚兴趣，而他们的美国同龄人却不以为然。”值得注意的是，夏教授的这番言论发表在十余年前，如果我们重新审视今日中国青少年对于中国现当代文学的阅读与认知，恐怕那种所谓的“浓厚兴趣”已经几近荡然无存。不仅如此，知名版权代理人黄家坤还指出：“由于工业革命所带来的新的科学和技术知识以及现代社会的人文思潮，也逐渐受到亚洲国家青年学生和知识分子的关注和认可，形成了阅读西书的风潮和习惯，也逐渐具备了相当可观的市场需求……了解西方——那个与我们如此不同又更加接近的世界,已经成为中国读者非常大众的话题。"[①]换言之,当下的中国读者对于自己的本国文学开始持有一种"不以为然"的漠视态度。

这绝非危言耸听。环顾今日之大学校园,几乎无人知晓和阅读莫言、铁凝、王安忆、余华、贾平凹、苏童、韩少功、阎连科、毕飞宇、刘震云等中国现当代作家的作品。甚至更具讽刺意味的是,数量不菲的中文系学子转而对外国作家及其作品表现出浓厚兴趣;而他们阅读与研究外国文学作品,绝大多数人依赖的却是翻译作品。与此同时,国内出版业对于外国文学作品,也呈现出前所未有的出版热情。这从各大书店令人眼花缭乱的畅销书排行榜一望便知。仿佛在当下的中国,最知名的文学写作者非村上春树、东野圭吾和每年的诺奖作家莫属。与之相呼应的是我们的影视业,他们对于美、英、日、韩文学剧目的引进与改编可谓不遗余力。这样的阅读惯习、舆论导向与媒体姿态使得中国文学仿佛一夜之间就被大多数人心甘情愿地抛诸脑后了。这就是中国读者趋之若鹜地阅读西方的真实现状。当然,这也是中国现当代文学作品在本国读者心目中的现实地位。

二、西方读者与中国现当代文学

如果这是对国人阅读本国文学之"怪现状"的真实描述,那么,中国现当代文学作品在西方读者那里到底拥有怎样的文学地位呢?西方读者是否也如他们的中国同伴一样对于异域文学有着如此这般如饥似渴的阅读热情呢?"纸托邦"(Paper Republic)创始人、美国翻译家阿布汉森(Eric Abrahamsen)的这番话也许能说明一些问题:"中国人非常急迫地向外推广本土文学,而海外读者根本没有'中国文学'这一概念……海外读者可能看过一两本中国作家的书,但绝谈不上对整个中国文学有什么概念和看法……海外从出版社、媒体、学者到普通读者,大部分的读者对于中国文学一无所知,也不是抵

① 黄家坤:《一个文学代理人眼中的中国文学》,中国作家协会外联部编:《翻译家的对话II》,作家出版社2012版,第181页。

制,也不是不喜欢,就是一个空白。"[①]对于此,美国汉学家桑禀华也坦承:"在美国提到中国作家,连美国知识分子可能只知道高行健和莫言而已。"[②]这些令人尴尬的现实与中国读者对于外国文学如数家珍般的熟晓程度,形成了一种逆天的认知反差。然而,国人往往将我们对别国文学的素稔归咎于对象国经济地位的隆盛。于是,社会上便开始弥漫着一种天真论调,以为一旦我们的综合国力提升到一个别国无法忽视的程度,我们的文学就会自然而然地"走出去"了,甚至别人还会"哭着抢着"来翻译。事情果真如此吗?中国不是已经成长为世界第二大经济体了吗?显然,我们忽视了一个基本的事实,那就是一个国家的文学在世界文学多元系统中的地位,不是非得等到其经济地位改善后方能得到认可。拉美文学难道不是众所周知的这方面极其典型的例证吗?

那么,这种反差到底是怎样形成的呢?事实上,"英语业已成为人类资本大半配额"的先天现状、(西方)世界对于中国文学的"东方主义"凝视及其根深蒂固的"欧洲中心主义"心态,以及西方媒体对于中国政治与中国历史长期的负面报道,使得中国文学在西方读者的眼里,一直是中国政治的"附庸",从而让他们对这种"中国政治副产品"的中国文学心存抵触。[③]与此同时,自20世纪50年代以降的中国"疾风暴雨"式的系列文学外译活动,为了彰显社会主义的意识形态和主流诗学,又进一步强化了西方读者的这种"副产品"印象。此外,众所周知的西方知识界"重英语原著、轻外语译本"的"文化精英主义"和"学院做派",又在很大程度上加剧了中国文学与英语世界之间的龃龉关系,从而促成了以英、美为代表的西方世界对于翻译和翻译作品的事实性歧视。[④]如此一来,"百分之三"现象(每年在美国本土出版的图书中,翻译作品的比例仅占百分之三左右,这一情况在欧洲国家也大抵如此)每年总会如约而至,而且还魔咒般地如影随形。正是上述的无知与误解,"中国文学作品不

① 刘爽爽:《翻译中国文学有多难:像用细水管连接水坝》,财新网 http://culture.caixin.com/2016-09-27/100992596.html?NOJP,2016-09-27.

② 桑禀华:《解读中美文化交流中的差异》,中国作家协会外联部编:《翻译家的对话III》,作家出版社2015年版。

③ 桑禀华:《解读中美文化交流中的差异》,中国作家协会外联部编:《翻译家的对话III》,作家出版社2015年版。

④ 胡安江、梁燕:《多元文化语境下的中国文学"走出去"研究——以市场机制和翻译选材为视角》,《山东外语教学》2015年第6期。

具阅读和出版价值”[①]的偏见才在从出版商到读者的西方图书行业甚嚣尘上。

三、翻译“中国”与翻译“文学”

尽管心怀善意的海外翻译家和汉学家们大多声称中国翻译文学不受重视的重要原因是他们的出版商不懂中文，但我们不应据此就以为语言因素是横亘在中国文学和英语世界之间的最大障碍。

事实上，造成这种极不理想的接受现状的根本原因远非如此表面和简单。在“语言”的表象之外，深藏的却是各类赞助人体系与各种利益之间的互动与博弈。西方文学系统内部的专业人士（文学编辑、文学评论家、书评者、教师、译者等）、文学系统外部的各类赞助人（政府首脑、出版商、媒体、学术期刊、教育机构等），以及主流意识形态、主流诗学、权力势差、文化失衡等多种因素之间的权力游戏与权力交易，在很大程度上操纵着西方读者阅读中国现当代文学的兴趣。因此，我们不难理解，为什么海外的商业出版社在选择翻译中国现当代文学作品时，总是青睐那些因政治话语、灾难叙事或者性爱题材而成为“禁书”的作品，在大多数情况下均罔顾文学作品自身的文学性。而且，因为西方读者根深蒂固的、历史形成的对中国的无知、误解与偏见，使得他们严重依赖中国文学来作为了解中国的文献资料，从而对文学进行畸形的“政治化”与“伦理化”的解读。于是，人们不难得出结论，西方世界对于中国文学的翻译，与其说是在翻译“文学”，毋宁说是在翻译“中国”。

于是，中国现当代文学的文学质性被严重忽视；不仅如此，英语世界还从传播与接受的现实考虑和市场推广出发，在中国文学英译和推介过程中，有意识地发掘并放大中国文学作品中那些所谓的政治叙事、灾难叙事、女性叙事、社会犯罪以及符合西方主流文学传统的“寓言反讽”和“伦理写作”等叙事手法，以种种“变形记”，拉近中国文学与西方读者之间的审美距离。[②]

因此，如何让文学回归文学的“正途”，或许是我们在文学“走出去”进程中需要认真思考的重大理论问题之一。

---

① 刘亚猛、朱纯深：《国际译评与中国文学在域外的“活跃存在”》，《中国翻译》2015年第1期。

② 胡安江、彭红艳：《从“寂静无声”到“众声喧哗”：刘震云在英语世界的译介与接受》，《外语与外语教学》2017年第3期。

四、归化与异化

如果说上述的分析还多停留在外部制约因素的讨论上，那么就“翻译行为”这一本体要素而言，我们的文学外译确确实实走了，而且还继续在一条蜿蜒崎岖的道路上蹒跚而行。美国著名诗人弗罗斯特(Robert Frost)有一首脍炙人口的诗歌《未选择的路》(*The Road Not Taken*)。在诗中，叙述者面对树林里的两处岔路，选择了其中“人迹稀少”(less traveled)的一条。当然，这首诗中的“路”是“人生抉择”的隐喻。有意思的是，在翻译行为所指向的“策略抉择”方面，历来也有两条路摆在翻译者的面前。一异化，一归化。如果我们对中外文学翻译传统以及中外文学译介史有最基础的认知的话，那种关注目标读者“可接受性”、缩短对象国受众与翻译文本心理距离的“本土化”的归化翻译策略，实乃文学传播与接受环节之首选。按照今天的流行说法与话语体系，就是用目标读者听得懂的语言来讲述本国故事。然而，就是这条跨文化传播中的最普遍规律，却被很多人作为叱责中国文学“走出去”进程中“曲意逢迎”的说辞与理由。于是，长期以来，我们义无反顾地走在一条“人迹稀少”的“异化翻译”之路上。抱着“忠实”与“充分性”的美好“译”愿，致力于传播“原汁原味”的“中国声音”，甚至有人还主张应该采用“一种相对国际性的、普世性的并带有中国文化和语言表达特色的中国式英语”来推广中国文化。①长此以往，也许我们离世界文学舞台的中央不是越来越近，而是渐行渐远。

众所周知，美国学者劳伦斯·韦努蒂(Lawrence Venuti)是一位反“民族中心主义”翻译暴力的“异化派”斗士，然而他也不得不承认：绝大多数出版商、书评者和读者认可的译本，无论是诗歌还是散文、小说还是非虚构，都是那些读起来流畅的文本。换言之，好的翻译应该不是“翻译”，而是“原创”。毕竟，将翻译文本当作“翻译”而不是“原创”来读，是针对“精英读者”而言的。按照韦努蒂自己的说法，它要求读者“不仅精通外国语言，而且熟悉外国文学及其主流传统；不仅熟知译入语语境中外语文本的接受状况，而且还精通那些有关翻译的元语言和价值维度的符号学概念”。这样的读者群体毕竟是小众的，而文学“走出去”的初衷与所指向的读者群体，毫无疑问应该是普罗大众。

① 傅惠生：《〈汉英对照大中华文库〉英译文语言研究》，《外语教学理论与实践》，2012年第3期。

以创建于1935年的企鹅出版集团为例，近百年来，他们为世界各地的读者出版了无数的“企鹅经典”。按照其创始人之一的里欧(E. V. Rieu)的说法，他们的译丛就是要努力地“用现代英语为普通读者呈现可读性强而且引人入胜的伟大译本”，“这样的译本没有不必要的阅读困难和迂腐之风，而眼下已有的众多译本中充斥着的陈词滥调和外国习语与我们的现代风格格格不入”。正是在这样的指导原则下，企鹅丛书和企鹅译丛都将“流畅”(fluency)作为自己的编辑政策与翻译政策。因此，在选择作家和译者时，他们往往更倾向于选择那些非学术型的作家和非专业人士的译者。这也就是所谓的“企鹅出版风格”(the Penguin house style)和“企鹅兵法”(the tactics of Penguinification)。简言之，就是以当下大众读者的阅读习惯作为出版的重要考量。具体来讲，就是不让读者在阅读时感受到任何的文化冲击，进而实现译本与目标文化规范和价值体系的无缝对接。毫无疑问，这些出版和翻译理念，尤其是他们在此过程中对于“大众读者”这一目标对象的明确与倚重，是我们在文学“走出去”进程中需要借鉴和效法的。

因此，是否应该反思并重新寻回那条“未选择的路”——归化之路？这是我们在文学“走出去”进程中需要认真思考的重大实践问题之一。

五、出版与出局

关于中国出版业在世界出版业中的地位，有论者称：从版权交流的单边化和出版人的国际活跃度来看，中国出版业在“全球化”的游戏中，是切切实实的后来者。事实上，文学代理人/出版经纪人的“缺席”、权威书评媒体的“缺失”、国内版权贸易机制的“不在场”、相关媒体的“不作为”等各种传媒制度缺陷，严重阻碍着中国文学“走出去”的可持续发展与长效机制的建立。

在这些制约条件中，如何发挥出版业在文学“走出去”进程中的枢纽作用，尤其是如何充分利用大众出版、教育出版和专业出版这三大出版领域在文学“走出去”进程中各自的积极作用，是我们需要认真思考的重大现实问题。与此同时，关注新技术背景下出版业在数字出版方面的新变化，以及在此背景下读者数字阅读习惯的新特点，并深度探讨如何在媒体融合的大趋势和大背景下，适时调整我们文学外译与传播的思路和路径，则是需要我们认真思考的重大决策问题。

学术界有一句条金科玉律：不出版，就出局。对于新技术和新媒体背景下的中国出版业而言，又何尝不是如此？出版什么？何时出版？如何出版？向何处出版？为何出版？这些都是在传统媒体深受新媒体挑战的今天，作为传统传媒业重要支柱的图书出版业需要认真思考和抉择的关键性问题。从出版业沟通与联系写作者和读者的中枢作用来看，对于出版业在文学“走出去”中的重要性，其实怎么高估都不为过。当然，未来的图书出版，无论是传统的纸质出版，还是当下的数字出版，对于目标读者阅读需求与阅读习惯给予最充分的关注，其意义无疑是重要而积极的。除此之外，出版行业在制度建设，尤其是在国际版权贸易制度与文学代理人制度方面，需要大力扭转“后来者”的角色。否则，我们的出版业到头来反倒成了外国文学的“嫁衣裳”。

六、结语

如果说前述的这些症结性问题还主要属于对现实操作层面的关注的话，那么如何在强势文化面前摆正自我的文化心态，如何使弱势文化走出自身文化的封闭圈，如何改变汉语作为“小语种”的命运格局[①]，及如何通过翻译的斡旋，调停文化与文化之间的冲突和矛盾等诸问题，则是中国文学“走出去”进程中需要面对和解决的理论层面的症结性问题。因此这些问题在短时间内的“难以逾越”，注定了中国文学“走出去”是一项“日积月累、和风细雨”的工作，[②]为此，我们必须有充分的心理准备。

当然，在大力倡导“走出去”之余，需要在政策层面上建立起“请进来”的目标读者和国际传播人才培养机制，鼓励对象国的年轻人来中国留学、访问、考察和交流，让他们与中华文化零距离接触。当这些潜在的目标人群有了“中国经历”，归国以后，他们就成了传播中华文化的“点点星火”。中华文化

① 石剑峰，毕飞宇：《中国文学走出去，还需要几十年》，《东方早报》2014年4月22日。

② 莫言：《在第二次汉学家文学翻译国际研讨会闭幕式上的致辞》，中国作家协会外联部编：《翻译家的对话II》，作家出版社2012年版，第11页。

在世界各个角落才有可能成就预想中的“燎原之势”。相较而言，这样的做法对于中华文化“走出去”而言，可能才是最明智的长远之计。

——原载于《中国翻译》2017年第5期

作者简介

胡安江：四川外国语大学翻译学院教授。

李尚朝：新媒体语境下作家的跨界发展对文化繁荣的意义

■ 冯俊锋

作家的跨界发展有作为身份意义上的转变，如弃医从文，或弃文从医；也有作家在文体上的跨界尝试，还有地理空间上的跨界，如从原乡、异乡到世界的跨界。[①]在新媒体语境下，“跨界”一词出现的频率越来越高，越来越多的人跨界寻求更多的发展。有的演员开始当起了导演，有的诗人开始涉足绘画，这些人的跨界发展有现实的因素存在，但他们在新的艺术领域里的探索与尝试，对繁荣当代文化依然有一定的促进作用，值得我们肯定。当代著名诗人李尚朝则在多方面完成了其跨界尝试，并取得了一定的成绩。本文拟以李尚朝在诗歌、书法、词曲创作方面所取得的实绩为蓝本，探讨成名作家的跨界发展对当代文化繁荣的意义。

① 邹建军、王娜：《从原乡、异乡到世界——新移民小说中三重地理空间的跨界书写》，《华文文学》2009 年第 6 期。

一、身份的跨界

李尚朝的职业是警察，多年来，他左手现实，右手理想，一边在警察这个岗位上冷静地体味人生百态，一边又以诗人的笔触高歌理想。在20世纪末的商品化大潮下，李尚朝对理想的坚守显得尤为难能可贵。如在《烟》这首诗里，诗人以烟为喻，表达了自己的心声。“他的灵魂，是否与我有别 / 不圪蹴着脑袋 / 屈从于另一种势力”，传达出了诗人在现实世界对理想的坚守。不管有多难，诗人依然固守着心中的理想，因为他始终相信，“只有月光 / 是最高的理想 / 真正的人类 / 没有忧伤”（《月上中天》）。对此，评论家何休对他有这样的评价：“其诗歌创作中的理想主义和浪漫情怀，表现了无限自由的追求精神和丰富的想象，提示了人类与生命世界的最高本质，寄托了诗人昂扬的终极理想，充满了极其高远的来自自然和生命本体的哲学思考。”①

对理想的坚守贯穿了诗人李尚朝创作的始终。同时，他还有缠绵、婉约的爱情诗。②有对爱情的期盼：“爱情的流浪儿，我们 / 还要流浪多久？我想 / 能够闪烁一次，那该多好 / 哪怕是人生的绝响 / 孤独的灵魂，也不至于永远 / 看不到欢乐的天堂”（《花问》）也有置身爱情时的细细体味，如《插花》中的描述：“站在最淡最雅的水中 / 脱俗于滚滚红尘 / 我们的小世界也淡雅起来 / 在房中踱步 / 就感觉素素的气质将我缠绕 / 将我的黄昏 / 打扮得分外古典。”此外，李尚朝的诗还有对现实的观照和对生活的哲思。

李尚朝是警察，是诗人，还是书法家。从七岁开始，李尚朝开始练习毛笔字，到十五岁，其书法作品就在全国各地进行展览。因其兴趣主要在诗歌创作方面，书法仅为业余爱好，因此多年来，我们所熟知的只是诗人李尚朝。然而，李尚朝的书法已经到了瓜熟蒂落的阶段，在新媒体的推动下，李尚朝在书

---

① 何休：《突围：大胆的反叛与超越的歌呼》，《风原色》，作家出版社2000年版。

② 李卉：《远在天堂的爱情——李尚朝爱情诗集〈天堂中的女孩〉读后》，《巴乡村》文化双月刊2000年第5期。

法界掀起了一股热潮，甚至有人称他是“书法界的一匹黑马”。李尚朝的书法深得颜真卿的精髓又兼具柳公权的风骨[①]，谓博采众长又自成一家。

二、文体的跨界

作词是李尚朝在新媒体语境下的跨文体实验。正是李尚朝的诗人素养，使其词作兼具了诗的韵律感和歌的音乐性。2007 年，李尚朝提出诗歌应注重音乐性，并创立“中华现代词”，还在《三峡都市报》刊发了系列实验性作品。2006 年，李尚朝开始将其创作的触角延伸到歌坛，由其作词的歌曲也得到了众人的喜爱。词曲皆由其创作的《爱情的流沙》更是一上线就“秒杀了大批神曲”，赢得了刷屏式报道。在《爱情的流沙》这首歌里，李尚朝以花朵、星空、蝴蝶等具象为依托，用简洁的语言表达了浓浓的感情。歌词中回环、复沓的艺术表现手法使整首歌集故事性、画面性、音乐性于一体，大大地扩宽了爱情歌曲的表达空间，再配上优美的旋律和演唱者阿姐组合空灵的声音，整首歌得到了最完美的演绎。实际上，李尚朝作词的歌曲，就是一幅幅美好的画卷、一首首优美的诗歌。

三、以新媒体为载体

现代社会的发展促进了新媒体时代的来临，新媒体又对现实生活中的人们有着越来越大的影响。李尚朝的诗歌初时以纸媒为载体进行单向传播，在新媒体产生之后，李尚朝又以互联网等新媒体为载体，用诗歌与读者进行互动、交流。如其发表在“月光城诗歌网”上的诗歌，就得到了众多网友的肯定。网友的读后感能及时反馈给诗人，这对诗人今后的创作无疑是有一定的促进作用的。西南大学教授、评论家蒋登科所编撰的《李尚朝诗歌品鉴》中就收录了部分网友对李尚朝诗歌的评论。同样，李尚朝的书法传播，也是以新媒体为载体的。他的书法最初上传到博客上，自娱自乐的同时，他也与众多

① 张玉海、姚小毛：《李尚朝：中国书法界的一匹黑马》，中国日报网2016 年 3 月 3 日。

博友分享书法的意趣。后经中国日报网等媒体的报道,他的作品才成为公众关注的对象,得以广泛的传播。网络、微博、微信等新媒体作为当今演艺宣传的重要阵地,是影视、音乐等能否得到大众认可的重要考评方式,李尚朝的音乐作品也不例外。每首歌制作完成后,他都会放到网上供广大听众下载、点播。词曲皆由其创作的《爱情的流沙》,更是借助了新媒体,为其筛选出了阿姐组合进行演唱,虽然李尚朝是第一次为歌曲谱曲,但其诗一般的歌词和优美的旋律最终赢得了听众的肯定。

四、作家跨界创作对文化繁荣的意义

就李尚朝这样的成名诗人来说,其跨界创作引起的轰动是巨大的。他们本身所具有的榜样的力量也能带动更多的人向他们学习,这对我们文化的繁荣也有一定的促进作用。具体而言,有以下两个方面:

第一,弘扬传统文化。

中国传统文人对中国文化的贡献形成了中华五千年灿烂辉煌的文化。诗书画作为中国传统文人的必备修养也深深地映射在中华五千年的辉煌文化里。唐朝著名诗人王维的诗画就被宋朝大文人苏轼赞为“味摩诘之诗,诗中有画;观摩诘之画,画中有诗”,这就是古代文人将诗画完美结合的典范。宋词元曲皆可谱曲成歌供世人传唱,宋朝词人柳永的词,因其深受大众喜爱,被众人吟唱,因此有“凡有井水处,皆能歌柳词”的盛誉。这些都向我们昭示:艺术是相通的,走通了一条路,对其他的艺术形式也能起到触类旁通的作用。

虽然当今的职业分工更加细致,但在诗书画上的努力,依然是李尚朝不懈的追求。李尚朝这匹书法界的“黑马”并不是凭空冒出来的。从李尚朝七岁开始练习书法,就可以看出他在书法上下的功夫并不比他在诗歌上下的功夫少,这需要恒心、毅力,一如他在诗歌上对理想的坚守与执着。这也是为什么他能在诗歌、书法和词曲上取得成功的关键。如李尚朝这样的成名诗人在文学之外的书法、词曲方面的努力,也是受到中国传统文化的感召,是中国传统文化在新时代的创新与发展。这会使一直关注他们的人将目光投向书法、词曲等领域,对弘扬中国传统文化无疑具有促进作用。

第二，丰富艺术表现形式。

诗人的跨界创作，对于诗歌本身也是一种拓展，是文学主动适应社会发展的表现形式。诗人在创作过程中，心态更加放松和自由，所以，这也是对文学发展形式的另类探索，其表达方式更加多元。①

李尚朝尝试歌词创作，这实际上也是他的诗歌创作的另一种表现形式。他将诗歌创作中的经验带到歌词创作中去，其歌词也具有了诗的意境与韵律感。如其新作词的歌曲《我若一直在你心上》，歌曲伊始便为听众描绘了如画美景，“晚霞在天上，牧草伴牛羊 / 南飞的大雁又回到北方”，随着歌曲的渐进，其气势也渐渐凸显，写出了英雄的豪情万丈和侠骨柔肠，“我是草原千般好儿郎 / 马头琴声伴你入梦乡 / 我若一直在你的心上 / 就算历尽沧桑又何妨”。李尚朝作词的歌曲《平湖万州》，更是以诗人二十多年来在万州生活的经历为我们展示了一幅美的画卷，既有如“落霞总是依着轻舟 / 水鸟常在湖中闲游 / 我们在湖边手牵手”这样的闲情逸致，也有“万千眷恋谁也无法赶走 / 烟波浩渺不说理由 / 流水千古悠悠”这样的厚重与哲思。可以说，是李尚朝在诗歌上的深厚功力，使其写出如诗如画的歌词，助推其在词曲创作上成为一颗耀眼的星。

在新时代的今天，跨界发展的作家还有很多，如诗人芒克跨界作画，作家刘震云跨界当编剧，作家韩寒、郭敬明跨界当导演，虽然评论界褒贬不一，但他们用坚毅和执着传递了对艺术的追求。他们在新的领域呈现的新的作品，也如一股清新之风扑面而来，丰富了现有的艺术表现形式，也必将为后来者提供一定的借鉴作用。

——原载于《名作欣赏》2017 年第 23 期

作者简介

冯俊锋：《重庆三峡学院学报》编辑部主任。

① 胡国贤：《穷则思变：台湾诗歌的跨界创作》，《出版参考》2013 年第 19 期。

先锋作家真实观
虚构的真实：1980年代

■ 郭芳丽

20世纪80年代中期，随着整个中国社会思想解放的推进，文学界经过几年频繁的文学讨论与论争，对文学独立性的认识逐渐深入。僵化现实主义的文学观念和创作方法在咸与维新的时代氛围中被不断反思和质疑，在大部分年轻作家那里甚至遭遇了被抛弃的命运，他们关注的焦点不再是要不要现代，而是如何现代的问题。如果说寻根文学运动中还存在着宏观层面的"主义之争"（比如现代主义与现实主义，世界与本土等"大主义"），那么到了先锋文学阶段，"大主义"被诸如真实、叙述、语言等具体的"小问题"所取代。

在传统现实主义文学中，"真实"问题是一个核心命题。无论是早期经典的马克思主义文论中的"典型环境中的典型人物""细节的真实"，还是社会主义现实主义强调的"从现实的革命发展中真实地、历史地、具体地去描写现实"，其基本预设都是文学是对现实的反映，文学是"现实的一面镜子"，文学应该以现实为基础和归旨。这种真实观中包含了对文学的依附性理解，认为文学须依附于现实而存在。而上述观点正是1980年代的作家急欲摆脱的文学陈规和束缚。新时期初期现代派作家和寻根作家已在这方面做出了很大的努力，但对“文学反映现实”观念的突破到先锋作家才真正完成。先锋作家对“现实”“真实”的理解已完全不同于之前的作家。

一、对“真理化真实观”的反思

和现实主义作家相信文学能够反映现实的自信相比，先锋作家对现实多了几分怀疑和不确定。他们认为现实真实不可知，进而生出深深的无力感，认为现实不可把握。在先锋文学中，全知全能的叙述人消失了，真理在握的自信也消失了。

在先锋作家眼里，现实并非如在目前的存在，而是充满了复杂的内涵。马原曾言，“生活现象不是数，不是简单的数的累积加减”[①]。生活现象的含义远远比表象丰富，作家能够做的只能是不断地去思考它，而无法穷尽它。他以霍桑的《红字》为例做了说明，他在阅读此书的过程中，时常觉得自己似乎就要得出最终的结论了，但始终无法达到。马原认为，文学能够呈现的是明白却无法企及的神秘。这样看来，所谓的叙事圈套不是作家要故弄玄虚，而是由现实本身的神秘和不可把握所决定的。神秘既是抽象的，同时也是一种确实的存在。

如果说马原侧重指出的是现实的神秘性和复杂性的话，那么余华则对作家把握现实的能力表示了不自信，他认为真正的现实是难以捉摸的。作家面对自己“朝夕相处”的现实时，往往会显得“不知所措”，因为真实的现实远不如新闻小说或政策文件中那样规整有序，往往呈现为一种“支离破碎”的状态，且多是“真假杂乱和鱼目混珠”[②]。于作家而言，真实无法透过朝夕相处的现实生活获得，就像人无法看清自己的脸一样。作家离现实太近了，所以反而看不到周围现实的真实。莫言在分析鲁迅的小说《铸剑》时，也认为该小说的成功就在于它与现实保持了距离，“似幻亦真”[③]，此才产生了更为有力的艺术效果。

① 许振强、马原：《关于〈冈底斯的诱惑〉的对话》，《当代作家评论》1985年第5期。

② 余华：《虚伪的作品》，《上海文论》1989年第5期。

③ 莫言：《谁是复仇者？——〈铸剑〉解读》，《中国现代文学研究丛刊》1991年第3期。

现实从来就是复杂的存在，先锋作家之所以重提现实的神秘性和复杂性，一个重要的原因就是此前文学对“现实”简单化和透明化的理解。莫言曾在一次演讲中这样描述80年代初期文学是如何写现实的，“譬如说要搞计划生育了，就赶紧创作关于计划生育的小说”[①]。在当时的文学中，所谓的现实是政治视野中的现实，被政治关注的现实才是现实，被政治关注的生活才是生活。政治在划定现实范围的同时也限定了对现实的理解，所以作家也就只好对政治、政策亦步亦趋。莫言当时就是从报纸上找灵感的，报纸提倡什么就写什么。这样一种状态下创作出来的文学和作家的生命体验关涉甚微。这样一种新闻式的文学提倡写现实，却也缺失了现实。

先锋作家抛开了常识中的现实、政治化的现实而试图走向“真正”的现实，一种复杂而混沌的原生激流，并将最终的落脚点放在了作家的个人精神世界中。在先锋作家中，余华逼近“真实”现实的意识是最明显的。他早期的一系列论文均在标题中直接使用了“真实”或“现实”，比如《我的真实》(《人民文学》1989年第3期)、《走向真实的语言》(《文艺争鸣》1990年第1期)。转型后的余华虽然对“现实”的理解发生了变化，但其对“真实”“现实”的思考依然在继续，相关的论文有：《强劲的想象产生事实》(《作家》1996年第2期)、《作家与现实》(《作家》1997年第7期)、《博尔赫斯的现实》(《读书》1998年第5期)、《现实、真实与生活——余华访谈录》(《中华工商时报》2000年6月29日)等。在他最为著名的被称为“先锋文学宣言”的《虚伪的作品》中，余华着重论述的问题之一就是他对现实的理解。文章的开头即言明了自己的创作目的——更加接近“真实”。余华追求的不是现实世界的真实，不是常识。他认为文学不是面向社会现实，而是面向人的精神世界。人们往往为日常生活所围困，在此过程中产生的经验针对的只是“实际事物”，而与“精神的本质”日益疏远，人们甚至用这种经验去评价文学作品。而事实是，当人们只是就事论事地描述某一事件时，人们能够获得的只是事件的“外貌”而已，其中内在的广阔丰富的含义实际上是“昏睡不醒”的。余华指出，只有当人们放弃对事物固定的看法而去关注事件本身时，现实才有可能显示意义。可见，相较于公众

① 莫言：《神秘的日本与我的文学历程——在日本驹泽大学的即席演讲》，《作家》2000年第7期。

的常识，余华更强调经验的个人性，并认为现实的真实即存在于此。余华在《虚伪的作品》中反思了僵化固定的常识，强调自我对世界的感知，但重要的不是停留于个体自我，而是以个体自我为中介，导向对广阔精神领域的探寻。他所理解的“现实”并不局限于现存的物质现实，而是注重对人的精神世界的发现。这一点，余华在《我的真实》中直接表述为“在我的创作中，也许更接近个人精神上的一种真实”[①]。

不论是神秘莫测的“原生”现实，还是被常识简化的“表层”现实，先锋作家或无力把握或不愿把握而将之关闭在自己的文学大门之外。大多数作家像余华一样，将“现实”“真实”内化到自己的精神世界。这样一种“向内转”的“现实观”和“真实观”是对工具化、反映论文学中镜子式摹写现实的反拨。这样一种“我不相信”的怀疑精神是新时期以来作家精神的基调，只是在先锋作家那里得到了更为明晰和极端的表达。

二、真实的个体性

对现实复杂性的认识，对理性的质疑，使作家们不再相信已有的对现实的判断，而只“相信自己”，先锋作家更愿意在作品里呈现一种个体化的现实。这种个体化，是对自身感觉和感受的强调。感受化的真实是一种混沌、模糊的心灵或灵魂真实，不是理性的把握，而是一种非理性的感知。

“梦”是为先锋作家所认同的“文学世界”形态。残雪的小说被戴锦华用“梦魇萦绕的小屋”[②]这一意象概括。就残雪本人而言，她所追求的文学境界或者说她努力建构的文学世界就是一个“梦魇”的世界。残雪自言，她的创作靠的是直觉，在写作之前，她自己都不知道自己要写什么，而只是凭直觉的“野蛮的力”去把握灵魂深处的秘密。现实世界中包括美、丑在内的社会化、世俗化的标准在她看来都与她的文学世界无关。残雪的小说就是她个人创造的一个精神的世界、灵魂的世界，她直言，“我不是用幻想，我的小说本身完

① 余华：《我的真实》，《人民文学》1989年第3期。

② 戴锦华：《残雪：梦魇萦绕的小屋》，《南方文坛》2000年第5期。

全是幻想"[①]。在《清醒的说梦者——关于余华及其小说的杂感》一文中,莫言也敏锐地抓住了余华先锋时期小说的特质——梦。莫言在文中指出,余华一方面具有很强的理性思维能力,能逻辑清晰、有条不紊地展开小说,另一方面还具有超卓的"在小说中施放烟幕弹和在烟雾中捕捉亦鬼亦人的幻影的才能"[②]。因此,莫言称余华的小说为"仿梦小说",而将余华称之为"清醒的说梦者"。梦的突出特点即在于整体意义的不确定性和反逻辑,虽然它的细节单独看来是那么符合逻辑和生活常识。莫言认为,《十八岁出门远行》的高明之处就在于用梦一样的多种可能性瓦解了事件的意义。莫言的这篇文章不仅是对余华小说的一种评论和解读,在此过程中,他也表达了对"仿梦小说"中"真实""现实"被解构的认同。故事的意义被悖谬逻辑关系和清晰动作所瓦解,于是产生了一种对人生和世界的崭新把握方式,如余华在《虚伪的作品》中所言,"只有脱离常识,背弃现实世界提供的秩序和逻辑,才能自由地接近真实"[③]。在似梦的文学世界中,虽然背离了现存世界的"常识",却更接近于心灵世界的真实。

先锋作家认为文学世界常是一个感觉的世界。莫言在《说说福克纳这个老头儿》中坦言,对于大名鼎鼎的《喧哗与骚动》,他最常读的只是李文俊翻译的前言,而正文他只读到第四页的"我已经一点也不觉得铁门冷了,不过我还能闻到耀眼的冷的气味"。因为当他读到"耀眼的冷的气味"时,他突然觉得自己的世界被打开了,准确地说,他找到了一种"对世界的奇妙感觉方式"。[④]在论及川端康成对他的启发时,莫言也回忆起他20世纪80年代初期读《雪国》时的情景。小说中的一个句子让他有茅塞顿开之感,"一只黑色壮硕的秋田狗,站在河边的一块踏石上舔着热水"。他仿佛看到了那个画面,"感受到水的热气和狗的气息"[⑤]。莫言看到的作品世界是一个感觉的世界,这也启发了他的创作。莫言自己的作品多呈现为一个独特的感觉世界。而这种感觉又往往与记忆相关,作家在小说中呈现的感觉往往是经过记忆发酵过的感

① 残雪、万彬彬:《文学创作与女性主义意识——残雪女士访谈录》,《书屋》1995年第1期。

② 莫言:《清醒的说梦者——关于余华及其小说的杂感》,《当代作家评论》1991年第2期。

③ 余华:《虚伪的作品》,《上海文论》1989年第5期。

④ 莫言:《说说福克纳这个老头儿》,《当代作家评论》1992年第5期。

⑤ 莫言:《神秘的日本与我的文学历程——在日本驹泽大学的即席演讲》,《作家》2000年第7期。

觉，这种感觉是通往作家个人存在世界的桥梁。格非在谈到小说《追忆乌攸先生》的创作时认为，小说本身的得失在他看来已不太重要，重要的是通过这部小说的写作，他“隐约知道了应当如何通过写作为记忆中的某些事物命名”[①]。写作，使作家的一直沉睡的记忆得以敞开，虽然只是一线缝隙，却使记忆中的事物如梦境一般突然呈现，记忆的神秘、丰富和浩瀚无边也因此得以呈现。同时在格非看来，他在小说中尝试新的叙事方式，模拟记忆的目的也是追求“感觉的真实”。

因为先锋作家认为现实不可知，所以他们试图建构的世界就不再是以现实世界为模板的镜像世界，而是一个梦幻的、记忆的、混沌的却绝非“写实”的个体世界，这个世界只与作家的精神与灵魂相关。文学世界在先锋作品中呈现为一个非理性的世界。

三、真实与“虚伪的形式”

当文学不再是对现实摹写，而是对作家个人主观感觉、精神世界以及存在状态的一种呈现，是一种真正的“心象”时，如何将心象转化为文学形象，就对作家的文学“技艺”提出了更高的要求。写实的手法是远远不够了，因此先锋作家更强调作家的“虚构”能力，即余华所谓的建构“虚伪的形式”的能力。在先锋作家看来，完成一部作品就是建构一个形式的世界。建构“虚伪的形式”对作家“技艺”的要求主要是以下两个方面：一是获得读者“真心”的技巧；二是想象力，特别是想象细节的能力。

先锋作家虽然强调作品的虚构，却也要赢得读者的“真心”。所谓读者的“真心”，就是“以假为真”“信以为真”。“真”并非指向现实，而是指读者对“虚伪作品”的认同和接受。马原曾总结过两个技巧。技巧一是“间离”“逆反”。“间离”是布莱希特戏剧理论的核心概念，强调打破观众与剧情之间的感情融和，获得陌生的效果。马原认为“间离学说强调艺术创作的虚拟性质（非真实），不单讲了实话，解除了读者的戒备意识，而且（也是更主要的）把读者巧

① 格非：《小说和记忆》，《文艺理论研究》1994年第6期。

妙地导入一次新的逆反状态中去，最终成功地达到了作者的初始愿望”[①]。“间离”是20世纪小说革命之后，作家和读者建立有效沟通的方式之一。作家不再营造一个真实的假象，将读者带入一个梦境或幻境中，而是直接表明小说本身就是虚构。马原的小说《虚构》那个著名的开头就是如此。这样写的结果是，作者不再高高在上，不再故弄玄虚，不再教育训诫，而是与读者平等交流，使读者认同。技巧二是海明威所擅长的“经验省略”。这种省略不是传统小说那种“言有尽而意无穷”，不是对韵味或情致的省略，而是一种叙述的节制，省略的是“实体经验”。具体表现即是在叙述过程中不带情感色彩。马原对海明威的《永别了，武器》的结尾进行过十分细致的分析，认为作者将“我”的情绪变化准确地表达出来，其原因就在于作者用简省的语言把握住了人所共有的感知方式。马原认为海明威的叙述冷静克制，不去渲染，他所做的工作只是强化读者的印象。无论是“间离”“逆反”还是“经验省略”，都是使读者“信以为真”的技巧。

想象细节是“虚伪作品”真正立起来的根基。几乎每个先锋作家都强调想象细节的技艺。马原认为细节是“绝对的至高无上的”，是小说的基础。但他又很少写他生活中直接经历过的细节，因为那些细节使他“兴味索然”，即使写也要重新组合。他认为他的细节是“结实可感的，但不是真的，是我的想象和杜撰的产物”[②]。后来在《小说》中，马原也再次强调虽然故事是假的，但小说要成功必须得有一个重要的前提，就是可信的细节。究竟什么是假的而又可信的故事情节？莫言提到一个蒲松龄写龙的例子。蒲松龄写一条龙从天上落到某地，死后引来了很多苍蝇，于是这条龙就张开鳞片把苍蝇吸到它的鳞甲下面，之后突然闭合鳞甲，这样就把苍蝇都给夹死了。莫言认为，“这个细节描写就让这一个虚构的事件变得那么样的真实”[③]。余华也以卡夫卡的《变形记》里的格里高尔变成甲虫和马尔克斯的《百年孤独》里的俏姑娘雷梅苔丝飞上天空等细节想象为例表明了“强劲的想象产生事实”[④]。这里的事

---

① 马原：《小说》，《文学自由谈》1989年第1期。

② 许振强、马原：《关于〈冈底斯的诱惑〉的对话》，《当代作家评论》1985年第5期。

③ 莫言：《我的文学经验（续）》，《蒲松龄研究》2013年第2期。

④ 余华：《强劲的想象产生事实》，《作家》1996年第2期。

实很显然不是生活真实，而是一种文学真实。先锋小说尤其强调小说整体的虚构，与现实无涉。虚构世界的成立，必须依赖富有想象力的细节来给人真实感。先锋作家对细节的重视本身也传递出他们对"真实"或"现实"的认识，它是具体可感的细部，而不是抽象空泛的宏观。

四、"虚伪形式"的探索

正因为先锋作家将文学真实最终建立在形式、技巧之上，所以他们在不同的场合都不约而同地提到过技术、技巧对于小说创作的重要性。马原将之称为"小说创作的工艺过程"，并认为它比"深邃的思想"更重要（见《小说百窘》），格非认为小说家具有"匠人"色彩（见《故事的内核和走向》），余华也说过"加西亚·马尔克斯曾经用钟表匠的语气谈论欧内斯特·海明威"[①]，自己对马尔克斯、海明威等大师的作品也进行过详细的技术分析。由于作家的身份，作家叙述学的突出特点之一就是对叙述技巧的重视。马原提出的"机械阅读和拆破阅读"这一术语准确地概括了先锋作家探讨叙述技巧的特点。"机械阅读和拆破阅读"是指在总结名家名作叙述技巧时，注重直面写作实际，少有概念术语和系统的理论阐发，从写作出发又回到写作。其中，以莫言和余华的探索具有代表性。

莫言的"独特的腔调"。所谓独特腔调，莫言的界定是：作家"他习惯选择的故事类型、他处理这个故事的方式、他叙述这个故事时运用的形式等等全部因素所营造出的那样一种独特的氛围"[②]。独特的氛围使成熟的作家之间能够相互区分。对于如何形成独特的腔调，莫言用的是举例说明的论说方法，立足点是自己阅读作品时的感受。对于鲁迅的《铸剑》，莫言首先说明的是独特腔调产生的接受效果——"浑身发冷""满是惊悚"。他头脑里不仅有宴之敖者、眉间尺、国王的形象，"蒸气缭绕灼热逼人的金鼎、那柄纯青透明的宝剑、那三颗在金鼎的沸水里唱歌跳舞追逐啄咬的人头"[③]也都出现在他的脑

① 余华：《眼睛和声音——关于心理描写之一》，《读书》1998年第11期。

② 莫言：《独特的腔调》，《读书》1999年第7期。

③ 莫言：《独特的腔调》，《读书》1999年第7期。

海中。这样的感受反过来也启发了写作。所谓的腔调、氛围不仅离不开具体人物的言行,甚至也须考虑物品的色调、温度、材质。显克微支的《灯塔看守人》的腔调在于浪漫精神对作品的灌注,语言充满了灵性,他把大海当作一个有生命的对象去描写。莫言对于阿斯图里亚斯的《南方高速公路》的感受是“叙述的激情”以及“语言的惯性”,富有激情、恣意流淌的语言形成了阿斯图里亚斯的腔调,并使莫言意识到了叙述腔调的作用——它就像乐器演奏前的定弦,腔调决定小说的走向和最终的效果。乔伊斯的《死者》的结尾,充分呈现了他含蓄、隐晦、多义的叙述腔调。劳伦斯的《普鲁士军官》叙述的独特性与作家对“感觉”的全方面挖掘有关,他将包括“第六感觉”在内的人物全部感官均在小说中呈现,使其人物丰满立体。马尔克斯的《巨翅老人》中的“魔幻现实主义”的化假为真的高超技艺,福克纳的《公道》中精巧的“套盒术”的结构,屠格涅夫的《白净草原》中讲鬼故事的孩子,卡夫卡的《乡村医生》对“仿梦小说”的经典呈现,水上勉的《桑孩儿》中宗教的超然精神和对乡村风俗的出色刻画,均使上述作品有了独特的腔调。叙述腔调并不是严格的叙述学概念,不是通常所说的叙述声音,而是对叙述总体美学质地的概括。

余华的“内心之死”。汪晖曾用“法国态度”(指一种分离的和技巧的态度)和“俄国态度”(与“法国态度”相反,强调人的统一性和社会责任感)的纠结与暧昧来概括余华的为人与为文。余华的“法国态度”体现在他以“一个职业小说家的态度精心研究小说的技巧、激情和由它们的创造的现实”①。余华对福克纳、海明威、博尔赫斯、卡夫卡、川端康成等作家的叙述都进行过细致的剖析。由于余华个人“冷酷叙述”的特点,此处重点考察他对“心理描写”这一传统文学问题的现代叙述技巧分析。在《内心之死》中,余华主要结合欧内斯特·海明威的《白象似的群山》、罗伯-格里耶的《嫉妒》、威廉·福克纳的《沃许》、陀思妥耶夫斯基的《罪与罚》和司汤达的《红与黑》五部作品说明了现代小说叙述中的心理刻画技巧——“让叙述者远离内心,而不是接近”②。他认为,《白象似的群山》是“由声音组装起来的作品”,交谈,就是作品的全部。西班牙快车上的男人和姑娘,从天气到啤酒到茴香酒,他们用这样公共的语言

① 汪晖:《序》,余华:《我能否相信自己——余华随笔选》,人民日报出版社1998年版,第15页。
② 余华:《内心之死》,《我能否相信自己——余华随笔选》,人民日报出版社1998年版,第28页。

暗示了强烈不安的隐私。通过这样的对话、窗外的白象似的群山、急速行驶的列车，海明威展示了一个复杂的心理过程。罗伯-格里耶的《嫉妒》则呈现了更为漫长的心理压力，罗伯-格里耶"纯粹的物质般记录"的叙述使嫉妒的情感物化为百叶窗后长久的注视。整个叙述悄无声息，人物的内心在叙述中被省略却又以一种不可思议的方式被表达。威廉·福克纳的《沃许》以没有心理描写的方式写了沃许砍死塞德潘之后的心理。虽然故事粗犷，但对于沃许杀人之后的心理，威廉·福克纳的叙述节奏却逐渐缓慢。相较于海明威、罗伯-格里耶和福克纳对人物心理的内敛处理，陀思妥耶夫斯基和司汤达则是将人物心理外化为更为疯狂或夸张的动作。在《罪与罚》中，陀思妥耶夫斯基让杀了人的拉斯柯尔尼科夫继续疯狂下去，他用了分散在两章、加起来近20页的篇幅去展示杀人犯的所有行为。司汤达用不紧不慢的叙述将人物激动无比的状态不断延长。"当人物最需要内心表达的时候，我学会了如何让人物的心脏停止跳动"[①]，华这样总结"内心之死"。

先锋作家们的叙述学探索始终伴随着自身的阅读和创作经历，他们的特色和贡献并不是概念的周全和理论的完备，而在于他们对叙述的理解，无论是总体理解还是具体的细节把握，都浸染上了鲜明的个人色彩。他们的叙事"理论"与他们的写作、思考、存在密切相关。先锋作家对叙述技巧的探索使他们"虚构的真实"得以可能。

结语

先锋作家将"真实＝现实"中的等号去掉了，在他们看来，文学的真实并不是面向现实，而是面向心灵，面向存在。"真实"不是大写的单数(亦可名之为"真理")而是小写的复数，宏大、唯一的真理为个人化、感觉化的真实所取代。从这个意义上看，先锋文学又何尝不是一种反思文学？但先锋文学之所以不是反思文学就在于先锋作家对"现实"的理解多了一个维度——"先验的"或"形而上"的维度。余华在《虚伪的作品》中认为世界自有其规律，在现

① 余华：《内心之死》，《我能否相信自己——余华随笔选》，人民日报出版社1998年版，第40页。

实的物质世界之上，有“针对人类存在的”“另外一个世界”[1]。在《走向真实的语言》中，余华直接指出，“很久以来，我越来越感受到先验世界的真实”，认为语言取消了经验世界和超验世界的界限，“语言是世界的表达式”，写作是抵达先验世界的一种方式。[2]同样，据马原回忆，他在和李陀闲谈时，当李陀评价《冈底斯的诱惑》中“有种强烈的形而上的力量，通篇渗透着对某种绝对意志的崇拜”时，他顿时觉得自己被打中了。[3]同时，先锋作家也将文学真实在技术层面进行了有力的推进，发掘了技巧、形式的“真实”问题。先锋作家并非不要真实，只是不要现实主义的唯一真实。作家不再真理在握，而只能探寻存在。

——原载于《海南师范大学学报》（社会科学版）2017年第6期

作者简介

郭芳丽：长江师范学院文学院讲师。

① 余华：《虚伪的作品》，《上海文论》1989年第5期。

② 余华：《走向真实的语言》，《文艺争鸣》1990年第1期。

③ 许振强、马原：《关于〈冈底斯的诱惑〉的对话》，《当代作家评论》1985年第5期。

中国20世纪诗歌创作流派演变论

■ 郭久麟

中国20世纪新诗在五四运动兴起后，很快形成了各种流派。从胡适的《尝试集》的现实主义开始，继而是郭沫若《女神》的浪漫主义，再接着是李金发的象征主义，三种主要的文学创作流派登上诗坛。80多年来，这三大流派交替演变；在这三大流派之下，又形成了各种小的派别。多种流派风起云涌，此起彼伏，此消彼长，使中国20世纪的诗坛呈现出繁荣瑰奇、多彩多姿的风貌。各种流派的相互比较、相互影响，相互竞争，有力地推动了新诗的发展。一部中国20世纪现代诗歌史，夸张一些说，几乎可以说是现实主义、浪漫主义和现代主义三大诗歌创作流派的发展演绎变迁史。这同中国20世纪其他文学体裁的创作相比较，应该说是极具独特的。

在20世纪初期文学革命发生，新诗占领了诗歌领域的时候，世界文学中汹涌着现实主义、浪漫主义、现代主义三股诗潮，而现代主义诗潮占据主导地位。但是，在中国这片古老贫穷而动荡的国土上，人们更需要现实主义和浪漫主义的雨露润泽。所以，在整个20世纪，中国现代诗坛始终贯穿着现实主义与浪漫主义的创作思潮；而以现实主义诗潮的生命力最为强大，并成为主流;而现代主义则时隐时现,只是支流。当然,这三种诗潮又是互相渗透、互相影响、互相竞争的。但是,为什么有时某一诗派雄踞诗坛,而缺乏竞争对手?为什么有时众多流派又能并存共荣?为什么某一诗派在某个时期出现,又在另一个时期消失?考察起来,这里面都有它的根据与条件,也有一定的规律在起作用。首先是那个特定时代、社会、阶级、民族的影响和制约,这是诗歌流派形成、发展乃至消亡的外部原因;此外,还有诗歌发展规律的内部原因。

本文拟从新诗三大创作流派的演变发展、繁荣衰退的角度,论述中国20世纪新诗的发展线索。

一、20世纪新诗的现实主义创作流派

中国新诗以突破旧体诗词格律的束缚为特征,以诗体的大解放为归宿,以胡适1919年《尝试集》的出版为标志。在胡适的大力倡导和勇敢实践下,白话新诗发展起来。胡适的《尝试集》在内容上反封建,反军阀,争民主,求自由;形式上反格律,反束缚;语言上废文言,用白话,逐步取代了旧诗的地位。在他的号召下,许多诗人纷纷响应,沈尹默、刘半农、康白情、刘大白等诗人写出了现实主义的诗作。革命先驱者李大钊、陈独秀、鲁迅等人也写了一些新诗。他们都积极尝试用白话写诗,抒真情,吐真意,求自然,求自由。他们冲破了守旧势力的重重阻挠,为新诗的发展进行了多种尝试:胡适的《尝试集》朴实无华,刘半农的《扬鞭集》多民间气息,沈尹默的诗直抒情意,周作人的诗清新淡雅。他们以各具特色的现实主义创作,为新诗的发展竖起了第一面旗帜。

初期白话诗派倡导真正的自由诗体,篇无定节,节无定句,句无定韵,充分吸取了散文的长处,具有散文美,充分表现了自由诗的审美特性。

左翼诗歌的兴起,为现实主义注入了新鲜血液。蒋光慈、殷夫等人的政治抒情诗,蒲风等人的中国诗歌会诗派,把新诗推向了革命现实主义的新阶段。诗的内容的革命性、鼓动性,形式的大众化、民族化,均受到极大的重视,并成为他们的共同特色。

在无产阶级革命运动不断高涨和发展的形势下,以太阳社的蒋光慈和殷

夫为代表的无产阶级诗人，为了战斗的需要，创作了大量的红色鼓动诗。他们以现实主义为主，以炽烈的革命激情鞭挞黑暗的社会现实，唱出了革命人民的心声。

蒋光慈的《新梦》歌颂了伟大的列宁及其领导下的十月社会主义革命；《哀中国》则写出了中国人民的痛苦，发出了反对帝国主义和封建军阀的怒吼。殷夫是无产阶级早期的优秀诗人。他的《孩儿塔》以急促的节奏、响亮的语言，歌唱无产阶级的革命斗争，表现了浓郁的生活气息，充满了战斗激情。鲁迅对他给予高度的评价："这是东方的微光，是林中的响箭，是冬末的萌芽，是进军的第一步，是对于前驱者爱的大纛，也是对于摧残者的憎的丰碑。"

以蒲风为代表的中国诗歌会是中国现代诗史上第一个有组织、有纲领的革命诗歌流派。它是在世界无产阶级文学繁荣的背景上，在国内阶级矛盾和民族危机非常严重的形势下出现的。它"纠正"了新月派和现代派的"唯美的""颓废的"诗风，积极探求、拓宽和深化诗的革命性、大众化、民族化，将现实主义诗歌推进到一个新的发展阶段，标志着新诗流派向革命现实主义的深化。蒲风等创作了大量的诗歌作品，开展了积极的诗歌理论研究；他们在诗歌中发出了民族的反抗的呐喊；提出并表现了阶级意识的自觉。在艺术形式上，他们创造了"大众歌调"，显示出通俗性、音乐性和鼓动性三大特点。

以蒲风为代表的中国诗歌会的诗人们，在对新月派的吟咏风月和对现代派的忧郁颓废诗歌的批判中，明确提出了"国防诗歌"的口号，他们创作了大量紧密配合现实斗争的大众化诗歌，把新诗更进一步引上了写实主义的大道。艾青、田间、臧克家等，也都是该派的代表诗人，而将写实主义传统推上新的艺术高峰的，则是艾青的诗作。

中国大地上接连进行了民族解放战争和人民解放战争。为了抗战和解放战争的需要，不但诗的内容，而且诗的形式及审美追求都不得不进行必要的调整、改变，甚至重建。正是在这样的背景下，1937年，在胡风的组织、引导及艾青的榜样作用下，七月诗派逐渐发展起来。七月诗派继承并发展了新诗现实主义的传统，提倡将诗人的主观精神与客观对象相融合的美学原则，走上了民族化、大众化、民间化的道路，朗诵诗蔚然成风，民间形式被广泛采用，"散文化倾向"也加强了。

七月诗派所取得的成就是辉煌的。首先是涌现了众多杰出的诗人,除了艾青、田间、胡风三位大师级的诗人外,还有阿垅、绿原、牛汉、曾卓、鲁藜等数十位重要诗人。从审美内容看,他们激情地为祖国而歌,为人民而歌,将爱国主义贯穿于自己的全部创作,把全部的爱都献给了"生我的养我的祖国"。怀着对祖国深深的眷恋,七月诗人的笔下涌现出一个又一个动人的"土地"意象,如艾青的《复活的土地》《雪落在中国的土地上》《我爱这土地》,鲁藜的《泥土》等。七月诗人热烈赞颂中华民族的高贵品格和伟大的民族精神,阿垅的《纤夫》集中体现了这种思想倾向。七月诗人热情歌唱抗战,歌唱人民解放战争,七月诗人的抒情基调是:复仇、反抗、战斗。他们描写抗战,歌颂抗战,他们摄取战争的壮阔图画,描写战争的严峻场面。当然,七月诗人也抒写忧患意识,但这不是个人的小我的忧患意识,而是中国进步诗人忧国忧民的忧患意识,它表现为对日本侵略者的愤怒憎恨,对国统区黑暗现实的严厉抨击,对人民疾苦的深切同情,这种忧患意识是中国历史文化脉络的延伸,是时代精神的折射,充满奋进和追求的乐观向上的希望。七月诗人怀着对美好理想、美好未来的憧憬与渴望,以崇高的理想来烛照自己所表现、所歌吟的题材和主题。他们歌颂光明与解放,追求光明与自由,歌唱生命和春天,呼唤解放,呼唤新中国的诞生。从审美的艺术追求看,他们坚持战斗的现实主义,并在现实主义的创作中掺入了"主观战斗精神"。他们坚持忠实于生活与忠实于内心感受的一致性,坚持现实性与抒情性的统一,把社会现实与内心感情"结合"起来,把"大我""小我"统一起来,努力向现实主义的广度和深度"突进"。七月诗人自觉地将个人的感情与祖国、民族、母亲、大地、政治、战争联系起来。同时他们也重视意象的选择与意境的营造。艾青诗中的意象十分感人。无论是土地、田野的意象,还是火把、黎明的意象,都饱含着诗意、诗情。阿垅的《纤夫》中的意象既是写实性的,也是象征性的,体现着民族的意志,也展示着人民的力量。七月诗人创造了崇高、悲壮的风格特征,在题材、主题的提炼方面,他们努力捕捉和追求事业的神圣、精神的崇高、形象的巨大,从艾青的《向太阳》到田间的《给战斗者》,到阿垅的《到战斗里去呵》,再到胡征的《七月的战争》,这些诗都充满思想的美、行动的美、热情奔放的美。在艺术形式上,七月诗派崇尚自由体与诗的散文美。这一切构成七月诗派凝重、沉稳、奔放与朴实、清朗、隽永相统一的风格。

七月派兴盛之时，在延安和解放区又诞生了新叙事诗派。它以1946年李季发表新叙事诗《王贵与李香香》为标志。很快，涌现出阮章竞的《圈套》《漳河水》，张志民的《王九诉苦》《死不着》，田间的《戎冠秀》《赶车传》，严辰的《新婚》，李冰的《赵巧儿》等民歌体叙事诗。这是一个以解放区本土诗人为主，以民歌体为形式，叙人民之事，抒人民之情的诗派。他们从农民身上发掘民族性与社会性，表现农民翻身解放的伟大变革。他们把现代意识与民族意识组合在一起，把民族审美心理与大众审美情趣融合在一起，把史诗品格与地方色彩结合在一起，创造了极具浓郁民族形式的新史诗。

在国统区，袁水拍与臧克家等眼见国民政府的腐败，开始写政治讽刺诗。袁水拍出版《马凡陀的山歌》和《马凡陀的山歌续集》，臧克家出版《宝贝儿》《生命的零度》和《冬天》。他们的政治讽刺诗融政治性、社会性、喜剧性、讽刺性于一体，运用大众化的幽默艺术和讽刺手法对社会政治生活"热点"进行曝光，深受群众欢迎。

进入20世50年代以后，诗歌理论和实践上的主要价值取向是诗的政治功利性。诗的这一性质和功能的规定，使五六十年代的诗体，呈现两种基本范式：一是以郭小川、贺敬之等为代表的直接呼应现实政治运动、强调感情抒发的带浪漫主义气质的政治抒情诗；二是闻捷、李瑛、未央、张永枚、公刘、白桦、邵燕祥、张志民、沙白、雁翼、梁上泉等一大批青年诗人强调对"客观生活"尤其是"工农兵生活"的"反映"而出现的"写实性"的诗。这些诗热情地表现和歌唱新生活，带有强烈的现实主义倾向，使新诗呈现出较为繁荣的局面。

但"文化大革命"兴起，文坛进入肃杀的严冬。连现实主义的诗歌都几乎没有了。1976年初的"天安门诗歌"，是诗歌的现实主义的回归。改革开放新时期一开始，各个历史阶段的诗人们陆续放开歌喉，诗坛出现多元化的艺术新局面，新的诗歌观念不断被提出，新的艺术因素陆续产生，具有新的思想内涵和审美价值的作品大量出现。这使新时期的诗歌呈现出繁荣富丽的景象。

以艾青、公刘、流沙河、白桦、孙静轩等诗人为代表的"归来者"的诗首先恢复并发扬了中国新诗传统的现实主义的美学。现实主义的诗风还体现在20世纪五六十年代一直活跃在诗坛的诗人严辰、李瑛、邹荻帆、严阵、顾工、雁翼、梁上泉等人的诗作中；而20世纪70年代中期到80年代初出现在诗坛上的新人雷抒雁、叶文福、张学梦、杨牧、骆耕野等在诗歌现实主义传统的恢复中，表现了更多的创新和开拓精神。他们继承传统诗歌的美学内涵，以诗为武器，积极地反映社会生活，揭露腐朽的事物，赞颂新生的力量，显示了诗歌切入时代生活所能达到的新高度。一部分则体现在20世纪50年代以来的历次政治运动中。由于政治或政治涉及的艺术原因在“文革”之前就相继从诗坛消失的诗人艾青、公木、吕剑、白桦、公刘、邵燕祥、流沙河、昌耀、孙静轩，以及“七月”派的诗人鲁藜、绿原、牛汉、曾卓、冀汸、芦甸、彭燕郊、罗洛等，他们的诗作主要是现实主义的，但渗入了不少浪漫主义或现代主义的因素。

二、20世纪新诗的浪漫主义创作流派

新诗是以胡适的《尝试集》站起来的，但真正让新诗在中国文坛站定脚跟的，却是郭沫若的浪漫主义杰作《女神》。中国“五四”文学运动所表现出的叛逆精神、个性解放和理想追求与浪漫主义精神可谓一脉相通。《女神》以全新的现代意识和时代精神以及崭新的艺术创造为中国现代诗歌开辟了一个全新的艺术天地。郭沫若于1923年出版的诗集《星空》抒写了诗人在革命低潮时的彷徨、苦痛的情怀；1925年出版的抒情组诗《瓶》则描绘了一段凄恻的爱情故事，表现了为爱情献身的浪漫主义的柔情。这两部诗集也都是浪漫主义的佳作。

1921年，创造社成立。郭沫若是创造社的主将和灵魂。创造社的浪漫主义诗人除郭沫若以外，还有田汉、成仿吾、邓均吾、穆木天、冯乃超等诗人，还包容了后来的新月诗派闻一多、徐志摩，沉钟社诗人冯至，太阳社诗人蒋光慈等。初期浪漫派的创作以浪漫主义为核心，又融合了象征主义、表现主义的某些要素，构成一种多元复合体。浪漫主义以自我、艺术和自然作为三个轴心：他们以自我为中心，极力夸大自我的重要性，把自身的小己推广成人类的大我，甚至是宇宙的中心；他们把艺术和艺术创造作为实现自我的最高的创造活动，追求艺术与人生的全与美；他们从泛神论中找到了“自我表现”的独特审美方式，并把自我融化到山岳、海洋、星辰、宇宙中去，来实现人的本质力

量的对象化。他们注意内心情感、情绪的尽情宣泄,注重内心情感、情绪的表现。他们执着追求理想,用整个身心歌颂理想,歌唱祖国的未来。他们重视诗艺的独特性并把它与诗体的自觉性相结合。他们认为,艺术首先必须是艺术,诗重“自然流露”,“自由地表现我自己”。他们主张“以自然流露为上乘”,并将它视为“新诗体的生命”。他们追求“自然流露”和“内在韵律”,强调“诗之精神在其内在的韵律”,在于情绪的自然消涨。

1922年,以冰心、宗白华、何植三为代表的小诗派逐渐形成。它是一个跨文学团体和文学流派组合而成的流派,有明确的理论指导与共同的艺术追求。小诗派诗人自觉地从古典诗词的短诗和民歌中吸取营养,并受日本俳句和印度泰戈尔小诗的影响。它们的共同的思想倾向是:(一)抒写对社会人生的哲思与感受,表现诗人对社会、现实、人生的感受、思索以及其中的哲理,比如宗白华的《问祖国》,以满腔焦虑担忧祖国黑雾弥漫,民族长梦不醒;(二)描绘自然风光,抒发爱的情怀:冰心与宗白华都把自己的诗歌融入自然的光影与爱的细流之中。冰心创作的小诗,多从爱的哲学出发,写人与人之间的爱:父爱、母爱、兄弟姐妹的爱、朋友的爱。

小诗派的风格、流派特征是:(一)短小、精练、含蓄,富于浓郁的哲理性;(二)无节无韵,自由恬淡,不拘韵律,自由平易,给人以清新、纯洁的美感。以自然简单的形式,表达自己内心的微妙起伏和对宇宙、自然、生命的点滴感悟,虽然形式短小,但极富诗情和哲理、意境之美。

几乎与小诗流派同时兴起的另一个浪漫主义流派是湖畔诗派。湖畔诗派的形成有特定的文化氛围。除应修人是上海银行的职员外,潘漠华、冯雪峰、汪静之都是浙江第一师范的学生。他们受正在该校任教的国文教师刘大白、俞平伯、朱自清、叶圣陶等开拓者潜移默化的影响,借诗文以倾吐爱情,追求爱与美。

湖畔诗派活动时,正是新诗发展的开拓期,湖畔诗派以崭新的爱情歌吟和独具特色的清新而浪漫的风格引起诗坛的注目,成为早期的新诗流派之一。那时多数新诗宣传反帝反封建的思想,谈哲理,写风景;爱情诗的创作十分寂寞。正因为这样,以表现爱情为特色的湖畔诗派的出现,率先打开了诗歌伊甸园的大门,就是对人的觉醒的发现,拓展了新诗创作的题材和领域,显示了浪漫主义新诗流派的新追求，适应了新诗本身发展的要求。湖畔诗派的诗人心灵单纯热烈，他们睁大爱情的眼睛，从异性世界里发现了真、善、美。异性的一笑一颦、一举手一投足，都对他们有强烈的吸引力，都使他们爱慕不已。汪静之的《不能从命》一反男尊女卑的戒律，把异性视为平等独立的人，表现了崭新的恋爱观。湖畔诗派的诗人常常以直接抒情的方式纵情地歌唱爱情、生命、自然、青春，也谴责暴虐、黑暗、虚伪。这使湖畔诗派的风格显得自然纯净、晶莹透明、明朗婉丽。

新月派是新诗史上一个十分重要而复杂的流派。1926年闻一多、徐志摩等人创办《晨报副刊·诗镌》，这是新月诗派的前期。从1927年起，新月社成员重新在上海集合，开办新月书店，出版《新月》月刊，编选《新月诗选》，为新月诗派最兴盛的时期。但随着徐志摩去世，闻一多、陈梦家转向学术，新月诗派失去盟主，新月诗进入后期，至1937年12月，新月诗派逐步消亡。

新月诗派的出现，有时代、现实的客观因素，也受诗歌内部发展规律的推动。“五四”落潮期，再也唱不出《女神》那样奔放、激越的歌声了。“节制情感”就是顺应时代的情势了。情感的节制，更适宜于用格律体，于是，新格律诗风行一时。这种“二律背反”规律，使新诗经过“否定之否定”，从打倒古典诗歌又回归古典诗歌（当然这是更高水平上的回归），催促着创建新格律诗的新月诗派的诞生。而新月诗派在1937年底的消亡，主要原因是随着中日民族矛盾的激化，新月派诗歌内容愈来愈空虚，失去了立足之地。一般以1927年为界，把新月诗派分为前后两个时期。闻一多是前期盟主，他怀抱“领袖一种之文学潮流或派别”的雄心，致力创建中西艺术结合产生的宁馨儿——富于“三美”的新格律诗，他实际上引领了前期的新月派的思想。而中后期，却远离现实，挖掘内心，沉溺于个人的爱情、梦幻，沉醉于自然美景，孤芳自赏，自我陶醉，因而消亡。

如果说自由化是新诗走向现代化的必然脚步，那么格律化就是新诗走向成熟的标志；如果说自由化需要勇气、才气和魄力；那么格律化则需要概括和凝练的力量。从自由化的奔突到格律的规范是一个辩证的探索与巩固的过程，没有海阔天空的探索，新诗就不能打破旧诗的束缚；没有及时地创造与之相适应的新格律、新形式，新诗又不能达到成熟的新阶段，也难以达到更高的艺术水平。因此可以说，新月诗人对新诗格律的创建是反映了新诗发展上的历史要求，代表了新诗发展的一个阶段的，因而其历史意义是不可轻估的。

新诗的浪漫主义，直到新中国成立后，在郭小川、贺敬之的政治抒情诗中再次得到发展。郭小川、贺敬之的浪漫主义产生的原因首先是那个激情似火的时代精神。茅盾在《反映社会主义跃进的时代，推动社会主义时代的跃进》中说："震雷疾电、云蒸霞蔚的现实，鼓舞着我们的诗人热情激发，诗兴洋溢。"蓬勃向上的时代精神，赋予郭小川、贺敬之诗歌以革命浪漫主义的激情。而革命的理想主义，又给他们的诗篇涂上了奇幻的浪漫主义色彩。郭小川的《向困难进军》《团泊洼的秋天》等诗篇感情充沛激烈，格调高昂豪迈，贺敬之的《放声歌唱》《雷锋之歌》等诗歌感情奔放，意象阔大，都体现了那个时代特有的革命浪漫主义的特色。郭小川、贺敬之诗歌的革命浪漫主义精神以共产主义思想为基础，借助于浪漫主义的手法——奇丽的幻想、大胆的夸张、强烈的节奏、浓郁的色彩、豪放的语言等表现出来。它们的出现，是那个时代精神的反映，它们既反映了那个时代的要求，也代表了那个时代革命浪漫主义诗歌的高度成就。

新时期的浪漫主义诗歌创作较少，新边塞诗人杨牧、周涛、章德益等则以西北边塞的雄奇风貌为背景，把对历史的思考和生命的体验注入其中，显示出宏阔的气象和浪漫主义的风格。杨牧的《我骄傲，我有辽远的地平线》等诗在苍茫雄奇的边塞风景中书写了崇高的开拓和献身精神。周涛在《神山》等诗中集中以军人的使命意识描写着大西北的独特风物，也表达着他对大西北的挚爱和探求。章德益则在大西北的雄浑辽远之中，展现了民族的乐观精神和奋进意识。

三、20世纪新诗的现代主义创作流派

20世纪二三十年代，西方现代主义各流派对中国诗坛影响最大的是象征

主义、表现主义和意识流。为什么呢？因为，象征主义的表现手法与中国传统诗词多有一致之处，加之，“五四”以后，不少中国知识分子陷入苦闷、彷徨之中，他们难于理解现实的意义及发展方向，往往企图逃回自己的内心世界去，长于表现内心感伤情调的象征主义就成为他们很好的选择。表现主义的强烈的主观性和反抗的热情，也易激起中国作家的共鸣。意识流的心理分析方法则给重内心感情抒发的浪漫主义作家提供了心理依据。

随着李金发的《微雨》《食客与凶年》《为幸福而歌》等诗集的出版，19世纪末兴起于欧洲的象征主义诗歌也在我国传播开来。由于其脱离了中华民族几千年的诗歌传统，加之写得颓废、晦涩，广大读者难以接受和喜爱。1926年留法的王独清出版了象征主义诗集《圣母像前》，留日学生穆木天、冯乃超于1927年和1928年先后出版诗集《旅心》和《红纱灯》；莲子于1929年出版《银铃》，这是象征主义诗派的第二期，他们在接受西方象征主义时融入了浪漫主义特色和中国元素。象征主义诗派的第三期以胡也频于1929年出版的诗集《也频诗选》为代表。由于第二期和第三期的象征主义诗歌在创作中注意了将象征主义的艺术手法与中国诗歌的民族传统相结合，因而，在诗的内容表达、形式创新和诗歌音乐美等方面，取得了一些成绩。

上述这些象征派诗着力表现诗人自己的内心世界，抒发诗人自己对爱情和美的追求、对家乡和故园的思念以及对人生与自然的神秘的感悟和咏叹；在艺术上，他们广泛地运用象征、暗示、通感以及远取譬等艺术手法，追求诗的音乐美与绘画美，形成了朦胧凄清、怪诞奇异的独特风格。

中国现代主义诗歌从1928年创刊的文学杂志《无轨列车》发表的现代派诗歌和散文开始萌芽，以1932年5月《现代》杂志的出版为标志，而后1935年《水星》的出版和1936年《现代》杂志创刊，把“现代派”诗潮推向高潮。中国现代主义诗歌主要接受了来自三方面的影响：英美的浪漫主义诗歌、法国的象征派诗歌和20世纪艾略特的美国现代派诗歌；同时，中国的现代主义诗歌对中国古典诗歌中“比较纯粹”的温庭筠、李商隐的诗的风格也有所继承。属于这一现代流派的诗人有卞之琳、何其芳、废名、李广田、吴奔星、徐迟等。

现代派形成后，从1934年至1937年，进入了发展和兴盛阶段：出现了较多的创作园地；形成了一支力量很强的创作队伍；创作与翻译了一批优秀的现代派诗歌；出现了作为流派代表诗人和实际领袖的戴望舒——戴望舒的创作与理论影响、指导着现代派的诗歌创作。1937年7月7日，全面抗战爆发。现代派濒临崩溃，原因是现代派同全民抗战的现实太不相容。

戴望舒针对浪漫派诗人的狂放不羁的流弊和新月派新格律诗的拘束整齐的局限，在吸取初期象征派诗歌的优点摒弃其缺点的基础上，融合中国古典诗词的意韵，创立了情境优美、文辞清新、韵味悠然的具有散文美的现代派诗歌。抗日战争爆发后，戴望舒惊醒振奋起来，更以其《狱中题壁》和《我用残损的手掌》等优秀诗篇，把诗歌创作推向了新的高度。

流行于西欧一些国家的十四行诗，在中国新诗由最初的向旧诗进攻转向了自身建设之后，也随着大量外国诗体的输入在中国传播开来。郑伯奇首开其端，尔后，戴望舒、闻一多、孙大雨、朱湘、卞之琳、梁宗岱、李唯建等都曾致力于这一诗体的建设，并取得了积极的成果。

沉钟社的代表诗人冯至，以其具有柔婉感伤风格的诗篇，赢得了"中国最为杰出的抒情诗人"(鲁迅语)的称号。20世纪40年代，他出版的《十四行集》，在继承前辈和同辈诗人们长期追求与探索的成果的同时，又能够借鉴和吸取中国古典诗词中有益的成分，从而以其成功的实践，建立了中国十四行诗的基础。

20世纪40年代中期，一批受过高等教育，特别是受过现代主义熏陶而又有着自己艺术追求的年轻诗人面临现实主义占绝对优势、现代主义彻底衰落的诗坛，决定对现实主义和现代主义进行调整和综合，他们直面严峻的现实，在现实主义的精神和创作方法中，融进现代主义的特质和表现方法，建构了独具特色的诗歌。正如九叶诗派的理论家袁可嘉在《九叶集·序》中所说："九位作者作为爱国的知识分子，站在人民的立场，向往民主自由，写出了一些忧时伤世、反映多方面生活和斗争的诗篇。内容上具有一定的广度和深度，艺术上，结合我国古典诗歌和新诗的优良传统，并吸取西方现代诗歌的某些手法，探索过自己的道路，在我国新诗的发展史上构成了有独特色彩的一章。"他们既"接受了新诗的现实主义传统"(艾青)，注意诗歌跟时代、现实、人民的联系，反映广泛的现实生活；同时又是"自觉的现代主义者"，注重用现代人的思维方式、体验方式和表达方式，捕捉和表现通过诗人人生体验的过滤、沉淀乃至变形的现实，来表达他们对生活的本质认识。他们采取概括型、隐喻象征型、鸟瞰型、透视型、诉说型等方式反映现实社会的罪恶，表现现代人在文明社会的精神困惑、心理失衡。这些诗的内容，更体现了现代主义诗歌的特质。而在诗歌的艺术方面，九叶诗人强调诗歌观念的现代性，认为诗歌必须“返回本体”，使诗“重获新生”；从“本体”论出发，袁可嘉又提出了“平行”论，即“艺术与宗教、道德、科学、政治都重新建立平行的密切联系，而否定任何主奴的隶属关系及相对而不相成的旧有观念”。九叶诗人感知、把握世界的方式不同于现实主义与浪漫主义，他们提倡“宇宙意识”（即以宏观的时空观念观照整个自然界，去发现更邈远处的、未被人们感知的事物）。九叶诗人还采取“心理时间”来感知、把握世界。九叶诗人主张表达方式的现代性：既“忠实于时代的观察和感受，也忠实于各自心中的诗艺”，主张反映人生现实性，又与现实世界及内心情感适当拉开距离，使诗写得空灵洒脱。九叶诗人主张“思想知觉化”，提倡在现实中寻找“客观对应物”，让意象成为诗意的核心，并让意象在现代主义诗艺中得到了最大程度的张扬。九叶诗人还提出了“新诗戏剧化”和“语言陌生化”的主张，拓展了读者的想象空间。

新中国成立后，由于政治及其他外部环境的影响，中国新诗的发展选择了革命现实主义的道路，现代主义基本上失去了发展的土壤和条件。直到新时期开始后，中国的国门打开，世界诗歌潮流蜂拥而入，中国诗坛一下子变成了世界诗歌的博物馆，造成一时期的生硬模仿，现代主义的诗歌开始在中国出现。20世纪80年代以后，以舒婷的《双桅船》《致橡树》，顾城的《一代人》《生命幻想曲》《我是一个任性的孩子》，江河的《祖国呵，祖国》《纪念碑》，杨炼的《大雁塔》《智力的空间》，梁小斌的《雪白的墙》《中国，我的钥匙丢了》等为代表的朦胧诗的出现，打破了中国固有的诗歌秩序，标志着诗歌从观念到艺术都发生了巨大的变化。朦胧诗人提出了新的美学特征：对人的价值、人道主义和人性的呼唤，对人的自由心灵奥秘的探索；而艺术上，则大量运用现代的诗歌手法，如隐喻、象征、通感、变形、打破时空秩序、改变透视关系等。它标志着现代主义在中国诗坛的再度兴起。

当朦胧诗刚刚兴起于诗坛之时，从1984年开始，一批更年轻的诗人喊着

"PASS北岛""打倒舒婷"的口号,在一场新的诗的"大爆破"运动中,登上诗坛。他们反对新诗(包括朦胧诗)的传统及其美学原则,形成了具有后现代感的"新生代诗歌"流派。新生代不同于朦胧诗的美学品格,表现在这样两个方面:一是"反英雄""反崇高"的价值观念;二是"反意象""反优雅"的艺术观念。新生代比较有成就和影响的诗人群体主要有两个:一是以海子、王家新、骆一禾、西川等为代表的"后朦胧"诗人;二是以韩东、于坚、杨黎、李亚伟等为代表的"第三代"诗人。

"后朦胧"主要指在朦胧诗影响下成长起来的"校园诗人"。他们关注社会,抗拒世俗,他们在商业大潮中寻找新的精神家园,希望保持知识分子的精英意识;他们受西方现代主义文学的影响,注意从哲学角度探讨人生的价值和诗歌的终极意义,其作品比朦胧诗更深邃,人们称他们为深度抒情诗人。海子、骆一禾是他们的代表。海子显得纯洁热烈,骆一禾表现得壮阔显豁。第三代诗人的主要代表是韩东和于坚,他们把"日常生活"带进诗中,通过口语来完成个人的诗化形式,有意消解文化及诗歌的"诗意"。

进入20世纪90年代以后,年轻的诗人又有了分化:以王家新、西川、于坚、欧阳江河为代表的诗人提出了"中年写作"与"知识分子写作"的追求,表现出知识分子的人文精神;而于坚、伊沙等人则以"民间写作"为口号,倡导民间的、日常生活的口语化写作。20世纪90年代末,这两派诗人还发生过一场公开的激烈论争。20世纪80年代中期以后,诗坛还出现了以翟永明、伊蕾、唐亚平为代表的女性诗人,她们以女性生命的独特体验形成了带有强烈的女性意识的诗歌世界。

——原载于《文心探秘》,四川大学出版社2017年版

作者简介

郭久麟:四川外国语大学中文系教授。

论1990年代以来乡村『土改』小说的叙事策略

■ 张羽华

作家通过小说的艺术形式刻写一个富有意义的人类世界,把印在历史深处的人类生存轨迹描摹出来,让我们更深刻地认识世界,反思历史。“小说比任何一种文学形式,甚或比任何一种文字,都更能胜任愉快地充当起社会用以自我构想的样板,通过小说这种话语,世界得到清晰地再现。”①就20世纪90年代以来的“土改”题材叙述而言,作家对“土改”运动的写作,既有别于周立波和丁玲强烈政治语境中充满敌意、暴力的“土改”叙述,又有别于先锋文学“叙述圈套”的迷宫式历史书写。20世纪90年代以来的作家站在制高点上以冷静的心态、细腻的笔法,消解宏大叙事,注重人性的发掘,把美感落实到经验的历史叙述中,在繁复的社会现实语境里打开即将封闭的历史面纱,对具体的人生历史做出新的理解,连缀过去与现在的空间场域,贯穿时间的顺时形态,把归属于历史学家的任务理性地承接过来,以艺术化的叙述策略“复活”“重现”“土改”历史的真实状态,显示出独特的审美内涵、个体经验、历史价值判断和文本形式。

① [美]乔纳森·卡勒:《结构主义诗学》,盛宁译,中国社会科学出版社1991年版,第284页。

一、淡化宏大的史诗结构叙述模式

史诗性的叙述模式是“从具体的世界和丰富多彩而变化无常的现象中挑出某种本身有根由和必要性的东西,用史诗的文字把它集中表现出来”①。这句话体现了黑格尔对史诗的根本认识。如果把这种观点运用到小说叙事中来,也有它的合理性。但一直以来,大多数文艺创作者误以为具备史诗性的文艺作品就是最为纯洁最为优秀的作品,但在特殊的时代里,这样的文艺作品未必准确而艺术化地反映出历史的原貌,透视出人的本性。比如丁玲的《太阳照在桑干河上》和周立波的《暴风骤雨》可以说是具有宏大史诗结构的长篇小说,并被读者大众看好。但是我们不能否认小说对文学艺术内部规律的审视与探寻让位给了意识形态的宣扬与灌输。

我们不能否认,“史诗必然与民族的某个重大的历史事件直接镶嵌在一起,来构筑它的艺术背景”②。但如果过分强调这一点,势必难以突破既定的叙事成规。在20世纪80年代后期,特别是90年代以来的“土改”题材创作中,作家突破了这一叙述模式,抛弃意识形态左右的宏大历史场景,紧紧围绕“土改”来淡化阶级的极度对立,做出富有个性的价值判断。新历史主义的叙事是颇具启发性的,它打破了正史的写法,对历史重新进行解读,偏移主流意识,拆除权威的压力,拆解、颠覆固有的叙事模式。但是令人遗憾的是,新历史主义也在某种程度上模糊了历史轮廓的明晰性,也违背了历史规律的客观性,在艺术上难以达到纯正的真实和可信度。与此不同的是,20世纪90年代以来的“土改”叙述,重在通过真实的历史事件来反思“土改”历史的合法性和存在的问题,凸显被遮蔽掉的历史细节或者事件,力图还原历史真相,主动承担历史的使命和责任,发现人隐秘的心性。

1990年代以来,文学弱化了阶级的对立性叙述。作家以时间和因果关系结构小说,改变了以往那种以阶级关系为主轴,全景式描写乡村社会生活的题材的模式,转向以家族矛盾为中心,以血缘与宗族关系为主要书写对象,重新组合了“土改”在文本内的结构原则,从而拆解了由文学制度所规约的叙述

① [德]黑格尔:《美学》(第三卷下册),朱光潜译,商务印书馆1997年版,第103页。

② 胡良桂:《史诗类型与当代形态》,湖南教育出版社2002年版,第546页。

模式。“一种以‘记忆’为摹本，时序互相穿插颠倒，历史与现实，故事和话语相互纠缠和新的文本组织原则解构了历史自我起源、自我发展的自在性和客观性，历史成为一种叙述的权力，成为‘他的故事’”，[①]成为文学表述的特殊场域。

尤凤伟对“土改”题材具有独到的认识和生命感知。他倾向于书写沉淀的历史，注重以真诚的心态还原历史真实。“当历史成为发人深省的研究时，我们对历史的思考才具有相关性”，[②]尤凤伟在寻找历史的相关性中，确立了关于人的生存命运的悲剧主题。尤凤伟的历史写作要求真实客观地反映历史，他认为“历史”和“现实”两个概念不是时间的问题，而是社会的本质问题。历史是另一种现实的具体体现，关注历史也就是关注现实的社会。历史不仅有意思，也有意义。尤凤伟的历史题材涉及抗战、土改、反右、肃反和“文革”，但是只要我们认真阅读他的一系列创作便不难发现，他注重历史的介入与还原，敢于担当起为历史负责和为历史存真的义务，实现了对以往历史叙述的超越，并多了一份反思和关怀。比如小说《诺言》(1988年)、《合欢》(1993年)、《辞岁》(1993年)、《小灯》(2003年)等是最为称道的。通过尤凤伟的“土改”小说，我们还发现，作家在叙述构架上与早期的“土改”小说显然存在很大不同，这体现在尤凤伟敢于跨越主流话语，迈过阶级对立界限，对革命话语产生怀疑，注重挖掘农民在“土改”运动中的真实心态和地主的本来面目，重新纠正所谓正义与非正义二者之间的是非关系。

与尤凤伟书写“土改”题材不同的是，严歌苓的长篇小说《第九个寡妇》，只是把“土改”作为小说叙事的一部分，来推动故事情节的发展。小说对以往的历史叙事进行大胆的颠覆，为“非正义性”提供了合法的基础，把同情和人性关怀的对象指向地主及地主的儿媳妇，而不是善良、勤劳、质朴的农民。王葡萄作为孙怀清的儿媳妇，守寡后依然守着孙家的家业并且隐藏地主公爹直到改革开放，这体现出她强烈的韧性精神和善良本性。小说写王葡萄，并没有抹除她本能的欲望，她同时与几个男人周旋，写出了生命的原始状态。作家在新的时代语境中“既能还原历史的原生态，但又不被经典的历史时间框

① 孙先科：《“新历史小说”的叙事特征及其意识倾向》，《文艺争鸣》1999年第1期。

② [法]米歇尔·德·塞尔托.《历史与心理分析——科学与虚构之间》，邵炜译，中国人民大学出版社2010年版，第106页。

架限定住，寻求多重文本间的对话，试图重建历史的本真性”[①]。

值得注意的是，寒川子的长篇小说《四棵杨》中写“土改”，只是为了寻找一个民族的秘史和对土地深沉的爱与忏悔。整部小说贯穿了新中国前三十年的历史与叙述，经历了土地改革、合作化运动、“大跃进”、大炼钢，大饥荒、破“四旧”、“文革”、改革开放等阶段。就前部分的“土改”叙述而言，并没有产生严格的两极分化——地主就坏，穷人就好。相反，作家在叙述中打破了意识形态的规约，把历史还原到人性本来具有的情景中去——必定有些地主也具备一些优秀的品质。地主张天钰的行踪影响着作家的文本叙述进程，在后来历次政治运动中，张天钰在众人面前被认为疯了，但是在历史的关键时刻，张天钰的头脑异常清醒，这无疑破除了传统“土改”小说陈旧的叙述模式。在陶少鸿的长篇小说《大地芬芳》、第代着冬的长篇小说《灵雀》、吴加敏的长篇小说《花灯》、刘震云的长篇小说《故乡天下黄花》、吴恩泽的长篇小说《平民世纪》、赵德发的长篇小说《缱绻与决绝》、陈忠实的长篇小说《白鹿原》中，“土改”只是作为讲述故事的诱因和动力，而不是故事的全部，这无疑拓宽了小说叙述的空间，增强了小说新的艺术力量。

二、弱化空间场景中的暴力叙事

在当代小说创作中，空间场景必然是小说叙事的一个基本元素。“叙事是具体时空中的现象，任何叙事作品都必然涉及某一段具体的时间和某一个(或多个)具体的空间。”[②]比如《太阳照在桑干河上》《暴风骤雨》和《江山村十日》等小说，作家非常强调物理空间和意识形态空间的再现与演绎，向读者传达一种暴力美学。

会议场所是20世纪四五十年代“土改”小说不能绕开的话题。首先上级通过某种特殊途径传达上级部门的相关政策，并召集会议，在公共广场书写标语，坚决执行上级指示，并且动员人民群众知晓政策对他们带来的好处，以

① 陈晓明：《“历史化”与“去历史化”——新世纪长篇小说的多文本叙事策略》，《杭州师范大学学报》2011年第2期。

② 龙迪勇：《历史叙事的空间基础》，《思想战线》2009年第5期。

此增强他们的阶级觉悟，踊跃参与“土改”运动，参与对地主的批斗。吴晓东在论述中国个别作家笔下的空间叙述时，认为Henri Lefebvre的观点同样适合于中国语境中的空间与个体记忆的关系，“空间是物质性和社会性相重叠的存在，而社会性维度的引入，更是空间生产理论中的决定性因素。空间形象背后隐含着不同意义的生产方式和意识形态图景，从而印证了Henri Lefebvre的理论，即存在一种‘空间的意识形态’”[①]。无论是作家对地主房屋的空间结构的细致描述，还是对斗争地主场面宏大规模的展示，都体现出明显的政治倾向性。

在20世纪90年代以来的“土改”小说叙事中，作家有意识地颠覆了正统历史话语的叙事姿态，消解了历史的严肃性，淡化了政治意识形态笼罩下的各种空间场景的叙述，把阶级意识的传达、会议的召唤功能、家庭空间的角色转换等尽量弱化、淡化甚至喜剧化。广大农村两大阶级的对立、壁垒分明的局势被作家重新组织和再度编码，贫困农民与地主势不两立的森严界限模糊了，地主不是纯粹的恶，也有善的一面；贫困农民也不是纯粹的善，也有丑恶的一面。

我们在解读范稳的《水乳大地》时，发现边民地区的“土改”开展消除了那种紧张敌对的局势，把“土改”工作话语的表述确定在个体对事物认识的差异性方面。在地方新政权执政者木学文眼里，革命的目的就是打破旧社会的规矩，那么边民财主们的出路就是必须与人民站在一起，与人民群众打成一片。“人民”在边民地区取得了合法性和权威性的解释，而动员以坚赞罗布为代表的土司们归属人民政府的问题就往往以人民的名义来解决，这打破了几千年来边地人民的权力法则和生存方式。但边民土司们视土地为生命，固执地认为剥夺土地就意味着战争与屠杀，他们并没有被执政当局说服，反而把县长木学文囚禁起来。这在以前的“土改”题材小说叙述中是不可思议的。边地的“土改”叙事与中心地区的“土改”叙事在某种程度上是有所区别的。作家充分利用边地的民俗文化、边地人民的审美心理，艺术化地冲淡了空间场景的暴力叙事。在苗族作家吴恩泽的《平民世纪》中，“土改”的叙述场景往

① 吴晓东：《漫读经典》，生活·读书·新知三联书店2008年版，第177页。

往是以叙述人的身份讲述“土改”工作组的行动方式和运行规则出现的。“土改”政策向下传达后，黑堡场小学校长、地主分子文经常随即遭到镇压，财产被瓜分，二老婆王碧桃被分给了长工二果，文经常和张氏的儿子文必汉跟随王碧桃和二果。但是作家作为叙述者在讲述“土改”的过程中，有意淡化了阶级对立的空间场景，消解了乡村阶级对立的紧张气氛，对文经常家的房屋财产的叙述也轻描淡写。对分浮财场面的描写充满喜剧性。比如大家在考虑分浮财的场景，只是对长工二果做了一番调侃。农会主席介林歌吟般地唱道：“二——果，分——浮——财，婆呀娘——王碧桃——呀——件——！”显然这符合当地人长期形成的个性品格，带有民族地域文化的审美色彩，从而抹去了空间场景的批斗叙事成分。

吴加敏的《花灯》中，作家淡化了革命化的政治激情叙述，把小说的主要笔墨放在土家族民间传统文化的发展与变迁层面，而对以时间为刻度的政治运动叙述，只是作为花灯演绎的时间场域加以展示。实际上，即使没有“土改”工作组来到武陵山区的白粉墙村，那里的村民照样传宗接代，安居乐业，社会秩序依然稳定。白粉墙村划分地主完全是随意的，也是为了完成上级下达的任务。这就不难理解为什么并不富裕的田邦德无辜地被划为地主并成为斗争对象这一事实。这里从“土改”工作组王同志口中可以看出，田邦德占得土地多，理所当然划为地主，这也是上面的精神，而不管他种多种少。但是在白粉墙村并没有出现大张旗鼓的斗争场面，村民们也明白斗地主完全是一种形式。田邦德被关禁闭后，儿媳张蝶儿企图引诱王同志，要求放回年老的田邦德，在事实面前，王同志既没有被张蝶儿的肉体诱惑，也没有对田邦德殴打侮辱，而是放走了田邦德。这种对地主及家属的恻隐之心并没有被认定为立场不稳定而受到指责。

富有戏剧性的是，在20世纪90年代以来的长篇“土改”小说的叙述中，地主家庭中或多或少有一些人与新政权有着紧密的关联，作家有意识地凸显二者之间的关系。即每个家庭中都有一个共产党员或者在新政权中工作的人，这也为“土改”过程中斗争地主造成了障碍，无形中缓解了“土改”的叙事张力。

在严歌苓的《第九个寡妇》中，孙怀清很快就被批斗并被处决，一是因为儿子孙少隽营救失败，另一个原因是儿子孙少勇“坚决支持政府镇压恶霸地主、暴动首领孙怀清”，同时“主张对孙怀清尽早执行枪决”，[①]从而化解了激烈与残暴的批斗场面。同样，在刘震云的长篇小说《故乡天下黄花》中，叙述者弱化了紧张的“土改”斗争场面，设置一个曾经对这个村庄很熟悉的老贾来开展“土改”工作。老贾对村里人家的家底非常熟悉，没有强烈的斗争场面，而是深入村上几户老地主李文武和侄子李清洋、李冰洋家里，把相关的“土改”政策告知他们，地主主动让分地，不到半个月就结束了“土改”工作。另外“土改”工作之所以顺利还因为孙家作为大地主，家里有一个儿子孙屎根在邻县做区委书记，通过家庭内部做思想动员工作，也减轻了“土改”的阻力。老贾顺利完成“土改”工作任务，没有激起二者之间的矛盾对立，也没有产生声势浩大的恶性斗争，而是通过情感关系化解了空间场景的紧张局面。作家通过对历史的叙述，把人在特殊语境中本来的性格特征呈现出来，艺术化地揭示出人的美好品格，消解了不符合历史和人性发展的正统历史观念。

三、情感修辞策略的转变

历史叙事并不是根据自然科学的逻辑关系进行严密的推理与论证，而是根据故事的需要来编排和讲述，通过给想象的事件构型而展示出修辞意义。历史记忆是一个作家创作永恒的艺术源泉，如何叙述历史又成为作家的一种技巧性选择。“把人物作为人类的代理，作为某些思想、信仰或价值的代理，作为更大结构内起特殊作用的人造结构，这个更大的结构就是整个作品。”[②]在整个作品中，作家所秉持的态度以及付诸人物的情感态度，决定了小说的某种思想、信仰和价值取向。

作家的叙述立场和话语言说方式，在很大程度上控制着文本的情感基调。正因为如此，90年代以来的作家在书写“土改”历史题材时，把一切人与

① 严歌苓：《第九个寡妇》，作家出版社2010年版，第71页。

② [美]詹姆斯·费伦：《作为修辞的叙事：技巧、读者、伦理、意识形态》，陈永国译，北京大学出版社2002年版，第64页。

事尽量还原到民间的日常生活中，逃避政治意识形态的无形牵制，打破自由话语诉说的严肃性，注重艺术多样化的思考与探索。那种你死我活的批斗的紧张氛围被消解，艺术化地还原了历史的原貌。地主与农民的关系在特定时代里上升为复杂的政治和经济关系，这种人为的阶级对立在近来的作家笔下得到化解，转移到了对特定的社会关系和具体历史语境中人的存在状态和生存意识的探讨中，从而强化了自然的普遍人性。

文学作品情感表达的倾向性，往往取决于作家语言的修辞策略。“语言既是意识形态的具体宣言——是说话者据此而思考的范畴——又是对它质疑或推翻它的基地。”[①]语言作为一种话语传递的媒介，本身是中立性的，但经过艺术加工，必然产生个体的情感因素。作家的叙述机制是建立在个体生命体验和历史叙事范畴上的，对历史的看法和价值判断，都具有个人性。相对于传统经典历史叙事来说，20世纪90年代以来的历史叙事之所以出现新的裂变，最根本原因在于这种话语表述是建立在中国现实的语境和事实依据上，建立在作家个体生活体验的基础上。

“‘土改’这场作为旨在结束封建土地所有制，改变农民自身命运的政治运动，在中国现代史上的意义是毋庸置疑的。尤其是在中国共产党领导下的大陆地区，它成了新民主主义革命的最后一幕，并且为接下来的社会主义改造运动奠定了基础。”[②]不仅如此，它还为中国当代文学艺术增添了丰富的意义内涵和诗性探索的空间。在描写“土改”运动过程中，作家的叙述经历了由歌颂农村“土改”运动到质疑“土改”运动的裂变过程。在丁玲的《太阳照在桑干河上》和周立波的《暴风骤雨》中，几乎每一句话都包含着对分田地、斗地主的喜悦和痛快心情，洋溢着“土改”运动取得成功的喜悦。同时，把农民几千年来承受的压迫和剥削的责任推给地主，这显然有失公允。不过，20世纪90年代以来的作家却改变了这种叙事的情感基调，他们以自己的历史观和话语表述方式，对历史事件和历史叙述重新编码，以此来消除紧张的意识形态，从而对历史进行再度书写，对地主进行客观性认识和评价。在苏童的《枫杨树

① [美]乔纳森·卡勒：《文学理论》，李平译，辽宁教育出版社1998年版，第63页。

② 陈思和：《“土改”中的小说与小说中的“土改”——六十年文学话“土改”》，《南京大学学报》（哲学·人文科学·社会科学）2010年第4期。

山歌》中，叙述者避开了意识形态，以个人的情感来阐释土地改革。故事中没有俨然的阶级对立，地主和贫农的关系也没有政治宣传中的那么夸张，更没有要求强烈的思想改造，相反，他们和谐相处，枫杨树的人们也认同地主发家致富是通过勤劳换取的这一基本事实。同时，小说写出了陈茂当上农会主席后为非作歹的丑恶本性。这类话语表述方式在以往的"土改"书写中绝对是不允许的。

土地是农民的生存之本，是维系地主和农民关系的纽带。在陈忠实的《白鹿原》中，消除了地主与农民的阶级对立，白嘉轩和长工鹿三之间胜过兄弟关系。阶级对立和阶级斗争关系让位于白鹿原民间文化的叙述，从而透视出白鹿原白、鹿两家的家族发展史和社会变迁史。同样，池莉的中篇小说《预谋杀人》中，作家以"土改"作为历史背景，从而揭示出农民阶级与地主阶级的矛盾并不是以土地为根本的问题，同时也掺杂着其他宗族势力、家族方面的矛盾。

作家对语言修辞的运用尤为突出，通过它能够获得强烈的审美效果。这种语言修辞主要体现在文本的对话方面，由对话彰显出作家的情感立场和价值取向。尤凤伟的中篇小说《小灯》中写了杨队长开导、动员、揭发地主的一段对话，从中我们可以明显感觉到作家叙述语言的情感倾向性。作者跳出了阶级视域的历史局限，肯定了地主取得劳动成果的合理性和合法性，刻画了农村社会变革过程中个体的生存命运。

《故乡天下黄花》多以戏谑的叙事风格来推动故事情节的发展，体现出一种强烈的反叛意识。"作者有意识地模糊、混淆甚至颠倒正、反两派人物间的阵线与界限，摈弃了二元对立划分，描绘了多元的人物关系。"①其中写"土改"的章节，重点叙述了两个人物——赵刺猬和赖和尚。赵刺猬与赖和尚本来是一对流氓无产者，当"土改"工作组组长老范问赵刺猬有关地主李文闹两个儿子的情况时，赵刺猬立刻回答道："是地主都有罪恶，别看他们二十多岁，每个人十六就娶了老婆！从小就知道把穷人的孩子按到地上当马骑！""目前他们也不老实，对贫农团不服气。老地主见了贫农团的人，倒还点头哈腰的，这两

① 黄勇：《"土改"的两张面孔——〈暴风骤雨〉〈故乡天下黄花〉叙事比较》，《小说评论》2006年第1期。

个崽子，到现在还愣着眼睛。我听赖和尚说，前天夜里他和几个光棍去李清洋家听房，这小子干那事时，还跟老婆念叨等中央军回来报仇呢！干一下说一句，把他老婆弄得直叫唤！……”[①]叙述者以一种自嘲和戏谑的口吻对“土改”运动的做法进行消解和颠覆，从而暴露出“土改”的某些不合理性。

当然，90年代以来作家叙述土地改革，并非全面否定历史，而是站在更高立场上较为全面地审视“土改”历史造成的创伤记忆，在复杂的社会生活中丰富人性的内涵。在龙凤伟的《合欢》中，好吃懒做的二流子夏发子靠“土改”获得了大量的财富，同时还分到了一个老婆。当夏发子坐吃山空后，又打起地主夏世杰的主意，抓住夏世杰与小老婆吕月有深厚情感这个软肋，允许吕月和夏世杰幽会从而换取粮食，这种滑稽的语言叙述方式，在整个小说构架中形成一种张力，充满强烈的反讽意味。作家的情感立场和褒贬完全被淡化，超脱了狭隘的政治观念，抹去惨淡的血腥屠杀场面，在语言表达中凸显人性的善与恶。

四、侧重于挖掘农民与土地的情感关系

“土地改革运动是一场从外部强行植入乡土中国的政治运动，旨在改变中国数千年来的经济制度。它借助权力和暴力，以一种极为刚性的方式，推动历史的进步。”[②]经过六十多年乡村土地政策的改革，农民无论在物质生活还是精神世界上都发生了实质性变化，这为我们解读中国六十多年来乡村中的土地变化过程做出了详细的阐释和注解，同时也为中国当代文学书写提供了广阔的社会空间。农民与土地的命运是紧密相连的，农民一旦失去了土地，也就失去了生存的依靠。H·孟德拉斯认为，“赋予土地一种情感的和神秘的价值是全世界的农民所特有的态度”。[③]新中国成立以来的“土改”政策改变着乡村复杂的社会结构和农民的精神世界。新中国建立后的首要问题就是解决农民的生存问题，而农民的生存问题又紧紧围绕土地的归属问题来

① 刘震云：《故乡天下黄花》，作家出版社2009年版，第176页。

② 张全之、刘媛媛：《中国两类“土改”小说的比较研究》，《文史哲》2012年第2期。

③ [法]H·孟德拉斯：《农民的终结》，李培林译，社会科学文献出版社2005年版，第24页。

开展。对土地随意调解又触及农村的深层复杂问题。

土地"所表征的是一个开创性纪元的莅临,宣示着希望的就此诞生。这土地孕育着奇迹,呈现着史无前例的集体的力量。也正是这种力量让普天下的农民第一次认识到,他们不是为土地而存在的,土地是为他们而存在的;从大地的束缚中挣脱出来才意味着解放的真正实现。至此,个人在大地之上的生存被理解成了集体的战天斗地"[①]。20世纪90年代以来的小说在重新阐释新中国六十多年的土地历史变迁的意义时,不仅梳理了土地的发展史,同时也在小说中浸透着作家对土地与农民生存命运的思考。个人与土地的关系,实则个人与整个社会的关系、个人与国家权力的关系。随着社会秩序的不断变更,土地以不同的方式被他者拥有。作为占据全国大多数人口的农民,他们的身份注定与土地相关,一旦他们脱离农村土地的生存空间,也就会改变农民的心性和社会生活观念,同时也会或多或少地改变农村的社会结构。大多数农民由于受到城市生活的影响,也只能通过历史的记忆来寻找想象中的土地,"选择记住并且克服来自过去的伤害或愧疚,也许要比那种简单的忘记过去更能获得更高层次的满足和健康"。[②]

土地与农民的深层关系在赵德发的长篇小说《缱绻与决绝》中表现得非常深切。作者在一个动荡不定的社会语境中展示了农民与土地的深沉关系。农民与土地的社会变迁史,实则就是整个社会的发展史和人类的精神变迁史。赵德发不仅让我们看到了过去历史中贫民的社会世态,还让我们了解到现实社会发生的人伦关系、政治关系、经济关系和牵涉的人与权力的关系。作者让我们透过历史,感受农民在拥有土地和失去土地后是如何生存,如何表现出农民的食欲与爱欲的世俗境况的。"租地、开荒、鬼子来、闹土改、置地、办合作社、'大跃进'、吃食堂、六〇年挨饿、'文化大革命'、学大寨、大包干、两田制、开发区"也成为记忆中的历史。赵德发在现代生活体验中,穿透历史的时空,以思辨的雄心和忧患意识,捕捉到一个难以置辩的、个人力量难以改变的历史事实:"人们相信土地被祖先的精灵所占据,相信土地由神(在

① 路文彬:《论"十七年"中国乡村文学中的土地意义之变》,《中国现代文学研究丛刊》2011年第12期。

② [美]杰弗里·C.亚历山大:《迈向文化创伤理论》,王志弘译,陶东风、周宪主编:《文化研究》(第11辑),社会科学文献出版社2011年版,第11-36页。

行文中，特指国家的相关执行者，笔者注）所赐予，这些都引起涉及土地拥有和使用的强烈的公共感。要靠近这片土地，一个人必须是该社会的一员，这意味着要参与和分享这个群体的精神和历史。”[①]

——原载于《中国现代文学论丛》2017年第2期

作者简介

张羽华：长江师范学院副教授。

① [美]罗伯特·戴维·萨克：《社会思想中的空间观：一种地理学的视角》，黄春芳译，北京师范大学出版社2010年版，第189页。

黄淮对现代格律诗的推动及其创作实践

■ 李长空

黄淮不仅是一位著名诗人，还是一位诗歌编辑家和诗歌活动家。20世纪70年代末，他就调入吉林省文联任《长春》月刊（后更名为《作家》月刊）的诗歌编辑。1984年，他与诗友共同创办《诗人》月刊，任编辑部主任编委、副主编，这也是全国第一家自负盈亏的诗刊。1990年，他曾经提出“中华诗园”的构想，引起诗界广泛的讨论。近年黄老定居于山东威海，继续从事现代格律诗创作并推动“中华诗苑”项目落地。

大胸怀：黄淮与现代格律诗运动

黄淮是在20世纪60年代从学习民歌开始起步创作自由新诗的，出版了《命运与爱》《人之诗》等自由新诗集。当他发现自由新诗创作的种种弊端后，从20世纪80年代开始，便毅然决然地致力于九言格律诗、微型格律诗、白话小令、小汉俳体、十四行体、自律体格律诗等现代格律诗的诗学探索与创作实践。

为了去伪求真，继承和发扬中国传统的优秀诗学文化，推动白话新诗创作与研究事业健康发展，1993年9月，他参与创立了中国新诗史上第一家以倡导现代格律诗建设为宗旨的文学社团——深圳中国现代格律诗学会，并担任常务副会长兼秘书长。学会成员包括公木、艾青、卞之琳、李瑛、张志民、吴奔星、杨子敏、贺敬之、徐迟、屠岸、臧克家、胡建雄、袁忠岳、桑恒昌、丁芒、于宗信、吕进、毛翰、万龙生、鲁德俊、骆寒超、周仲器、潘颂德、丁鲁等300余位知名诗人与诗评家，于1994年10月23日至25日在北京雅园宾馆召开了第一届年会（史称"雅园诗会"），60余位诗人、诗评家、学者到会，发表学术论文30余篇。会上，还发行了会刊《现代格律诗坛》，该刊以书籍的形式出版，由他担任常务主编，至今已经出版11卷。由他担任总编的雅园出版公司，已推出"雅园诗歌丛书"与"雅园诗歌论丛"50余册。此外，他还主持编辑出版了《公木诗学经典》，与周仲器、思宇合编出版了《中国新格律诗选萃（1914—2005）》，提出了关于建设"中华诗园"的宏伟构想。而学会成员也在全国各地的报刊上大量发表相关诗学的论文，在全国各地出版社纷纷出版相关诗集和论著。这些成果，既极大地推动和巩固了现代格律诗运动，又正式形成了中国新诗史上继新月诗派之后的第二个新格律诗派——雅园诗派①。

黄淮不仅是现代格律诗运动的倡导者之一，并且实际主持了学会的日常工作，为现代格律诗发展做出了重要贡献，还是现代格律诗学的主要探索者之一。他根据自己几十年如一日的创作实践和经验总结，撰写了《关于自律体新格律诗的思考》《格律诗的"自律"与"共律"》（与周仲器合著）等诗学作品，为新诗格律化之路点亮了明灯。他在给我的来信中写道："诗以律立体，以意传神。诗律有二：节律（即节奏韵律，如打击乐），旋律（如管弦乐）。诗体有三：共律体（以节律主导，千篇一律，如戴镣铐跳舞），自律体（节律旋律兼备，一诗一律，如载歌载舞），自由体（旋律主导，自由宽松，如街舞）。现代汉语新诗的任务是：（一）共律体关键在立体：如九言体、十四行体、汉俳、四行体、六行体、八行体等（大都要节顿，谐韵有规律）；（二）自律体关键在自觉：一诗一律，有鲜明和谐的节奏、自然有序的韵式（雅园诗会的主张），律随情移，

① 周渡、周仲器：《新格律诗探索的历史轨迹与时代流向——从新月诗派到雅园诗派》，《江苏大学学报》（社会科学版）2005年第2期。

自由创新；(三)自由体关键在树立旋律的意识，克服随意性。”可谓言短意长，既通俗易懂，生动形象，又精辟之至。

近年来，黄淮不遗余力地去发掘、鼓励、扶持、推举新格律诗后辈创研者，包括高昌、刘聪美、赵青山等，这和某些前辈诗人、诗评家或自视清高或锦上添花或相互吹捧的做法正好相反。譬如他在给我的来信中就多次提到：“周仲器宣布做‘记录员’，我要做‘实验员’，你条件好——可以身兼二员！”其鼓励也殷殷，其情感也切切，其甘为他人作嫁衣及努力提携后来者的大胸怀更令我等晚辈铭感！

大气魄：黄淮现代格律诗的创作成就

黄淮是现代格律诗坛创作的中坚力量和急先锋，正如诗评家周仲器先生所说：“一提到‘雅园诗派’的创作实绩，诗人黄淮是一个绕不过去的存在……他创作了数千首新格律诗，其质量大都较高，已先后得到著名诗歌理论家公木、吕进、吴开晋、穆仁、丁芒、张永健、许霆、沈用大等人的充分肯定。对于他们的论述，我们当然是非常赞同的，我们也写过几篇文章评述过……如果翻读过这一大批作品的人，一定会惊叹黄淮对新格律诗的钟情，对新诗历史使命的深刻认同。”①

黄淮已出版20余种现代格律诗集，其创作大体上可以分为三个阶段：第一个阶段是在20世纪80年代至90年代初，这个阶段先生主要以创作九言诗为主。他创作的九言诗，受到传统绝句、律诗和古风诗艺的启发，在全新的白话语境中，运用现代新诗的语言及格律进行举一反三的全新演绎，使得他的诗歌没有固定的诗节和行体，没有华丽的辞藻，没有晦涩的生僻字，于通俗易懂中带给读者启迪和回味。黄淮九言诗的创作成果颇为丰硕。1988年，他推出了中国新诗史上第一部九言诗集《黄淮九言抒情诗》，此后的短短几年中，他又连续结集出版了《诗人花园》《中华诗塔》《人生五味子》《生命雨花石》《爱

---

① 周渡、周仲器：《自律与共律：雅园诗派新格律诗的创作实绩——雅园诗派论》(下)，《现代格律诗坛》2009年第10期。

的回音壁》等九言诗歌专集。在他和其他九言诗人的共同努力下，九言现代格律诗在中国新诗史上首先成了比较成熟的诗体，他本人也已成为九言现代格律诗的代表诗人之一。第二个阶段是在20世纪90年代中期以后，这个阶段他主要以创作微型格律诗为主，出版了中国第一部微型格律诗选集《星花集》，并创作发表了他的微型格律组诗代表作《点之歌》，“竖起了新诗史上继闻一多的《死水》、胡乔木的《仙鹤》之后第三块里程碑，并实现了对自己的九言诗的超越”[①]。第三个阶段始于新世纪。近年来，他集中主要精力进行了各种体式的现代格律诗创作实践，已经完成了汉字诗卡、成语诗卡、微型格律诗、小汉俳和自律体新格律诗数千首，实现了从“共律体”到“自律体”的过渡，用自己的心血为新诗格律化和更多诗体探索出了一条蹊径。

黄淮的现代格律诗，从格律体、准格律体到半格律体，从齐言式、参差式到复合式，从千篇一律到一诗一律、自由创新，体式多样，齐头并进。他的微型格律诗，从一行、两行到三行，从单首、微型组诗到微型长诗，肆意挥洒，蔚为大观。他诗作的内容，以人生阅历为经，以生命思索为纬，举凡真、善、美、爱、智和假、恶、丑、愚、恨，举凡国情、乡情、亲情、友情、爱情、诗情、世情，甚至连最普通最平凡的意象，信手拈来就能成诗，都成为他赞美或者鞭挞的对象，成为他笔下各有新意的诗魂。而他即将完成的诗说汉字、诗解成语这两个特大创作工程，对诠释汉字的构造、人生的入世启蒙等可谓意义不凡，甚至具有《说文解字》那般意义深远的社会价值。这类诗歌，创作几首几十首也许还相对容易，但要创作数千首既不重复别人也能区别于自己，非有大气魄、大智慧、大功力者不可为之，使我对他油然而生景仰崇拜之情。

大手笔：黄淮现代格律诗的独特魅力

黄淮主张“以诗开慧，以爱塑魂；以律立体，以意传神；律随情移，体缘律

① 周渡、周仲器：《自律与共律：雅园诗派新格律诗的创作实绩——雅园诗派论》（下），《现代格律诗坛》2009年第10期。

立；以律为纲，振兴新诗”[1]。他既是发展和建设中国现代格律诗的积极倡导者，也是开拓型的创作实践者。黄淮的诗作可谓独树一帜，不仅语言凝练、体式多样、节奏和谐、韵律有序，还蕴含了丰富的思想能量，给人愉悦，给人启迪，给人智慧，让人释然。在他的诗歌中很难找到“小我”，他的“小我”已经自觉或不自觉地融入了“大我”之中。读黄淮的诗，既有真切的感动，也有会心的一笑，还有洞察一切后的彻悟，无不具有勾魂摄魄的独特魅力。

1.用爱的诗魂弹奏出生命的旋律

爱是从古至今文学作品中永恒的主题。爱到深处人孤独。爱到深处无怨恨。“衣带渐宽终不悔，为伊消得人憔悴。”爱，是刻骨铭心的；真爱使人高尚而纯洁。

爱也是黄淮的诗之魂。他的诗，始终有一缕情丝贯穿其中，那就是爱：爱祖国，爱人民，爱山河，爱亲人，爱朋友，爱诗歌，爱世界，爱一切。从《爱的格律》《命运与爱》到《爱的回音壁》，从《黄淮九言抒情诗》《诗人花园》到《中华诗塔》，无不充盈着浓浓的爱意，弹奏着生命的旋律。如《致妻》：“肩并肩走着走着走着 / 你就走到了我的前边 // 让我踩着你的脚印走 / 已经由习惯渐成自然 // 孩子们长翅都出飞了 / 老伴成了最小的孩子”，短短六行诗，就把爱妻的慈母情怀表露无遗：在“孩子们长翅都出飞了”之后，爱妻把“我”当成了需要爱护的“最小的孩子”，凡事都奋勇当先，走在前边。而“我”呢，也配合地踩着爱妻的脚印走，并且“已经由习惯渐成自然”，以此来慰藉爱妻亲情失衡的心灵，夫妻的恩爱和理解之情感人至深，从中我们还可以窥见“我”的家庭生活的无限温馨；如《中华诗塔》：“建一座诗塔上不封顶 / 遮风挡雨靠浮云一朵……热爱的目光普照日月 / 眷恋的情思洒满江河……你要深情地把她瞩望 / 她就移植进你的心窝”；如《点之歌·50》：“春蚕到死丝方尽 / 一生一行生命诗。”有了爱的诗魂，是美丽的、感人的、洋溢着生命力的，这也正是其诗歌的魅力所在。

---

① 黄淮：《关于自律体新格律诗的思考》，《诗评人》，2008年第8期。

2.以责任之笔鞭挞社会不良现象

诗歌承担着关注社会和探索诗艺的双重责任，在社会发展的各个历史时期始终与人民群众同呼吸、共命运，见证着人类社会的每一个发展进程。在诗歌漫长的发展历史中先后涌现出一大批直面现实生活、掷地有声的作品，因而受到诗歌读者的关爱。当下诗歌之所以失去了应有的魅力，一个关键因素就是脱离生活。一些诗人在创作上过分强调表现技巧，而从根本上忽视了诗歌作为一种文学作品的社会责任。当诗人缺失关注现实生活的激情的时候，人们也就无视诗歌。

黄淮在当代诗人中属于少有的另类。他身处社会变革的历史过程中，对人民的命运、国家和民族的变化，都有着自己的观察、思考乃至痛彻心扉的体验。他蘸着自己的社会良心和公共关怀，以关心民生、针砭时弊的诗歌为武器，他的诗歌世界也因为自己高度的社会责任感而大了起来，亮了起来。如《虎入羊群》："羊入虎群 / ——自投虎口 // 虎入羊群 / ——挑肥拣瘦 // 难道说羊长犄角 / 只留着自家内斗？"采用参差与整齐复合的体式，每段末行押"尤 ou，iu"韵，最后的反问，可谓独具匠心，发人深思，也将诗歌的触觉推向深处：现实生活中这样留着"犄角""自家内斗"的人物屡见不鲜，这难道不是我们的悲哀?！如《有些人》："有些人比神还神 / 神办不到的他都能办 // 有些人比鬼还鬼 / 鬼不想干的他也敢干"采用开放型参差体式，每段末行押"寒 an，ian，uan，üan"韵，于段落对称美中对某些不良社会现象予以有力的鞭挞。如《稻草人》："站着像尊神 / 鹰雀皆惊魂 // 倒下一捆草 / 鸡鸭敢啄心"采用二步五言整齐体式，一、二、三行押"文 en，in，un，ün"韵，在"站着"与"倒下"的社会现象反差中，极尽鞭挞之能事。如《皇帝新衣》："把假话当真理说出来的 / 人，已经老朽了 // 把真话当真话说出来的 / 人，已经长大了 // 皇帝新衣变成了驰名商标 / 投入各地的市场巡回展销 // 长大的孩子呵 / 会不会也变老?"采用参差与整齐的复合体式，每段末行押"豪 ao，iao"韵，对"皇帝新衣变成了驰名商标"的社会不良现象进行讽刺与抨击，末段更深蕴忧患思想。如《美国像什么》："左手高举着喇叭 / 为推销民主不断喊话 // 右手紧握着锤把 / 准备着随时随地敲打 // 地球这个烂脑壳 / 落下许多新伤和旧疤 // 是天使还是巫师 / 您看美国到底像什么?"采用开放型参差体式，意蕴深刻，味在言外。如《最后一棵树》(组诗)，语言通俗、犀利、诙谐，意象平奇、生动、精悍，体式多变，切中时弊，言有尽而意无穷。其中,《最后一棵树》中的"爷爷 / 要砍倒做棺材 // 爸爸 / 要截枝当烧柴 // 孩子 / 要乘凉荡秋千"为开放型参差式,通过祖孙三代人对"树"的不同态度,反映国人环保意识的觉醒,与臧克家的《三代》有异曲同工之妙。《啄木鸟的命运》"一边给树叩诊 / 一边回头回脑 // 蛀虫尚未啄出 / 背后猎枪响了 // 毛皮制成标本 / 挂在树梢放哨 // 骨头清热解毒 / 留给首长配药 // 剩下嫩白鸟肉 / 猎手下酒烧烤"为三步六言整齐式,通过啄木鸟的悲惨命运,联想到现实中人与人的某种关系,使人悲愤;《木鱼》"念过多少遍经文启蒙 / 击过多少遍脑壳追问 // 木鱼的回答总是一串 / 空空空空空空空空空"为四步九言整齐式,九个"空"字连用,有李清照的《声声慢》中"寻寻觅觅,冷冷清清,凄凄惨惨戚戚"和纪弦的《你的名字》中"轻轻轻轻轻轻轻地唤你的名字"有同样声情并茂的妙效,言简意赅,于批判中令人回味;《审椅子》"羊坐上去 / 已经变成狼了 // 狼坐上去 / 还能变成羊吗?"为开放型参差式,诗歌不以韵害意,寓意深远,却引而不发,反问有力且颇见智慧;《龙的传人》"穿上龙袍留个影 / 也算过把帝王瘾 // 谁都做过腾云梦 / 醒来还是土里虫 // 龙的传人穿龙袍 / 迈一步来摇三摇 // 没有皇帝活不了 / 有了皇帝活不好 // 望子成龙圆龙梦 / 龙的血脉要继承 // 龙的传人传什么 / 龙的传人可想过?"和《三个和尚》"都因为没有水吃 / 一个抢走了扁担 / 到码头去扛脚行 / 一个夺走了水桶 / 到集市去买豆浆 / 一个呆坐在井边 / 办起了矿泉水厂 / 都因为没有水吃"均为三步七言整齐式,前者嘲讽辛辣,向我们提出了一个尖锐的社会问题:"龙的传人传什么?"让人掩卷深思,后者是对目前私欲膨胀、损公肥私的社会不良现象的无情揭露和有力批判。《当代巧媳妇》"无米怕什么 / 还有嘴当家 // 无枝能长叶 / 无根也开花 // 吹出一张饼 / 多撒点儿芝麻 // 再配一盘菜 / 假鱼伴聋虾 // 编好广告词 / 装个大喇叭 // 无米可成宴 / 空手也发家 // 当代巧媳妇 / 公婆谁不夸"既为二步五言整齐式,又为民歌信天游体,它对"嘴当家""空手也发家"的社会现实给予了有力的揭露和讽刺,"公婆谁不夸"言浅意深,这种世风令人悲凉。阅读着这些短小精悍又意味深长的诗歌,无不为作者的仗义执言和社会良知所感动。

3. 在平凡事物中发现生活的理趣

中国古代诗歌理论中,有"诗言志"和"诗缘情"两种主张。而理与诗,似乎如同水与火不能兼容。其实不然。优秀的诗歌,往往情理相生,既创造了生动的艺术形象,又充满着社会的内容,能把诗人的一己之感升华为普遍的人生的经验,使读者得到蕴含其中的某种哲理的启迪。如苏轼的《琴诗》:“若言琴上有琴声,放在匣中何不鸣?若言声在指头上,何不于君指上听?”诗歌充满着朴素的辩证思想,令读者思索世间事物的相互作用与内在联系。又如陶渊明的《饮酒》:“结庐在人境,而无车马喧。问君何能尔,心远地自偏。采菊东篱下,悠然见南山。山气日夕佳,飞鸟相与还。此中有真意,欲辩已忘言。”前四行诗讲只要心随自然,不管身处何地都不会受到俗世尘嚣的烦扰,后六行诗是“心远”之后,真朴自然的生活与人生真谛的发现。

黄淮是当代“以诗言理”的高手,他善于在最普通的事物和景物之中,找到独特的审美理趣和生命的真谛,并轻松表现之,有时甚至是情、景、事、理浑然融为一体。如《泥土》:“老是把自己当成泥土 / 时时有被践踏的痛苦 // 还是把自己当成珍珠 / 常常有被发现的幸福”这是一首哲思深邃的格言式短诗,采用四步九言的整齐体式,每段末行押“姑(u)”韵,“泥土”与“珍珠”的象征性对比、比喻和转折性结构的运用、哲理性和艺术性的高度统一,很容易就让读到它的人爱不释手,并把它当作座右铭。如《跪》:“跪下去,足跟离地 / 被扶起,脚步不稳 // 跪下去,脊柱弯曲 / 爬起来,腰杆难直 // 跪——生存危急! / 跪——谁来救你?”诗歌押“齐(i,er,ü)”韵,通过对跪拜者奴媚态的刻画,告诉我们“跪——生存危急!跪——谁来救你?”的人生道理。是啊,命运从来都是掌握在自己的手中,跪拜他人又有何用呢?!如《老马识途》:“轻车熟路 / 心中有数 // 独辟蹊径 / 可敢迈步? // 野马识泉 / 常闯新路”采用二步四言的整齐体式,逢偶行押“姑(u)”韵,全诗虽只有24个字,却唤起我们对“人生是应该故步自封,还是应该常闯新路”的思索。如《金字塔》:“进塔的,忘记自己是谁 / 出塔的,难言谁是自己 // 金字塔是个迷宫 / 却没有一个谜底”采用变步整齐复合体式,每段末行押“齐(i,er,ü)”韵,结构紧凑,构思巧妙,诗意含蓄,耐人咀嚼;如《圈圈谣》:“你在圈圈内感觉安全 / 我在圈圈外活得坦然 // 再大的圈圈也很有限 / 无限风光在圈圈外边 // 挤出了圈圈怀念圈圈 / 套进了圈圈害怕圈圈 // 残缺的圈圈无人争补 / 镀金的圈圈人人争钻 // 深深地再吸一口香烟 / 吐一串圈圈随风飘散”采用四步九言整齐体式,格律工稳,除第七行外,通篇押“寒(an,ian,uan,üan)”韵。北岛的名诗《生活》,以一个“网”字引爆读者的万千思绪：亲情、友情、爱情、同学、同事、战友、同乡、同志……都是生活巨网上的一根根网线，而它们本身也是一张张独立的关系网。本诗的表现也很别致，呈现给读者一个个圈圈，这些圈圈完全可以从“生活”“视野”“婚姻”“世俗”“生命”等不同角度来理解，给人启迪，让人思索，具有高度的概括性和艺术张力。黄淮的哲理诗，虽言理，但也注重形象性，能充分体现诗歌的特点，充满了理趣。读他的这类诗歌，不仅有同智者谈话的感觉，能开慧启愚，还百读不厌，如嚼橄榄，越嚼越醇香满口。

4. 伴随着心声的韵律来载歌载舞

中国传统诗词创作很讲究字词的搭配、音调的和谐，这个优良传统也被黄淮继承和发扬。他的诗歌，用韵不拘一格，常常伴随着心声的韵律来载歌载舞：有的一韵到底，如《叶公好龙》：“龙在笼中 / 笼在手中 // 嘴上好龙 / 心里好笼”通篇押“庚(eng，ing，ong，iong)”韵；有的押偶韵，如《敲山震虎》：“开山炮声响 / 老虎在何方 // 躺在动物园 / 梦回景阳冈”每节首句可押韵也可不押韵，但逢双句中却必须押韵，本诗押“唐(ang，iang，uang)”韵；有的押交韵，如《致妻》首段：“你心里有本成绩手册 / 记录了我的全部过失 / 每当我发傻的时刻 / 便翻开来叫我复习”一、三两句押“波(o，e，uo)”韵，二、四两句押“齐(i，er，ü)”韵；有的押随韵，如《长》：“一横——长江长 / 一撇——通南洋 // 一竖——顶天地 / 一捺——达北极”同一诗节用同一个韵，不同诗节换韵，也可以每两句用同一个韵，另两句用另一个韵，本诗分别押“唐(ang，iang，uang)”韵和“齐(i，er，ü)”韵……通过灵活运用韵律，诗歌的内容与形式达到了和谐统一，不显得拘泥不化。

5. 自然天成的诗歌艺术表现技法

我曾经在作品中写道：“诗，须妙用创作技法。诗在创作上离不开技法，如同鸟儿离不开翅膀一样。好的诗歌，无不是内容和形式的高度统一。不同的创作技法对取得的创作成效是绝不相同的，甚至有天壤之别。所以，量体裁衣很重要。”[①]不过，“作品写活了，技法就不那么重要了，因为它已经像生命

---

① 李长空：《长空诗话(16)》，《诗歌月刊》(下半月刊)，2009年第1期。

的各种元素融进血液中一样，你不刻意追求如何使用它，而它却无处不在，有时候甚至多种技法混合在一起，自然天成”[①]。

黄淮的诗歌，不乏自然天成的佳作。如他历经八年时间创作完成的微型格律组诗《点之歌》，采用三步七言的整齐体式，由于每首只有两行，合律的难度较大，故作者别出心裁地采取了首与首之间的第二行押同一脚韵的办法，使每一乐章以至全诗连接成气韵贯通的有机整体。组诗中，有的诗歌意象灵动、境界恢宏，有的诗歌修辞精辟、平中见奇，有的诗歌哲思隽永、耐人品味，有的诗歌弦外有音、引人遐想……它们或叠字，或对仗，或思辨，或意蕴深锐，或气势充沛，都音韵谐调，以意传神，自然天成。这样的诗例有很多，限于篇幅，不再赘言。

——原载于《写作》2017年第9期

作者简介

李长空：中国作家协会会员。

① 李长空：《中国自律体新格律诗论》，《写作》（上旬刊）2014年第7期。.

城乡困境的自觉与症候

——以近年来的『返乡书写』为例

■ 潘家恩

2015年春节，上海大学文化研究系博士生王磊光的《一位博士生的返乡笔记：近年情更怯，春节回家看什么》通过新媒体获得广泛传播并引发关注。2016年春节，广东金融学院财经与新媒体学院黄灯教授的《一个农村儿媳眼中的乡村图景》再次在网上引起巨大反响，各种媒体的传播和争论随之而至，并引发更多类似角度的文章。其实，近年来这种文学从业人员直面现实的非虚构写作可以追溯至2010年获得广泛影响的《中国在梁庄》。实际上，近年来的“返乡书写”也不限于文学专业的作者，就在这两篇引起较大关注的文章发表的中间，2015年9月江南大学法学院的王君柏副教授就在网上发表《失落的乡村：一位大学教授的乡村笔记》。与此同时，一些后来被证实为假新闻的“返乡见闻 / 日记”也同样获得广泛传播。

错综复杂的“返乡书写”近年来悄然兴起，获得意想不到的关注与传播，同时正成为新的时尚与话语争夺空间。但现有讨论多在媒体逻辑主导下，将它们视作以春节为特定时空节点，带有流动性与个体性的情绪表达，并以“都市 / 中产”导向的主流乡愁论述为基本框架，就事论事且避重就轻地将其所涉及的十分复杂的问题在“是否客观”和“过于悲情”等标签下轻易打发。

为何其能够产生“井喷式”的影响和传播？为何发生在当下，其如何内在于整体性的社会结构与城乡困境之中？为何其在流通与传播过程中又会被迅速地标签化，这将产生什么样的实际效果？笔者认为，需要进一步思考这种文本和事件背后的普遍心态与社会状况，看到其不只是“故乡问题”或“情怀表达”，同时也是城乡困境的某种症候与自觉，以此才能真正自省于常见的悲情逻辑与刻板定见，推动更具建设性的讨论与实践。

一、乡愁、返乡体与返乡书写

在各种“返乡书写”中，乡愁常被理解为重要的叙述动力，其本身作为城乡剧烈变化下具有一定普遍性且容易获得大众传媒动员的社会情感，为什么会发生？因为先有了“乡哀”，也可以理解为一方面我们离开乡村、乡村“衰败”或“空心”了，但另一方面我们依然需要乡村。之所以需要，不仅因为那个地方蕴含着我们的直接情感，有着我们的亲人和记忆；同时本身也是客观事实使然——很多“农二代”们之所以愿意忍受背井离乡，因为他们坚信通过自己的努力能够在城市扎根，并找到价值与认同，但事实上当下城市本身的困境及城乡关系的进一步恶化愈发显现。从这个意义上讲，乡村不仅是我们的过去，同时也联系着我们的现在和未来。

正因如此，一方面，乡愁及那些与乡土社会无法简单割舍的情怀是我们缓解城乡困境的难得机会。为什么这样讲？因为以前多数人的目标都奔着城市，认为只有都市才是生存的意义和价值所在。一提起乡村，似乎就不言自明地等同于落后与过时，如果要进一步从中探讨发展的可能则多被认为是在开历史“倒车”。既然今天大家愿意回头去重新看看乡村，那就有以新的坐标重新发现乡村价值、打破“都市霸权”的机会和可能，虽然它十分微弱，并且很容易被新的力量所吸纳、遮蔽和转移，但其至少打开了一条缝隙。

但从另一方面来讲，如果这个机会不能很好地被引导的话，它很容易变成一种新的“陷阱”——乡愁既可能成为一种新的主流意识形态，也可能成为城乡关系进一步恶化之政治经济进程的文化包装与情怀掩护。例如，“文化乡愁”迅速引发“乡愁经济”，表面看起来很好，在经济不景气的情况下，既拉动内需，同时还可以发展乡村文化产业和旅游业。但我们也应看到，当“乡愁经济”与“资本下乡”（特别是那种以资本为杠杆让乡村稀缺资源进一步外流的“资本吸金”）相结合，“乡愁经济”很容易变为一种“都市趣味”的下乡，最后就成了“城里人真会玩”……

正是在这样一种既是机遇又是挑战的社会背景与时代氛围中，“返乡书写”得以兴起和传播。广义上说：其基于书写者不同程度上的城乡双重背景，通过书写既重新认识乡村，也以此反观都市；其不仅包括书写所直接涉及的内容，还包括由此带出的新视野与新的问题意识；其既交错着“从乡村看城市”的想象、追求和自尊，也包括“自城市回望乡村”的焦虑、纠结与自省。狭义上说：其更多的是指在城“农二代”利用假期返回自己家乡，以“非虚构”的形式（如散文、笔记、日记等）表达对乡村现状的观察、思考及情感体验，并通过各类传媒手段而引起一定关注的写作实践。

这种充满细腻情感的文学化表达，理应与强调严谨调查的社会科学研究互补（比如社会学家贺雪峰教授团队2014年在东方出版社推出春节回乡见闻集《回乡记》中我们所看到的乡土中国）、互证（虽然观察或描述现象的角度可能不同，但内在困境和机理却应相通）。况且虽然面对后文所要讨论的“乡衰”和“城困”这一普遍困境，可能容易产生相似的笔调，然而中国幅员辽阔、乡土社会复杂多样、返乡者的出发点与所面对的具体问题也存在很大的差异，本应产生出角度多样且充满张力的“返乡书写”与“读解空间”。但在2016年春节围绕黄灯文章的后续讨论不无遗憾地窄化为不同学科间及实证研究与经验叙述上的争论[①]，在媒体推动下炮制出“返乡体”这一颇具时代感的新命名。

充满争议的“返乡体”一方面对传媒逻辑下某种刻意模仿、无病呻吟、悲情自恋的流行范式（类似“甄嬛体”等）提出了一针见血的尖锐批评；但另一方

① 笔者认为：黄灯和王磊光这两篇文章之所以引发共鸣，关键是其直面了当下乡村新的问题，以及其中的无奈、无力、痛苦和纠结。不应过多从“普遍还是个案”“真实还是想象（两篇文章出来后都有央视或新华社介入调查，并未发现较大偏差）”这样的角度进行讨论，其丰富性在传播中为何常常被“农村是不是真的是你们说的那样”之类的争论所遮蔽？

面，刨除那些带有恶毒偏见并违背职业道德的“假新闻”外，无论是广义还是狭义的“返乡书写”，之所以能够引起广泛关注，恰恰是快速城市化进程所不能绝对化“收割”掉的某种情感溢出与状态呈现，其直接联系着复杂的城乡变迁，自有其社会基础。自然不等同于就事论事、程式化与标签化了的“返乡体”，特别当“体”近乎等同于模仿、廉价、批量生产用过即弃的文化产品时，其不过是另一种扭曲城乡关系的消费与再生产。

但需要警惕的是，返乡书写很容易“返乡体化”。因为对于传媒时代来说，“返乡书写”要想可见并得以传播，并在信息海洋与关注疲劳中避免秒沉，契合大众传媒(自媒体)的传播规则和网络语法似乎成为某种别无选择。其在传播互动过程中，被大众文化和流行逻辑所捕获的可能性是极大的，无论在标题、语言、趣味还是内容等方面，常面对着各种“吸纳”与“转换”。这种“返乡体化”让好不容易打开的主流意识形态裂隙得以自我修复，并在传播过程中重新回到定型化的认识结构与主流偏见之中，这既与初衷背离，同时也错失了反思当前整体性困境的难得机会。但从另外角度说，这种趋势和现实本身也具有一定的症候意义。

二、返乡书写的“新”与“旧”

如果做个纵向类比，当下“返乡书写”与新世纪“三农热”时期同样广受关注的“纪实类”书写(如社会学家曹锦清在2000年出版的《黄河边的中国》，作家陈桂棣、春桃于2005年出版的《中国农民调查》)在视角上存在着一定的差异。同样都是“三农”题材，十多年前的书写更多采取的是“宏观”(中国 / 黄河……)、“外部”(他者 / 对象……)和“反映”式视角。相比之下，当前“返乡书写”在视角选择上呈现以下新特点：

首先是“内外”视角。与十多年前的写作者不同，后者多为“在城农二代”，在身份、立场和经验(如黄灯在高校任教前有就职于国有工厂并下岗的经历，王磊光在读博前曾在基层中学任教)等方面游走于“乡村”和“城市”以及“理论”和“实践”之间，因此而携带着双重烙印，同时形成带有“内外”特点的分析视角。

其次是“微观”视角。书写者并不以讨论大问题为直接诉求，而是结合自己和身边的经历，直接回到家乡、家庭，通过故事与情感，让文学的敏感性得以充分发挥，以小见大地折射出主流视野时常忽视却同样重要的面相。同时这种相对“亲切”的微观叙述，较易契合社交媒体与高频互动，传播对象和参与主体更为广泛，观点也更为多元，但基于网民的群体特征，在理解和表达上也就以中产阶级或准中产阶级的价值认同为基本导向。

再次是“反身”视角。该书写自觉区别于一般的“对象化”处理，常以第一人称的方式让作者现身并将经历经验开门见山地直接带入，除呈现个体困境外，还通过“反身向内”的方式尝试指出诸如现代知识和现代教育本身的“背乡/非农”“知识分子面对乡村的无力感”等社会困境，以呈现现代社会和新时期城乡关系的深层困境。这区别于在主流学科框架内，以“客观、中立”的名义隐藏起不可能真正置身事外的作者，将“三农”问题仅视作对象的常见研究。从这个意义上说，“返乡书写”既作为城乡困境的某种文化自觉，也可以理解为对主流“代言论述”与“对象化/陌生化”处理的反动与挑战。

也恰是这种包含着叙述者自身困境、尴尬、伤痛和无奈在内的现实体验，区别于生硬的政治经济学分析或高高在上的意识形态批评，以及日益失效和让人反感的一般说教，让更多人可以从中找到自己及现实的影子或想说的话，进而引起共鸣。

当然，其实际上的“反身”程度受到书写者阶级身份、体制状况(学院、媒体)、社会大众心理等多层面的限制。“内外”视角本身也常显暧昧，有批评者就指出这些“返乡书写”中的悲情色彩仍然体现着自上而下的外部视角。笔者恰认为，这种反身努力的实际遭遇及现实落差，同样也是可以推进思考的某种症候。

除上述这些“新”的角度和特点外，“返乡书写”同样面对各种层面上的“旧”限定与老问题。比如，个体化论述如何自觉区别于就事论事并避免被当作“个案/例外”进行处理？文化反思如何与历史脉络及政治经济学分析相结合？[①]如何将一家一村的微观困境放置于中国百年城乡变迁及世界范围内的整体性危机这一宏观背景下进行思考？

也可以说，“返乡书写”既内在于自20世纪90年代以来不同形式的“三农”问题与城乡“困境”，同时联系着近代中国整体上的“非农化”趋势：其在文化上将“乡/土”作为需要克服和超越的问题与对象，配合着经济上的“三要素”（土地、资金、劳动力）净流出和政治上的“稳态乡村秩序改变”。[②]因此，返乡书写者个体“回馈”的愿望势必面对着整体“外流”的格局，看似个人化的遭遇也有着更大的时代背景。比如，黄灯文章中本已过上体面生活的“包工头”四姐夫因躲债而不敢回家，实际上就联系着2008年世界金融危机对中国乡村稍有滞后但毫无例外的影响。遗憾的是，类似问题在主流传播及各种讨论中较少受到关注。

实际上，“返乡书写”所揭示和面对的问题不限于当下，近百年的中国现当代文学史中充满着各种形式和角度的“返乡书写”，其与20世纪90年代以来的“底层文学”也有着内在呼应。正如黄灯文章中的当事人之一杨胜刚所指出的：“从内在精神来看，（返乡书写）与中国现当代现实主义文学中关注农村、悲悯农民的传统一脉相承……（所）延续的正是左翼文学和底层文学的血脉。”[③]

总之，只有跳出自上而下的“启蒙—精英”视角，发展出新的视野与坐标，才能带来真正的创新与更大的实践空间。

三、故乡的“问题”，还是“城乡”的困境？

在一般的讨论中，论者容易把“返乡书写”所涉及的问题当作书写者的家务事或他人的悲欢，至多通过其家乡的个案折射出当前乡村的共性问题。笔者却认为其所反映的不单单是“故乡”的问题，而是某种意义上的“城乡”困境。

① 类似不足同样体现在新时期文学转型中，正如有研究指出新时期文学的叙述困境：“触及了政治经济学的事实却无法进行政治经济学的分析，只能诉诸一种文化认同式的伦理，预示了政治经济学视野的最终退出，以及美学和文化的出场。”详见张帆、杨旸：《政治经济学的退出、美学的转移与“启蒙”的辩证法——“新时期”文学转型的一种解释》，《中国现代文学研究丛刊》2015年第12期。

② 潘家恩、温铁军：《三个“百年”：中国乡村建设的脉络与展开》，《开放时代》2016年第4期。

③ 杨胜刚：《“返乡体”底层视角下的农村叙述》，《武汉大学学报》（人文社科版）2016年第4期。

正如上述，无论乡愁还是“返乡书写”都不单涉及个人，背后有着特殊的时代氛围与社会结构，后者构成了前者的动力与土壤。从表面看，它可能呈现乡村问题，却不仅是乡村本身的问题。比如黄灯原文的题目是“回馈乡村，何以可能?”，萦绕王磊光笔记的包括“今日知识或知识分子面对乡村困境的无力感”等，这些都同时涉及对主流发展、教育、文化观念、城乡关系等问题的讨论与反思，它既可能勾连起左翼传统理论和思考，也可能“倒逼”当下知识分子直面现实。

因此，除了将其中的“个人 / 家庭”困难放置于历史和全球脉络下的“乡衰”中进行理解外，对背后所隐含的“城乡困境”解读也十分必要。

换句话说，“返乡书写”的兴起与广泛传播，其背后是现有的城乡结构和发展模式并不能有效地处理乡村议题。虽然“三农问题”的讨论在近年中有所降温，然而问题本身却没有真正得以解决，它并不因“城镇化话语”的取代而消失，其更深刻的后果正逐步显现，与其说是新问题，不如说是老问题的滞后与深化。且看当下剧烈的城镇化浪潮和城乡全覆盖的“拆迁运动”，乡土文化与社会伦理式微，乡村生活方式和生产方式也发生着根本变化。比起农民负担过重或致富难等经济层面来说，如此现实困境更为隐蔽，并进一步深入文化和情感层面，因此也更为复杂。如果说在城市中其以食品危机、在“城农二代”“蚁族化”等方式间接表现，在乡村中以“留守化”“空心化”等新的形式直接呈现；那么“乡愁”和“返乡书写”则可以理解为横亘于城乡之间内在困境的流动性表达。

实际上，当下乡村不仅在主体上“空心化”，还在论述上被不断“空洞化”，因此乡愁才成为被不断争夺的情感能指，乡村也很容易被新的趣味和价值所填充，进而沦为现代人审美疲劳后的某种点缀与调节——这既让我们更心安理得地继续沉湎于那些本该反思和拒绝的东西，同时也以新的刻板印象进一步遮蔽乡土社会与草根民众中的丰富性与可能性。

也即，虽然返乡书写呈现的是乡村问题，但不仅只是故乡的“问题”或某种意义上的“乡衰”，同时还包括当下以雾霾、路堵、高房价、食品安全等为表现的“城困”，象征着现代和进步的“城市梦”出现了裂隙，“自圆其说”开始“捉襟见肘”。具体来说，其可能体现在两个方面：

一方面是现代城市形态本身的内在困境，或者说当前的主流城市发展方式及所对应的生活方式无法持续，也无法满足人的真正需求。举个例子，当代乡村建设“进城”后新开拓的“社会生态农业”（CSA）之所以在短时间内获得较大的影响，既因2008年以来此起彼伏的食品安全事件反映出的现代食物体系内在困境，同时还由于农业本身的多种功能及人的多样化需求。[①]如果说“城市，可能让生活更美好”，那么“乡村，则让城市更健康”。从这个意义上说，不是乡村需要我们，而是我们需要乡村。即使不是“农二代”，该问题和社会心理依然真实地存在。

另一方面是“留不下的城市、回不去的乡村”作为“农二代”们的一种普遍状态，其不仅是“80后”“90后”新生代农民工的现实，也是在高房价碾压下许多“农二代”都市白领或预备中产们的现实，特别是随着阶级固化与全球危机的加剧，各种“屌丝逆袭泡沫化”和“中产梦未成先碎”的残酷后果正逐步显现，横亘于城乡之间与半空之中的“新穷人”正在形成。实际上，关于“中产梦”裂隙和进城“农二代”困境已经在近年来的各种虚构作品中有所体现（如《涂自强的个人悲伤》《世间已无陈金芳》《生命册》等）。

这些题材相近的“返乡书写”与“虚构性写作”中多有一个共通的现实：即使个体及“小家”（核心家庭）的命运因为主人公的“奋斗”与“进城”而获得改变（越往后越困难），但仍留在土地上的“大家”（传统家庭）和村庄共同体依然困顿。黄灯在文章中转引了摩罗在《我是农民的儿子》中描述的“农二代”升学为“你撤退，我掩护”，无疑是令人心酸和无奈的，但今日更大的困境在于这种逃离与掩护的无效性。且不说“知识改变命运”在“拼爹—蚁族”时代正沦为某种时过境迁的励志神话或空头支票，即使教授、博士“还乡”，除无力、悲情与感伤外，还能带回什么？如果说几年前的虚构作品《涂自强的个人悲伤》所表现的是二三线城市普通高校中比例较少的“贫农二代”而不具有代表性，那么2016年下半年微信朋友圈中热转的“985”“211”名校中家境一般的学生

① 潘家恩、杜洁、钟芳：《发展幻象的裂隙与社会化农业的兴起——以北京L市民农园为例》，《青年研究》2014年第5期。

的普遍困境,[①]则揭示了问题的广泛性与结构性。

所以,当我们在热议并传播那些“返乡书写”时,最打动我们的与其说是远处揪心的乡村(社会新闻中更多),不如说是近处我们自己的记忆与情感、处境与焦虑以及所共同构筑的“情感结构”;最难改变的与其说是无助的亲人和无望的乡村,不如说是长期以来一直被当作前提与常识的定型化假设:乡村是需要克服的对象和问题本身,城市才是目标所在,乡村的困境是城市发展不得不付出的必要代价和必经阶段,乡村问题可以通过城市的发展得以解决……其不限于“乡村”而关乎“城乡”,不仅是他者的“问题”,更是包括你我在内、带有结构性和整体性的共同“困境”,涉及经济、社会、文化、生态等各方面。

四、“返乡”与“书写”的互动

“返乡书写”还可以进一步打开更多的可能性,包括“返乡”和“书写”的彼此看见与相互启示。

此处的“返乡”和“书写”也是广义的,前者不限于一般意义上“农二代”不同目的和形式的返乡,还有在整体“非农化”格局下包括资金、资源、观念、坐标等在内的“回流”或“下移”,以及在此过程中对主流“城乡关系”的反思与挑战,这实际上也就是乡村建设的真正内涵。“书写”也不应是键盘侠和段子手们的专属,更是一种包括乡村建设实践者和草根民众的各种书写在内的论述实践。

(一)经“返乡”推动“书写”

可以说,正是通过逆潮流而动的“返乡”,其“书写”实践获得了广泛的传播与关注,并产生着各种争议和反应。这既提醒我们去重新认识文学与现实的紧密关联,思考文学如何在当前这种微时代和小时代中获得真正有效的现实介入能力。同时也有助于促使掌握话语权的知识分子们在各种吐槽互黑和自我矮化的普遍氛围中直面现实和“屌丝化”的社会,收起日益稀薄的优越

① 详见2016年微信朋友圈热文:《一名非典型985毕业生的大学简史》《我上了985、211,才发现自己一无所有,或者,也不能这么说》《985、211大学生为何愤懑焦虑?》等。

感，在自省中重新建立与现实的关系，让其与所描述研究的“底层/工农”真正实现有效的彼此看见，而非叶公好龙。

也正是通过“返乡”，作为现代教育受益者的“书写者”，才有机会跳出书本和理论，一方面，看到现代教育与乡土社会的冲突张力，反思现代知识的“都市中心”导向及对“乡土/草根”的内在排斥性，进而形成新的问题意识与敏感自觉；另一方面，重新发现丰富复杂而又充满张力的城乡社会——其中不仅有悲伤与喜悦，也有坚韧与尊严；不仅有残酷与无奈，也有温暖与淡然……在此基础上，鼓励“书写者”去想象或者创造一种能扎根乡土，同时积极与草根民众保持互动的知识，并推动更多直面现实且立足经验的新书写。

现实是开放且动态的，“返乡书写”自然不可能一劳永逸，需要对主流逻辑所可能的吸纳保持充分的自觉，避免其同借春节之机而风靡城乡的“抢红包”[①]一样，成为“乡愁经济”的文化内面，抑或前述“返乡体”这样的热点消费，而让文化自觉所本应开启的新空间再次封闭。

与此同时，应有更多层面与方式上的“书写”。一般性的意识形态批评或“中产梦/都市梦”的揭示是不够的，其仍可能停留在文化层面上的内部空转，而无法产生出更多的行动自觉与有效实践。因此，论述层面上的解构需要进一步与建设性实践结合，走出象牙塔，提高行动力。这方面，中国百年乡村建设史中无数先贤的经验与思考可以提供宝贵的思想资源。

(二)以“书写”重思“返乡”

当“返乡书写”引起广泛关注时，也有一线的乡村建设实践者撰文参与讨论，核心意思是：与其哀愁乡村，不如投身建设。此外，多家当代乡村建设机构自2012年起联合发起的大型公益实践“爱故乡”，也有很多类似的主张与扎实的案例。然而，这些声音较少受到关注，常常迅速淹没于话题海洋之中。同样是“返乡书写”，一边是“假期返乡者书写”的火爆，一边是真正投身一线的“返乡实践者书写”难以挤入大众视野。除可能因为“问题”比“建设”更易引发关注的传播规律外，这种内在悖论同样提醒我们：正如梁漱溟先生所指

① 作为金融资本的一场消费狂欢与“娱乐圈地”，在老少咸宜与皆大欢喜中以极低成本有效进入，并建构起某种“新生活方式”而获取巨大收益。

出的“乡村建设非仅建设乡村”，它同样是一种话语实践，如何在主流逻辑下真正打开论述空间，让大众议题真正进入大众传媒和大众视野，既是乡村建设或广义“返乡”的应有之义，也是当前乡村建设实践所面临的重要挑战。

一方面，文学的丰富与细腻、敏感与柔软，相对于其他学科或角度自有其有力之处，且更容易引发共鸣和传播。当代文学如何在“三农问题”的认识推进和“返乡”实践中发挥作用？如何进一步重构文学与乡村、文学与现实之间的关系？这既是文学研究者需要思考的命题，也是乡村建设需要开拓的新领域。

另一方面，乡村建设需要真正以一种包括文化、政治、经济、生态在内的整体性城乡视野，结合扎实的现实案例与民众经验，既突围于“娱乐至死”和“多少算够”的主流消费文化，同时警惕于“田园牧歌”式的自我浪漫与悲情自恋，拒绝资本主义和工业文明视角下充满“都市/工业”优越感的伤感凝视，跳出“农业文明”和“工业文明”的过时框架，以“生态文明”为真正的思考坐标与内在视野。

总之，无声的实践与有声的喧哗之间需要真正的互动，既在表达和争论中打开更大的社会空间，并在实践与自觉中真正“有力”起来！

——原载于《文艺理论与批评》2017年第1期

作者简介

潘家恩：重庆大学文学与文化研究中心主任，教授。

后文学时代的文学创作特征研究

■ 吴小华

20世纪末，世界文学开始逐渐从经典文学时代进入由网络文学驱动的后文学时代，曾经定义明确的文学界限，不断向着模糊化方向发展。本文浅析后文学时代文学创作的特征，总结经典文学的时代特征，并反思其变化体现出的人类自身的主体性、个体性和创造性。

一、概念

“后文学时代”是指在经典文学时代之后兴起的更贴近信息生活的文学创作风气，具体表现为模糊传统的文学界限，将碎片化内容有机整合，进而形成前所未有的大众文学形态。后文学时代在宣示自身特征的同时，也完成了对前一个时代的消解，但发生变异的只是文学特征和形式，其本质上仍是个性鲜明、主观性强的创作时代。文学时代的划分依据主要是人类社会历史演变的阶段。在20世纪末，很多学者还在为文学的本体认知和内在意义据理力争的时候，他们并没有察觉这些讨论背后具有规律性的“历史制约力”——文学纪元在信息革命的影响下发生剧变,传统的严肃文学日益脱离时代前进的方向,濒临解体。

经典文学时代是自文学典籍成为创作者思想传播的工具以来,不断被神化的文学历史时期。从人类早期口述文学的时代开始,由于社会信息传播的路径较窄、成本较高,文学作品被人们视为神圣而不可侵犯的精神财富,有些珍贵的文本被视为早期信仰中的图腾和记载族群渊源的信史。经典文学时代的受众始终以虔敬的眼光看待文学,经典文学在社会发展过程中兼具政治性和娱乐性的功能,因此在社会信息化之前的文学年代,有巨大社会反响的"现象级"文学作品和能引发巨大轰动的"里程碑式"作品层出不穷。读者会以专注、投入的状态感受文学作品,经典著作也常被人们视为不可亵渎的精神象征物。重复阅读文本,反复咀嚼作品意义和所含信息,在阅读前查找资料甚至咨询相应的阅读指导,是经典文学时代阅读活动的必要组成部分。

后来,随着世界文学逐渐步入后文学时代,信息革命后的先进传播方式为大众构建了全新的阅读环境,文本阅读也随之逐渐走出"经典"的框架,网络文学、读图文学、碎片化阅读和轻小说的影响力逐渐增强。与经典文学时代相比,后文学时代的技术属性更高,与现实生活之间的联系更紧密,作品内容与社会现实之间的时差更短,是一种建筑在新的技术基础上的新的信息传播形态。

二、特点

(一)"文学"变成了一个开放的概念

当下,大众对于"文学"概念的界定,并不是根据在经典文学时代总结和构建出的评判标准,而是源于读者在阅读活动中产生的主观感受。在后文学时代,对文学作品的定义与评价,不再取决于少数专家的权威意见,也不再需要基于经典文学的标准。对文学的属性和界限的定义,应该立足于当前社会文学生活的具体特征。由于后文学时代和信息化时代高度契合,后文学时代的作品也愈发展示出信息化的特征。在社会生活中,文学文本变成了人们获取信息的大众传播途径,受众更倾向于将其视为有特殊功能的信息形态。在后文学时代，文学价值的载体不再局限于小说、戏剧、诗歌等传统文体，文字与图像或其他媒体元素共同构建的各类文本，都可以作为基本的文学形式。受众对文学的理解和定义不再局限于单纯的语言艺术范畴，曾经的传统“文学”概念正由特殊扩散到一般。

（二）文学从生活虚构走向虚拟生活

从虚构到虚拟的转变，本质上是社会不同发展阶段对文学的差异化定义。在经典文学时期，文学的存在形态是虚构的，其主要原因是当时的信息传播方式与人们生活的实际体验。在虚构的状态下，文本中的人物能呈现出生活化属性，故事情节也有着源于生活而高于生活的特征。作者虚构的内容参照于当时的社会实践，读者解析文本参考的也是当时的社会实践。由此可见，生活已成为文学创作的唯一依据和评价作品的唯一标准。经典文学时代是立足于社会生活的创作时代，衍生出了传统的评价体系。与此同时，生活对文学形态具有反作用，文学虚构需要由生活来阐释和证实。进入后文学时代，评价范畴中又出现了虚拟概念。科技的发展促进了传播方式的改变，这将大众的思维方式引领到了虚拟的广袤境界，由于文学形态与人们生活体验的联系，人们的阅读取向也必然由原来的生活虚构向虚拟生活演进。在虚拟的文学创作手段诞生之后，以生活为基础的创作方式愈加趋于边缘化。人生阅历不再是重要的灵感来源，创作不再需要借鉴真实存在的事物，文学的唯一源泉是创作者富有生活体验的想象力。技术的进步为人类打开了想象的大门，即使是依靠游戏引擎构建场景的电子游戏，也能为每一位读者带来浸入式的仿真体验。信息技术为人们提供了门槛更低、形式更丰富的文学创作方式，公众的文学生活也因而更加丰富多彩。曾经被学者否定的后文学时代作品（如由游戏改编的同人作品、种类丰富的网络阅读文本等），如今已经成为现代人的重要阅读资源。后文学时代的文学作品是虚拟的，其中的人物、事件、情感均是凭想象虚构的，因而通常具有情绪化、模式化的特征，但其背后蕴含的是与经典文学时代无差别的人类情感体验。

（三）文学创作不再是少数人的特权

面对信息爆炸时代的超量供给，读者只能改变传统的精细阅读方式，用偏好性、个性化的后阅读方式与文学世界建立联系。文学作品展现出了广义上的信息载体属性,不再作为少数人创作的神圣文本。在全新的文学时代,对文本内容进行反复推敲的阅读行为不再是主流,一般情况下,读者不会再次浏览同一文本。吸收文本信息已成为大众精神消费活动之一,而且通常表现为一次性消费。后文学时代和经典文学时代最大的差异是反复品味文本内容的读者不断减少,文学创作也逐渐泛化。创作者开始把注意力放在即时状态下的社会价值上,不再以时效性为代价反复打磨文本。后文学时代是一个更容易产生高产、优质作家的时期,因为制约大众阅读和创作的因素大大减少,文学创作受到的束缚也越来越少。这一时期的文学作品,逐渐由经典时代的严肃创作转变为人人都能参与的写作。文学创作者成为万众敬仰的大家,铸就流传青史的名声,在后文学时代已不再现实。这并不是说这个时代的作家不具备创作优秀作品的能力,也不是说不会再诞生具有巨大影响力的经典作品,而是这个时代的读者已经不再以经典文学时代的方式阅读。

——原载于《语文建设》2017年第18期

作者简介

吴小华:重庆理工大学人文社会科学学院讲师。

编后记

受重庆市作协委托，编选《重庆作家作品年度选·文学评论卷》。自发布消息到截稿，共收到稿件103篇，近79万字，经反复阅读、推敲，最终入选36篇，近25万字。入选的简单原则是：评论者须在重庆从事文学评论工作，所评作家作品或文学现象须为当代文学，且在2017年刊出或出版，字数不超过1.5万字。也并不是所有来稿均被收入，入选文章还坚持这样的标准：有艺术感受，有个人观点，能自证其说，符合一般评论文章或论文形式规范。

编选过程颇多曲折，看似轻松，实则艰难，甚至有放弃的想法。不易之处表现如下，比如评论者作品文字不统一，电子版与公开发表文章有出入，只好逐字校对，力求一致；同一评论者寄来多篇作品，坚持一位作者入选一篇的原则，只好反复斟酌后再做取舍。还有同一部作品被多位批评家评论，如果全部入选易造成作品专集的印象，只好割爱一些评家大作，以一篇作品入选两篇评论为限度，以更多彰显重庆评论者的风貌；另外，还有编务的事，有些文章没有注明刊用信息，作者个人信息也不全，没有联系方式，有的评论者年事已高，不常用网络，联系不方便，有些评论者的邮箱也是别人的，只有辗转打听，才补全信息。

此次编选受到广泛关注。除重庆市作协、重庆文学院外，重庆市各大高校都有作者参与，甚至还有幼儿园和中小学。有知名专家教授、媒体人士、作家和文学爱好者。有笔耕不辍的前辈，也有青涩大胆的青年学者。入选文章也是风格各异，角度有别，既有小处入手、立意求深之文，也有宏观把握、向外思考的文章。可喜的是一些青年评论者已崭露头角，分析问题有冲击力，也给人不少启发。

依据入选文章内容将其编为上、中、下三编。上编为作品评论。此类文章入口小，立意较深，如周晓风的《欲望年代的文学救赎：评张者的长篇小说新作〈桃夭〉》，李永东的《重读〈三寸金莲〉与重返80年代》，许大立的《有血有肉、形神兼具的宁孝原——王雨长篇小说〈碑〉读后》等。中编为作家评论。此类文章多从整体把握作者的创作特点和审美风格，如向天渊的《多面圣手李尚朝——浅说李尚朝的诗歌、书法及音乐创作》，熊辉的《陈映真文学批评印象》，余德庄的《深水静流的文学绽放——读杜卫东散文随笔》，张全之的《"中产阶级"的优雅写作——评吴景娅的创作》，周航的《重庆诗人梅依然的诗歌创作论—— 以梅依然的诗集〈蜜蜂的秘密生活〉为切入点》等。下编为探讨当代文学发展趋势和文学思潮的文章。如胡安江的《中国文学"走出去"：问题与思考》，对中国当代文学如何主动融入世界文学进行自己的思考。蒋登科、王鹏的《"新归来诗人"初论》讨论了新时期一个独特的诗人群体。张羽华的《论1990年代以来乡村"土改"小说的叙事策略》和郭芳丽的《虚构的真实：1980年代先锋作家真实观》都有自己的判断和思考。当然，分类也是相对的，有的文章可以跨不同类别，分出类别只是为了排版的方便和醒目而已。

还需说明的是，编选存有遗珠之憾，编选过程中难免带有个人偏见。在此要感谢重庆市作协以及所有来稿作者的大力支持，更要感谢那些文章没有入选作者的包容和理解，你们的理解会让重庆市文学评论界充满和谐与温暖。这次编选是由我和博士生范金艳共同完成的，从文章的收集、整理、归类到联系作者、文章下载都是她的功劳，她做事的热情、机敏和任劳任怨给我留下了很深的印象。文章审稿、入选及编排体例由我负责，在此也略做说明。

编者

2018年5月17日于雨僧楼